彰化學 024

陳肇興及其
《陶村詩稿》

顧敏耀◎著

晨星出版

【叢書序】

啓動彰化學
——共同完成大夢想

林明德

　　二十多年來，台灣主體意識逐漸抬頭，社區營造也蔚為趨勢。各縣市鄉鎮紛紛編纂史志，大家來寫村史則方興未艾。而有志之士更是積極投入研究，於是金門學、宜蘭學、澎湖學、苗栗學、台中學、屏東學……，相繼推出，騰傳一時。

　　大致上說來，這些學術現象的形成過程，個人曾直接或間接參與，於其原委當有某種程度的了解，也引起相當深刻的反思。

　　一九九六年，我從服務二十五年的輔大退休，獲聘於彰化師大國文系。教學、研究之餘，仍然繼續台灣民俗藝術的田調工作。一九九九年，個人接受彰化縣文化局的委託，進行為期一年的飲食文化調查研究，帶領四位研究生進出二十六個鄉鎮市，訪問二百三十多個飲食點，最後繳交《彰化縣飲食文化》（三十五萬字）的成果。

　　當時，我曾說過：往昔，有一府二鹿三艋舺的符碼；今天，飲食文化見證半線風華。這是先民的智慧結晶，也是彰化的珍貴資源之一。

　　彰化一帶，舊稱半線，是來自平埔族「半線社」之名。清雍正元年（1723），正式立縣；四年（1726）創建孔

廟，先賢以「設學立教，以彰雅化」期許，並命名爲「彰化縣」。在地理上，彰化位於台灣中部，除東部邊緣少許山巒外，大部分屬於平原，濁水溪流過，土地肥沃，農業發達，有「台灣第一穀倉」之美譽。三百年來，彰化族群多元，人文薈萃，並且累積許多有形、無形的文化資產，其風華之多采多姿，與府城相比，恐怕毫不遜色。

二十五座古蹟群，各式各樣民居，既傳釋先民的營造智慧，也呈現了獨特的綜合藝術；戲曲彰化，多音交響，南管、北管、高甲戲、歌仔戲與布袋戲，傳唱斯土斯民的心聲與夢想；繁複的民間工藝，精緻的傳統家俱，在在流露令人欣羨的生活美學；而人傑地靈，文風鼎盛，舊、新文學引領風騷，成果斐然；至於潛藏民間的文學，既生動又多樣，還有待進一步的挖掘與整理。

這些元素是彰化的底蘊，它們共同型塑了「人文彰化」的圖像。

十二年，我親近彰化，探勘寶藏，逐漸發現其人文的豐饒多元。在因緣俱足之下，透過產官學合作的模式，正式推出「啓動彰化學」的構想。

基本上，啓動彰化學，是項多元的整合工程，大概包括五個面相：課程設計結合理論與實際，彰化師大國文系、台文所開設的鄉土教學專題、台灣文化專題、田野調查、民間文學、彰化縣作家講座與文化列車等，是扎根也是開拓文化人口的基礎課程，此其一；爲彰化學國際化作出宣示，二〇〇七彰化文學國際學術研討會聚集國內外學者五十多人，進行八場次二十六篇的論述，爲彰化文學研究聚焦，也增加彰化學的國際能見度，此其二；彰化師大文學院立足彰化，於人文扎根、師資培育、在職進修與社會服務扮演相當重要

角色，二〇〇七重點發展計畫以「彰化學」為主，包括：地理系〈中部地區地理環境空間分析〉、美術系〈彰化地區藝術與人文展演空間〉與國文系〈建置彰化詩學電子資料庫〉三個子題，橫向聯繫、思索交集，以整合彰化人文資源，並獲得校方的大力支持，此其三；文學院接受彰化縣文化局的委託，承辦二〇〇七彰化學研討會，我們將進行人力規劃，結合國內學者專家的經驗與智慧，全方位多領域的探索彰化內涵，再現人文彰化的風貌，為文化創意產業提供一個思考的空間，此其四；為了開拓彰化學，我們成立編委會，擬訂宗教、歷史、地理、生物、政治、社會、民俗、民間文學、古典文學、現代文學、傳統建築、傳統表演藝術、傳統手工藝與飲食文化……等系列，敦請學者專家撰寫，其終極目標乃在挖掘彰化人文底蘊，累積人文資源，此其五。

彰化師大扎根半線三十六年，近年來，配合政策積極轉型為綜合大學，努力參與社區總體營造，實踐校園家園化，締造優質的人文空間，經營境教，以發揮潛移默化的效果，並且開出產官學合作的契機，推出專案，互相奧援，善盡知識分子的責任，回饋社會。在白沙山莊，師生以「立卦山福慧雙修大師彰師大，依湖畔學思並重明德化德明。」互相勉勵。

從私立輔大退休，轉進國立彰師大，我的教授生涯經常被視為逆向操作，於台灣教育界屬於特例；五年後，又將再次退休。個人提出一個大夢想，期望結合眾多因緣，啟動彰化學，以深耕人文彰化。為了有系統的累積其多元資源，精心設計多種系列，我們力邀學者專家分門別類、循序漸進推出彰化學叢書，預計每年十二冊，五年六十冊。並將這套叢書獻給彰化、台灣與國際社會。

　　基本上，叢書的出版是產官學合作的最佳典範，也毋寧是台灣學的嶄新里程碑。感謝彰化縣文化局、全興、頂新、帝寶等文教基金會與彰化師大張惠博校長的支持。專業出版社晨星的合作，在編輯、美編上，爲叢書塑造風格，能新人耳目；彰化人杜忠誥教授，親自題寫「彰化學」三字，名家出手爲叢書增色不少，在此一併感謝。

　　回想這套叢書的出版，從起心動念，因緣俱足，到逐步推出，其過程真是不可思議。

　　「讓我們共同完成一個大夢想吧。」我除了心存感激外，只能如是說。

· 林明德（1946～），台灣高雄縣人。國立政治大學中文博士。現任國立彰化師範大學國文學系教授兼副校長。投入民俗藝術研究三十年，致力挖掘族群人文，整合民俗藝術，強調民俗是一切藝術的土壤。著有《台澎金馬地區區聯調查研究》（1994）、《文學典範的反思》（1996）、《彰化縣飲食文化》（2002）、《阮註定是搬戲的命》（2003）、《台中飲食風華》（2006）、《斟酌雅俗》（2009）。

【推薦序】

重回歷史現場，感受時代滄桑

李瑞騰

　　我在自傳體散文集《有風就要停》（台北：九歌，2003）曾提到，家鄉草屯北勢湳的馬尾有一個「古戰場」，「那是清朝同治初年的事，抗清的洪姓兄弟（洪璠、洪欉）與官兵曾在此遭遇，詳情不得而知。」所謂「詳情」，我指的是這次「遭遇」，而非句首的「抗清」。

　　我很早就聽過洪欉，北勢里的里長洪維庚先生即其族裔，他的伯父洪強先生在日治時代是保正，也曾任第一屆南投縣議員。十年前，北勢湳「永安宮」重建落成，我協助撰寫「沿革」，洪里長送我《草屯鎮志》和《洪氏族譜》，其中都有洪欉兄弟響應戴潮春起兵「抗清」的記載。

　　我的學生顧敏耀研究彰化詩人陳肇興及其《陶村詩稿》，對於陳氏避走南投竹山、集集一帶，自組鄉民與戴潮春對抗之戰事，頗多著墨。我才覺察吾鄉舊事竟與台灣史如此相關，則敏耀之為蒐尋史料四處踏查，等於也引我回到家鄉歷史現場，去感受時代的滄桑。

　　這是一個極有趣的事，就好像敏耀初識陳肇興之際，於《陶村詩稿》中四處可見中彰投地名，因而倍感親切，加強他研究的興趣。隨後他聽說已經有人寫出一本研究專著，一度想放棄，經過一番輾轉思索之後，他調整步伐，堅定走下去。我想，這其中肯定有主客觀條件的交叉考量，可以說他已找到自己可以下手的地方，稽之他最終完成的論文，開闔之間極有氣魄且精細，可以確信敏耀的學術力，已經足以面對流動變化的

台灣文學傳統了。

　　因為研究陳肇興，敏耀也親訪集集等地，我去年因而請他協助南投文學資源的調查工作，古典文學部分由他負責，他動作迅速且成效良好，讓我在最短時間之內結案。我想，把中彰投當一個區域，研究其文學特色及古今之變，敏耀不妨視為未來可以致力的一個發展方向。

　・李瑞騰，現任職國立台灣文學館館長。

【自序】
與陳肇興緣起不緣滅

> 古老羅絲林下聖杯靜待；刀刃與聖爵守護伊門宅，
> 獻大師傑作，相伴入夢，她終可安息，仰對星空。
> ——〈莎草詩〉，Dan Brown《達文西密碼》

　　在廿一世紀初葉、彰化詩人陳肇興逝世一百七十餘年後、已經有一本針對陳肇興的研究專書出版之際，有個中央大學中文所的碩士生或許真是「初生之犢不畏虎」，繼續以陳肇興及其《陶村詩稿》做為學位論文主題，除了廣泛蒐羅新史料之外，對於既有的文獻深入探討，最後終於順利的完成了這本書。

　　回憶那段撰寫碩士論文的經歷，令人聯想到丹布朗（Dan Brown）在二〇〇三年出版的暢銷名作《達文西密碼》（The Da Vince Code）中的故事情節：書中主角Robert Langdon與Sir Leigh Teabing憑其宗教符號學、文獻學以及圖像學等專業知識，逐步解開「聖杯」之謎，與此相似，筆者當時將所有蒐集到的資料視為經過「製碼」（Encoding）的產物，經過統合整理之後，開始結合相關先備知識以進行「解碼」（Decoding），陳肇興的確切生卒年為何？《台灣通史·陳肇興列傳》的可信度有多少？他的詩作「再現」（Representation）了哪些歷史事件？《陶村詩稿》與其他同時代詩人相較下有何特色？……種種問題的答案在解碼的過程當

中，都逐步浮現出來。

在寫作期間，幸蒙恩師李瑞騰教授悉心指導以及支持鼓勵，終能將研究成果順利呈現，而老師在任何崗位都全力以赴的積極精神、寬厚待人的處事風格以及隨時掌握學術動態的過人能力，在在都潛移默化的引領著弟子往前邁進，老師謝謝您！

還有擔任筆者論文口試委員的許俊雅老師、黃美娥老師，詳盡縝密的提供寶貴意見，使這份研究成果得以更加完善。同時還要感謝計畫初審的吳福助老師、惠贈大作的林翠鳳老師、台灣史的啓蒙者戴寶村老師、彰化古典詩人吳錦順老師、台灣文獻館的林文龍老師、彰化著名作家與文史工作者康原老師、台灣文史專家陳炎正老師、台灣古典詩研究的先行者廖一瑾老師、台中北屯文昌廟開創者的後人陳得文老師與陳有三老師賢昆仲與其外甥——謙讓不想透露名字的林老師、慷慨接受訪談的邱位南後人邱炯耀老先生、帶有中南部人特有的熱情的彰化市戶政事務所、彰化市公所以及彰化節孝祠的執事人員等等，在論文寫作期間都給予筆者極大的協助、關懷以及珍貴的建議，感恩之情，時銘我心。

總覺得撰寫這本論文，似乎有著奇特的因緣。

當時在翻閱整套「台灣先賢詩文集彙刊」時，偏偏看到陳肇興《陶村詩稿》就不忍釋卷、端詳甚久。這本詩集的末兩卷都是描寫台灣清領時期歷時最久的民變「萬生反」，那時參加戴萬生陣營的各地豪強當中，「蠻虎晟」（林日成）與「洪六頭」（洪叢）是最具有關鍵性的兩股重大勢力，前者大本營在今霧峰鄉四德村，後者則在今草屯鎮北勢湳，非常湊巧的，這兩處就分別是筆者與指導教授的故鄉！

還有，陳肇興的夫人陳賴氏因為守寡多年而被表彰為節

婦，記載在吳德功編纂的《彰化節孝冊》之中，筆者當時還曾經前往八卦山上的節孝祠進行田野調查，也在祠堂中默默祝禱：希望論文早日順利完成。沒想到日後在查詢資料的過程中發現，原來筆者曾祖父的曾叔祖（來台第二世）顧諟的夫人顧陳氏也是受表彰的節婦，與陳賴氏同樣被奉祀在節孝祠裡面！[1]當我在祝禱那時，神桌上或許不止陳肇興夫人欣慰的對我點頭，我家那位太祖嬤可能也在旁邊對我微笑呢。

該論文從繳交至今已隔數年，期間出現一些新的相關資料，趁此機會，擇要將其納入論述當中。其次，當時原本採取之註釋方式爲「文中註」形式，現今覺得應以「頁下註」的註腳參照方式較爲適合，亦已全部更新。

此外，在多次仔細閱讀之後，有語意或論證不夠清晰之處，也都盡其所能的予以修改。在二○○五年擔任《文訊》雜誌社兼任專案助理期間，因緣際會之下，獲蒙張錦郎教授審視拙著，且提出了珍貴的意見，在這次修訂過程中，也一併訂正，並向張老師致上誠摯謝忱。

當然，這本書能夠順利出版完全都要感謝康原老師以及林明德副校長在勤奮筆耕與日理萬機之際，仍不斷親切垂詢稿件修訂的情況，持續的鼓勵讓我感到無比溫馨，而「彰化學」在兩位重量級人物的積極推動之下，已經有非常豐碩的成果，未來也一定會更加枝繁葉茂，大放異彩。

多年來家人以及師友們的支持與激勵也是如今這本論文能完成的不可或缺的動力，而從小就對筆者萬般呵護、論文寫作期間也能提供相關地方文史資料的阿公，在二○○四年暮秋之際不幸往生了，希望此書之出版，足以告慰阿公在天之靈。

1　吳德功，《彰化節孝冊》（台北：大通書局，1987），頁42-43；顧道淵（筆者太祖父）編纂，《晉江顧氏宗譜》（手抄影印本），頁149。

前文所述《達文西密碼》書中，「拱心石」中密藏的「莎草詩」之內容意境對本書而言似乎也若合符節：詩人陳肇興或許就長眠在某個可以「仰望星空」的寧靜墓園，因其官職與功名，「守護伊門宅」的可能是墓前的一對石獅，其詩歌傑作流傳在世間，與其詩作的愛好者「相伴入夢」，而這位關懷社會、熱愛創作的詩人在他誕生一百七十多年後的今日——「終可安息」。

是為序。

二〇一〇年一月 顧敏耀謹誌於中壢雙連坡

【目錄】 contents

第一章　陳肇興研究的回顧與展望
——從清領、日治到戰後

第一節　前言

　　「陳肇興是何方神聖？《陶村詩稿》又是什麼無字天書？」，可能會有不少人在看到本書的標題後，會這麼問著，其實，陳肇興不是遙遠年代唐宋元明清的人物，也不是出生於千里之外的中國大江南北，他是台灣詩史上極為重要的人物，清代彰化縣城人，生於一八三一年，卒於一八六六左右；字伯康，號陶村，一八五九年鄉試中舉，當過白沙書院山長（約等於今大學校長），著有《陶村詩稿》八卷。

　　陳肇興詩作的寫實色彩十分濃厚，而有「詩史」之美譽[1]；尤其末兩卷是他在戴潮春事變（台灣史上歷時最久的民變，又稱「萬生反」）中的親身經歷，以一介文人而馳逐於腥風血雨的戰場，甚至還前去暗殺民變首領戴潮春。不管是個人的苦難或是親眼目睹人民在戰亂中的慘況，他都在千生萬死之際而逐一筆錄成詩，頗似唐代安史之亂期間產生的杜甫詩作，於是陳肇興也有「小杜甫」之稱[2]。

　　從日治時期的洪棄生、賴和到戰後的洪醒夫、林雙不等人所代表的彰化文學之寫實傳統，整個脈絡可以上推至陳肇

1　吳德功，〈陶村詩稿序〉，《台灣詩薈》（台北：成文出版社，1977；本為第3號，1924年4月），頁159。

2　台灣新本土社，〈台灣新本土主義宣言〉，《台灣e文藝》，第1期，2001年2月，頁40-41。

興。日治時期的賴和以其文學活動而被譽為「台灣新文學之父」；陳肇興這一顆清領時期中部地區的耀眼明星，若視之為「**彰化文學的第一座豐碑**」，其實也可當之無愧。

對於這麼一位非常具有重要性的傳奇詩人，本章即以「竭澤而漁」的方式，透過文獻資料的全面掌握，整理爬梳從清領時期到二○○七年之間有所有關於陳肇興這位詩人的資料，並且予以評介分析。在此之前，「未觀其有，先觀其無」，讓我們先看看「沒有陳肇興」的資料：

徐世昌在一九二九年編成《晚晴簃詩匯》一書，又被稱作《清詩匯》，總共二百卷，匯集了有清一代六千餘家的詩作，涵蓋層面不可謂不大，足以與《全唐詩》、《全宋詩》等詩歌總集並列。但是，在一番仔細的翻檢之後發現，裡面與台灣有關的主要是遊宦（例如吳大廷，卷一五四）或是遊幕（如楊浚，卷一五四），未見有台灣本土所產者——當然包括陳肇興，台灣在中原視野下的邊陲性在此展露無遺。

若說這套全集太舊了，那再來看看一九八七年至一九八九年間陸續出版的錢仲聯主編《清詩紀事》（上海：江蘇古籍出版社），該書費時五年編纂而成，引用一百多種書籍，收錄五千多位詩人，總共有十大冊，是繼《清詩匯》之後，至今為止，卷帙最浩繁的一套清代詩歌選集。裡面關於台灣的詩人比較多了，遊宦／幕的有劉家謀（頁9729）、劉銘傳（頁11553）、唐景崧（頁11850）、唐贊袞（頁12073）、陳季同（頁14669）等，在地的有蔡廷蘭（頁10305）、陳維英（頁11460）、許南英（頁13523）、林資修（頁15223）、施士洁（頁12361）、丘逢甲（頁13325）等。可是，同樣的也沒有陳肇興。

如果說要找在台灣出版的書籍，那我們看一下一九八四出版，由林衡道口述，洪錦福整理的《台灣一百位名人傳》

（台北：正中書局）。這是較早期的一本流傳頗廣的通俗台灣文史著作。裡面有鄭用錫（頁190）、林占梅（頁131）、蔡廷蘭（頁198）、陳維英（頁262）、丘逢甲（頁294）、許南英（頁320）等各地文學家，又是沒有陳肇興。

號稱「國內最完整的一套台灣歷史與人物圖誌」──「台灣放輕鬆」，李懷撰《文學台灣人》（台北：遠流出版公司，2001）中的明鄭到清領時期的文人僅有三位：「台灣第一士大夫──沈光文」、「台灣遊記文學的先行者──郁永河」以及「竹塹的傳奇詩人──林占梅」，至於足以稱爲「彰化第一士大夫」、「礦溪文學的先行者」、「彰化傳奇詩人」的陳肇興，卻成爲遺珠之憾。二○○四年出版的莊萬壽等總編輯《台灣文化事典》（台北：師大人文中心）收錄了同樣在一八五九年中舉的「陳維英」、同樣出身彰化地區的同鄉晚輩「洪棄生」，卻也缺少「陳肇興」此一條目。

綜合以上所述，陳肇興似乎是一位容易被忽略、遺漏的詩人，他嘔心瀝血撰成的《陶村詩稿》也因此淹沒在厚厚的灰塵裡了。但是，正如前文所述，他確確實實是台灣中部第一位崛起的在地詩人，不只兼擅各體，而且，**「善陳時事，律切精深，至千言不少衰，世號『詩史』」**這段《新唐書》形容杜甫的話用在他身上也一點都不爲過。筆者竭盡所能，仍從目前所見的文獻當中，挖掘出一些與陳肇興相關的資料，以下按照時代先後順序依序綜合評述，至於資料篇目／書名則作爲附錄置於本章之末。

第二節　清領時期（1683～1895）

在台灣清領時期，陳肇興的知名度與同樣是中部詩人的丘逢甲相比實在遠遠不及──後者在光緒年間便已經在清國詩壇聲名大噪，與當時詩界革命派重要人物（如黃遵憲、夏曾佑、

梁啓超等）馳騁中原而毫不遜色，黃遵憲便曾稱揚丘逢甲說：
「此君詩眞天下健者。渠自負曰：『二十世紀中，必有刻黃、
丘合稿者』。又曰：『十年之後，與公代興』。論其才調，可
達此境，應不誣也」（〈與梁任公書〉），梁啓超也說：「吾
嘗推公度、穗卿、觀雲[3]爲近世詩界三傑，此言其理想之深邃
閎遠也。若以詩人之詩論，則邱倉海逢甲其亦天下健者矣」
（《飲冰室詩話》）。台灣的文人而能得到中國主流文人們的
讚賞者，幾乎僅有丘逢甲一人。台島不只在地理上是清帝國的
邊陲，就文化學術上也是如此，「唐山」的文人恐怕不少都以
大中原的心態而睥睨台地文人[4]，其實頗失公允。陳肇興詩作
雖然具有很高的水準，很多《清詩匯》收錄的詩作恐怕還比不
上他，但在清領時期「唐山」的文人著作當中，完全找不到關
於陳肇興的著錄或介紹，大部分是在檔案史料與台灣地方志書
發現與其相關的著錄資料，總共有十一則（見本章附錄），其
中透露出幾個重要的訊息與值得探討的議題：

第一、《陶村詩稿》的史料價值備受肯定
　　　林豪《東瀛記事》與吳德功《戴施兩案紀略》是在清領
時期間記錄「萬生反」的兩本最重要著作，林豪與竹塹名望家
林占梅（鎮壓部隊主力的領導者）十分熟稔，吳德功則是世居

3　即黃遵憲（1848-1905，字公度）、夏曾佑（1863-1924，字穗卿）、蔣智由
　　（1866-1929，字觀雲）三人。

4　一吼（周定山）曾記錄鹿港一則民間故事：當地有位人稱「慇光義」的秀才
　　到福州趕考，卻遭到當地考生冷言冷語的譏諷：「台灣蟳聽說無膏，實在
　　嗎？」，讓他不禁勃然大怒，以同行的台灣考生與之「文戰」一番，終於凱
　　旋而歸（見李獻璋編《台灣民間文學集》，台中：台灣新文學社，1936，頁
　　134）。筆者按：文中記錄其同行考生有「廖春波」與「曾雨若」，且後來都順
　　利中舉；經查證「台灣歷科舉人名錄」（林文龍，《台灣的書院與科舉》，台
　　北：常民文化，1999，頁148-173），發現那其實就是「李春波」與「陳有容」
　　的一音之轉，那次鄉試也就是陳肇興進省城趕考的咸豐九年（1859）己未年
　　鄉試，李氏與陳氏分別是台灣府學與台灣縣學的學生，皆爲陳肇興的同年友，
　　「慇光義」眞實姓名待考。

彰化縣城（事變的核心地帶）的事件親歷者，他們不約而同的都引用了《陶村詩稿》的內容，尤其吳書引用的篇幅頗多，關於戴案在今南投縣境內大小戰事之敘述大多以此為依據。由此可見，陳肇興在戴案間的詩作，亦即後來被稱為《咄咄吟》的《陶村詩稿》末兩卷，從問世以來就是他整本詩集的焦點；這兩卷也一直被稱做「詩史」，乃論述戴案時不可或缺的、第一手的資料。

第二、地方志書開始出現陳肇興詩作

《雲林縣采訪冊》是第一本收錄陳肇興詩作的地方志書。戰後諸多地方志書，如《南投縣志稿》、《彰化縣志稿》、《台中市志稿》、《台南縣志》、《龍井鄉志》、《集集鎮志》、《竹山鎮志》、《彰化市志》、《烏日鄉志》都廣為收錄其詩作（詳後文），這正是因為他的詩作以記事與寫景為大宗，具有地方歷史文獻價值的緣故；這種情形即以一八九四年問世的《雲林縣采訪冊》為濫觴。

第三、閱讀、評論陳詩第一人——陳懋烈及其影響

在這數則資料當中，只有陳懋烈（生卒年不詳，號芍亭，1862～1863任台灣兵備道，1863～1866任台灣知府）的題詞稱得上是評論之作，其餘都只是著錄陳肇興或其詩作而已，因此，陳懋烈可說是評論《陶村詩稿》的第一人。此外，有學者說林豪是「目前所能見到《陶村詩稿》最早的讀者」[5]，但是林豪《東瀛記事》的成書年代是一八七〇年，而陳懋烈的題詞應在一八六六年離台之前就寫成，故而這筆資料也顯示**陳懋烈才真正是文獻可徵的陳肇興詩作的最早讀者**。

5　林翠鳳，《陳肇興及其《陶村詩稿》之研究》（台中：弘祥出版社，1999），頁132。

陳懋烈〈題詞〉影響後世的主要有兩點，其一、將陳肇興比擬於杜甫。雖然吾人從其詩作中也可明顯看出他「摹杜」的痕跡，不過陳懋烈是第一個道破的；其二、將陳詩比喻爲藍鼎元《東征集》以及貝青喬《咄咄吟》，這也是由他首次提出。但是，可能詩句之語意稍有模稜，使後人在理解時產生一些誤解，例如吳德功就誤以爲《陶村詩稿》末兩卷眞的叫做「東征集」：「凡草澤之猖獗、官軍之得勝以及死難忠臣義士，皆發之於詩，名曰《東征集》」[6]；連橫也說陳肇興「著《陶村詩集》四卷、《咄咄吟》一卷」[7]，事實上《咄咄吟》與《東征集》皆非陳肇興詩作之別名（其中論述詳見第六章〈咄咄劍花室‧東征瑞桃齋——陳懋烈〈陶村詩稿題詞〉之闡究精微〉）。

第四、林豪《東瀛記事》中關於陳肇興的記載有待商榷

林豪《東瀛記事》云：「時彰屬諸生多入賓賢館，或強受僞職，惟舉人陳肇興（原註：著有《陶村詩集》）、歲貢生王孚三潔身遠遁（原註：肇興旋招集內山義民以拒賊，事載《陶村詩集》中）」[8]，這項說法也影響後世深遠，但是其中有兩點問題：其一，依照林豪行文之文意，所謂「潔身遠遁」云云，似乎陳肇興在戴萬生攻下彰化縣城之後，卻能幸運的逃離出來，事實果眞如此？

由陳肇興的詩作〈三月十六日，奉憲命往南北投聯莊遇亂，避居牛牯嶺，即事述懷〉共四首可清楚得知，他是被當時台灣道（全台最高文官）孔昭慈派任出城去辦理聯莊事宜（要阻絕民眾參與戴軍陣營），腳步才踏到牛牯嶺（今名間鄉境

6　吳德功，〈陶村詩稿序〉，頁159。
7　連橫，《台灣詩乘》，（台北：大通書局，1987），頁175。
8　林豪，《東瀛記事》（南投：台灣省文獻會，1997），頁58。

內），戴軍就已經裡應外合的順利攻下彰化城了。所以，他是陰錯陽差的提早出城，並非從戴軍控制下的城裡「潔身遠遁」。

其次，雖然陳肇興確實努力協助當地「白旗」（反戴勢力）對抗「紅旗」（擁戴勢力），正如《戴案記略》所說：「陳肇興、邱石莊因避亂逃居南北投堡，該莊人頗尊崇之；軍事提調，大都二人指揮」[9]，但是，運籌帷幄或則有之；至於「召集義民」云云，恐怕應屬當地巨姓大族之所謂「義首」（如陳捷三、陳雲龍等人）的責任／功勞才是[10]。林豪說陳肇興「旋招集內山義民以拒賊」，似乎過度簡化／英雄化而使人誤解其「反客為主」了。

第五、期待新史料的出現與運用

透過《福建省鄉試題名錄·咸豐玖年己未恩科並行戊午正科》這份第一手資料，讓我們可以獲知陳肇興在科舉、出生年份方面的確切資料。而故宮在近幾年出版的《清宮月摺檔台灣史料》以及《清宮諭旨檔台灣史料》中，有兩篇奏摺提到陳肇興的名字；其中有一篇已經收錄於丁曰健的《治台必告錄》，另一篇則透露陳肇興曾經被封賞的紀錄，是目前所僅見。至於《宮保第文書·戴案具稟（5）》更是難得的資料，除了可以清楚的看出陳肇興參與鎮壓「青旗反」的詳細經過之外，這篇稟告陸路提督林文察的文章，亦頗有可能是由陳肇興親自執筆，如此則是一篇陳肇興珍貴的軼文，足資補遺。不過，這份資料目前仍未出版，而原抄本與影印本亦無由得見，僅能由黃富三《霧峰林家的興起》一書中略知大意，未能窺得全貌，十分可惜（筆者曾親自向黃教授詢問，可惜素昧平生，借閱無

9　蔡青筠，《戴案紀略》（南投：台灣省文獻委員會，1997），頁47。
10　吳德功，《戴施兩案紀略》（台北：大通書局，1987），頁42-43。

門），期待該份資料能早日印行出版，公諸大眾。

第三節　日治時期（1895～1945）

　　可分爲漢文資料與日文資料兩類（詳列於本章附錄），其中漢文資料有16筆，日文資料則有7筆，最早一篇爲一九〇五年王松之作，最晚則是黃得時一九四三年所撰。以下擇要分析之：

第一、連橫〈陳肇興列傳〉影響深遠

　　連橫〈陳肇興列傳〉具有強大的影響力，自從此篇一出，後來所有撰寫陳肇興生平者，幾乎都在他的籠罩之下，號稱台灣史書「經典之作」的伊能嘉矩《台灣文化志》中關於陳肇興的敘述也都承襲連橫說法（包括錯誤之處）。茲錄該列傳全文如下：

　　　　陳肇興，字伯康，彰化人。少入邑庠，涉獵文史。彰邑初

吳德功肖像及其簡介，引自鷹取田一郎編撰《台灣列紳傳》（台北：台灣總督府，1916），頁182）。

林耀亭肖像及其簡介，引自鷹取田一郎編撰《台灣列紳傳》。

建，詩學未興，士之出入庠序者，多習制藝，博科名。道光季年，高鴻飛以翰林知縣事，聘廖春波主講白沙書院，始以詩古文辭課士。鴻飛亦時蒞講席，為言四始六義之教，間及唐、宋、明、清詩體。一時風氣所靡，彰人士競為吟詠。而<u>肇興與曾惟精、蔡德芳、陳捷魁、廖景瀛等尤傑出。咸豐八年，舉於鄉。</u>所居曰古香樓，讀書詠歌以為樂。戴潮春之變，城陷，肇興走武西堡牛牯[11]嶺，謀糾義旅，援官軍，幾瀕於險。集集為內山要隘，民番雜處，俗強悍，不讀書。肇興竄身其間，激以義，聞者感動。夜則秉燭賦詩，追悼陣沒，語多悽愴，題曰<u>《咄咄吟》</u>。事平，歸家，設教於里，及門之士多成材。著《陶村詩稿》六卷、《咄咄吟》二卷，合刻於世。[12]

　　連橫僅僅是一名記者（任職於《台灣日報》、《台南新報》等），不是受過學術訓練的歷史學家，卻能發心撰成《台灣通史》，當然勇氣可嘉，但是亦必須承認該書並非嚴格的歷史著作[13]，中國學者鄧孔昭還特地撰成《台灣通史辨誤》一書，指出其中甚多謬誤；更何況連橫也不是彰邑人士，所撰成的這篇〈陳肇興列傳〉更是完全沒有說明他所根據的文獻為何，因此有很多地方令人不得不對其存疑，例如：陳肇興果真曾經受教於高鴻飛與廖春波嗎？為何《陶村詩稿》全書內容僅提到他的恩師董大經，而對高、廖二人隻字不提？《詩稿》中有哀悼董大經與潘恭贊（鄉試房師）之作，反觀一八五三年高鴻飛殉職於林恭事變，陳肇興若真曾受教於高鴻飛，豈會連一篇悼念恩師的詩作都沒有留下來？

　　此外，連橫舉出的四位當時與陳肇興一時齊名的詩人，為

11　原文誤作「牯」。
12　連橫，《台灣通史》（台北：大通書局，1987），頁983。
13　翁佳音、薛化元、劉燕儷、沈宗憲，《台灣通史類著作題解與分析》（台北：業強出版社，1992），頁36-37。

何與吳德功的說法（詳後文）不同？而且其中「曾惟精」爲何在其他文獻從未出現？何以陳肇興自己在〈祭旗日示諸同志〉詩序中說：「予來牛牯嶺謀舉義者屢矣，痛哭流涕，卒無應者」，當地居民對他的計畫長時間都冷漠以對；而連橫卻說：「肇興竄身其間，激以義，聞者感動」？……其間疑點重重，不勝枚舉，但是，很明顯的一則錯誤就是：陳肇興乃咸豐九年（1859，歲次己未）中舉，有《鄉試題名錄》及其詩稿內容可作確切之證據，而連橫卻寫成「咸豐八年舉於鄉」，施懿琳就直接指陳：「《通史》之說有誤」[14]。咸豐八年（戊午年）雖然原本是「正科」鄉試舉行的年份，然而因戰亂而無法舉行，乃在咸豐九年（己未年）與「恩科」一起舉行，故該年福建省鄉試題名錄封面便寫著「咸豐玖年己未恩科併補行戊午正科」，所以咸豐八年是沒有舉行鄉試的，陳肇興自然不可能在咸豐八年「舉於鄉」[15]。

---

14 施懿琳，《從沈光文到賴和——台灣古典文學的發展與特色》（高雄：春暉出版社，2000），頁139。

15 鄭喜夫在他校訂的《陶村詩稿全集》（台中：台灣省文獻委員會，1978）之〈弁言〉之中，觸及這個問題時說：「或爲先生係八年舉人，如其無誤，則先生之取中屬八年正科名額也」（頁1），邱正略《重修台灣省通志·人物志》（南投：台灣省文獻委員會，1998）則沿襲其說：「九年，中式是年補行八年戊午正科鄉試」（頁436）。然而，像這種恩科又補行正科所錄取的總名額，果真會去區分哪些人是正科、哪些人是恩科嗎？筆者在相關文獻中皆未翻檢到有這種規定。國家圖書館善本室藏有該年的《福建省鄉試題名錄》微捲，裡面一氣列出「中式舉人二百五名」，逐一標明名次、姓名、年歲以及中式前之功名，並沒有說誰屬於「恩科」或「正科」。查閱龔廷龍所編《清代硃卷集成》中福建省該次鄉試中式舉人（王卿雲、王見三、龔顯曾、吳叔章、吳大有、陳栻、鍾大鈞等）刊刻的「硃卷」，也全部統一樣式：在個人履歷之後就緊接著標明「福建鄉試硃卷 咸豐己未恩科並補行戊午正科 中式第OO名舉人OOO」，未發現有人標明自己分屬哪一科；硃卷「版心」（或稱「中縫」）的文字雖然略有不同，有的刻出全銜「咸豐己未恩科併補行戊午正科」，有的簡省爲「咸豐己未恩科併補戊午科」，也有的更簡稱作「咸豐己未恩科」，然而，此僅是全稱與簡稱不同罷了，並非真有恩科正科之別。與前述類似的情況，亦見於各舉人的「文魁」匾額：目前著錄者有陳謙光、簡化成、李春波、陳維英以及陳培松（他們都是陳肇興的「同年友」），在下款個人姓名之前分別寫著「咸豐己未恩科中式舉人」、「咸豐己未年中式舉人」、「咸豐己未恩科補行戊午正科中式第一百二十名舉人」、「咸豐己未科並補戊午科福建鄉試中式舉人」以及「咸豐戊午科中式舉人」（見鄭喜夫、莊世宗輯錄《光復以前台灣匾額輯錄》，1988，頁392、397-398），這同樣僅是繁簡之不同，若理解爲陳培

不過，連橫這一項明顯的錯誤卻一直被沿襲下來，在日治時期的資料中，除了吳德功之外（他是彰化縣城在地人，而且也是科舉中人，對此類資料自然十分了解），其他很多人都跟著錯，如楊珠浦、市村榮、黃得時皆然，都說陳肇興是咸豐八年中舉。

戰後《台灣通史》的地位被當局抬得更高了，跟著錯的也更多（如《台灣省通志稿》、《台灣詩海》、《南投縣志稿》、《彰化縣志稿》、《台灣詩錄》、《台中詩乘》、《龍井鄉志》等等皆然），雖然有楊雲萍、鄭喜夫等人敘述了正確的資料，然而到二〇〇一年出版的《竹山鎮志》（南投：竹山鎮公所）、二〇〇三年的《台詩三百首》（台北：敦理出版社）、二〇〇四年的《台灣古典詩析賞》（高雄：河畔出版社）、二〇〇六年的《台灣古詩選》（北京：九州出版社）都還誤說陳肇興是咸豐八年中舉。甚至，連橫在〈陳肇興列傳〉中將「牛牯嶺」誤作「牛牿嶺」的錯誤，也被一直抄襲沿用（如《南投縣志稿》、《台灣古典詩析賞》等），令人不禁感嘆連橫及其《台灣通史》的影響力實在驚人。

第二、吳德功說法的可信度較高

吳德功由於跟陳肇興同樣是彰邑所產，又都住在北門附近，他甚至自述幼年時代還頗蒙陳肇興教誨，所以，他所說的話應該比連橫更具有可信度，例如關於陳肇興中舉之年份，吳德功的敘述就沒有出錯。至於跟陳肇興同時的詩人，吳德功記載：「其時以詩鳴者，有陳孝廉陶村（原註：名肇興，著詩稿四卷）、李貢生如清（原註：名華文）、陳拔元汝梅（原註：名捷魁）、廖貢生世賢（原註：名士希）、廖貢生滄洲（原

松屬於恩科名額，其餘四人是正科名額，則恐非真矣。總之，連橫說陳肇興「咸豐八年舉於鄉」，實屬誤記，誠無為之隱諱或曲意迴護之必要。

註：名景瀅）」，連橫在列傳中則云：「而肇興與曾惟精、蔡德芳、陳捷魁、廖景瀅等尤傑出」。後人多采連橫之說，到一九四一年黃得時的〈台灣文學史序說〉中甚至還冒出「白沙書院四傑」這個稱號，在戰後普遍被引用。但是，陳肇興加上連橫所說的曾、蔡、陳、廖四人，豈不成為「五傑」？其間多有以訛傳訛之處，關於與陳肇興同時以詩作揚名的彰化詩人，其實，應以吳德功的說法可信度較高，而且當時原無所謂四傑、五傑之稱。

第三、齊驅並駕是何人？

　　連橫在〈台灣詩社記〉講到台灣的本地文人時，在黃佺、陳輝、章甫之後，就是鄭用錫、林占梅、陳肇興了[16]，其於〈台灣詩薈發行，賦示騷壇諸君子〉則說：「近代如林鶴山、陳伯康、施耐公、邱仙根[17]諸公以詩鳴」[18]。

　　尾崎秀貞（台灣總督府聘任台灣史料編纂員）則表示，台灣清領時期的著名詩人他原本只聽過台南的施士洁以及台中的丘逢甲，不過，後來讀了《陶村詩稿》才了解到，陳肇興確實也是非常「立派」（りっぱ，優秀）的詩人[19]，讚譽欽服之情，溢於言詞之間。神田喜一郎、島田謹二（皆為台北帝大教授）將則陳肇興與鄭用錫、林占梅、陳維英並列為道光年代前後的重要詩人[20]。黃得時〈台灣文學史序說〉則以地區為別：

16　連橫，〈台灣詩社記〉，見《台灣詩薈》（台北：成文出版社，1977；原為第2號，1924年3月），頁95-98。
17　即林占梅、陳肇興、施士洁、丘逢甲。
18　連橫，〈台灣詩薈發行，賦示騷壇諸君子〉，見《劍花室詩集·寧南詩草》（台北：大通書局，1987），頁63-64。
19　尾崎秀眞，〈清朝時代の台灣文化〉，收錄於改版發行之《台灣文化史說》（台南：台南州共榮會台南支會，1935），頁263-264。原文「洁」誤作「話」，「丘」作「邱」。
20　神田喜一郎、島田謹二，〈台灣に於ける文學について〉，《愛書》，第14輯，1941年5月，頁9。

澎湖蔡廷蘭、彰化陳肇興和黃銓、淡水黃敬和曹敬、新竹鄭用錫和林占梅[21]。綜合觀之，日治時期的研究學者一般認為陳肇興足以與新竹鄭林兩大詩人，以及分屬中部與南部的丘逢甲和施士洁並駕齊驅、相提並論。

第四、披沙揀金見評論

清領時期對於陳肇興詩作之評論僅有陳懋烈〈題詞〉三首，在日治時期的相關評論篇數增加不少，散見於漢文與日文的資料，或短或長，不一而足。連橫在〈列傳〉中評其末兩卷「語多悽愴」，吳德功〈陶村詩稿序〉則云：「其詩，胎息於少陵。蓋少陵因安、史之亂避地西蜀，以時事賦詩寫其忠愛之忱，人稱『詩史』；陶村所作，類此者極多」。楊珠浦〈略傳〉則云：「語多忠誠壯烈」，〈陶村詩稿記〉中說其風格是：「貴寫實、尚平易」。《民報家庭寶典》上的廣告則說是：「典雅詞清」。林耀亭形容陳詩的風格是「質不過樸、麗不傷雅」，市村榮則認為陳詩具有「平明寫實」的特點，更具有史料價值。黃得時則以八字概括：「平明寫實，真情洋溢」[22]。

以上看法大致可以歸納出來三個共同看法：一、用語平實易懂；二、蘊含豐富感情；三、具有文獻價值，至於林耀亭認為陳肇興的詩具有「麗不傷雅」的特色，可能注意到他的寫景、詠物之作能曲盡描摹事物，卻雅致而不流於刻鏤，這是他人未能論及的見解，亦值得注意。

另外，有一件頗堪惋惜的事情，黃得時在一九四三年於《台灣文學》（第三卷三號）發表了〈台灣文學史序說〉之

21　黃得時，〈台灣文學史序說〉，《台灣文學》，第3卷3期，1943年7月，頁2-11。
22　以上各家說法之出處，參見本章附錄所條列之資料。

後，在第四卷一號接著發表〈台灣文學史：（二）鄭氏時代、（三）康熙雍正時代〉，沒想到這一期便成為絕響了——就在一九四三年十一月十三日，台灣文學奉公會舉辦台灣決戰文學會議，由西川滿提議「撤廢結社」，《文藝台灣》與《台灣文學》便同時停刊，從翌年開始由「文學奉公會」刊行《台灣文藝》。不過，黃得時也停止了《台灣文學史》的發表，一直到戰後亦未能得見。若當時《台灣文學》能夠繼續刊行，又將多一份關於陳肇興的研究資料了。

第六、輕描淡寫在詩話

《陶村詩稿》完稿之後，到一九四九年期間，台灣本地出版之詩話有蔡德輝（吳德功的老師）《龍江詩話》、王松《台陽詩話》、吳德功《瑞桃齋詩話》、洪棄生《寄鶴齋詩話》、許天奎《鐵峰山房詩話》等，其中《龍江詩話》不知收藏何處[23]，姑且不論，其餘僅有王松與吳德功的詩話略有提及，不過也都輕描淡寫：前者僅錄有〈謁甯靖王墓〉一首，未見評語；後者在論述「林先生」事蹟時，附帶提及陳肇興〈礦溪三高士〉之詩作而已。這也可作為陳肇興詩作在當時受重視程度的反映。

第四節　戰後迄二〇〇七年

戰後迄二〇〇七年關於陳肇興的研究總共有一百多條。其中有的僅僅提及而已，有的則針對陳肇興及其作品進行鞭辟入裡的分析。依照年代先後順序條列如本章附錄，這些一百多則與陳肇興相關的資料，起於一九五二年，迄於二〇〇七年，其中有幾點值得深入分疏：

23　在《台灣漢語傳統文學書目》中，說有一九一三年的刊本，不過經搜索各大圖書館以及研究典藏機構，都未見藏本，待查。

第一、戰後評論陳肇興的第一人：楊雲萍

楊雲萍於一九五二年《中華日報》「台灣史上的人物」專欄所寫的〈陳肇興〉一文是戰後第一篇關於陳肇興的文章。文中認為陳肇興詩作之篤實勝於林占梅之清麗，不過對於尾崎秀真所提出的陳肇興之成就高於施士洁、丘逢甲的說法則大不以為然。另外，他在文中也正確的記載了陳肇興是「咸豐九年中舉」，是少數在戰後沒有受到連橫誤導者，這或許也與其實事求是與重視考證的史學背景有關。

第二、首篇關於陳肇興的期刊論文發表者：吳蕤

戰後在期刊上發表的第一篇關於陳肇興的論述是吳蕤一九六七年在《暢流》所寫的〈戴潮春之亂與陳肇興的咄咄吟〉，有不少精闢的論點。他是第一位探討陳肇興之「摹杜」者：「不僅肇興自擬少陵，並且把詩的韻味、格調、甚至詩中所吟詠的事物、情緻盡力摹杜，應該說也有些神似之處，談到摹仿大家的詩，首先當然要要求神似，其次要不露勉強湊合的痕跡，肇興學杜，也能做到這兩點，已經算得上難能可貴了」，而他將陳肇興在戴案間的詩歌內容歸納為四項：「憫亂、思鄉、憶舊、窮愁」，實在十分精要。而文末「再抄錄〈亂後初歸里中〉七絕五首中之兩首，以為本文的結束……一旦我們重返大陸，其進鄉情怯，恐有過此者」，則是台灣六〇年代整體社會氛圍的表現。

第三、再次出現「以詩論詩」來評論陳肇興者：陳英方、吳蘅秋

繼陳懋烈〈題詞〉之後，再次出現「以詩論詩」來評論陳肇興詩作的是應社的社員陳英方（1899～1961，字渭雄）與吳蘅秋（1900～1954）的詩作。前者題為〈讀陳伯康陶村詩

稿〉：

> 道咸文物溯瀛州，吾邑陶村第一流。<u>紀亂杜陵詩作史，抒懷務觀筆能謳</u>。即看慷慨淋漓日，都就兵戈轉徙秋。我喜年來得遺稿，辦香私淑古香樓。

後者題爲〈讀陶村詩集〉，總共有六首：

> 鄉關鼎沸苦流離，耿耿書生報國思。倥傯可知戎馬日，<u>杜陵情緒劍南詩</u>。濁水清流此匯向，先生佳句繪豳風；古香樓上吟聲歇，七十秋經稞稊紅。

> 定軍山谷俯城樓，風物當年筆底收；歲月蹉跎陵谷易，留將詩卷閱春秋。干戈滿地故園情，一卷新詩淚血成；莫便中宵吟擊節，月寒如有鼓鼙聲。

> 礦[24]溪佳麗畫圖開，二百年間此作才。近日競談鄉土色，幾人描寫逼眞來。家住北門近故居，執經惜未禮橫渠，公生太早吳生晚，一片葵心空自舒。

陳、吳兩位異口同聲的都以杜甫以及陸游來比擬陳肇興——以杜甫擬之者所在多有，比之陸游則此處僅見，以下進行深入分析。

　　陸游一向有「愛國詩人」之稱，其詩歌內容最明顯的特色是他那種氣吞殘虜、掃蕩仇敵的激切心情，此不僅在同時代的詩人中顯得很突出，在中國文學史上也是罕見的[25]，例如：「僵臥

24　原文誤作「礦」。

25　參考《中國大百科全書・中國文學・「陸游」條》（台北：錦繡出版社，

孤村不自哀，尚思爲國戍輪台，夜闌臥聽風吹雨，鐵馬冰河入夢來」（〈十一月四日風雨大作〉）、「早歲那知世事艱，中原北望氣如山。樓船夜雪瓜洲渡，鐵馬秋風大散關。塞上長城空自許，鏡中衰鬢已先斑；出師一表眞名世，千載誰堪伯仲間」（〈書憤〉），而陸游最爲人所知的作品則是〈示兒〉：「死去原知萬事空，但悲不見九州同。王師北定中原日，家祭毋忘告乃翁」，其慷慨激昂之情，可說至老不衰。難怪梁啓超〈讀陸放翁集〉會說：「詩界千年靡靡風，兵魂消盡國魂空；集中什九從軍樂，亙古男兒一放翁。」。

就現實主義精神而言，陸游與杜甫是很接近的，但是兩者亦頗有相異之處──杜甫擅長敘事，剪裁有致而能突出焦點，在客觀的揭露現實時，亦融入個人濃烈的情感，在抒發情感時，也往往寓情於事、寄情於景；陸游很少對客觀現實生活作具體的鋪敘或細緻的刻畫，而是書寫個人的主觀感受，常常將巨大的現實內容壓縮在一首短詩裡，譬如他在〈夜讀范至能《攬轡錄》言中原父老見使者多揮涕，感其事，作絕句〉這首詩中說：「公卿有黨排宗澤，帷幄無人用岳飛」，對仗工整，文字簡錬，宗澤跟岳飛如何被人排擠與陷害，實則都已經濃縮在這兩句抒情色彩濃厚的句子中了。一般來說，陸游的詩，概括性跟敘事性很強，而故事性則比較薄弱；同樣的題材，可能杜甫會寫成一首長篇古風，到了陸游手裡卻可能變成一首抒情意味很濃的絕句，像「三吏」、「三別」那種標準的敘事詩在《放翁集》裡固然沒有，就是像白居易那種夾敘夾議的諷刺詩，陸游也是絕少創作的[26]。

陳肇興之作，不乏如杜甫那般的敘事詩，如〈大水行〉、〈遊龍目井感賦百韻〉、〈揀中大風雨歌〉、〈番社過年

歌〉、〈火炎行〉、〈虎子山歌〉、〈土牛〉、〈自許厝寮避賊至集集內山次少陵〈北征〉韻〉、〈羅山兩男子行〉、〈相逢行贈曾汝泉〉、〈祭旗後一日六保背約燬陷義莊無數予一家四散在重圍中瀝血成詠〉、〈感事述懷五排百韻寄家雪洲兼鹿港香鄉諸友〉等，舉其〈虎子山歌〉以略見其風格：

> 虎子山，禾芄芄，昔時民田今在官，官家有田萬千頃，取諸頑民民不省。田園父老爲予言，此是當時陳家園。陳家昔日擅豪華，俠少盈門因在家。市上殺人官不問，欄中盜牛誰敢挈？盜牛殺人不知數，可憐天狗墮門戶。朝懸大纛擬侯王，暮上檻車作囚虜。田園萬頃金千億，輸入官倉藏不得。六親散盡緦麻空，不論老少皆誅殛。至今春雨杏花時，麥飯無人祭寒食。寒食年年春復秋，桑麻依舊綠陰稠。惟聞隴上耕耘處，夜夜鬼哭聲呦呦。聲呦呦，訴悲愁；前人田地後人收，後人不悟前人憂。君不見唐朝鉏菜翁，臨刑淚交流；又不見今日虎子山之田兮，苗油油？

此詩從當地陳姓土豪劣紳昔日之橫行霸道到後來滿門抄斬、鬼聲啾啾，整個發展大起大落，敘述得跌宕有致，波瀾起伏，允爲佳構，與杜甫諸篇「新樂府」作品有異曲同工之妙。另外，陳肇興也有多首與陸游風格相似的詩作，如一八五三所作的〈感事〉、一八六三年所作的〈葫蘆墩〉、〈與韋鏡秋上舍話舊即次其即事原韻〉、〈肚山漫興〉、〈閒居〉、〈揀中感事〉、〈感事漫興〉、〈山居漫興〉、〈感事〉等，舉其〈揀中感事〉（共12首）中的三首以作鼎臠之嘗：

> 平疇計日綠雲黃，監割紛紛訴訟堂。話到桑麻情似水，判成虞芮筆如霜。干戈擾擾傳三楚，車馬勞勞走四方。我有一言參末議，古來擒賊必擒王。
>
> 雞蟲得失了何因，擾攘難逃局外身。縮手未能求省事，解懸無力誤因人。功名路絕官奴侮，仕宦交疏父老親。剩有

此心堪自信，焚香夜夜告明神。

請纓無路扣重閽，報國心情托暮雲。籌餉幾時勞大吏，徵兵此地拜將軍。貂蟬狗尾皆承寵，封豕長蛇競策勳。卻笑腐儒憂社稷，年年辛苦送窮文。

可看出這幾首詩作對於社會歷史背景的描寫較為簡潔扼要，而稍重於個人情懷的抒發；但也的確記錄了當時地方文人參與公共行政事務，卻遭遇到種種挫折的情形。不管是「紀亂杜陵詩作史」，還是「抒懷務觀筆能謳」，總之都是著重其詩作的寫實特性，陳肇興亦兼得二家之長。

第四、《陶村詩稿》的全面校讎整理——鄭喜夫的貢獻

《陶村詩稿》之繫年到同治元年（1862）便嘎然而止，其手抄本脫稿與流傳的最早年限可訂在隔年，而下限則在〈題詞〉的作者台灣知府陳懋烈開缺離台當年（1866），然後要到光緒四年（1878）才刊印成書。因此這中間經過了十幾年的輾轉傳抄，魯魚亥豕，錯誤難免。初刻本之後，又有楊珠浦刊印本（1937）、台銀本（1962）、先賢本（1971）等，各版本付梓時，恐怕又有手民之誤。上述情況都造成了後人欣賞、探究陳肇興詩作的嚴重障礙。終於在初刻本刊行整整一百年之後（1978），由鄭喜夫以清刊本為底本，參校其餘各版本，撰成《陶村詩稿全集》（台灣省文獻委員會出版），書中除了校對之外，往往也在詩後援引相關文獻史料作為註釋，對於此詩集的研究大有裨益。再卅年後，則有施懿琳以楊珠浦本為底本進行編校，收錄於《全台詩‧玖》（台南：國立台灣文學館，2008，頁197-310），校對仔細，而且對於其中詩作曾被選錄於連橫《台灣詩乘》、陳漢光《台灣詩錄》、賴子清《台灣詩醇》、《台海詩珠》等詩話或詩選也都逐一註明，是當前流通較廣的善本。

第五、解嚴後學者們日漸深入的探究

在解嚴之後，關於台灣文史的各方面研究日漸抬頭[27]，與陳肇興相關的研究，也陸陸續續出現，如龔顯宗、江寶釵、施懿琳、林翠鳳等學者的撰述，其中以施、林兩位學者的研究貢獻最大。

施懿琳教授的碩、博士論文分別是《日據時期鹿港民族正氣詩研究》（1985）以及《清代台灣詩所反映的漢人社會》（1990），她對於明鄭時期以降，包括清領、日治到戰後的台灣古典詩研究著力甚深，至於針對陳肇興的研究則從她的博士論文開始出現一些零星的論述，到一九九六年第二屆台灣本土文化學術研討會中發表的〈咸同時期台灣社會面相的顯影——以陳肇興《陶村詩稿》為分析對象〉則是戰後以來，第一篇較大篇幅關於陳肇興及其詩作的研究。翌年施懿琳於其所著《彰化縣文學發展史》之〈清領後期以彰邑人士為主的文人及其作品〉這一節，以多達六千餘字來全面論述陳肇興的生平經歷以及詩作的特色與價值。從這數篇論文裡，可看到作者論述的發展痕跡，例如在博士論文中，猶承連橫之誤，而云其乃咸豐八年中舉，後來在一九九六年的論文中便已修正；博士論文裡尚未標明陳肇興生於幾年，到一九九六年便已經標上「1931～？」；一九九六年的論文只是探討其詩作的社會面向，到了翌年便已經是全面性的探討了，其論述日漸深入，為後繼者奠下深厚的基

林翠鳳著《陳肇興及其陶村詩稿之研究》（台中：弘祥出版社，1999）封面。

---

27 甚至有以「顯學」稱之者，事實上，我國每年產生的學位論文當中，以中國文史為主題的論文篇數至今仍然遠遠多於以台灣文史為主題者。

· 033 · 第一章 陳肇興研究的回顧與展望 ·

礎。

　　林翠鳳教授在一九九九年之前所發表論文的研究範圍仍以中國文學為主[28]，她第一篇關於台灣文學的論文就是針對陳肇興的研究〈竹與檳榔的文獻觀察——以《陶村詩稿》為例〉，之後持續多年發表多篇論文，同樣都以此為研究主題，而其《陳肇興及其《陶村詩稿》之研究》（台中：弘祥出版社，1999）即以這許多篇單篇論文為基礎，再作進一步的深入探討。第一本以陳肇興及其詩作為研究焦點的專書終於出現了，這也是陳肇興研究發展史上的重要里程碑。

第六、在眾多地方志書之中頻繁的出現

　　由於陳肇興的詩作具有極高的社會現實取向，只要他行跡所至，往往會歌詠當地的自然、人文風景；在戴案之前是如此，戴案期間更是明顯。所以各種相關志書都頻繁的引用他的詩作，從全台的志書如《台灣省通志稿》（1958）、《台灣省通志》（1971）、《重修台灣省通志》（1997）到縣市鄉鎮的志書如《彰化縣志稿》（1958）、《南投縣志稿》（1954～1978）、《台南縣志》（1980）、《台中市志稿》（1983）、《龍井鄉志》（1996）、《彰化市志》（1997）、《集集鎮志》（1998）、《竹山鎮志》（2001）等，都或多或少的收錄陳肇興詩作及其小傳。

　　這些志書中的記載每每把連橫〈陳肇興列傳〉的文字照單全收，少有新的訊息。不過在《集集鎮志》中，由張志相所撰寫的〈人物志〉卻有兩項特別的資訊：第一、生年訂於一八

28　例如其碩士論文《王國維對商周古史之研究》（高雄：高雄師範大學國文所，1990）以及〈清代名人傳略‧李漁傳〉糾補〉（《中國書目季刊》，第24卷2期，1990年9月，頁34-48）、〈柳宗元諷諭體散文論析〉（《孔孟月刊》，第33卷6期，1995年2月，頁37-42）、〈我國歷代蒙書析論〉（《台中商專學報》，第29期，1997年6月，頁253-275）、〈呂大臨考古圖探析〉（《台中商專學報》，第30期，1998年6月，頁325-335）等

三二年，其他文獻有標明生年的都訂在一八三一年。第二、寫道陳肇興是彰化市「暗街人」，其他文獻都只有寫彰化市人而已，這兩項資料亦頗值得注意（本書在往後的章節會有深入探討）。

第七、在台灣文學史專書裡面的論述

　　目前台灣文學史的通史類論著，主要有葉石濤《台灣文學史綱》（高雄：春暉出版社，1987）、劉登翰等編《台灣文學史》（福州：海峽文藝出版社，1991）、林文寶等《台灣文學》（台北：萬卷樓圖書公司，2001）、古繼堂主編《簡明台灣文學史》（北京：時事出版社，2003）等，另外，尹雪曼總編纂《中華民國文藝史》（台北：正中書局，1975）其中各章節的〈復興時期〉之論述，實則亦屬於現今認定的「台灣文學」範疇。

劉登翰等編《台灣文學史》（福州：海峽文藝出版社，1991）封面。

　　至於專門針對台灣古典詩的通史類論著則有廖一瑾《台灣詩史》（台北：文化大學中文所博士論文，1983；台北：文史哲出版公司，1999）、江寶釵《台灣古典詩面面觀》（台北：巨流出版公司，1999），另外還有施懿琳《從沈光文到賴和——台灣古典文學的發展與特色》（高雄：春暉出版社，2000）雖是作者先前發表論文的總集，不過也自成體系；龔顯宗《台灣文學家列傳》（台北：五南圖書出版公司，2000）所述都是台灣的古典文學家，與施著一般，皆彷彿一部台灣古典文學史。在這些論著當中，有以下幾點現象頗堪注意：

1. 仍有許多沒有論及陳肇興：

在台灣文學的研究史上，現代文學雖然被投注較多目光，但是古典文學其實是不容忽視的一部份，萬卷樓本的序文〈我們的**台灣文學**〉在開頭第一句就是「台灣新文學是二十世紀的產物」，書中〈**台灣文學**作家的分布與成就〉此章只述及**現代文學**作家，而且對於「台灣文學的界定與流變」說道：「『台灣文學』本應涵括古典與現代兩大範疇」，但是接著卻說「本文所指稱的『台灣文學』專以

古繼堂主編《簡明台灣文學史》（北京：時事出版社，2003）封面。

『新文學』為主，不涉及古典文學的部分」[29]，似有矛盾之處。這一章也從葉石濤《台灣文學史綱》引述了台灣古典文學作家與作品書目（裡面自也提到了陳肇興《陶村詩稿》），然而卻加上了一句「創作量雖不多」[30]，殊不知台灣古典文學從明鄭迄今，就「量」而言，可能還在現代文學之上[31]。在這一本《台灣文學》裡面，台灣古典文學作家幾乎都消失匿跡，當然也包括陳肇興。

至於《中華民國文藝史》裡的〈詩歌·舊詩·復興時期〉一節，則幾乎全部都在論述日治（提及林癡仙、林幼春、莊太岳、林小眉）以及戰後（有賈景德、陳含光、張昭芹、張維翰、梁寒操、周棄子、李漁叔等人的論述）。但亦有提及主要活躍於清領時期的丘逢甲，其他都闕而不論，這可能與本書的主題「中華民國文藝史」有關，蓋認為民國元年（1912）以後

29　林文寶等，《台灣文學》（台北：萬卷樓圖書公司，2001），頁10。
30　同前註，頁11。
31　施懿琳，《從沈光文到賴和——台灣古典文學的發展與特色》，頁1。

才屬於此一範疇（丘逢甲到民國成立隔年才過世，故也列入民國之作家之中），所以沒有關於陳肇興的論述資料。

廖一瑾《台灣詩史》是台灣古典詩史的開山之作，但是書中對於十九世紀的我國在地詩人方面，提到了鄭用錫、蔡廷蘭、林占梅、陳維英等，但是卻獨漏了同時期的陳肇興。再三翻檢之下，發現書後的參考書目裡也沒有《陶村詩稿》（1989年的武陵出版社版及1999年的文史哲出版社版皆然），期待作者日後的增補。

2. 諸本關於陳肇興作品的論述比較

葉石濤本、劉登翰本、古繼堂本都給予古典文學應有的篇幅。尤其是在劉登翰本之中，包恆新撰寫的第一編〈古代文學〉的二、三章，及汪毅夫撰寫的第二編〈近代文學〉全部，可視為一部條理井然、簡潔扼要的終戰前台灣古典文學史。這三部書都有關於陳肇興之論述：**葉石濤**對陳肇興的介紹很明顯的參考了楊雲萍《台灣史上的人物・陳肇興》一文，以「平明寫實，真情流露」概括陳詩之主要特點。**汪毅夫**的論述則有大半錄自他之前的著作《台灣近代文學叢稿》中關於陳肇興的段落，認為歌詠台灣風物的詩作（如〈赤崁竹枝詞〉）最為可讀。**古繼堂**的《簡明台灣文學史》則可以看出受到包恆新《台灣知識辭典》的影響，強調〈由港口放洋望海上諸嶼，尋台山來脈處，放歌〉這首詩作是「描寫台灣與大陸關係的詩中佳品」（詳後文）。而在專論台灣古典文學的**施懿琳**與**江寶釵**兩位之著作中，不約而同的都著重於陳肇興詩作的社會現實關懷。至於**龔顯宗**之作原本是發表在一般大眾取向的《鄉城生活雜誌》上，敘述陳肇興一生事蹟，並夾引其詩作，頗為淺顯易懂。

第八、在各詩選中的收錄情況

在戰後出現許多台灣古典詩的選錄（期刊論文或是書籍），陳肇興在裡面或有或無，都值得一提[32]。陳漢光編《台灣詩選》（台中：台灣省文獻委員會，1971）有「台灣千家詩」的稱號，是目前台灣古典詩選中卷帙最浩繁者，收錄將近七百家，共五千餘首詩作[33]，書中收錄陳肇興詩作有七十一題，共一百一十五首，篇幅不可謂不大，約佔了整部《陶村詩稿》（共四百五十五首）的四分之一。

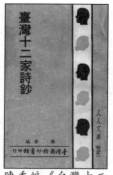

陳香編《台灣十二家詩鈔》封面。

陳香編《台灣十二家詩鈔》（1980年出版）則包括了沈光文、高拱乾、孫元衡、阮蔡文、劉家謀、鄭用錫、蔡廷蘭、施士洁、林朝崧、丘逢甲、梁子嘉、連橫等，共十二家，編者在〈緒言〉之中自述其編選的標準是「先強調起道統」（但是並未說明是怎樣的「道統」），對於「落選」的其他詩家，「尚有洪棄生、蔡國琳、胡殿鵬、趙劍樓、謝頌臣、賴雨若、林南強、王友竹、陳肇興、莊太岳等二十餘家傑作，則均選入《瀛海詩鈔》之中，正待校繕」[34]，然而至今未見該書的出版。

陳昭瑛《台灣詩選注》出版時（1996），號稱「截至目前為止最深入淺出、最具可讀性的台灣詩選讀本」（封面折頁），清領時期十四家裡，有章甫、蔡廷蘭、林占梅、陳肇興四家在地詩人（施士洁與丘逢甲被安置在「日據時期」一章裡面），雖然選進了陳肇興，不過，施懿琳、許俊雅指出：

咸同年間彰化文士陳肇興一生最具代表性的作品為記錄戴

---

32 關於台灣各古典詩選本的歸納分析，可參考：顏敏耀，〈接受、典律與拼圖——從詩選建構台灣古典詩史〉，《第二屆人文中央論壇論文集》，桃園：中央大學文學院，2009。

33 陳漢光，〈台灣千家詩——《台灣詩錄》〉，《台灣風物》，第22卷3期，1972年9月，頁10。

34 陳香，《台灣十二家詩鈔》（台北：台灣商務印書館，1980），頁3。

潮春事件甚詳的〈咄咄吟〉兩卷，其中有很多嘔心瀝血，令人動容的好作品。而陳先生卻捨此不取，偏選了陳肇興的少作〈登赤崁城〉、〈五妃祠〉，此實不足以突顯個人作品的風格和特色。這種捨棄成熟時期的佳作不選，而取次等作品的現象，同樣可見於林占梅、莊太岳、洪棄生的身上。[35]

誠哉斯言，陳肇興雖然兼擅各類主題與表達手法，不過其中要以寫實性的詩作最有特色，而陳昭瑛之所以選擇陳肇興的那兩首詩，可能與施、許二位所說「陳先生似乎有一種強烈的『明鄭情結』」[36]有關。

在二○○三年九月出版了一本由楊青矗主編的《台詩三百首》（台北：敦理出版社），可說是目前最具全面性觀照的台灣古典詩選本。正如呂秀蓮在該書序文〈珍惜先人的文學智慧〉一文所指出：**「此書之出版是台灣文化史上的一大創舉，**讓我們有精選台灣古典詩可讀，先人努力收穫的文學智慧，可藉以發揚，傳給後代」[37]，許達然給本書所寫的序文就題為：〈匯合成四百年台灣群體生活的史詩〉[38]，確實如此。而這樣一本涵蓋各種年代、籍貫、階層、詩體、詩類的精挑細選的台灣古典詩選本之中，陳肇興有哪些詩作入選呢？共有七律三首：〈路旁見村女口占〉、〈穫稻〉、〈王田〉，以及七古兩首：〈海中捕魚歌〉與〈大水行〉。

此情況有兩點值得一提：第一，七律與七古正好是陳肇興最擅長的兩種體裁，此詩選正好只選錄他這兩體詩作，頗具慧眼；第二，歷來對陳肇興詩作的論述焦點往往集中在他

---

35 施懿琳、許俊雅，〈台灣古典詩歌系譜的想像——評陳昭瑛《台灣詩選注》〉，《中外文學》，第288期，1996年5月，頁158。

36 同前註。

37 楊青矗，《台詩三百首》（台北：敦理出版社，2003），頁4。

38 同前註，頁5。

戴案間的作品，但是那兩卷詩作在此選本中卻完全沒被收錄，入選的都是描摹庶民生活者，顯得十分特別。其實，這是因為楊青矗自有其獨特的選詩標準，其自序〈追溯四百年來台灣文學的主體性〉說道：「《唐詩三百首》選詩標準，侷限於傳統詩旨溫柔敦厚的作品，有關社會民生的寫實詩未選收。本選集跳脫此窠臼，選了不少非溫存敦厚的作品，及值得大家閱讀的**社會寫實詩**」[39]，而《陶村詩稿》的寫實性在這幾首分別描寫農民、漁民與天災的詩作當中皆能充分的表現。

楊青矗編《台詩三百首》封面。

賴子清（瀛社社員、嘉義青年吟社創辦人）先後出版了《台灣詩醇》（台北：自版，1935）、《台灣詩海》（台北：自版，1954）、《台海詩珠》（台北：自版，1982）總共三本台灣古典詩歌選本，都零星收錄了數首陳肇興詩作；在期刊上發表了多篇台灣古典詩作彙集[40]，其中唯獨〈台灣之寫景詩〉未收錄陳肇興詩作，難道他的寫景詩寫得不好？其實不然，《陶村詩稿》中的寫景詩，或豪放奇譎（如〈由港口放洋望海上諸嶼尋台山來脈處放歌〉、〈登洪家天玉樓望火炎山諸峰〉等），或細膩寫實（如〈諸羅道中〉、〈清水巖〉、〈濁水溪〉等），並不輸給詠史與詠物主題的詩作。

此外，王建竹編有《台中詩乘》（台中：台中市政府，

39　同前註，頁11。

40　賴子清，〈台灣科甲藝文集・中台及西瀛篇〉，《台北文物》，第7卷2期，1958年7月，頁96-111（收有陳肇興詩作三首）；賴子清，〈台灣之寫景詩〉，《台灣文獻》，第9卷2期，1958年6月，頁53-88；賴子清，〈台灣詠史詩〉，第9卷4期，1958年12月，頁27-60；賴子清，〈台灣詠物詩〉，第10卷2期，1959年6月，頁155-200。

1976），同樣收有陳肇興詩作，但是在他一九七六至一九七八年間發表的〈台灣中部詩人及其作品〉（共三輯，刊於《台灣文獻》，27卷2期、28卷1期、29卷3期）中，清領時期只選錄了丘逢甲、謝道隆、吳德功，將陳肇興這麼重要的中部詩人給遺漏了，殊為可怪。

第九、博碩士論文中的相關研究

　　除了筆者二〇〇四年完成的碩士論文《陳肇興及其《陶村詩稿》研究》之外，目前全國尚未出現第二本專論陳肇興及其詩作的博碩士論文。不過，倒是有不少論文中都有提到這位詩人及其詩作，本章附錄皆有條列出來，以下簡要概述其中與陳肇興相關的內容：

　　林偉盛《清代台灣分類械鬥之研究》述及〈遊龍目井感賦百韻〉一詩對於吏治與械鬥關係的看法。卓意雯《清代台灣婦女的生活研究》在論述台南娼館的位置時，引用了陳肇興的〈赤崁竹枝詞〉。施懿琳《清代台灣詩所反應的漢人社會》則以陳肇興在戴案間的詩作為論述主題。翁聖峰《清代台灣竹枝詞之研究》敘述了陳肇興竹枝詞的基本特色較類似於一般七絕，沒有像郁永河那般運用了許多口語。連慧珠《「萬生反」——十九世紀後期台灣民間文化之歷史觀察》則從文本分析著手，花了不少篇幅比較了包括陳肇興在內的知識份子階層與民間大眾對於戴案的不同看法，對於陳肇興詩作中表現的儒家意識型態頗有批判。

　　羅士傑《清代台灣的地方菁英與地方社會—以同治年間的戴潮春事件為討論中心（1862～1868）》並未將《陶村詩稿》納入論述範疇，原因竟是「林占梅與陳肇興的詩集事實上也是日治時期所編，因此在內容上是否有所變動則未可知」、「筆者認為從相關的資料上看來，應該只有林豪與吳子光能說得上

是親歷其事」[41]，作者可能只知道《陶村詩稿》有一九三七年楊珠浦版，而不知道有一八七八年的初刻本，故有此誤。

楊永智《明清台南刻書專論》說明陳肇興在清代也是一位重要的藏書家（可惜他的藏書在戴案時都被焚燬一空了），此爲先前學者所未能注意到的。謝瓊怡《濁水溪相關傳說之研究》參考了陳肇興〈濁水溪〉一詩：「滾滾沙兼石，奔流疾似梭。九州添黑水，一笑比黃河。雷雨馳聲壯，滄桑閱世多。不堪頻喚渡，平地有風波」。戴雅芬《台灣天然災害類古典詩歌研究——清代至日據時代》引述了陳肇興之〈大水行〉、〈揀中大風雨歌〉，這兩首詩作是清代古典詩歌中描寫水災、颱風的出色作品。蔣淑如《清代台灣的檳榔文化》參考了陳肇興三首與此主題有關的詩作[42]，指出台灣人在清代就頗有吃檳榔的風氣，不管在地或是遊宦都有不少詩作歌詠之。

張淑玲《台灣南投地區傳統詩研究》選錄陳肇興數首與南投縣有關的詩作：〈羅山聞警間道斗六門入水沙連途中口占〉、〈牛相觸〉、〈哭張郁堂明經〉、〈大水行〉、〈濁水溪〉、〈殉難三烈詩〉，並略加解說賞析，肯定其「詩史」之價值。楊若萍《台灣與大陸文學關係之歷史研究（1652年～1949年）》提出疑問：清領時期台灣的本土文人這麼多位，有哪些可以作爲代表人物呢？在該論文的〈台灣本土文人的興起及其文學活動〉一節中，總共選出了十一位本土文人：陳輝、卓肇昌、潘振甲、章甫、鄭用錫、蔡廷蘭、林占梅、陳肇興、

41 羅士傑，《清代台灣的地方菁英與地方社會—以同治年間的戴潮春事件爲討論中心（1862-1868）》，（新竹，清華大學歷史學研究所碩士論文，2000），頁31。

42 〈檳榔〉：「蒲衣劍佩綠紛披，直幹亭亭出短籬；拔地數弓纔展葉，擎天一柱不分枝；虛心似竹還多節，瘦骨如　卻少絲；日暮蠻兒競猱採，山風吹下子離離」；〈赤崁竹枝詞〉：「檳榔蔞葉逐時新，箇箇紅潮上絳唇；寄語女兒貪黑齒，瓠犀曾及衛夫人」；〈消夏雜詩〉：「蒼籐碧樹綠交加，乳燕雙飛日影斜；一陣晚風香不斷，檳榔破孕欲開花」。

施士洁、丘逢甲、許南英，這個選擇結果頗為剴切適當[43]。

二〇〇五年的兩本與陳肇興的學位論文：丁鳳珍《「歌仔冊」中的台灣歷史詮釋——以張丙、戴潮春起義事件敘事歌為研究對象》與吳青霞《台灣三大民變書寫研究——以古典詩文為主》不約而同的都探討《陶村詩稿》中與戴案相關的詩作，也對於他的傾向官方立場頗有批判之意，至於二〇〇七年撰成的許惠玟《道咸同時期（1821～1874）台灣本土文人詩作研究》則是以宏觀角度將陳肇興與其他同時期的台灣本地詩人並置而論，對於文獻的掌握與處理十分全面且細緻。

綜合觀之，陳肇興在這些論文中所佔的份量有多有少，偏重的角度各有不同，但仍有不少可以繼續開發的空間。此外，其中頗多出自歷史所，陳肇興詩作之社會現實取向，以及歷史文獻價值，由此亦可窺知一二。

第十、中國學者的零星論述

筆者用「陳肇興」、「陶村詩稿」等相關的關鍵字，在「中國期刊網」中搜索，結果並沒有相關的論文。另外，從黃美娥〈中國大陸有關台灣古典文學的研究概況〉[44]中，也可看出丘逢甲確是當中的焦點人物，以其為主題的篇數穩居第一；關於姚瑩、許南英的也有數篇，不過，並未能找到專論陳肇興的論文，在中國的台灣文學研究中，他可說是一位頗被冷落的詩人，然而從前述關於台灣文學史的書籍中，卻也能找出零星的論述，某些內容「言人所未言」，讓人驚詫萬分。

包恆新[45]一九八五年編撰的《台灣知識辭典》曾獲得華東

43　筆者認為前三者流傳作品不多，或可省略；其餘八位都有別集傳世，且在後世都有一定的評價，或可仿茅坤《唐宋八大家文鈔》之例，稱此八人為台灣清領時期古典詩的「八大家」亦不為過。
44　《台灣文學學報》，第1期，2000年6月，頁11～40。
45　1937年生，廈門大學中文系畢業，福建社會科學院福建論壇雜誌社副總編輯、編審。

地區政治理論讀物二等獎（1988）與福建省首屆辭書優秀成果二等獎（1992）。但是，筆者初次讀到該書中對於陳肇興的介紹，卻大感訝異，文中竟說台灣割讓給日本之後，陳肇興曾「短期內渡大陸，遊榕城、玩鼓山、烏山，留下詩作」。陳肇興之妻在光緒十二年（1886）就已經被旌表爲節婦[46]，清代凡是「現存節婦」至少都守節廿年[47]，推算回去，最晚一八六六年的時候，陳肇興就已經過世，一八九五年可能都已經「撿金」撿好了，竟然還能到中國四處遊玩？

古繼堂[48]在《簡明台灣文學史》一書中，除了承襲連橫《台灣通史》之誤，說陳肇興是一八五八年舉人之外，可能因爲陳肇興曾參與鎮壓戴潮春事件，所以古繼堂就說：「他是武官出身」，如此則古繼堂豈認爲陳肇興所中的舉人是「武舉人」？此外，文中還說陳肇興「詩中常談到此事」（筆者按：指戴案），就其語意而言，似乎讓人覺得陳肇興在戴案之後，還屢屢談到當年戴案的回憶。殊不知《陶村詩稿》裡面關於戴案的詩作，全部都是戴案期間所作，完全沒有作於一八六三年之後的回憶之作。

此外，包恆新與古繼堂都很強調陳肇興〈由港口放洋望海上諸嶼，尋台山來脈處，放歌〉這首詩。包恆新在《台灣知識辭典》裡面說：「其作品多反映當時社會生活。追述台灣與祖國大陸淵源關係的作品，更具重要歷史價值」。「反應當時社會生活」是研究學者們的共識，而所謂「追述台灣與祖國大陸淵源關係」即是指上述的那首詩，他認爲這首詩「想像既大膽、豐富，又瀟洒、綺麗」[49]，古繼堂在其所撰《簡明台灣文

---

46 吳德功，《彰化節孝冊》（台北：大通書局，1987），頁25。
47 崑岡等修、劉啓端等纂，《欽定大清會典事例》（台北：新文豐出版社，1976），頁10413。
48 1936年生，著有《台灣新詩發展史》、《台灣小說發展史》、《台灣新文學理論批評史》等，是中國著名的台灣文學研究者。
49 轉引自陳昭瑛，《台灣詩選注》（台北：正中書局，1996），頁119。

學史》中也說此詩「是描寫台灣與大陸關係的詩中佳品」[50]。

其實，陳肇興此詩雖然是在「尋台山來脈處」，並受到當時流傳說法的影響而把台島說是福建鼓山的延續拓展，黃淑璥在《台海使槎錄》就已經這麼論述[51]；噶瑪蘭通判董正官亦有詩云：「閩嶠東南盡海灣，重洋突湧大屛顔，雞籠口踞全台北，信否來龍自鼓山」[52]，但是，陳肇興這首詩作：「鼓山如龍忽昂首，兜之不住復東走，走到滄海路已窮，翻身跳入馮夷宮。之而鱗爪藏不得，散作海上青芙蓉。我從崱屴來，買棹歸鄉里。小焉海潮生，百夫聲齊起。掀碇轉柁飛如龍，倏時已過山千重。回頭卻顧船來處，天半屹立千高峰」云云，與其說是在追述台灣與所謂「祖國大陸」的淵源，毋寧說是當時他赴省城考取舉人，衣錦還鄉，滿懷意氣風發之情的表露。包恆新在該本《台灣文學史》所撰寫的篇章是〈第一編：古代文學〉，行文之間屢屢說道：「作爲中國領土一部份的台灣」[53]云云；古繼堂在《簡明台灣文學史·前言》中同樣強調：「台灣是中國的一部份，台灣文學是中國文學的一部份」[54]。包、古二位會特別提到陳肇興該首詩作，想必是受到這種意識型態的影響[55]。

汪毅夫在《中國近代文學叢稿》（1990年出版）只有對陳肇興〈赤崁竹枝詞〉中的兩首詩作進行賞析，在《台灣文學史》中的論述則兼及其簡要的生平介紹。翌年出版的《中國文

50 劉登翰等，《台灣文學史》（福州：海峽文藝出版社，1991），頁34。
51 黃叔璥，《台海使槎錄》（台北：大通書局，1987），頁7、78。
52 陳淑均編纂，《噶瑪蘭廳志》（台北：大通書局，1987），頁419。
53 劉登翰等，《台灣文學史》，頁99。
54 古繼堂，《簡明台灣文學史》（北京：時事出版社，2003），頁2。
55 其實，清末台灣名儒吳子光（1819～1883，丘逢甲的老師）對於台山來源於鼓山的這種說法頗感不以爲然：「郡志云：朱文公登鼓山占地脈，有『龍渡滄海』之語，形家遂謂台山胚胎於鼓山，不知台山壁立萬仞，空諸依傍，獨闢海外乾坤，以鼓山擬之，直培螻耳！……看山猶作文，文章須自成一家，言此種依傍門户之見，山靈能無恫乎？」（見吳子光，《台灣紀事》，台北：大通書局，1987，頁4）。

學大辭典》中收錄了「陳肇興」與「陶村詩稿」兩條詞目，由
邱鑄昌所撰寫，則大致以《陶村詩稿》書前的略傳、序文為依
據。兩者對於陳肇興中舉的年份也都還承襲連橫之誤而作「咸
豐八年」。

朱雙一《閩台文學的文化親緣》（福州：福建人民出版
社，2003）的寫作特色是強調福建與台灣的關連性，凸顯台灣
各種文化與福建之間的相似處，其中〈《陶村詩稿》：分類械
鬥的描述和勸誡〉（頁156-162）一節亦然。除此特點之外，
其餘很大部分都是參考施懿琳〈咸同時期台灣社會面向的顯影
——以陳肇興《陶村詩稿》為分析對象〉一文的論述，未有個
人獨到之看法。

整體而言，中國學者的相關論述對於陳肇興的研究，目前
尚無突出的成果。其實，在中國可能也有一些檔案文獻與陳肇
興有關（可能是族譜或科舉相關資料），就如汪毅夫曾經利用
福建當地的文獻資料而撰寫《台灣詩人在福建》，我們也同樣
期待有關於「陳肇興在福建」的相關論述出現。

第十一、第一本專論陳肇興及其詩作的碩士論文出現

筆者二〇〇四年完成之《陳肇興及其《陶村詩稿》研究》
為第一本專論陳肇興及其詩作的碩士論文，由李瑞騰教授指
導。該論文之研究目的主要有二，分別是關於陳肇興的個人傳
記資料考證以及其詩作內容之探析。研究資料包括其詩集《陶
村詩稿》、台灣清代各時期的各地方志書、清政府公文書檔
案、日治時期戶籍記錄、同時期詩人作品以及其他相關的文史
資料等。

筆者的研究計畫當初送交外審的結果，審查的教授認為：
此主題已經有人作了全面的研究（指林翠鳳教授《陳肇興及其
《陶村詩稿》之研究》，所以建議筆者「即刻放棄此論文之撰

寫」。經歷多時天人交戰，心中原本也興起「眼前有景道不得，崔顥題詩在上頭」之感，後來還是毅然決定要繼續研究此一題目，而主要採用兩個策略：

其一爲新資料的發掘，花費更多精神以蒐羅相關資料，並且作第一手資料的蒐集，例如地方耆老的訪談與古蹟的實地踏查，果眞在很多地方獲得嶄新的結論；其二是避其鋒銳而另闢蹊徑，林書對於戴案間陳肇興的作品著力頗深，筆者論述《陶村詩稿》之現實特色時，則將焦點另外集中於「分類械鬥」以及「原住民」兩方面，並且大量引用其他詩人相關主題的詩作，以凸顯陳肇興的特色所在，此亦獲得不錯的成效。此外，論文亦有三則附錄，分別是〈陳肇興《陶村詩稿》作品數量分析及目次一覽〉、〈陳肇興鄉試同年友鍾大鈞硃卷〉及〈陳肇興及其《陶村詩稿》相關研究資料一覽表〉，尤其是最後一則更是筆者花費多時整理而成，每一則研究資料都附上重點摘錄，令人一目了然，對於有志研究陳肇興的學者而言，應該甚感便利。

西哲柏拉圖在《理想國》第七卷有一著名的「洞穴之喻」：一群囚犯被禁錮在洞穴裡，多年來誤以爲眼前石壁上的光影就是世界上的一切，後來有一囚犯逃出洞穴，才猛然發覺世界是如此鳥語花香、五彩繽紛。筆者對於台灣古典文學的研究亦有類似之感，由李瑞騰老師循循善誘，引導筆者走入台灣文學研究一途之後，日漸得窺其「宗廟之美、百官之富」。自從決定要以陳肇興及其《陶村詩稿》作爲論文主題之後，本著「上窮碧落下黃泉，動手動腳找材料」的精神，將所有與研究主題相關的資料全部蒐羅評析一番，乃能順利撰成此一學位論文。

第五節　小結

　　透過前文所述，從清領、日治到戰後三個時期總共一百多筆的資料評述，可以讓吾人掌握這百餘年來所有與陳肇興有關的資料──清領時期僅有簡單幾句之相關評論，仍處於篳路藍縷的時期；到了日治時期，正如「犁牛之子騂且角，雖欲勿用，山川其舍諸？」（《論語》），《陶村詩稿》越來越受到注意，連日籍學者讀後都拍案叫絕、讚賞不已。

　　可惜到了戰後，由於政治意識型態因素，所有台灣文史的研究都受到壓抑，連帶使得陳肇興也從台灣人的集體記憶中逐漸消失，但是相關的論述仍然不絕如縷。到解嚴之後，終於有大量的研究成果出現，而陳肇興的研究專書與學位論文專論的出現更可視爲研究累積的里程碑。但是仍然有很多相關問題尚未解決，還有不少可以繼續研究的空間（詳見本書第八章）。

　　本章是以筆者的碩士論文第二章爲基礎，再將近年來的新資料繼續容納進來，並且採納二〇〇五年投稿《彰化文獻》時，審稿委員提供的寶貴的意見，仔細改寫修訂而成。謹以此文提供學界有志於此者參考，俾能全面掌握目前研究情況，以進行更深入的分析探討，也希望一些關於陳肇興的疑團能早日解開。筆者更相信有朝一日陳肇興的詩歌一定會被選錄於我國的國文教科書中，讓我們的孩子們能夠欣賞到這位「礦溪文學的先行者」、「彰化傳奇詩人」的優秀作品。

著錄資料

一、清領時期

1. 不著撰人《福建省鄉試題名錄・咸豐玖年己未恩科並行戊午正科》，《清代譜牒檔案・內閣》（北京：中國第一歷史檔案館拍攝微捲，1859），未標頁碼。

2. 陳懋烈〈陶村詩稿題詞〉（收錄於陳肇興《陶村詩稿》，台北：龍文

出版社，1992），扉頁。

3. 不著撰人，《清宮諭旨檔台灣史料》（台北：國立故宮博物院，1996），頁4621-4622。

4. 陳肇興等，《宮保第文書·戴案具稟（5）》，未出版，1864年。

5. 不著撰人，《清宮月摺檔台灣史料》，台北：國立故宮博物院，頁591-592、頁596-597。

6. 丁曰健，《治台必告錄》（台北：大通書局，1987），頁445-446、448。

7. 林豪，《東瀛記事》（南投：台灣省文獻委員會，1997），頁58。

8. 呂汝修、呂汝玉、呂汝成，《海東三鳳集》（高雄：台灣史蹟研究中心，1981），頁17、54-55。

9. 蔣師轍、薛紹元纂，《台灣通志》（台北：大通書局，1987），頁400、862-864。

10. 倪贊元編，《雲林縣采訪冊》（台北：大通書局，1987），頁171、206。

11. 吳德功，《戴施兩案紀略》（台北：大通書局，1987），頁1、39-40。

二、日治時期

（一）漢文資料：

1. 王松，《台陽詩話》（台北：大通書局，1987），頁2。

2. 吳德功，《瑞桃齋詩稿》（南投：台灣省文獻委員會，1992），頁1。

3. 連橫，《台灣通史》（台北：大通書局，1987），頁618、983。

4. 吳德功，《瑞桃齋詩話》（南投：台灣省文獻委員會，1992），頁156。

5. 連橫，《台灣詩乘》（台北：大通書局，1987），頁175-178。

6. 蔡青筠，《戴案紀略》（南投：台灣省文獻委員會，1997），頁1、46-47。

7. 連橫，〈遺集待刊豫告〉，見《台灣詩薈》（台北：成文出版社，1977；原為第1號，1924年2月），頁50。

8. 連橫，〈台灣詩社記〉，見《台灣詩薈》（台北：成文出版社，1977；原為第2號，1924年3月），頁95-98。

9. 連橫，〈遺集附刊豫告〉，見《台灣詩薈》（台北：成文出版社，1977；原為第3號，1924年4月），頁164。

10. 吳德功，〈陶村詩稿序〉，見《台灣詩薈》（台北：成文出版社，1977；原為第3號，1924年4月），頁159-160。

11. 連橫，〈台灣詩薈發行，賦示騷壇諸君子〉，見《劍花室詩集·寧南詩草》（台北：大通書局，1987），頁63-64。

12. 賴子清編，《台灣詩醇》（台北：自版，1935），頁134、208、214、215、270、296。

13. 楊珠浦，〈陳肇興先生略傳〉，陳肇興，《陶村詩稿》（台北：龍文出版社，1992；原刊於1936），扉頁。

14. 楊珠浦，〈記〉，陳肇興，《陶村詩稿》，同前引書，扉頁。

15. 林耀亭，〈重刊陶村詩稿序〉，陳肇興，《陶村詩稿》，同前引書，扉頁。

16. 不著撰者，《民報家庭寶典》，台北：台灣新民報社，1937，頁165。

（二）日文資料：

1. 伊能嘉矩，《台灣文化誌》（台北：南天書局，1994；原刊為東京：刀江書院，1928），頁111。

2. 尾崎秀真，〈清朝時代の台灣文化〉，收錄於《續台灣文化史說》（台北：台灣文化三百年紀念會，1931），頁102；亦收錄於改版發行之《台灣文化史說》（台南：台南州共榮會台南支會，1935），頁263-264。

3. 市村榮，〈台灣關係誌料小解〉，《愛書》，第10輯，1938年4月，頁205-230。

4. 尾崎秀真，〈清朝治下に於ける台灣の文藝〉，《愛書》，第10輯，1938年4月，頁95-97。

5. 神田喜一郎、島田謹二，〈台灣に於ける文學について〉，《愛書》，第14輯，1941年5月，頁9。

6. 黃得時，池田敏雄，〈台灣に於ける文學に書目〉，《愛書》，第14輯，1941年5月，頁32。

7. 黃得時，〈台灣文學史序説〉，《台灣文學》，第3卷3期，1943年7月，頁2-11。

三、戰後迄二〇〇七年

1. 楊雲萍，《台灣史上的人物·陳肇興》（台北：成文出版社，1981），頁215-216（原載《中華日報》，1952年5月6日）。

2. 介逸，〈維英中舉略錄〉，《台北文物》，第2卷2期，1953年8月，頁359-363。

3. 賴子清編，《台灣詩海》（台北：自版，1954），頁13、125、170、209。

4. 劉枝萬，《南投縣志稿》（台北：成文出版社，1983；原刊本由南投縣政府出版，1954～1978），頁3798-3799、3889-3895。

5. 毛一波，〈清代台灣詩話〉，《台北文物》，第4卷4期，1956年2月，頁140-150。

6. 徐坤泉、廖漢臣、王金連，《台灣省通志稿·學藝志·文學篇》（台北：台灣省文獻委員會，1958），頁174-187。

7. 賴熾昌等，《彰化縣志稿·文化志·藝文篇》（台北：成文出版社，1983；原刊本為彰化縣文獻委員會出版，1958～1976），頁1444、1500-1510。

8. 賴子清，〈台灣科甲藝文集：中台及西瀛篇〉，《台北文物》，第7

卷2期，1958年7月，頁99。

9. 賴子清，〈台灣詠物詩〉，《台灣文獻》，第10卷2期，1959年6月，頁186、190。

10. 王詩琅，《台灣省通志稿·卷七·人物志·第二冊》（台北：台灣省文獻委員會，1962），頁108。

11. 李道顯編，《台灣文獻目錄》（台北：中國文化學院，1965），頁255。

12. 王建竹等，《台中市志稿·藝文志》（台北：成文出版社，1983；原刊本由台中市文獻委員會出版，1965），頁3808-3816。

13. 吳蕤，〈戴潮春之亂與陳肇興的咄咄吟〉，《暢流》，第35卷4期，1967年4月，頁2-4。

14. 陳英方，〈讀陳伯康陶村詩稿〉，《應社詩薈》（彰化：應社，1970）頁106。

15. 吳藹秋，〈讀陶村詩稿〉，《應社詩薈》，前引書，頁156。

16. 徐坤泉、廖漢臣，《台灣省通志·卷六·學藝志·藝文篇》（台北：台灣省文獻委員會，1971），頁41b-42a。（附記：本《台灣省通志》由林衡道、李汝和主修，張炳楠監修，盛清沂等纂修，由台灣省文獻委員會在1968-1973年間編纂出版，下二則同）。

17. 徐坤泉、廖漢臣，《台灣省通志·卷六·學藝志·文徵篇》（台北：台灣省文獻委員會，1971），頁66a-68a。

18. 徐坤泉、廖漢臣，《台灣省通志·卷七·人物志·學行篇》（台北：台灣省文獻委員會，1971），頁311b-312a。

19. 陳漢光編，《台灣詩錄》（台北：台灣省文獻委員會，1971），頁804-830。

20. 王國璠，〈《陶村詩稿》提要〉，《台灣先賢集·第二冊·陶邨詩稿》（台北：台灣中華書局，1971），頁1103。

21. 葛建時編，《台灣詩選》（台北：台灣商務印書館，1973），頁51、54、67、133、198。

22. 王國璠編撰，《台灣先賢著作提要》（新竹：台灣省立新竹社會教育館，1974），頁68。

23. 林文龍，〈鹿谷鄉舉人林鳳池傳略〉，《台灣文獻》，第26卷1期，1975年3月，頁69-70。

24. 王建竹，《台中詩乘》（台中：台中市政府，1976），頁7、89-96。

25. 毛一波，〈台灣的文學簡介〉，《台灣文獻》，1976年3月，第26卷4期，頁24-30。

26. 吳幅員，《台灣文獻叢刊提要》（台北：台灣銀行經濟研究室，1977），頁68。

27. 王國璠、邱勝安，《三百年來台灣作家與作品》（高雄：台灣時報社，1977），頁97-100。

28. 鄭喜夫，〈弁言〉，鄭喜夫校訂，《陶村詩稿全集》（台中：台灣省文獻委員會，1978），頁1-3。

29. 林文龍，《南投縣學藝志稿》（南投：南投縣政府，1979；此為《南投文獻叢輯》第25集），頁47-53。

30. 林文龍編，《台灣詩錄拾遺》（台中：台灣省文獻委員會，1979），頁105。

31. 吳萱草、吳新榮，《台南縣志・卷九、雜志》（台北：成文出版社，1983；原刊本由台南縣政府出版，1980），頁78。

32. 黃耀東，《台灣文獻圖書簡介》（台中：台灣省文獻委員會，1981），頁217-218。

33. 賴子清編，《台海詩珠》（台北：自版，1982），頁54-55。

34. 陳香編著，《台灣竹枝詞選集》（台北：台灣商務印書館，1983），頁154-155。

35. 林文龍，〈記清初處士蔡催慶及其作品〉，《台灣史蹟叢論・中冊》（台中：國彰出版社，1987），頁139-146。

36. 包恆新，《台灣知識辭典》（福州：福建人民出版社，1987），頁49-50、304。

37. 黃富三,《霧峰林家的興起》(台北:自立晚報,1987),頁312、313。

38. 林偉盛,《清代台灣分類械鬥之研究》(台北:政治大學歷史所碩士論文,1988),頁113。

39. 卓意雯,《清代台灣婦女的生活》(台北:自立晚報,1993;改寫自氏著《清代台灣婦女的生活研究》,台北:台灣大學歷史所碩士論文,1990),頁128。

40. 施懿琳,《清代台灣詩所反應的漢人社會》(台北:台灣師範大學國文研究所博士論文,1991),頁175-176、541。

41. 鄭喜夫,《連雅堂先生年譜》(南投:台灣省文獻委員會,1991),頁137-138。

42. 邱鑄昌,《中國文學大辭典》(台北:百川書局,1994;原簡體字版為馬良春、李福田主編《中國文學大辭典》,天津:天津人民出版社,1991),頁1865-1866、1890。

43. 汪毅夫,〈第二編·近代文學〉,劉登翰、莊明萱、黃重添、林承璜主編《台灣文學史》(福州:海峽文藝出版社,1991),頁218-219。

44. 撰者不詳,〈陶村詩稿〉,《陶村詩稿》(台北:龍文出版社,1992),扉頁。

45. 台灣文獻類編輯室,〈陶村詩稿編印說明〉,收錄於陳肇興《陶村詩稿》(台北:龍文出版社,1992),扉頁。

46. 康原,〈彰化文學的精神傳承〉,《中華日報》,1993年5月22日;後收錄於氏著《尋找彰化平原》(台北:常民文化公司,1993),頁140-143。

47. 施懿琳等,《台中縣文學史》(台中:台中縣文化中心,1995),頁43。

48. 連慧珠,《「萬生反」——十九世紀後期台灣民間文化之歷史觀察》(台中:東海大學歷史所碩士論文,1995),頁55-56。

49. 翁聖峰，《清代台灣竹枝詞之研究》（台北：文津出版社，1996），頁102、103、190。

50. 陳炎正主編，《龍井鄉志·藝文志》（台中：龍井鄉公所，1996），頁381-384。

51. 施懿琳，〈咸同時期台灣社會面相的顯影——以陳肇興《陶村詩稿》為分析對象〉，收錄於《第二屆台灣本土文化學術研討會論文集》（台北：台灣師範大學，1996），頁55-72。後修訂更名為〈清領中葉在地詩人的本土關懷與現實書寫——以陳肇興《陶村詩稿》為分析對象〉，施懿琳，《從沈光文到賴和——台灣古典文學的發展與特色》（高雄：春暉出版社，2000），頁135-167。

52. 施懿琳，《彰化文學圖像》（彰化：彰化縣立文化中心，1996），頁53-56。

53. 陳昭瑛，《台灣詩選注》（台北：正中書局，1996），頁118-119。

54. 林文龍，〈黃任《香草箋》對台灣詩壇的影響〉，《台灣文獻》，第47卷1期，1996年3月，頁207-222。

55. 施懿琳、許俊雅，〈台灣古典詩歌系譜的想像——評陳昭瑛《台灣詩選注》〉，《中外文學》，第288期，1996年5月，頁156-164。

56. 龔顯宗，〈鄉土詩人陳肇興〉，《鄉城生活雜誌》，第33期，1996年10月，頁40；後收錄於氏著《台灣文學家列傳》（台北：五南圖書出版公司），頁121-138。

57. 黃淵泉，《重修台灣省通志·卷十·藝文志·著述篇》（南投：台灣省文獻委員會，1997），頁220-221。

58. 曾守湯，《重修台灣省通志·卷十·藝文志·文學篇》（南投：台灣省文獻委員會，1997），頁294-301。

59. 施懿琳，《彰化文學發展史》（彰化：彰化縣立文化中心，1997），頁75-80。

60. 連慧珠、周士堯、鄭華，《彰化市志·第十篇、文化》（彰化：彰化市公所，1997），頁608-609。

61. 陳熙揚，《彰化市志・第十一篇、人物》（彰化：彰化市公所，1997），頁764。

62. 楊碧川，《台灣歷史辭典》（台北：前衛出版社，1997），頁34、302。

63. 邱正略，《重修台灣省通志・卷九、人物志・人物傳篇・陳肇興》（南投：台灣省文獻委員會，1998），頁436。

64. 吳錦順，《彰化百家詩品賞析》（彰化：彰化市社會教育工作站，1998），頁119。

65. 劉碧蓉，《芬園鄉志・第九篇、文化篇》（芬園：芬園鄉公所，1998），頁452-453。

66. 張志相，《集集鎮志》（南投：集集鎮公所，1998），頁906。

67. 林文龍，《社寮三百年開發史》（南投：社寮文教基金會，1998），頁87。

68. 康原，《八卦山文史之旅：磺溪舊情》（彰化：彰化縣文化中心，1998），頁18。

69. 康原，〈半線明月映磺溪〉，《尋找彰化平原》（台北：常民文化，1998），頁41-43；後修訂更名為〈磺溪精神的繼絕啓後：文風流播・彰化縣〉，唐健風主編，《歡喜新台灣》（台北：中華文化復興運動總會，1999），頁259-261。

70. 陳劭倫編定，《陳氏譜系暨陳氏歷代賢傑傳目錄》（屏東：東益出版社，1998），頁434。

71. 江寶釵，《台灣古典詩面面觀》（台北：巨流圖書公司，1999），頁160-161、291。

72. 林文龍，〈台灣早期詩文作品編印述略（1684～1945）〉，東海大學中文系編輯，《台灣古典文學與文獻》（台北：文津出版社，1999），頁94。

73. 吳福助主編，《台灣漢語傳統文學書目》（台北：文津出版社，1999），頁71-72。

74. 林翠鳳，〈竹與檳榔的文獻觀察——以《陶村詩稿》為例〉〉，《台中商專學報》，第31期，1999年6月，頁111-130；後收錄於氏著《陳肇興及其《陶村詩稿》之研究》（台中：弘祥出版社，1999），頁165-183。

75. 林翠鳳，《陳肇興及其《陶村詩稿》之研究》，台中：弘祥出版社，1999。

76. 羅士傑，《清代台灣的地方菁英與地方社會——以同治年間的戴潮春事件為討論中心（1862-1868）》（新竹：清華大學歷史學研究所碩士論文，2000），頁30-31。

77. 蔡志展編，《清代台灣三十三種地方志、采訪冊、記略人名索引》（台北：國立中央圖書館台灣分館，2000），頁997。

78. 林翠鳳，〈論陳肇興《陶村詩稿》淵源於杜甫說〉，《台灣文學學報》，第1期，2000年6月，頁67-106；內容大致同於氏著《陳肇興及其《陶村詩稿》之研究》，前引書，頁243-259。

79. 林翠鳳，〈從《陶村詩稿·咄咄吟》看陳肇興之儒士性格表現〉，《台中技術學院學報》，1期，2000年6月，頁17-37，內容大致同於氏著《陳肇興及其《陶村詩稿》之研究》，前引書，頁112-131。

80. 廖振富，〈台灣中部地區的古典詩人及其作品·上〉，《國文天地》，第16卷8期，2001年1月，頁64-65。

81. 林翠鳳，〈陳肇興《陶村詩稿》的文學表現與詩史價值〉，《東海大學學報》，第41期，2000年7月，頁115-136，內容大致同於氏著《陳肇興及其《陶村詩稿》之研究》，前引書，頁229-242。

82. 台灣新本土社，〈台灣新本土主義宣言〉，《台灣e文藝》，第1期，2001年2月，頁30-89。

83. 郭啟傳，〈陳肇興〉，見《台灣歷史人物小傳·明清時期》（台北：國家圖書館，2001），頁238。

84. 楊青矗，〈百里哀呼叫水變〉，《自由時報》，2001年9月29日，第15版。

85. 楊永智，〈清代台灣彰化地區出版史初探〉，《彰化文獻》，第3期，2001年12月，頁125-152。

86. 林淑貞，〈台灣文學的界定與流變〉，林文寶等，《台灣文學》（台北：萬卷樓圖書公司，2001），頁11。

87. 林文龍，《竹山鎮志·人物志》（南投：竹山鎮公所，2001），頁1440-1441。

88. 吳福助，《竹山鎮志·文化志》（南投：竹山鎮公所，2001），頁1522-1526。

89. 李懷、桂華，《文學台灣人》（台北：遠流出版公司，2001），頁37-38。

90. 楊永智，《明清台南刻書專論》（台中：東海大學中文所碩士論文，2002），頁215-216。

91. 戴雅芬，《台灣天然災害類古典詩歌研究——清代至日據時代》（台北：政治大學中文所碩士論文，2002），頁65-66。

92. 施懿琳，〈為生民悲哭的彰化舉人——陳肇興〉，《八卦山文學步道導覽手冊》（彰化：彰化縣文化局，2002），頁12、25-30。

93. 林翠鳳，〈清代台灣民變期間的詩人——以《陶村詩稿》作者彰化陳肇興為例〉，東海大學中文系編，《明清時期的台灣傳統文學論文集》（台北：文津出版社，2002），頁216-265；內容大致同於氏著《陳肇興及其《陶村詩稿》之研究》，前引書，頁53-112。

94. 顧敏耀，〈一部龍井興衰史：陳肇興〈遊龍目井感賦百韻〉社會—歷史分析〉，南華大學文學所編，《第二屆全國研究生文學社會學學術研討會論文集》（嘉義：南華大學文學所，2002），頁261-273。

95. 謝崇耀，《台灣文學略論》（台南：台南縣文化局，2002），頁76。

96. 顧敏耀，〈「字號」與《題名錄》·陳節婦和林提督——陳肇興相關史料的發掘與解讀〉，《2003年彰化研究學術研討會論文集》（彰化：彰化縣政府，2003），頁257-280。

97. 顧敏耀，〈仙拚仙，拚死猴齊天——以分類械鬥為主題的台灣古典詩

文作品比較〉，文訊雜誌社編，《第七屆全國青年文學會議論文集》（台北：文訊雜誌社，2003），頁259-592。

98. 宋澤萊，《快讀彰化史》（彰化：彰化縣文化局，2003），頁90。

99. 楊若萍，《台灣與大陸文學關係簡史（1652～1949）》（上海：上海文藝出版社，2004），頁85-86；原為氏著《台灣與大陸文學關係之歷史研究（1652～1949）》，台北：文化大學博士論文，2003。

100. 古繼堂，《簡明台灣文學史》（北京：時事出版社，2003），頁34。

101. 張淑玲，《台灣南投地區傳統詩研究》（台北：中國文化大學中文所碩士論文，2003），頁55-59。

102. 康原，《彰化半線天》（台北：紅樹林文化公司，2003），頁61-63。

103. 康原、陳修平，《烏日鄉志‧文化志》（台中：烏日鄉公所，2003），頁105-108。

104. 朱雙一，《閩台文學的文化親緣》（福州：福建人民出版社，2003），頁156-162。

105. 朱雙一，〈試論閩台文學的歷史文化親緣〉，徐學主編，《台灣研究25年精粹‧文學篇》（北京：九州出版社，2005；原載於：劉登翰等編，《文化親緣與兩岸關係》，北京，九州出版社，2003），頁17。

106. 陳貽庭、張寧、陳慶元，《台灣才子》（北京：九州出版社，2003），頁66-75。

107. 楊青矗，《台詩三百首》（台北：敦理出版社，2003），頁382-388、800-806。

108. 王幼華，〈清代台灣「自然災變」詩文初探〉，《台灣史料研究》，第20期，2003年3月，頁10-11。

109. 顧敏耀，〈咄咄劍花室‧東征瑞桃齋——陳懋烈〈陶村詩稿題詞〉之闡究精微〉，《國立中央大學中國文學研究所論文集刊》，第8期，2004，頁179-200。

110. 顧敏耀，〈人畏生番猛如虎，人欺熟番賤如土——台灣清領時期反映

原住民社會處境之詩作探討〉，南華大學文學所編，《第三屆全國研究生文學社會學學術研討會論文集》（嘉義：南華大學文學所，2004），頁256-302。

111. 顧敏耀，《陳肇興及其《陶村詩稿》研究》，桃園：中央大學中文所碩士論文，2004。

112. 陳春城主編，《台灣古典詩析賞》（高雄：河畔出版社，2004），頁40-41、126-129、268-271、358-361。

113. 薛建蓉，《清代台灣士紳角色扮演及在地意識研究——以竹塹文人鄭用錫與林占梅為探討對象》（台南：成功大學台灣文學所碩士論文，2004），頁104-105。

114. 莊萬壽、陳萬益、施懿琳、陳建忠，《台灣的文學》（台北：群策會李登輝學校，2004），頁33-34。

115. 徐慧鈺，〈陳肇興〉、〈陶村詩稿〉，許雪姬，《台灣歷史辭典》（台北：遠流出版公司，2004），頁855-856、862。

116. 王德威編選、導讀，《台灣：從文學看歷史》，台北：麥田出版公司，2005，頁62-63。

117. 黃美娥，〈台灣古典文學史概說（1651-1945）〉，《台北文獻直字》，第151期，2005年3月，頁243。

118. 丁鳳珍，《「歌仔冊」中的台灣歷史詮釋——以張丙、戴潮春起義事件敘事歌為研究對象》（台中：東海大學中文所博士論文，2005），頁463、465、471、491。

119. 吳青霞，《台灣三大民變書寫研究——以古典詩文為主》（台南：成功大學台文所碩士論文，2005），頁23、57、61-62、129-130、159。

120. 田啓文、曾進豐、歐純純、蘇敏逸，《台灣文學讀本》（台北：五南圖書出版公司，2005），頁54-56。

121. 顧敏耀，〈陳肇興及其《陶村詩稿》研究資料述評：磺溪文學的先行者‧彰化傳奇詩人〉，《彰化文獻》，第6期，2005年3月，頁31-60。

122. 顧敏耀，〈清代台灣青年詩人筆下的社會動亂：戴潮春事變初期的陳
    肇興詩作探討〉，《第十屆全國中文所研究生論文研討會論文集》
    （桃園：中央大學中文系，2005）。

123. 陳貽庭主編，《台灣古詩選》（北京：九州出版社，2006），頁263-
    264。

124. 曾進豐、歐純純、陳美朱，《台灣古典詩詞讀本》（台北：五南圖書
    出版公司，2006），頁76-83、80-82。

125. 廖藤葉，〈由屈原到鄭成功：台灣端午古典詩的主題演變〉，《歷史
    月刊》，第233期，2007年6月，頁45。

126. 施懿琳，〈論清代詩人的彰化書寫〉，《彰化文學國際學術研討會論
    文集》（彰化：彰化師範大學台灣文學研究所，2007。

127. 許惠玟，《道咸同時期（1821～1874）台灣本土文人詩作研究》（高
    雄：中山大學中文研究所博士論文，2007），頁86-87、125-126、
    167、325、410。

第二章　字號名錄除戶簿・節婦提督聖王廟
——新史料的發掘與解讀

第一節　前言

　　陳肇興在台灣古典詩史上的重要性自不待言，但是目前對他的了解，連最基本的生卒年資料都還沒有很確定，遑論於其他。譬如他的「名」、「字」之中，其實也頗有文章：詩人姓陳，名肇興，字伯康，號陶村，其字號背後的意涵至今未有人深入探討，以下詳細論述之：

一、「伯康」爲字

　　班固：「人所以有字何？所以冠德，明功，成人也」（《白虎通義・姓名》），《顏氏家訓》裡面也說：「古者，名以正體，字以表德」，古人取「名」、「字」的時候，有所謂「名字相應」的遵行法則，從先秦以降都是如此，有的「同義相協」（如諸葛亮，字孔明），有的「反義相訓」（如韓愈，字退之），還有引用經義者（如趙雲，字子龍，引自《易・乾卦・文言傳》：「雲從龍，風從虎」）、更有器類聯想者（如蘇軾，字子瞻；蘇轍，字子由），種種相應之法，不一而足，總之，其「名」與「字」之間，往往能找出關聯來。陳肇興之「字」亦可析而論之：

二、「伯」字考辨

　　按照「伯仲叔季」的排行順序來看，陳肇興應是家中的大哥，這也符合他在「東螺堡械鬥」（1854年）與「萬生反」（1862年）的表現——所謂「長兄如父」，他父親早逝，之後家中大小自然都由他發落，家庭有安全上的顧慮時，自然由他帶領全家避難。詩人在一八五七年寫了〈哭仲義弟〉來哀悼他弟弟，前輩學者解釋「仲義弟」為「當指為陳家收養，排行第二的弟弟」[1]，或有值得商榷之處，因「仲義」是肇興二弟的「字」，與他大哥一樣，都是按照「伯仲叔季」的順序，冠於「字」的第一個字；另外，由其詩句「兄弟三人聚一窠」（〈祭旗後一日，六堡背約〉）可知他們家原本總共有四兄弟，仲義弟已逝，則另外兩個弟弟想必其字就是「叔○」、「季○」了，筆者於是運用中研院的「漢籍電子文獻」去搜尋，結果查到「陳叔寶」是新竹人，「陳季同」是來台遊幕的福建侯官人，都不可能與陳肇興家有關係，仍留待日後查考。

三、「康」字詳析

　　「伯康」之「康」字與「肇興」之「興」相應，筆者推測應該取材自「少康中興」的典故。從詩人的作品中發現，他幼年的時候，家境頗為貧困：「記得繩床共被時，十年風雨苦難支」（〈哭仲義弟〉其一）、「泉下若逢爺有問，為言貧賤似前時」（〈哭仲義弟〉其三），但是從他的取名來看，其父祖（通常是子孫的命名者）應該有基本的學術涵養。而古代中國知識份子主要來自於地主階級或是富農，優越的經濟地位才能提供有閒的條件，讓他們可以進私塾、求學問[2]。若真的一貧如洗的話，每天為了「柴米油鹽醬醋茶」忙都忙不過來了，哪

1　林翠鳳，《陳肇興及其陶村詩稿之研究》（台中：弘祥出版社，1999），頁10。

2　金觀濤、劉青峰，《興盛與危機：論中國社會超穩定結構》（台北：風雲時代出版公司，1994），頁49。

有時間唸書呢？所以筆者猜測，陳肇興家族在前幾代的時候，家境至少稱得上是「小康」，不過到了他出生的時候，卻不知道什麼原因而衰敗了，所以他父祖在幫他取名字的時候，之所以用「少康中興」的典故來取「名」、「字」，想必也是希望家境能日漸振興之意。

四、「陶村」作號

「陶村」毫無疑問的來自陳肇興對於「陶淵明」的崇仰與愛好，何以得知？從《陶村詩稿》中可以獲得很多線索：陳肇興在戴案之前，便已經很嚮往陶淵明式的生活：「唯有陶公獨行樂，攜杖自采東籬菊；一杯在手萬緣空，那管秋風破茅屋」（〈秋風曲〉）、「我愛陶公真曠達，黃花開處便來歸」（〈詠史〉），他看到菊花，便很自然的想到了「采菊東籬下，悠然見南山」的陶淵明：「老去陶公頻中酒，年來屈子亦餐霞」（〈紅菊〉）、「老去陶公白髮新，幾枝相對倍傷神（〈白菊〉）。到了戴案爆發，他往山中避難的時候，更是以陶淵明的胸懷，來作為自己的指引：「舉世尚散誕，陶公獨任真，茫茫千載後，為我指迷津，置身羲皇上，抗志懷葛民，偶逢天地醉，飲酒以全身，竭力勤農畝，餘事作詩人，松菊三逕秀，榆柳一家春，即此是桃源，何處尋避秦」（〈詠懷〉）、「甯搖顧榮扇，將采陶潛菊？」（〈卜居〉），陶淵明可說是他一生中都很仰慕的人物。至於其「村」字，則有自謙鄉野村夫之意。不過，聯繫他〈初夏郊行〉、〈稻花〉、〈齋前觀穫〉、〈春田四詠〉、〈秋田四詠〉等諸多關懷農村的詩作來看，以「村」為號，也可能是他藉以表現個人對於農村生活的關懷、愛好與自得其樂。

以上是根據當前能掌握的文獻予以合理的推測，探究陳肇興的排行、家世以及其他從字號所透露出來的訊息。不過，對

於歷史人物的生平事蹟考證，廣泛挖掘新史料亦十分重要，後文主要針對前輩學者們尚未利用到的關於陳肇興的資料，並且對於一些重要議題再次進行爬梳與商榷。

第二節　《名錄》見生年

　　陳肇興乃我國中部地區的重要詩人，更是台灣古典詩史上，以詩歌成就排名至少在前十名者，不過，由於相關的史料非常有限（關於其生平事蹟，主要都是根據《陶村詩稿》），使得後人對他的了解仍不夠深入，就以最基本的生卒年一項來說，至今仍有甚多可以探討的空間。

一、先前的研究成果

　　針對陳肇興的生年，從歷年來的文獻、論述當中，可以看到其研究發展的軌跡：

作者	年份	出　處	關於生卒年的記載
連橫	1920	《台灣通史》，台北：大通書局，1987。	未說明（頁983）
鄭喜夫	1978	《陶村詩稿全集》，台中：台灣省文獻會。	生卒年待考（頁1）
汪毅夫	1991	劉登翰等編，《台灣文學史》，福州：海峽文藝出版社。	1831～？（頁218）
不詳	1992	《陶村詩稿・序》，台北：龍文出版社。	生卒年不詳，1860年前後（扉頁）
施懿琳	1996	〈咸同時期台灣社會面相的顯影—以陳肇興《陶村詩稿》為分析對象〉，收錄於《第二屆台灣本土文化學術研討會論文集》，台北：台灣師範大學，頁55-72。	1831～？（頁56）
施懿琳	1996	《彰化文學圖像》，彰化：彰化縣立文化中心。	1831年生（頁53）
陳昭瑛	1996	《台灣詩選注》，台北：正中書局。	1831～？（頁118）
龔顯宗	1996	〈鄉土詩人陳肇興〉，《鄉城生活雜誌》，第33期，頁35-40。	1831年生（頁35）

施懿琳	1997	《彰化文學發展史》，彰化：彰化縣立文化中心。	1831年～？（頁75）
張志相	1998	《集集鎮志》，南投：集集鎮公所。	1832年生（頁866）
林翠鳳	1999	《陳肇興及其《陶村詩稿》之研究》，台中：弘祥出版社，1999。	1831年生（頁4）
林文龍	2001	《竹山鎮志・人物志》，南投：竹山鎮公所。	1831年生（頁1440）
呂興昌	未標年月	「台灣文學研究工作室」網站，《台灣古典詩選・陳肇興詩》，網址：http://ws.twl.ncku.edu.tw	1831～？

　　在日治時期的研究資料裡面，還沒有人指明陳肇興的生年，從以上資料可知，甚至到一九七八年，文獻學家鄭喜夫尚說「生卒年待考」；一直要到一九九一年的時候，汪毅夫才第一個標明其生年為一八三一年，從此以後，眾家學者除了張志相認為是一八三二年之外，其餘都同樣認為是一八三一年。

　　汪毅夫雖是最早標示陳肇興生年的，可是他並沒有解釋這資料從何而來（施懿琳亦然）。能仔細考證辨別其生年者，則為林翠鳳，她在著作中說明其主要依據是介逸〈維英中舉略錄〉裡面的內容：「第八十五名陳肇興，年二十八歲，彰化縣學生」[3]，以咸豐九年（1859）逆推回去，一八五九扣去廿八便是一八三一，所以便將陳肇興之生年訂在該年。另外，林翠鳳也列出了《詩稿》中透露年歲的蛛絲馬跡：「君年未四十，齒牙驚搖動。我少君十年，情亦同洶洶」（〈齒痛，戲用袁簡齋拔齒原韻柬石莊〉，1854年作），「中年身世易悲哀」、「壯歲功名稱馬革」（〈種菜〉，1862作），用來印證其生於一八三一年都若合符節。但是林翠鳳也坦承對於介逸的那條資料不知從何而來，而感到頗為遺憾[4]。

3　介逸，〈維英中舉略錄〉，《台北文物》，第2卷2期，1953年8月，頁361。
4　林翠鳳，《陳肇興及其《陶村詩稿》之研究》，頁4。

二、《福建鄉試題名錄》的運用與生年初定在 1832 年

雖然介逸本人（即本名「曹介逸」之文史研究者）沒有正面說明其資料來源，不過，與介逸的文章在《台北文物》裡同屬「大龍峒特輯」者（第2卷2期，1953年8月），有一篇是由廖漢臣（1912～1980）所撰述的〈巢名太古尋遺跡——記迂谷陳維英〉，裡面說到陳維英父親陳遜言來台的居處是「大隆同」時，自注云：「大隆同，**《福建鄉試硃卷》**作淡水廳大龍塘鄉，即俗稱大龍洞」（頁354），令人猜測：介逸那些咸豐九年鄉試的資料，是否也是抄自所謂的《福建鄉試硃卷》呢？

其實，廖漢臣提到的《福建鄉試硃卷》並非一本書的名字，而是陳維英自行刊刻的鄉試試卷。《清史稿・選舉志・文科》記載：「卷首書姓名、籍貫、年貌、出身、三代、所習本經。……士子用墨，曰墨卷。謄錄用硃，曰硃卷」，可見「硃卷」原本是指科舉考試時，為了避免弊端而用硃筆加以謄錄之後的試卷，但是後來也指稱中舉之後刊印的科舉試卷。古代中舉人、進士都被視為極高的榮耀，故往往將其試卷刊印分贈親友，留供紀念。其內容格式為何？學者黃榮洛有詳細敘述：

> 刊送硃卷之普通格式，先登本人姓名、別號、生辰、籍貫，或附廩生，或優拔貢生，會試並登某科某省鄉試舉人。嗣登本族譜系，分上下兩格，上格登直系高曾祖以上祖妣至本身父母，下格登同族尊長、下至兄弟、子姪及妻姓氏與子女，祖宗三代兄弟之官階封典著述，皆於其名下載之，妻之父兄有科名仕宦者，亦附註於妻姓氏之下。嗣登受業、受知師姓名別號、科名官階亦可附於其名之下，親受指示講讀者為受業師，入學及中舉、中進士、覆試、殿試、朝考閱卷者為受知師。復將本科同考官、主考或總裁之官階姓名、及薦批、取批之各人批語，分別刊載。前幅之格式大約如此。闈藝則選數篇，首場之首篇者試帖詩

慣例刊刻，其餘二三題與二三場文之刊否聽憑己意。[5]

由此可知《硃卷》大致分爲兩大部分，第一部份即「齒錄」或「履歷」，而第二部分才是當時考試的「答案卷」，從頭到尾並沒有刊刻當時所有中舉者的名錄，所以，介逸依據的資料來源並不是陳維英的《福建鄉試硃卷》，那麼應該是什麼資料呢？有可能是該年（咸豐九年）官刻的《登科錄》、《鄉試錄》或是《同年齒錄》，不過上述這些刻本，目前在各大圖書館、中研院、故宮等典藏機構中，都未能找到。

終於，筆者在國家圖書館裡找到一本**《咸豐九年己未恩科並補行戊午正科福建省鄉試題名錄》**，這是件令人振奮的事情，因爲如此就有了關於陳肇興當年科舉的第一手資料。該書是藏於內閣的手抄本，裡面確實寫著：「第八十三名陳肇興，年二十八歲，彰化縣學生」（參見本章附錄一），與介逸所記載的相同。

運用這筆第一手的資料來計算其年歲之時，要注意到當時的人都是以「虛歲」計算，也就是一出生就算一歲了，所以，陳肇興在咸豐九年（1859）的實歲應該只有廿七歲，他的生年可以逆推之得到一八三二，也就是道光十二年，張志相在《集集鎮志》裡面的記載與此符合，不過書中沒有說明所參考資料爲何，其文後雖標注「據連橫《台灣通史》」，但是複查該書並未有陳肇興生年的記載。

三、朱彭壽《安樂康平室隨筆》的提醒：回到 1831 年

筆者原本以爲一八三二年應該是最後的定案，沒想到後來在汪毅夫〈《台灣詩史》辨誤舉隅〉裡面看到他引用了清代朱彭壽（1869～1941之後，1895年進士）《安樂康平室隨筆》裡

5　同前註。

面的一條資料以說明劉家謀生年之考證[6]，驚覺此事對於陳肇興生年的勘定大有關係，急去翻查原典，果然找到這條關鍵性的資料：

> 文人為士大夫撰墓誌傳狀，於生卒年歲最宜詳考，稍不經意，即易傳訛。猶憶光緒壬辰八月間，壽陽祁文恪師世長，卒於工部尚書任內，時年六十有九，實生於道光甲申。然舊時所刻鄉會試硃卷，則皆作乙酉生，<u>蓋循俗例，應試時少塡一歲耳</u>（原注：少塡歲數，南宋《登科錄》中即已如是）。迨接訃告，乃云生乙酉、卒壬辰，享壽六十有九。以生卒干支與年歲計之，殊不相應。余心知其誤，然以無甚關係，故往弔時亦未與文恪後裔言及也。後讀王益吾祭酒《虛受堂文集》，其所撰《文恪神道碑》則云生乙酉、卒壬辰，年六十有八，殆仍據訃告所載，而以年歲推算不合，遂減去一歲，俾與生卒干支相符。然文恪實年，則竟遭改削矣。恐他人文集中似此者正復不少。且所敘生卒干支，與年歲不相應者，亦往往有之。偶閱疑年正續諸錄，有因年歲不合，輒多方引證說明者。爰舉文恪事以破其疑，並為當代文人操觚率爾者勗。[7]

可見當時士子去應試時有一流行的風氣，就是塡寫的出生年份比實際出生年份還晚一年。例如：劉家謀的生年，一般史志都根據他的卒年（1853）和享年（50歲）而推算為一八一四年。汪毅夫在《台灣文學史・近代文學編》裡，原本根據《清代福建鄉會硃卷齒錄匯存》中劉家謀親自塡寫的履歷（即所謂《齒錄》）記載是嘉慶乙亥（1815）年生，因而做起翻案文章，指稱前人的紀錄是錯的，而將劉家謀的生年改為一八一五年。結果，後來他讀了朱彭壽的這條筆記，乃明瞭清代當時

6　汪毅夫，〈《台灣詩史》辨誤舉隅〉，《福建論壇》，1994年4月，頁76-80。
7　朱彭壽，《安樂康平室隨筆》（北京：中華書局，1997），頁161。

風氣如此，才修正說一八一四確實是劉家謀的生年，他在《齒錄》裡面是依照習俗而將出生年份晚塡一年（至於爲何要讓自己在科舉文獻上比實際年齡年輕一歲之原因待考）。

要將此資料運用到陳肇興的生年考證，還有個細節要解決，就是朱彭壽、汪毅夫他們所見到的都是該文人的《齒錄》，而非《題名錄》，但目前所能看到的陳肇興的年歲記錄卻是來自於《題名錄》，那麼，這兩者所記載的年歲資料會不會有所不同呢？

筆者於是翻查了顧廷龍所編集的《清代硃卷集成》（台北：成文出版社，1992）裡面所收錄的該年硃卷、齒錄，將之與《題名錄》所記載者兩相對照——該《集成》裡面收錄了王卿雲、王見三（前者之弟）、龔顯曾、吳叔章、吳大有、鍾大鈞共六位陳肇興同年友的「齒錄」與「硃卷」，兩相比照之下，用齒錄上所記載的生年所推算出來該年（1859）的歲數，果然就是《題名錄》上所記載的，以王卿雲爲例，他在齒錄上寫著生年是「道光丙申」，亦即道光十六年（1836），到一八五九年的年齡（虛歲）便是廿四歲，《題名錄》上所記載的恰好就是這個年歲。所以，《題名錄》上所記載的年歲與《齒錄》的資料是一模一樣的。

因此，我們看到陳肇興在《題名錄》上記載的年歲是廿八歲，其實他少塡了一歲，應該已經廿九歲（實歲廿八）了，逆推回去，則其生年可以定於一八三一年，道光十一年，歲次辛卯。又峰迴路轉的回到了汪毅夫、施懿琳、林翠鳳等人所定的年份，而張志相的一八三二年則是誤記。

第三節　卒年考證問題多

一、先前研究成果

若比照考訂生年的做法，也可將歷年來對於陳肇興卒年的記載、研究成果表列如下：

作者	年份	出　處	內　容
連橫	1920	《台灣通史》，台北：大通書局，1987。	未說明（頁983）
鄭喜夫	1978	《陶村詩稿全集》，台中：台灣省文獻會。	生卒年待考（頁1）
汪毅夫	1991	劉登翰等編《台灣文學史》，福州：海峽文藝出版社。	1831～？（頁218）
不詳	1992	《陶村詩稿・序》，台北：龍文出版社。	生卒年不詳，1860年前後（扉頁）
施懿琳	1996	〈咸同時期台灣社會面相的顯影—以陳肇興《陶村詩稿》為分析對象〉，《第二屆台灣本土文化學術研討會論文集》，台北：台灣師範大學，55-72。	1831～？（頁56）
陳昭瑛	1996	《台灣詩選注》，台北：正中書局。	1831～？（頁118）
龔顯宗	1996	〈鄉土詩人陳肇興〉，《鄉城生活雜誌》，33期，35-40。	這位鄉土詩人卒年不詳，只知亂平之後，他回到故里，設帳授徒，造就了不少人才（頁40）
施懿琳	1997	《彰化文學發展史》，彰化：彰化縣立文化中心。	1831年～？（頁75）
張志相	1998	《集集鎮志》，南投：集集鎮公所。	同年12月，戴萬生事平，肇興返彰，設教里中，及門之士多成材。著有《陶村詩稿》六卷、《咄咄吟》二卷，合刻於世。未幾，卒。（頁886）

林翠鳳	1999	《陳肇興及其《陶村詩稿》之研究》，台中：弘祥出版社，1999。	光緒二年（1876）陳肇興時年46歲不僅健在，而且是彰邑要人。（頁5） 在詩集出版的重要時刻，依常理而言，應該多會有作者自我的序言或題寫的文字。只是，《陶村詩稿》中卻毫無可尋，令人不禁納悶：光緒四年（1878）年時，陳肇興是否仍然健在？（頁5） 雖然文獻闕如，無從得知陳肇興確實卒年。但至少可知在光緒2年（1876）四十六歲時，他應該依然歡喜鍵在，實甚幸矣。（頁5）
林文龍	2001	《竹山鎮志·人物志》，南投：竹山鎮公所。	同年（筆者按：指1863年）十二月，戴萬生伏誅，陳氏返彰，設教里中，及門之士多成材，著《陶村詩稿》六卷、《咄咄吟》二卷，合刻於世，未幾卒。（頁1441）
呂興昌	未標年月	「台灣文學研究工作室」網站，《台灣古典詩選·陳肇興詩》。網站網址：http://ws.twl.ncku.edu.tw	1831~？

　　由以上所列出來的資料可以知道，只有張志相、林文龍、林翠鳳有考證其卒年。前二者指出陳肇興在戴案之後沒多久就過世了，而林翠鳳卻說他活到一八七六年以後，到底那個說法才正確呢？張志相與林文龍之所以如此斷定陳肇興在「萬生反」之後不久就辭世的原因，應是根據《陶村詩稿》繫年只到一八六二年便嘎然而止，且若陳肇興在該年之後還活了很多年的話，想必在各類文獻史志中會有更多相關活動資料，此推測頗為合理，至於林翠鳳的說法，由於頗有篇幅，以下詳細分析並辯證其考定經過。

二、林翠鳳考證成果探析

　　林翠鳳於其《陳肇興及其《陶村詩稿》之研究》引用了兩筆資料來論述卒年的下限（亦即：到哪一年應該還活著），一

筆資料來推測卒年的上限（最晚在哪年就應該去世），裡面都有值得再進一步探討的空間：

（一）對吳德功〈陶村詩稿序〉的解讀

林翠鳳引吳德功之記載：「德功弱冠時，公掌教白沙書院，頻蒙教誨」[8]，進一步去查得吳德功生於道光卅年（1849）五月六日，而弱冠是廿歲，所以同治八年（1869）的時候，「陳肇興時年三十九歲，甚為活躍」。這段論述有兩個問題：

第一、關於吳德功的生年。林書並未說明所依據的資料為何，不過筆者在吳德功及其家庭的「日治時期除戶簿」裡面發

現，其生年的記載是：「嘉永三年五月六日」（「嘉永」為日本年號），亦即道光卅年（1850），並非道光廿九（1849）。當時日人的《除戶簿》資料作得很仔細，戶籍內每個人的種族為何、有沒有吸食「阿片」、纏足、種痘，都記載得清清楚楚，所以，裡面紀錄的吳德功生年應有頗高的可信度。其實，施懿琳在吳德功的研究論文裡，與「除戶簿」資料相符，正確的記載

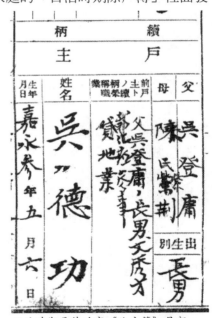

日治時期吳德功家《除戶簿》局部。

8　吳德功，〈陶村詩稿序〉，《台灣詩薈》（台北：成文出版社，1977；原為第3號，1924年4月），頁160。

著他生於一八五○年[9]，而非一八四九年。

第二、關於「弱冠」的說法。《禮記·曲禮》記載：「人生十年曰幼學，二十曰弱冠」，孔穎達正義云：「二十曰弱冠者，二十成人初加冠體，猶未壯，故曰弱也，至二十九通得名弱冠，以其血氣未定故也」，似乎很確定的至少要廿歲以上才能叫做「弱冠」，可是，我們再翻查吳德功其他文章中如何使用「弱冠」這個詞，他在〈戴案記略序〉裡面說：「戴萬生作亂三年，……其害較烈於林爽文。德功弱冠時，親見其事，每筆之於書」[10]，「萬生反」（大致是1862年到1864年間）當時的吳德功僅有虛歲十三歲到十五歲而已，他在該書內文中，敘及官軍進入彰化城（1863年12月）這件事情的時候，說：「按廈門舉人林豪所著《東瀛紀事》，克復彰化乃是林占梅先入。余舞象時，親見其事。是日，亦偕伯父入城，故知之詳，而特白之」[11]，同樣的年紀，他在序文中說是「弱冠」，這邊卻是「舞象」，《禮記·內則》：「十有三年學樂，誦詩，舞勺；成童舞象，學射御」，鄭玄注云：「先學勺，後學象，文武之次也。成童，十五以上」，則「舞象」乃十五歲以上，其實當官軍入城時，他也僅虛歲十四歲而已。

由此可見吳德功所謂「弱冠」、「舞象」等都是指他十幾歲那時候的年紀，並不足以斬釘截鐵的說他那時已二十足歲，所以，若根據「德功弱冠時，公掌教白沙書院，頻蒙教誨」，而認定在吳德功廿歲的那年，陳肇興還「甚為活躍」，其實恐怕未必然，想要透過前者的相關身世記載而來考證後者的生卒年，這條路似乎隔絕難通，必須另闢蹊徑。

9　施懿琳，《從沈光文到賴和──台灣古典文學的發展與特色》（高雄，春暉出版社，2000），頁364。

10　吳德功，《戴施兩案紀略》（台北：大通書局，1987），頁1。

11　同前註，頁47。

（二）從彰化市聖王廟的記載切入

林翠鳳提到，彰化市聖王廟（正式名稱為「威惠宮」）有一面「重建威惠宮有功者長生祿位」（筆者在二〇〇三年實際踏查時，此長生祿位仍安奉後殿神桌之上），裡面有陳肇興的名字，「雖然文獻中未見重修威惠廟的確切時間，但廟中一塊『恩溥霞南』的匾額題為光緒二年所立，陳肇興助修的時間，據推斷或許正是此年。若果如此，則可知光緒二年（1876）陳肇興時年四十六歲不僅健在，而且是彰邑要人」[12]，這一段推論出現兩個值得詳細推敲的問題：

第一、根據林文龍《細說彰化古匾》（彰化：彰化縣立文化中心，1999）的記載，彰化市聖王廟裡面總共有以下六面匾額：

編號	題字	上款	下款
1.	海東慈雲	乾隆歲次壬子嘉月穀旦（按：即乾隆57年，1792年）	闔郡紳衿[13]士庶等全敬立
2.	詒燕英靈	嘉慶歲次丁丑年花月穀旦（按：即嘉慶22年，1817年）	署台灣北路協鎮中軍都司兼管中營事帶尋常加□級林名顯立
3.	澤遍台陽	大清同治庚午年仲冬之月置（按：即同治九年，1870年）	七邑紳耆等立
4.	恩溥霞南	光緒貳年歲次丙子仲春穀旦（按：即1876年）	欽加同知銜特授順昌儒學正堂隨帶加二級劉時昌敬立
5.	南邦冠冕	光緒戊寅花月穀旦（按：即光緒4年，1878年）	選用訓導鄭景奇立
6.	威震閩疆	歲次壬子年全□大修繕（按：即大正元年，1912年）	管理人紳章林獻章盥正

上表前兩面匾額立匾之時陳肇興尚未出生，可以先置而不論；最後一面的年份，與「重建威惠宮有功者長生祿位」上所

---

12 林翠鳳，《陳肇興及其《陶村詩稿》之研究》，頁5。
13 原件文字無誤，林氏重繪的匾文上，「衿」誤作「矜」。

彰化威惠宮長生祿位局部（原圖為楊永智攝）。可看見「舉人陳肇興君」置於中位。引自：黃奕鎮等，《彰化縣古蹟圖說》（彰化：彰化縣政府，1995），頁66。

記載的「壬子年大修繕威惠宮有功者」的「壬子年」相同，而且首其事者都是「林獻章」，可見那面匾額是在一九一二年的那次大修繕時所立，當時的「七邑首事」根據「長生祿位」上的文字，分別是：「平和王世藩、南靖賴鳳儀、龍溪鄭有福、龍溪鄭享弼、漳浦林昆山、海澄周坤厚、長泰蔡城、詔安蔡仁恩」，裡面已經沒有陳肇興（祖籍平和），應已作古[14]，可見這塊匾額掛立的時間也不是他修繕那次。刪去前兩面與最後一面之後，有可能是陳肇興那次修繕的年代者，總共有三面，分別是一八七六年、一八七○年、一八七八年，為何要選定最末者作為論斷的依據呢？這是第一個疑問。

　　第二、退一步說，廟宇匾額掛立的時間，雖然往往就是在修繕之後，不過卻也不一定，例如矛港尾天后宮在乾隆年間獲御賜匾額：「護國庇民」一面，原因是當地居民助官軍鎮壓林爽文

14　陳肇興也不可能活到一九一二年，因為戴案之後的台灣文獻就幾乎沒有看到陳肇興的相關活動記載，更別說進入日治時期以後，兒玉源太郎總督在一八九八年於北中南各地舉行「饗老典」、一九○○年舉辦「揚文會」，藉以籠絡各地知識領導階層，相關記錄也都未見陳肇興之名。

事變，並以此廟充作軍營之故[15]；嘉慶中，太子太保王得祿因為「平海寇有功，神顯靈保護」，所以在北港朝天宮懸掛「海天靈貺」以為酬謝[16]；咸豐三年（1853）福建巡撫王懿德奏請皇帝給台南天后宮頒賜匾額，而原因卻是「台灣洋面近年來極為平靜，凡船隻往返，安穩收帆，鮮有失事，上年餉船分泊各口，起運未久，即颶風大作，同深慶幸」[17]，諸如此類，不勝枚舉，可見掛匾不一定就是因為修繕，難以用廟內匾額來斷定該廟修繕的時間。

（三）從《陶村詩稿》的出版情形推測

　　《陶村詩稿》在一八七八年由陳肇興的弟子四人共同出版，但是在書前卻看不到作者自序，林翠鳳對此感到十分納悶：在那一年，作者是否已經過世了？其實，一八六六年，台灣知府陳懋烈已經讀過詩稿，最晚到一八六九年，陳肇興同年友林豪也讀到了，他們所看到的都是手抄本，一八七八年詩稿付梓時所用的底本應該也是這本手抄本，初刻本沒有作者自序，則當年的手抄本是否也沒有作者自序？如此一來，在一八六六年、一八六九年的時候，作者是否還活著，恐怕已經令人懷疑。

　　以上論述可知總結，若將陳肇興之卒年限定於「一八七六到一八七八年之間」，這是頗堪商榷的，更何況如果他在戴案之後還活了十幾年，為何這期間卻無留下任何詩作？在其他台灣歷史文獻上竟然也沒有一字一句關於他的記載？這豈不是很啟人疑竇嗎？

15 台灣銀行經濟研究室編，《台灣輿地彙鈔》（台北：大通書局，1987），頁133。
16 台灣銀行經濟研究室編，《台灣私法人事編》（台北：大通書局，1987），頁313。
17 洪安全編，《清宮諭旨檔台灣史料》（台北：國立故宮博物院，1996），頁4445。

第四節　有請陳肇興的夫人來協助

　　陳肇興的夫人至今早已作古百年以上，有何辦法請她出來協助呢？其實是筆者發現有一條資料，是其他學者所未曾利用的──吳德功所著《彰化節孝冊》中，記載著光緒十二年（1886）的時候，他與其他彰化縣內的鄉紳（丁壽泉、劉鳳翔、吳鴻藻等），奉台灣道台與台灣知府之命，在縣內採訪節孝，而書中的「現存節婦」部分，就記載了一位「陳賴氏」，條目底下赫然寫著「彰邑儒士陳肇興妻」[18]，這實在是個具有關鍵性的線索。

　　《大清會典事例·禮部·風教·旌表節孝》中，關於應受旌表之節婦分為「已故節婦」與「現存節婦」兩類。其中，關於「現存節婦」的規定自始至終可說沒什麼變動，康熙六年（1667）的時候下旨：「民婦三十歲以前夫亡守節至五十歲以後，完全節操者，題請旌表」[19]，康熙卅五年（1696）再次強調：「節婦自三十歲以內，守節至五十歲者，即行旌表」[20]，

王賴氏　　彰邑儒士王宣妻
楊謝氏　　同楊榮道妻
陳賴氏　　同儒士陳肇興妻
劉溫氏　　同楊聯儀妻
黃楊氏　　同劉金溪妻
洪王氏　　同貢生黃正中妻
阮徐氏　　同洪臨妻
蘇許氏　　同阮以能妻
柯黃氏　　同蘇雛妻
王吳氏　　同柯嘉雛妻
　　　　　同王克湛妻

吳德功編撰《彰化節孝冊》的原書封面以及記載陳賴氏的內頁書影。國家圖書館台灣分館藏。

18　吳德功，《彰化節孝冊》（台北：大通書局，1987），頁25。

19　崑岡等修、劉啟端等纂，《欽定大清會典事例》（台北：新文豐出版社，1976），頁10413。

20　同前註，頁10413。

雍正三年（1726）也諭示說：「三十歲以內守節，至五十歲以後」的就能獲得旌表[21]，換句話說，有兩個基本條件：第一、卅歲以前喪夫（正當青春就守節，才顯得「可貴」），第二、最少要守節廿年。

由於陳賴氏屬於「現存節婦」，而她既然已經在一八八六年獲得旌表，便透露出兩個訊息：

第一、她當時確定已經超過五十歲。此時陳肇興若還健在的話，虛歲是五十六歲，所以可以得知他們夫妻兩人的年紀，相差不超過六歲，此似為旁枝末節，仍姑且記之。

第二、她至少已經守寡廿年了。自一八八六年逆推而上，可以得知至少在一八六六年的時候，陳賴氏就成為未亡人了，陳肇興卒年的下限因此而可以獲得確定——他享年最多虛歲卅六歲，是位早逝的詩人。

第三、陳肇興在妻子還沒卅歲的時候就已經去世。陳夫人從卅歲不到的少婦，守寡到五十幾歲，成為「節婦」。若陳肇興的老母還活著，她就上要奉養婆婆，下要撫育子女。按照當時的風氣，陳賴氏應該有纏足，無法像大部份客家婦女可以下田作農事，極可能與其他大多數節婦一樣，「勤紡績以供養」、「日勤針黹以佐餐飧」、「藉女紅以維持家計」，其中之艱辛與苦楚，恐怕「淒風苦雨、鮫珠暗泣」尚不足以形容[22]，不過，陳肇興的卒年能夠在他冥壽一百七十多歲之後得到確定，實在也是要歸功於他的夫人廿多年苦節而留下的紀錄。

第五節　聖王廟木碑的發現

如果說陳肇興確定在一八六六年之前就已經過世，那麼，

21　同前註，頁10415。
22　卓意雯，《清代台灣婦女生活的研究》（台北：自立晚報，1993），頁154。

他重修威惠宮的時間呢？在前文論述所提到的那三面可能與陳肇興有關的匾額，其落款的時間（1870、1876、1878）不都在該年之後嗎？這要怎麼解決呢？

　　筆者在黃奕鎮等編纂的《彰化縣古蹟圖說》（彰化：彰化縣政府，1995）裡，關於彰化市聖王廟的相關照片中，發現了一幅珍貴的照片[23]。話說從頭，在一九一二年廟宇大修之後，因之前的祿位早已毀於乙未之際，為了表揚歷年來出錢出力幫助聖王廟修繕的有功人士，乃特地重製一面「長生祿位」（即前文所提及的那面），並闢出一間後殿來早晚敬拜，當時就刻了一塊木碑以記載這件事情的始末，可命名為〈威惠廟沿革暨長生祿位寄附名錄碑〉（參見本章附錄二）[24]，這塊木碑的碑文，也是目前研究陳肇興的學者們所從未利用到的，其全文如下：

> 粵稽我威惠廟自雍正十一年間，紳董林君、王君、賴君、陳君等倡首捐金，建築廟宇，奉祀七邑開漳聖王，香火興旺，顯赫英靈。<u>迨至咸豐庚申年間，舉人陳肇興等出首勸捐，脩理本廟</u>。以上諸君，皆祀有長生祿位，後因兵燹遺失，歷閱多年，物久必弊，數年來廟中大小神像，金身剝蝕，前後宮殿廟貌損壞，況經風雨災害，幾至難堪，管理人邀集諸首事協議，竭力鼓舞變置，經營監督，巨大修繕，煥然重新。竊以君子成人之美，有善必彰，籌及再興諸前輩長生祿位，深慮無費不能長久，公議管理人林獻章君仝長郎庚子氏寄附廟中金三百圓抽出二百圓，逐年生息，永為祿位祠祭，費尚有不敷，諸首事情商志願寄附，芳名錄後，並將諸君姓名附祀長生祿位，以昭功績，而垂

23　黃奕鎮等，《彰化縣古蹟圖說》（彰化：彰化縣政府，1995），頁66。該圖由楊永智攝影。

24　筆者在二〇〇三年親訪威惠廟時，在各處都未能見及這塊具有重要歷史性的木碑，應該是已經被專人妥為收藏，沒有公開展示了。

永久云爾。大正元年歲次壬子十一月六日咸惠廟公啓。茲
將寄附芳名金額錄後：林獻章君寄附金一百圓、林庚子君
寄附金一百圓、林昆山君寄附金二十圓、賴鳳儀君寄附金
十二圓、蔡仁恩君寄附金十二圓、王世藩君寄附金十二
圓、鄭享弼君寄附金十二圓、鄭有福君寄附金十二圓、周
坤厚君寄附金十二圓、蔡城君寄附金十二圓。

碑文中清清楚楚的寫著陳肇興重修威惠宮的時間是在咸豐
十年（1860，歲次庚申），他在前一年剛到省城折桂回來，所
以在長生祿位上，便寫著大大的「舉人」兩字冠於他名字的上
頭，於是，重修威惠廟這件事情與筆者推定其一八六六年之前
已經逝世的說法並沒有抵觸。

第六節　最後的活動紀錄

由前文可知，陳肇興活動的最晚紀錄並非如前輩學者所述
的重修威惠宮一事（因那是在1860年的戴案之前的事情），那
麼，他卒年的上限應該訂在什麼時候呢？可以分成「青旗反」
與「白沙書院山長」這兩項來說明。

一、鎮壓「青旗反」——陳肇興少有人知的事蹟

戴潮春起事的時候，全部陣營都用「紅旗」來作號誌，
而敵對的陣營（包括官軍與民間武力）則用「白旗」以爲分別
（陳肇興就屬於白旗陣營），其實後來尚有一個「青旗」陣
營，且細說從頭：一八六三年十二月三日，官軍攻入彰化縣
城，許多原本從城裡逃難的仕紳們開始陸續回來收拾舊家園，
吳德功家族也是在那個時候回來的[25]。陳肇興同樣帶領著一家
八口回到故里。沒想到在隔年（1864）的三月，因爲傳來太平

---

25 吳德功，《戴施兩案紀略》，頁47。

天國聲勢復起的消息，戴營的殘餘勢力如張三顯、陳鮒、楊金環、廖有于等人就散佈謠言說福建陸路提督林文察已經回去唐山鎮壓「長毛」（太平軍）了，可以無所顧慮了。他們於是帶領千人之眾，以「青旗」為標誌，再次起兵抗官。

　　青旗軍在廿七日早上先佔據八卦山（歷年來要攻下彰化縣城之前，總是要先佔領八卦山，以居高臨下，一窺虛實。從林爽文、戴潮春到乙未之役的日軍皆然），廿九日凌晨兩三點的時候攻擊東門、北門（陳肇興與吳德功就住在北門附近），與署副將湯得陞、署知縣凌定國、署都司張顯貴等發生攻防戰。之後幾天，由於凌定國向外求得一些鄉勇的支援，城內的鄉紳像是陳肇興也一起率同城中民兵，共同協助守城。不過，這時候彰化城中的守備仍十分空虛，情況頗為危急。

　　當時，林文察正駐紮在小埔心（今埤頭鄉和興村），該地是戴軍殘存勢力陳弄的根據地，防守極為堅固，林提督久攻不下，麾下的一員勇將羅冠英（客籍傭兵首領）還被陳弄的妻子用槍打死。正在膠著之際，聽聞彰化縣城危急，乃回師援助。在卅日的下午三四點就抵達縣城之內，先把可疑的內應十三人斬首立威，而鹿港的精銳部隊以及台灣鎮總兵曾玉明所率領的兵勇也來到城中會合。這時候八卦山上的青旗軍已經增加到三四千人之多，準備一舉攻下縣城。

　　四月一日的黎明時分，官軍開東門出擊（東門面對著八卦山），一直到隔天，雙方發生多次遭遇戰，這時候陳肇興所率領的兵勇也一起在縣城外搜捕青旗黨人，他與生員楊宜夏（烏日舉人楊占鼇之子）、民兵首領林嘉瑞在烏日庄大肚溪畔抓到了青旗軍的領袖陳在、黃朝、楊金環等人，把他們凌遲處死。其他青旗勢力也都被各個擊破[26]。「紅旗反」維持了將近兩

26　以上敘述參考：吳德功，《戴施兩案紀略》，頁50-52；黃富三，《霧峰林家的興起》（台北：自立晚報，1987），頁312-313。

年，而「青旗反」則僅短短五六天就被鎮壓下去了。

　　前輩學者似乎尚未注意到陳肇興在一八六四年四月參與鎮壓「青旗反」的這件事蹟，他先前在社頭、名間一帶與「紅旗軍」對抗了一年多，到最後連個一官半職或是賞戴藍翎之類的封賞都沒有；沒想到這次僅僅數天之內與「青旗軍」的戰事，就因為「擒賊先擒王」而立了大功，獲得「以知州選用」[27]的頭銜。

　　雖然陳肇興日後早逝，沒有任何真正當官的紀錄，不過，在當時的社會環境中，「以知州選用」也是一項備受重視的難得榮耀，台北的陳維英在戴案期間，不也透過捐納而取得四品銜、賞戴藍翎嗎？陳肇興若是沒有這個頭銜，在他死後的神主、墓碑之上，頂多只是刻上「鄉進士」、「孝廉」、「修職郎」、「修職進士」等尊稱，現在獲得「知州」的頭銜，而《清史稿・職官志》中記載這可是「從五品」的官位，勳職為「奉直大夫」，封贈用誥命，所以我們可以知道陳肇興的神主、墓碑上就會刻著「皇清誥封奉直大夫顯考陳公諱肇興」等字，其妻子陳賴氏也會一起被封為「宜人」，後代子孫亦將引以為榮，因此，相關的歷史實物與文獻應不至於被其子孫刻意湮滅才是。至於有學者說陳肇興「事平不受封賞，回鄉設塾」[28]云云，恐是有違事實之語。

二、白沙書院山長——陳肇興最後的活動

　　目前關於陳肇興擔任白沙書院山長的事蹟，只有吳德功在〈陶村詩稿序〉有所紀錄，文中的略傳一開頭就是：「陳陶村山長名肇興，字伯康」，而末段亦云：「德功弱冠時，公掌

27　洪安全編，《清宮諭旨檔臺灣史料》（台北：國立故宮博物院，1996），頁4622。
28　陳貽庭主編，《台灣古詩選》（北京：九州出版社，2006），頁263。

教白沙書院」[29]，陳吳二人同住在彰化城內的北門附近，這條
資料應屬可信。首先，根據《詩稿》中完全沒有關於陳肇興任
職白沙書院山長的紀錄，所以他想必是在戴案之後才「掌教白
沙」的。根據前文的考證，他最晚在一八六六年就已經過世，
因此其擔任山長的時間頂多只有四年，甚至，在一八六四年四
月的時候，彰化縣城都還處於兵馬倥傯的狀態，陳肇興還在出
城搜捕「青旗」黨人，所以他擔任山長還可能是在一八六四年
四月之後，則其任期就只剩下兩年，不管如何，陳肇興應該是
戴案之後的第一任白沙書院山長。

　　清代山長的任期並沒有限制，甚至有當了四十多年的紀
錄[30]，而根據《欽定大清會典事例》的記載，清代考核山長教
育成效的年限都還要六年[31]，故而陳肇興二至四年的山長任期
是很短暫的，所教導的學生人數恐怕也不是特別多。連橫《台
灣通史》中的〈陳肇興列傳〉所云：「事平，歸家，設教於
里，及門之士多成材」[32]，以及楊珠浦〈陳肇興先生略傳〉說
的：「事平，不仕；設教於里，時雨化人，桃李爭妍」，恐怕
都言過其實。

第七節　小結

　　筆者透過對前人論述過程的考辨，以及一些被忽略的細節
與資料的運用，獲得許多關於陳肇興的嶄新結論，再次擇要簡
述如下：

　　一、陳氏兄弟都以「伯仲叔季」作爲其「字」的開頭，以
表示排行，詩人排行老大，且幼年時家道中落。

　　二、確定陳肇興是生於道光十一年（1831），卒於一八六

29　吳德功，〈陶村詩稿序〉，頁159。
30　盛朗西，《中國書院制度》（台北：華世出版社，1977），頁182-183。
31　崑岡等修、劉啓端等纂，《欽定大清會典事例》，頁10323。
32　連橫，《台灣通史》（台北：大通書局，1987），頁983。

四到一八六六年之間，合適的陳肇興生卒年標示是：「1831～1866？」。

　　三、陳妻年未三十就已經守寡，在五十餘歲的時候獲得旌表。

　　四、陳肇興曾參與官軍在一八六四年三四月間鎮壓「青旗反」的軍事行動，因功而「以知州選用」。

　　五、陳肇興擔任白沙書院山長的時間可能只有二至四年左右，所謂「桃李爭妍」云云，恐是溢美之詞。

　　以上這些結論都屬前人所未發者，與新史料的發現與運用大有關連。若以後有更多相關史料出土，對於陳肇興研究的深化將更有幫助。

附錄一：《福建鄉試題名錄（咸豐九年己未恩科并補行戊午正科）》內頁書影。

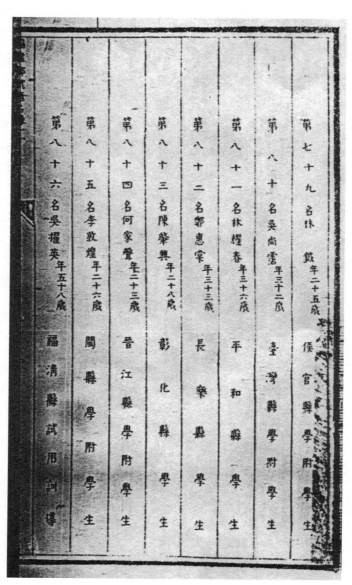

附錄二：〈威惠廟沿革暨長生祿位寄附名錄碑〉前半部（楊永智攝），引自黃奕鎮等，《彰化縣古蹟圖說》（彰化：彰化縣政府，1995），頁66。

第三章　舅仔姊夫大小仙·紅旗青旗六張犁
——陳肇興與邱位南相關史事考辨

第一節　前言

　　陳肇興在台灣古典詩發展史上，可以說是一位奇葩。他不只很愛寫詩（詩作數量根據筆者統計，共有四百五十五首之多），而且各種題材都可入詩，從掃墓、考科舉、佐幕、遊山玩水、農村生活、械鬥、民變等都可以在他的詩作當中發現。

　　陳肇興更是一位彰化傳奇詩人，在戴潮春事變中，他寄居在南投名間一帶的「白旗」陣營當中，與戴軍頑強相抗。其間歷盡千辛萬苦、九死一生，他卻能夠安然生還，並且將這些經歷都化爲長短不一的詩作，因而讓他擁有「詩史」、「小杜甫」、「礦溪精神開創者」的美譽。

　　然而更具有傳奇感、神秘感的是：陳肇興的身世背景、後代子孫及其故居，到目前都還頗爲迷濛渺茫，尚未十分清晰明瞭。本章便嘗試著透過一位與其關係十分密切的文人，一起考證他們二人的身世背景，希望有助於釐清這位詩人的相關記載。

　　筆者發現：陳肇興在多首詩歌中都提到「邱石莊」、「石莊」，如戴案前的〈送邱石莊孝廉北上〉、〈齒痛，戲用袁簡齋拔齒原韻柬石莊〉、〈北投埔義士林錫爵招同林文翰舍人、邱石莊、簡榮卿孝廉、洪玉崑明經及各巨姓頭人宴集倚南軒，計議防亂事宜，即席賦贈〉，以及戴案期間的〈葭月二十六

日喜晤<u>石莊</u>，兼話大甲官軍捷信〉、「得<u>內兄邱石莊</u>之助」（〈祭旗日示諸同志〉序）、〈圍中得<u>石莊</u>書，卻寄〉、〈南投喜晤<u>邱石莊</u>〉，他算是陳肇興詩作中最常出現的人物了。可是，「邱石莊」的基本資料，以及兩人間的確切關係，仍然需要更進一步的考證，以下分數項說明之。

第二節　邱位南的字號與科名

一、「石莊」是「字」還是「號」？

鄭喜夫說：「邱石莊，名位南，石莊其號」[1]，林翠鳳也延續他的說法：「邱位南，號石莊」[2]；吳德功在《戴施兩案紀略》中提到「邱位南」時，僅注上「石莊」兩字[3]，未說明是「字」抑是「號」，而蔡青筠追述戴案時也提及「邱位南」，不過卻注云「字石莊」[4]。鄭、戴都未說明爲何認定「石莊」是他的號、或是字，其他文獻資料中確也沒有記載。鄭喜夫或許感覺「石莊」比較像是「號」，就這麼認定了，在明末清初有一位士人「胡承諾」就自號「石莊老人」[5]，「石莊」的確感覺比較不像是「字」。

古代文人是一定有「字」，可是不一定有「號」，而「字」與名通常有「相應」的關聯性，「號」則是自己所取，表達其個人志趣。前面提到的胡承諾之所以會取叫「石莊老人」，是他「構石莊於西村」[6]的緣故，這種取「號」的方

1　鄭喜夫校訂，《陶村詩稿全集》（台中：台灣省文獻委員會，1978），頁9。
2　林翠鳳，《陳肇興及其《陶村詩稿》之研究》（台中：弘祥出版社，1999），頁23。
3　吳德功，《戴施兩案紀略》（台北：大通書局，1987），頁39。
4　蔡青筠，《戴案紀略》（台北：大通書局，1987），頁46。
5　趙爾巽編纂，《清史稿》（台北：新文豐出版社，1981），頁13127。
6　同前註，頁13334。

式，與「五柳先生」頗為類似[7]，會不會邱位南也是如此？其號會不會與他居住環境、或是附近的地名有關？若邱位南居處附近亦有「石莊」之地名，則他以之為號，也是頗合常理。

筆者便以「石莊」為關鍵字，在台灣各文獻中搜尋，結果卻僅找到三條記錄，分別是「鷹哥石莊」[8]、「魯古石莊」、「頂東石莊」、「下東石莊」[9]，以及「船蓬石莊」[10]，令人失笑的是這些都與「石莊」一詞無關，「石」字皆連上而言：「鷹哥石」、「魯古石」、「東石」（又分為頂、下東石）、「船蓬石」等，而「莊」字乃是如現今「鄉、鎮、市」一般的行政區域名稱。邱位南主要活動於今台中縣市、南投縣、彰化縣一帶，這些縣市並未發現有以「石莊」為名者（台中縣是有一「石岡鄉」，可是邱位南與之無甚淵源）。

既然「石莊」與邱位南的居住環境無關，與其名也找不出有何「相應」的關係，那麼，「石莊」到底是他的「字」或是「號」呢？正當筆者搔頭苦思之際，突然靈機一動，恍然大悟，原來其取號之緣由，恐怕與陳肇興有關，而鄭喜夫說是「號」才是對的，蔡青筠說是「字」則有誤——陳肇興因為很欣賞、崇拜陶淵明，於是就自號「陶村」；我們從他的詩作中也發現，他跟邱位南是非常要好且親密的朋友（陳肇興有一次牙齒痛，曾開玩笑的寫詩給對方：「寄語拾牙慧，知君素豪縱。亟遺長鬚來，藥囊一時送」，見〈齒痛，戲用袁簡齋拔齒原韻柬石莊〉）。所以，或可合理的推測，邱位南是因為好友以「陶村」為名，於是故意促狹的取了跟他相對的「石莊」——以「石」對「陶」，以「莊」對「村」，並且有表示

7　「先生不知何許人也，亦不詳其姓字，宅邊有五柳樹，因以為號焉」（陶淵明〈五柳先生傳〉）。

8　陳培桂纂輯，《淡水廳志》（台北：大通書局，1987），頁60。

9　《嘉義縣輿圖冊》，收錄於：台灣銀行經濟研究室編，《台灣府輿圖纂要》（台北：大通書局，1987），頁173、190。

10　陳文緯主修，《恒春縣志》（台北：大通書局，1987），頁16。

彼此是死黨的用意，在「石莊」一詞找不到其他與邱位南本身有可能的關聯性之下，此不失為一可信的推測[11]，而兩人感情之深厚亦由此可見。

二、大挑一等用知縣

邱位南原為台灣府學附生，道光廿三年（1843，癸卯科）曾照榜中舉[12]，陳肇興在咸豐二年（1852）作有〈送邱石莊孝廉北上〉：

> 屈指登蟾窟，於今已十年。蛟龍升碧海，鷹隼擊秋天。留滯由人事，飛騰卜子賢。乘槎掛帆去，計日羨登仙。

詩中所謂「登蟾窟」便是指中舉一事，一八五二年恰好是一八四三年之後的第十年。而這次送他「北上」所為何事呢？前輩學者認為是「赴任」，可是未說明是「赴」什麼「任」[13]。其實並非「赴任」，乃是上京赴考。這由《台灣通志》說邱位南是「大挑知縣」一事可知。什麼是「大挑」呢？《清史稿‧選舉志》云：

> 乾隆間，舉人知縣銓補，有遲至三十年者。廷臣屢言舉班壅滯，然每科中額千二百餘人，綜十年計之，且五千餘人，銓官不過十之一。謀疏通之法，始定大挑制。大挑六年一舉行，三科以上舉人與焉，欽派王大臣司其事，十取其五。一等二人用知縣，二等三人用學正、教諭。用知縣者，得借補府逕歷、直隸州州同、州判、縣丞、鹽庫大使。用學正、教諭者，得借補訓導。視前為疏通矣。[14]

所謂「三科以上舉人」，指的是考了三次以上的會試都

---

11 若能證明邱位南之取號石莊在陳肇興取號陶村之後，則更能確定此一推測。
12 台灣銀行經濟研究室編，《台灣通志》（台北：大通書局，1987），頁399。
13 林翠鳳，《陳肇興及其《陶村詩稿》之研究》，頁23。
14 趙爾巽編纂，《清史稿》，頁3212。

落榜者[15]，邱位南能夠參加「舉人大挑」，可見他也至少參加了三次會試。原本台灣士子赴京會試必須先渡海到福州，再由福州學政房造報投呈，然後由陸路千里跋涉到北京，其交通費用、所花費時日皆很可觀，台人多有所踟躕，未敢輕易就試。清領中葉以後，清廷考慮台灣遠在海外，便免除由福州學政送考這一項程序，可以就台灣由各府廳便宜行事，便道投遞。而士子可以直接從台灣坐船到天津，再走一小段陸路抵達北京，時程減少為十分之一，赴京會試者才漸漸踴躍起來[16]，台灣的「開台黃甲」（1823年進士鄭用錫）也是在有此政策之後才產生的。

　　雖然清領後期有此便民的政策，但是要從台灣去北京來回至少三次，雖然交通費方面由公家支應（所謂「公車」），但是也必須花費許多時間與精力，更何況當時氣象觀測不發達，遠渡重洋，巨風惡浪，實所難測，考生們要面臨的危險亦不可謂不大[17]，關於「大挑」的考試方式，徐珂《清稗類鈔》有云：

> 每屆大挑，欽派王大臣在內閣舉行。每二十人為一班。既序立，先唱三人名，蓋用知縣者三人。既出，繼唱八人名，乃不用者，俗謂之「八仙」，亦皆出。其餘九人不唱名，皆以教職用。

　　可見其中選率僅僅百分之十五而已，亦十分難得。就文獻所載，清領時期台灣僅出過以下六位「舉人大挑」：

1. 淡水廳葉期頤，乾隆卅六年（1771）舉人，大挑知

---

15 劉兆璸，《清代科舉》（台北：東大出版公司，1979），頁53。

16 怪我氏，《百年見聞肚皮集》（新竹：新竹市立文化中心，1995），頁4。

17 台灣士子渡海參加鄉會試而淪為波臣者，有清一朝，所在多有，例如：同治四年（1865）就有台灣府學附生黃炳奎、彰化縣學廩生陳振緝、黃金城、蔡鍾英四名，在八月間由鹿港搭乘「金德勝」商船晉省，結果該船在洋遭風沉溺，而且連屍體都找不到（見丁曰健，《治台必告錄》，頁537），讀了數十年的書，結果全部化為烏有，實堪憐憫。

縣。

2. 淡水廳郭成金，嘉慶廿四年（1819）舉人，大挑教職。

3. 彰化縣邱位南，道光廿三年（1843）舉人，大挑知縣。

4. 彰化縣蔡啓華，咸豐五年（1859）舉人，大挑知縣。

5. 澎湖廳郭鶚翔，同治九年（1870）舉人，大挑教諭。

6. 噶瑪蘭廳李春潮，同治十二年（1873）舉人，大挑知縣。[18]

根據林文龍的統計，進士從鄭用錫以以降，總共有卅二位[19]，舉人大挑中選者的人數竟然只有其五分之一不到。可見，在當時的時代背景之下，要在會試一舉中第固然不容易；要千里迢迢的從台灣到京城來回至少三趟以上，且要在「舉人大挑」中選[20]，恐怕難度還要更高。

邱位南就是一位經歷了這麼多波折而獲取此功名的台灣士子，只是他雖然被挑選為一等，不過終生未曾赴任，這固然與當時職缺僧多粥少有關，但邱位南陸續獲得秀才、舉人的功名之後，早已是地方上的「鄉紳」（佔有經濟上、政治上、知識上的優勢），享有「紳權」，也就是所謂「地方威權」，亦即「對於一個地方社區人民的領導權力」[21]，他再次獲得「大挑知縣」的頭銜，縱然未能真正履任，但是對於他本身「紳權」

18　台灣銀行經濟研究室編，《台灣通志》，頁398-401；周璽總纂，《彰化縣志》（台北：大通書局，1987），頁234；林豪總修，《澎湖廳志》（台北：大通書局，1987），頁5、126；陳培桂纂輯，《淡水廳志》，頁269；林文龍，《台灣的書院與科舉》（台北：常民文化公司，1999），頁148-137。

19　林文龍，《台灣的書院與科舉》，頁192-195。

20　由前文可知大挑由王公員勒等皇族人員主考，至於其考試方式則不用筆試，由主考人親自端詳這些舉人們的相貌，並考核其言談應對之風度，取最優者為一等，以知縣任用，次優者為二等，以教職任用（參見劉兆璸，《清代科舉》，頁54），邱位南是「大挑知縣」，可知他當時是被選為一等者。

21　胡慶鈞，〈論紳權〉，吳晗、費孝通等編著，《皇權與紳權》（香港：學風出版社，1948），頁119。

的進一步鞏固與提高，亦頗有助益。

　　清代從入關之順治元年開始，依循明制，規定鄉會試皆三年一比，只是鄉試在子、午、卯、酉年的八月舉辦，會試則是丑、辰、未、戌的二月舉辦[22]。陳肇興作〈送邱石莊孝廉北上〉的這一年是咸豐二年（1852），歲次「壬子」，為何不在「丑、辰、未、戌」之中呢？原來這是朝廷有重大喜慶時特別舉辦的「恩科」。陳肇興不想給好友太大的考試壓力，安慰他說「留滯由人事」，但是預祝他上榜的吉祥話卻更多：「蛟龍升碧海，鷹隼擊秋天」、「飛騰卜子賢」、「乘槎掛帆去，計日羨登仙」，邱位南最後不負好友的期待，雖未能中進士，但是仍取得「大挑一等」，榮歸鄉里。

　　另外，陳肇興生於一八三一年，而〈齒痛，戲用袁簡齋拔齒原韻柬石莊〉一詩中云：「君年未四十，齒牙驚搖動。我少君十年，情亦同洶洶」，可以推知邱石莊大致生於道光二年（1821）左右，所以他中舉之時（1843），年方廿三（虛歲），比陳肇興折桂時的廿九歲還更年輕；後來在一八五二年獲得大挑時也才卅歲左右而已，實在可謂青年才俊。

第三節　陳肇興與邱位南之間的姻親關係

一、陳邱氏？陳賴氏？

　　因為陳肇興在〈祭旗日示諸同志〉一詩的序文中，稱呼邱石莊為「內兄」，所以鄭喜夫便說他「娶邱氏，道光二十三年癸卯科舉人邱位南妹」[23]，林翠鳳也說：「陳肇興娶妻邱氏，為好友邱石莊之妹」[24]，但是目前卻挖掘出一些新的資料，裡

22　趙爾巽編纂，《清史稿》，頁3147。
23　鄭喜夫校訂，《陶村詩稿全集》，頁1。
24　林翠鳳，《陳肇興及其《陶村詩稿》之研究》，頁12。

面有許多必須釐清的問題，爲免治絲益棼，以下透過各史料的陸續發現過程，一步一步的論述目前關於陳肇興與其妻子、還有跟邱位南之間的確切關係。

如前一章所云，筆者在翻檢吳德功《彰化節孝冊》時，發現了光緒十二年（1886）上奏朝廷旌表的一批「現存節婦」名單裡面，有一條是：「陳賴氏，彰邑儒士陳肇興妻」[25]，其妻並非如鄭喜夫、林翠鳳等人所說的邱姓；而《彰化縣志稿》裡面，從節孝祠的祿位、神位謄抄出來的名單中，也寫著「彰邑儒士陳肇[26]興妻賴氏」[27]，如果這些記載正確的話，則有以下兩種可能的情況：

（一）陳肇興有一妻一妾

當時的有錢人，家中往往會娶妾。問題是賴氏與邱氏兩人，誰是妻？誰是妾？首先，當時爲人側室者多半出身下層社會，被原屬家庭以高額聘金「賣斷」[28]；邱位南爲舉人，其家世背景很不錯，絕無把妹妹嫁作側室之理。

那麼，莫非賴氏是妾？可是在《彰化縣志稿》抄錄的節孝祠的牌位上，該節婦的身份是「妻」或「妾」都標明得清清楚楚，例如「林吳氏」底下就寫著：「北投林文察妾」，若賴氏果真是妾，則應該會記載著「陳賴氏：彰邑儒士陳肇興妾」云云。看來，這項假設的可能性不高。

（二）一爲前妻，一爲繼室

陳肇興在《陶村詩稿》（創作期間在1852～1862）之中完

25 吳德功，《彰化節孝冊》（台北：大通書局，1987），頁25。
26 原文「興」字誤作「與」，但是《彰化節孝冊》的台銀本，甚至原稿本都作「陳肇興」，《彰化縣志稿》此處很明顯的是手民之誤。
27 賴熾昌，《彰化縣志稿》（台北：成文出版社，1983），頁1810。
28 卓意雯，《清代台灣婦女生活的研究》（台北：自立晚報，1993），頁49-50。

全沒有悼妻之作，所以若有喪妻的話，應該在詩稿寫作之前與之後。以下分別辨明之：

1. 若在一八五二年之前喪妻：

一八五三年陳肇興就有「兒從谷口尋山果，妻[29]向巖前掘地瓜」的詩句，因為這時候他兒子已經能在山谷裡到處摘水果了，所以年紀至少有五六歲。逆推而上，他最晚在一八四八年左右就已經娶妻生子了，時年十八歲（本文皆用當時習用之虛歲算法，以下不贅述），而當時的法定婚嫁年齡，男生至少要十六歲才能娶妻[30]，詩人已經符合這個規定。按照常理判斷，在十八歲左右所娶的這一任應該是第一任，也就是十六歲與十八歲之間就喪妻的機率很小；另外，《詩稿》中完全沒有追悼之作，也基本上排除了在一八六二年前喪妻的可能性。

2. 若在一八六二之後喪妻：

由於詩人在一八六六年之前就已經亡故，所以若真的在這段時期（1862～1866）內喪妻，則之前第一任必是陳邱氏，惟於戴案後不知因為什麼原因亡故，於是陳肇興便再娶一位賴氏作續絃，然而自己沒幾年就辭世了，陳賴氏成為未亡人。

不過，此亦與「一妻一妾」的假設同樣有個問題——在吳德功編撰的《彰化節孝冊》中，如果該節婦是繼室，關於她的紀錄就不會只寫著某某「妻」，而會寫上某某「繼室」，例如「郭上官氏，鹿港邑貢生郭鏖圖繼室」、「游林氏，揀東上堡三角莊游鳳翔繼室」[31]等，陳肇興若真的先娶邱氏，在妻子過世之後才繼娶賴氏，則《節孝冊》中便應該記載：「陳賴氏：彰邑儒士陳肇興繼室」。

---

29 鄭喜夫校訂本及其先前各本俱誤作「農」，其實這兩句對聯乃以前句之「子」對後句之「妻」，若以「農」字相對則大大不通。

30 姜濤，《人口與歷史——中國傳統人口結構分析》（北京：人民出版社，1998），頁272-273。

31 吳德功，《彰化節孝冊》，頁18。

如此陳肇興之妻究竟是邱氏還是賴氏？會不會筆者新發現的這條資料有誤？可是「陳賴氏」這條資料明白的記錄在《節孝冊》以及節孝祠中的神位上，前者是當時奉道府憲命，到各地採訪之後，獲蒙旌表的節婦名單之記錄；後者更是要供奉在節孝祠中，饗以春秋二祭者，承事人員必然愼重其事，不太可能犯下嚴重錯誤而「誤將馮京當馬涼」的把「陳邱氏」誤記爲「陳賴氏」。那麼，這該如何解釋呢？正在苦惱之際，又發現另一筆資料。

二、舅仔姊夫？大小仙？

筆者在閱讀《彰化縣志稿·人物志》時，在大正十三年（1924）所旌表的節婦名單（未收入《彰化節孝冊》）裡，忽然發現邱位南的妻子也是節婦（列於十四名「已故節婦」之中），名叫「賴氏嬌」[32]。原來邱、陳兩人的妻子都姓賴？怎麼會這麼巧？

此時忽然靈光一現：兩人的妻子會不會是姊妹？會不會陳肇興所稱呼的「內兄」其實是指「姊夫」？也就是陳肇興根本沒有娶邱石莊的妹妹（其他文獻上亦無「陳邱氏」的記載），他沒有前後任兩個妻子，從頭到尾都是跟「陳賴氏」在一起，他所說的「內兄」，其實指的是「姊夫」？用福佬話來講，邱、陳兩人的關係並非「舅仔姊夫」，乃是「大小仙」（即「連襟」）才對。爲了考證以上的假設，先查考漢語／漢文化當中所謂「內兄」、「連襟」的用法：

第一、「內兄」在文獻上都是用以指稱妻子的哥哥，《晉書·阮籍傳》：「內兄潘岳每令鼓琴，終日達夜，無忤色」，現今在中國則或稱爲「妻哥」、「婦兄」、「丈哥」、「舅

32　賴熾昌等，《彰化縣志稿》，頁1821。

哥」等。而在台灣，一般稱爲「舅仔」，而爲了與「母舅」分別時，也有稱爲「妻舅」者，是較爲正式／書面的稱法。內兄與自身之間的關係，概稱爲「舅仔姊夫」[33]。

第二、妻子的姊妹之夫，古稱「亞」、「婭」、「友婿」、「僚婿」等，雙方關係稱爲「連襟」，在中國俗稱「挑沟」[34]，台灣一般稱做「大小仙」，娶阿姊者爲「大仙」，取小妹的是「小仙」。「小仙」稱呼「大仙」時，隨其妻叫「姊夫」（文語曰「姊丈」），「大仙」也是隨妻叫「小仙」爲「妹婿」（或「妹夫」）。洪惟仁《台灣禮俗語典》所說的「大小丈」、「大丈」、「小丈」是比較正式的稱法[35]。

由上述可見「內兄」都是專指妻子的阿兄，並無用於「連襟」之間者，若邱陳二人分別娶了賴氏姊妹，則後者應該隨其妻稱呼前者爲「姊夫」或「姊丈」，陳肇興或許覺得「姊夫」太過口語，而誤以「內兄」代之，這也不是不可能的。另外，《彰化縣志稿》在賴氏嬌條下，也有小字注記說：「年二十四歲喪夫，操守五十二年，後裔：邱樑材」。其實清廷對於「已故節婦」的規定，自從雍正以下，限制可說越來越寬鬆（與前文提及的「現存節婦」不同）——雍正元年（1723）的時候說：「其守節十五載以上，逾四十而身故者，亦令各該地方官據實報明」，到了嘉慶四年（1799）就變成：「年未及四十，覈其守節已歷十五年而身終者，一體茲部題請」[36]，後來道光四年（1696）更放寬到：「應援已故貞女不拘年限之例，比照

33　洪惟仁，《台灣禮俗語典》（台北：自立晚報，1993），頁220；王定翔，《民間稱謂》（河南：海燕出版社，1997），頁173；田惠剛，《中西人際稱謂系統》（北京：外語教學與研究，1998），頁169。
34　梁章鉅，《稱謂錄》（北京：中華書局，1996），頁173；田惠剛，《中西人際稱謂系統》，頁170。
35　洪惟仁，《台灣禮俗語典》，頁221。
36　崑岡等修、劉啓端等纂，《欽定大清會典事例》（台北：新文豐出版社，1976），頁10425。

現存節婦廿年立限之半，定爲守節十年，一體旌表」[37]，這段注文中對於邱賴氏的守節記錄是完全符合當時政府規定的條件，而且得知邱賴氏享壽足足七十六歲。

　　該條小字註記也透露出邱位南有個兒子叫做「邱檪材」，筆者於是請求彰化市戶政事務所協助，找出了邱檪材在日治時期的《除戶簿》[38]，這項珍貴的資料對於陳、邱之間的關係以及陳肇興妻子的考證發生了重大影響。

三、日治時期《除戶簿》的發現與運用

　　在該《除戶簿》中記載，邱檪材是邱位南與賴嬌所生之次男，不過由於《縣志稿》中「後裔」寫上邱檪材，所以，有可能「長男」已經亡故，而以次男檪材承祧。在邱檪材的職業欄中寫著「貸地業」、「書房教師」、「保正」等，可知他們家是地主階層，而且邱檪材也延續他舉人父親的家學淵源，更是鄉里間的領導人物。爲了清楚明瞭起見，在該文件中所透露的其他重要資訊，以表格呈現之：

年份	事件
1853（嘉永6年）10月21日	賴嬌出生
1868（明治元年）1月10日	邱位南與賴嬌（16歲）結婚
1876（明治9年）5月13日	次男邱檪材出生，賴嬌24歲
1893（明治26年）3月24日	邱位南亡故，邱檪材（18歲）成爲戶長。賴嬌時年41歲。
1920（大正9年）8月3日	賴嬌去世，享年68歲。
1943（昭和18年）7月30日	邱檪材過世，享壽68歲。

37　同前註，頁10414、10425、10429。
38　若以「陳肇興」或者「邱位南」作爲關鍵字，在彰化市戶政事務所內的日治時期戶政資料庫中的搜尋結果都是零。不過還好有《彰化縣志稿》中的這條資料，筆者以「邱檪材」以及「賴氏嬌」進行搜索，才發現邱位南家族的這份《除戶簿》。翻檢之後發現戶主邱檪材之生父欄就明明白白的寫著「邱位南」，可是怎麼會搜尋不到呢？經該所人員解釋之後才知道，原來可供搜尋的關鍵字只限於除戶簿之主欄中的人物，並不是所有欄位的資料內容都有建檔。

但是這項資料卻與《縣志稿》中所記載的相衝突，有以下幾項：

關於賴嬌的事蹟	《縣志稿》	《除戶簿》
幾歲喪夫	24歲	41歲
享年幾歲	76歲	68歲
守節幾年	52年	27年

其實，這兩者所記載的資料各有錯誤。首先，清政府對「節婦」的認定雖到後期較爲寬鬆，但最少也要四十歲以前亡夫[39]，所以，在《除戶簿》中關於邱位南亡於一八九三年的記載恐怕有誤。其次，《除戶簿》中對於生卒年的記載可信度較高，而《縣志稿》說她從廿四歲開始守節五十二年（所以享壽七十六歲）應該是誤把「結褵」年數誤記爲守節年數（賴嬌從一八六八年結婚到一九二〇年去世，與其夫剛好結褵五十二年）。

所以，兩相取捨之下，關於賴嬌的正確資料應該是：生於一八五三年，在一八六八年（十六歲）嫁給邱位南，一八七六年（廿四歲）喪夫，一九二〇年去世（守節四十四年），享年六十八歲。既然將相關衝突項目解決了，我們便可以把陳肇興、邱位南、賴嬌三人的簡易年譜排列如下：

年份	邱位南事蹟	賴嬌（邱位南妻）事蹟	陳肇興事蹟
1821	生		
1831	11歲		生
1843	23歲，中舉		13歲
1848	28歲		18歲
1852	32歲，大挑知縣		22歲
1853	33歲	生	23歲，中秀才。業已娶妻生子。

---

39 崑岡等修、劉啓端等纂，《欽定大清會典事例》，頁10413、10415。

1862	44歲	12歲	詩稿至此為止
1866	46歲	14歲	3 6歲，本年之前已逝。
1868	48歲，娶賴嬌	16歲	
1872	52歲，母親辭世[40]。已有子嗣。	20歲	
1876	56歲，亡	24歲，喪夫，生次子樑材。	
1886		34歲。	妻陳賴氏至少50歲，獲蒙旌表節孝。
1920		亡，享壽68。四年後（1924年）獲得旌表。	

由上表可以看出邱賴氏至少比陳賴氏小十六歲，絕對不可能是陳賴氏的姊姊，更何況在《除戶簿》中還記載著賴嬌的「出生別」是「長女」。所以邱位南也不可能是陳肇興伉儷之「姊夫」（邱位南娶賴嬌的時候，陳肇興也早就去世了），前文關於此項的假設可以排除，兩人同娶「賴氏」只是巧合而已，「雙賴」之間並沒有姊妹關係。

由以上各方面的文獻資料加以審鑑取捨、折衝協調，並進行合理的推測之後，可接受的結論是：陳肇興的元配邱氏（邱位南之妹）極有可能是在一八六二至一八六六之間亡故，於是陳肇興便再娶了賴氏，不過兩人的相處時間頂多才四年，賴氏就守寡了。至於《節孝冊》中怎麼沒有標示陳賴氏為「繼室」，也只好猜想是當時記錄者的疏失了。另外，邱位南怎麼會跟他的妻子賴嬌年紀相差那麼多呢？賴嬌是否也是他的「繼室」？《縣志稿》中同樣也沒有標示出來。其實這方面仍然有諸多疑點，若有新史料的出土，或許能夠得到解決。

---

40 林翠鳳，《陳肇興及其《陶村詩稿》之研究》，頁23。

第四節　陳邱二人的交情與共事經驗

一、兩人交情

　　首先是兩人的籍貫，當時台灣有五大族群：漳籍、泉籍、粵籍、「熟番」、「生番」，彼此族群關係頗為緊繃，一般而言，較常與同族群者通婚，而邱位南原籍漳州府南靖縣[41]，陳肇興則為漳州府平和縣[42]，雙方同屬漳籍，更無隔閡。

　　從陳肇興父親安葬在八卦山這點來看，他們雖然在南投的竹山、名間一帶有宗族，不過，在彰化居住恐怕也已經有一段時間了。至於邱位南，他的居住地在哪裡呢？雖然在邱樑材《除戶簿》中記載他們家的地號是「台中州彰化字西門二六二番地」，但是筆者請教文史學家陳炎正時，蒙其告知：邱位南乃出身於台中市邱厝仔（今台中市北區邱厝、平等、香蕉、新興、武順、新北、樂英等里之統稱）的邱姓聚落，並且透露一則少為人知的事蹟：邱位南有後代子孫居住在烏日石螺潭（今烏日鄉螺潭村）一帶，而他當時中舉人所立的旗竿則是被「何厝」（今台中市西屯區何厝、何安兩里）的何氏族人所砍倒的。

　　另外，台中市四張犁文昌廟裡面一位林老師（他十分謙虛，不願透露姓名）又告訴筆者說：邱位南是「凹湖仔底」（四張犁街區東北方約四百公尺處）的人。那他到底是彰邑人？邱厝仔人？石螺潭人？還是凹湖仔底人？這該如何解釋呢？

　　目前台中市邱厝仔一帶，居民反倒是以賴姓居多，對於此現象，洪敏麟說：「相傳邱姓居民因遭回祿之災他遷，後來賴姓遷入，至名不符其實。其遷移是否與閩粵械鬥有關，尚待

41　台灣銀行經濟研究室編，《台灣通志》，頁399。
42　同前註，頁400。

考證」[43]，其實，依照常理判斷，如果該處居民的住宅發生火災，在災後也應該會重建起來，而不是放棄房子建地、四周的田產而全部遷走，這種整族遷移的情況，幾乎可以確定是械鬥的結果。

由許達然〈械鬥和清朝台灣社會〉文中的「清朝台灣械鬥引起的搬家」一表，可以得知——整個家族因為械鬥而搬遷的情況，在台灣史上實在屢見不鮮[44]，洪敏麟也感覺得出來這種現象應該是與械鬥相關，不過，由於邱厝仔附近全部是漳州人的聚落，洪文中推測的「閩粵械鬥」其實可能性不高。若聯繫前文所述的其他諸條訊息，則可以大致推知這恐怕是分類械鬥中的「異姓械鬥」，也就是：「邱厝」的邱姓族人與「何厝」的何姓族人發生大火拼，結果前者戰敗，房子被焚燒一空，連邱位南（應該是族中的領導階層）的舉人旗竿都被他們砍倒，於是只好陸續遷移、星散到凹湖仔底、彰化市、烏日石螺潭等處。

關於陳肇興與邱位南兩人結識的緣由，林翠鳳引《陶村詩稿》一八五六年的詩句：「九原回首應惆悵，婚娶初完未著書」（〈哭張郁堂明經〉），先證成他就是在這一年前後完婚的，繼而引陳肇興在四年前（1852）所作的〈送邱石莊孝廉北上〉，提出結論是：陳肇興與邱位南早就已經是好朋友，相交多年之後才娶了他妹妹作妻子[45]。

這項考證有兩點值得商榷：第一、〈哭張郁堂明經〉一詩中，所謂「婚娶初完未著書」全都是在說張煥文，敘述其雖已為子女們完成婚姻大事，可是並沒有著作傳世，詩中所述完

43 洪敏麟，《台灣舊地名之沿革·第二冊（下）》（南投：台灣省文獻委員會，1999），頁43。

44 許達然，〈械鬥和清朝台灣社會〉，《台灣社會研究季刊》，第23期，1996年7月，頁31。

45 林翠鳳，《陳肇興及其《陶村詩稿》之研究》，頁12、23。

全與陳肇興自己無關。第二、前文亦有述及,陳肇興早在一八五三年就有「兒從谷口尋山果,妻[46]向巖前掘地瓜」(〈王田〉)的詩句,這時候他兒子已經能在山谷裡蹦蹦跳跳到處摘水果了,年紀至少有五六歲,逆推而上,他最晚在一八四八年就已經娶妻了,陳、邱兩人應該是在成為姻親之後,才日漸熟識起來的。

二、共事經驗

兩人在成為姻親之後,有數次共事的經驗:

1. 同在「文蔚社」(今四張犂文昌廟)任教

四張犂的文昌廟地址是「台中市北屯區仁美里昌平路二段四十一號」,是台中市內兩座著名的文昌廟之一(另一座在南門橋畔)。該廟由附近的「文炳社」與「文蔚社」共同興建,具有「義學」的特質。早在道光五年(1825)便有地方人士倡議興建,至同治二年(1863,正當戴案大致被弭平之際)才開始動工興建,同治十年(1871)完工[47]。其三川殿前石柱有邱位南的題字:

> 同治辛未年梅月吉旦
>
> 　　文以詩書,定化干戈之氣
>
> 　　蔚然山水,持生幹濟之才
>
> 　　　　　　社內舉人邱位南[48]敬撰

「同治辛未年」即同治十年(1871),因為此處距離戴潮春故居不遠,九年前戴案爆發(1862)之後,四張犂處於戴軍

---

46 各本(包括鄭喜夫校訂本)俱誤作「農」,其實這兩句對聯乃以前句之「子」對後句之「妻」,若以「農」字相對則大大不通。

47 洪文雄等,《台閩地區三級古蹟——台中文昌廟調查研究與修復計畫》(台中:東海大學建築研究中心,1993),頁10-11。

48 書中誤記為「邱住南」(洪文雄等,《台閩地區三級古蹟——台中文昌廟調查研究與修復計畫》,頁221)。

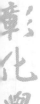

的核心勢力範圍之內，亦有不少人參與其事，翌年官兵前來鎮壓，居民飽受兵燹之苦[49]，故邱位南在上聯當中以「文以詩書，定化干戈之氣」來勸勉此地學子，頗能扣合撰聯當下的時空背景。在後面石柱則有陳肇興撰寫的對聯（參看本章文末所附之圖片）：

生員王煥章敬書

　　文列奎垣，呼吸直通帝渭

　　蔚爲國器，栽培端在儒先

　　　　舉人陳肇興拜撰

這副對聯由於落款的字樣已經十分模糊不清了，所以林翠鳳在《陳肇興及其《陶村詩稿》之研究》一書中，完全沒有提到陳肇興在文昌廟留有這副對聯；而《台閩地區三級古蹟──台中文昌廟調查研究與修復計畫》（東海大學建築研究中心，1992）一書將整座文昌廟調查得鉅細靡遺，但是對於這副對聯的落款也僅寫上：「舉人□□□□□[50]」而已[51]。

筆者原本亦匆匆瀏覽，根本沒注意到這個重要的落款（因爲這七字沒有描上藍

「舉人陳肇興拜撰」字樣特寫（顏敏耀攝）。爲了讓字體更明顯，爲其塗上白粉。

49　二〇〇三年筆者訪問當地耆老陳得文、陳有三兄弟時，他們表示，即使到了日治時期，當地住民仍可在附近溪流當中發現不少「萬生反」當中死亡的無主骸骨，因爲土虱喜歡以骷髏頭爲巢，鄉民每次只要撿到骷髏頭就可抓到肥美的土虱，後來逐漸被撿拾一空，當地便流傳著一句反諷的俚語：「土虱好吃，死人頭沒彼呢多！」。此事亦見於：洪文雄等，《台閩地區三級古蹟──台中文昌廟調查研究與修復計畫》，頁8。

50　多列一個空格。

51　洪文雄等，《台閩地區三級古蹟──台中文昌廟調查研究與修復計畫》，頁224。

台中市北屯區文昌廟（三川殿）外觀。顧敏耀攝。

漆）。後來請教「文炳社」後人陳得文老師及其賢甥林老師，還有在廟內社區大學授課的陳炎正老師之後，蒙其告知原來落款的字跡渙漫之處，正是陳肇興云云。剛聽到的時候實在萬分驚喜，前往仔細一看，果然是「舉人陳肇興拜撰」的字樣沒錯。至於為什麼廟內其他副對聯的每個字（除了王煥章的「章」字之外）都有用藍漆描上，而這七個字卻沒有描上呢？這邊的林老師告訴筆者，當年修復的時候，石柱上的陰刻文字便已經十分不清楚了，因為尚未確定該字為何，所以才不敢率爾描上藍漆，正如「王煥章」的「章」字未描上，也是相同的原因。

　　這項發現對於陳肇興生平之了解及其詩歌內容之解讀都發揮了極大影響，如他一八五三年的詩作：「薄暮投書館，題詩寄草堂。銜山紅日大，出岫白雲忙。啅雀棲簷瓦，歸牛浴野塘。興來無近遠，隨意宿花莊」（〈賴氏莊〉其三）、「結宅

臨流水，開門見遠山。<u>主人能好學，稚子不偷閒</u>。竹下挑燈飲，花前出畫看。祗因素相愜，禮數一時刪」（〈賴氏莊〉其四），其中所說的「書館」、「草堂」以及教學的情形極有可能都與「文蔚社」相關。

另外，其〈揀中大風雨歌〉、〈揀在連日淫潦欲歸不得忽逢晴霽喜而有作〉（以上內容與教學有關）、〈揀中感事〉（內容與佐幕工作有關）等詩題中所說的「揀」就是「貓霧揀堡」的簡稱，在當時分為「揀東上堡」與「揀東下保」，所包括的範圍從今台中縣的豐原、東勢、石岡、新社、大雅一直到台中市北屯區、西屯區等，不過，陳肇興當時所在的確切位置是在這一大片區域中的哪裡呢？筆者認為很有可能就是在今四張犁文昌廟附近，乃以一個大範圍的泛稱來指稱這個地方（就如筆者跟別人說：「我住台中」，可是事實上確切地點是在台中縣霧峰鄉的四德村，同樣的道理）。陳肇興也就是在他與邱姓家族結為姻親之後，由於地緣的因素，才來這邊教書或是從事幫幕工作的。

但是，這個發現也產生了另一個問題，就是關於陳肇興的卒年方面。原本透過《彰化節孝冊》中關於節婦「彰邑儒士陳肇興妻陳賴氏」在一八八六年就受到旌表的記載[52]，以及清廷對於「節婦」的認定：至少要守節廿年[53]，可以推知陳肇興至少在一八六六年之前便已亡故（見前一章所述）。但是，如果這幅對聯真的是陳肇興所撰，則根據邱位南在石柱上的落款：「同治辛未年」，亦即同治十年（一八七一年）來看，這兩則資料不就彼此衝突而拉不攏了？其實未必，原因有二：

第一，該廟的修建是從同治二年（1863）戴案大致平定

---

52 吳德功，《彰化節孝冊》，頁25。

53 崑岡等修、劉啟端等纂，《欽定大清會典事例》，頁10413、10415。

之後開始，一直到同治十年（1871）都陸續有修補[54]。因此，可能在戴案結束之後的那幾年，陳肇興正擔任白沙書院的山長時，就撰寫了這幅對聯刻在內柱之上；而刻有邱位南所撰對聯之外柱，乃後來才增建者。

第二、如果文昌廟的三川殿內外柱是同時刻上對聯文字者，則當時（1871）陳肇興雖然「昔人已乘黃鶴去」，但是由於一八六二年便已經開始建造，他或許早已經撰寫好對聯的稿子，而交給廟方了，所以在一八七一年的時候才能照著這份稿子而刻上柱子。但是由於當時陳肇興已經逝世，所以其撰寫的這幅對聯才會由「生員王煥章」代為書寫，因此邱位南之對聯並未有「某某人敬書」的字樣，但是陳肇興所撰者卻有「生員王煥章敬書」的題字。

從邱位南所撰聯文的署名「社內舉人」云云，可以知道他本身就是「文蔚社」社員，或者就是在社內進行教學活動的「指導老師」。陳肇興同樣以「文」、「蔚」嵌於首字作聯，但是署名並未如邱位南般寫上「社內舉人」，只寫著「舉人」，可以推測：他應該不是正式社員，只是常被聘來教導社內生童而已。總之，陳邱兩人在結為姻親之後，都曾於文蔚社內教授課任教。

2. 共同聯手募集鄉勇團練對抗戴潮春陣營

在戴萬生正式起事之前，台灣中部的地方頭人就已經先來個「圓桌會議」以未雨綢繆，陳肇興即席賦詩，題為〈北投埔義士林錫爵招同林文翰舍人、邱石莊、簡榮卿孝廉、洪玉崑明經及各巨姓頭人宴集倚南軒，計議防亂事宜，即席賦贈〉。從此詩題就可知道陳、邱兩人聯袂參與了這場會議，「但教友助

循古風，自保一方即忠義」簡潔扼要的記錄的這場會議的結論就是要各地頭人約束鄉里人民。雖然詩中說：「是時四野盡成狂，燒香作會等兒戲」，但是，只要各人在其能力範圍之內，讓部分莊堡能夠保持獨立，當對方勢衰之時，即可再起。在這場會議之後，這些鄉紳便各自分頭進行「聯莊」（聯合各街莊以自保）相關事宜。

陳肇興之外的其他人去哪裡辦事，目前無法得知，從《陶村詩稿》知道詩人後來奉孔昭慈之命，要前往南北投（今南投縣草屯鎮、南投市一帶）辦理聯莊，才走到半路的牛牯嶺（今南投縣名間鄉的大庄、南大二村一帶）而已，「萬生反」就正式爆發了。整個戴案期間，他主要也就在今南投縣西側與彰化縣東側一帶活動，至於邱位南則帶著全家人避難於草屯（陳肇興原本的目的地）。他們雖然分隔兩地，仍會互通聲息，例如在戴案爆發該年的年底，陳肇興作有〈葭月二十六日喜晤石莊，兼話大甲官軍捷信〉共兩首，云：

> 干戈何處不蜂屯，萬劫逃來喜尚存。<u>徒跣我藏木屐嶺，全家君走草鞋墩</u>。人皆欲殺生原幸，口不言兵道更尊。意外相逢歡已極，況兼捷信報官軍。
>
> 曾將王命論班彪，舌爛唇焦語未休；無補君親空痛哭，同為羈旅倍生愁。千秋氣節懷龍尾，半世功名愧虎頭。<u>拔劍酒酣歌斫地，因君還欲賦同仇</u>。

詩中所說的「木屐嶺」又稱「木屐崙」、「木履崙」（為了格律，所以改平聲之「崙」為仄聲之「嶺」），跟「牛牯嶺」一樣都在名間鄉境內[55]，為了與「草鞋墩」（即今草屯鎮）相對，乃捨「牛牯嶺」，而用「木屐嶺」。詩中除了表達兩人在戰亂中重逢的喜悅之外，也可看出詩人的慷慨激昂之情，以及

55　洪敏麟，《台灣舊地名之沿革・第二冊（下）》，頁474。

與邱位南相互鼓舞之意。

到了隔年（1863年）的四月，陳肇興有〈祭旗日示諸同志〉之作，在詩序中，他說：

> 予來牛牯嶺謀舉義者屢矣，痛哭流涕，卒無應者。癸亥四月二十八日，<u>得內兄邱石莊之助，六保合約舉事</u>。祭旗之日，欣喜過望，爰歌以紀之。

可見陳肇興自從來到牛牯嶺之後，就一直希望該地民兵能夠出師迎擊戴軍，為了說服他們而講到涕泗橫流，可是仍然無人響應，何以如此？此乃當地民兵領袖評估自己實力不足以與戴軍一戰，如果貿然迎擊，可能會造成不必要的傷亡，所以也就寧願維持這種僵持的局面。

陳肇興正在灰心之餘，他的內兄邱位南卻聯絡了六個保（即沙連保、南投保、北投保、武東保、武西保、五城保[56]，即今彰化縣東部與南投縣西部一帶）的民間武力領袖，想要一起聯合舉兵攻破豎立「紅旗」的其他莊保。沒想到起事的時候，在聯軍中卻有人陣前倒戈，導致死傷慘重。此即吳德功《戴施兩案記略》繫於同治二年（1963）四月二十八日的那件白旗陣營的重大傷亡事件：

> 四月二十八日，彰化舉人陳肇興（伯康）、邱位南（石莊），沙連舉人林鳳池（文翰）、生員陳上治（熙朝），永春生員廖秉均，南投堡義首陳雲龍、吳聯輝，牛牯嶺義首陳捷三（月三），北投堡舉人簡化成、義首林錫爵，沙仔崙廩生陳貞元，約六堡同日樹義幟。集集莊義首陳再裕兵敗被擄，獻斗六，仰藥死。廖秉均不屈死之。許厝藔義民陳耀山亦被害。[57]

陳肇興全家也差點都陣亡，他只好帶著家人一起逃難到深山

56　張志相，《集集鎮志》（南投：集集鎮公所，1998），頁878。
57　吳德功，《戴施兩案紀略》（台北：大通書局，1987），頁39。

裡，處境可謂落魄至極，此即〈祭旗後一日，六保背約，縱匪反噬，燬陷義莊無數，獨山頂一帶尚守前盟。予一家四散，幾遭闔門之禍，在重圍中瀝血成詠〉這首詩中所描述的慘況。但是，在過了一陣子之後，邱位南再給內弟捎來一封信，除了跟他約定「分進合擊」的計策之外，更透露出即將有友軍來援：

> 撾金伐鼓戰方酣，何處飛來紙一函。豺虎悲君投有北，鯤鵬勸我共圖南（自注：書中約縶南投以通大路）。山川計遠言難盡，家國憂深意尚含。為告奇兵天外至（自注：時適有屯丁來援），月中捷信定連三（〈圍中得石莊書，卻寄〉）。

詩人在鬱卒之際，收到這封信，讓他對未來重新抱持著樂觀的態度。後來陳、邱這方的莊保配合官軍展開全面反攻，一路接連得勝，《陶村詩稿》中也持續出現許多描寫戰爭勝利之詩作，如〈六月十八日大戰濁水擒賊首一名斬首百級〉、〈二十一日收復南投街連日大捷重圍以解〉、〈二十九日攻克施厝坪等處〉、〈七月二十二日攻克集集斬首百餘級〉等。白旗軍所掌控的勢力範圍日漸擴大，這時陳、邱兩人終於能夠再次相見：

> 狼奔豕突遍鄉閭，<u>幾度思君淚滿裾</u>。兩載離鄉分手後，萬金酬士破家初。身非食肉工謀國，志不圖功少上書。<u>今日相逢倍惆悵</u>，頭鬚白盡為軍儲（〈南投喜晤邱石莊〉）。

久別重逢之際，兩人實在開心不起來，心中反倒充滿了對於這場亂事的無奈與感慨，陳肇興形容自己是「頭鬚白盡為軍儲」，可是當時他才卅一歲而已，可見他就像「伍子胥過昭關」一般，憂愁煩悶，歷盡艱險。

　　陳、邱他們兩人同樣是透過科舉獲取功名的社會領導階層（即「鄉紳」、「紳士」或「紳衿」），他們不只受地方官所器重（例如陳肇興受台灣道孔昭慈之委託，前往進行「聯

莊」），也受到一般人民的尊敬，正如蔡青筠記載的一則小故事：

> 陳肇興、邱石莊因避亂逃居南北投堡，<u>該莊人頗尊崇之，軍事提調，大都二人指揮</u>。賊恨之次骨，數命刺客殺之，每不能遂意。一日，邱議事夕歸，傍路有大樹，忽見樹杪火光閃閃，邱疑之，以詢從者，僉云不見。命搜之，發見二怪漢，各有利刃短銃，訊所欲為，不答。縛而遍示村中人，竟無識者，知為刺客，遂活埋於溪洲之荒坪。[58]

正因為陳、邱兩人的立場極為鮮明，給予敵軍高度的威脅性，對方才會派出殺手，意圖予以狙擊。從這段記錄中也可以看出：在戴案期間，陳肇興與其內兄邱位南並肩作戰，都擔任地方上對抗戴軍的民兵領袖，兩人關係十分密切。

3. 協助官兵鎮壓「青旗反」

目前對於整個戴潮春事件的研究，主要是針對「紅旗反」，亦即戴潮春被擒捕之前的戰事，而之後的餘緒──「青旗反」則較少有人深入論述。關於此一事件的經過，前一章已略有提及，而林豪在《東瀛紀事》中也以簡潔的筆墨寫道：

> 三年三月，石榴班降賊張三顯復糾陳鰰、陳在、陳梓生、陳狗母、趙憨、洪叢、葉清、葉中、王春等謀作亂，<u>彰化城外市仔尾街及東北一帶餘黨俱應之，皆執青旗為號</u>。先是張三顯執送戴逆，自以功大賞薄，頗懷怨望，遂謀不軌。二十七日，賊黨千餘攻城，勢甚猖獗。知縣凌定國乘城堵禦，幾不支。義首林大用聞變來援，賊退踞市仔尾搶掠。時提督林文察諸軍攻小埔心未下，皆回軍堵禦。幸西南一帶泉莊及鹿港義民相率赴援，賊乃潰散。[59]

---

58 蔡青筠，《戴案紀略》，頁47。
59 林豪，《東瀛紀事》（南投：台灣省文獻委員會，1997），頁39。

親歷其事的彰化文人吳德功在《戴施兩案記略》當中也有類似的記載：

> 初，張三顯獻戴萬生，自以功大，及其賞薄，頗懷觖望。<u>時，陳鮥、陳梓生等逃竄無路，同顯謀反，執青旗為號。大肚陳狗母、趙戇、北勢湳洪欉應之</u>。三月二十七早，賊數千先據八卦山，並市仔尾。時，諸軍已退，城內逃難之民回者寥寥，知縣凌定國聞變，傳五品銜吳登健，是早繼城，往二四莊呼召義民千餘救援。遇賊於八卦山，酣戰自辰至未，追斬賊首十餘級，解散諸黨。林大用亦率莊丁由茄苳腳一路進勦，城中空虛，凌定國日夜巡察頗嚴，<u>又於各城門請紳士稽查</u>，出入記名，給腰牌，城中賴以定。[60]

由以上兩條資料可知，所謂「青旗反」即戴軍倖存勢力的反撲，其主要戰場是在彰化市附近的八卦山台地，當時城內擔任守衛工作的主要人物是新任彰化知縣凌定國，而後來解圍的主力部隊則由出身霧峰的陸路提督林文察（民間稱為「林有理」，筆者霧峰老家的阿公在世時尚能娓娓述其事蹟）率領。青旗陣營不敵官兵與其他民間武力的攻勢而四散逃亡。

　　前引林、吳兩位的記載僅說明有「義民」與「紳士」的支援，而未詳細記載參與的人物，其實陳肇興與邱位南都參與了鎮壓「青旗反」之戰事。在《清宮諭旨檔台灣史料》中有一則「長本上諭檔」：

> 同治三年五月十一日內閣奉上諭：林文察奏官軍捿斬逆首彰化解圍請將出力員弁獎勵一摺。福建台灣地方自戴逆誅殛後，餘匪楊金環等復謀倡亂，潛推逆黨陳在為首，聚眾數千，圍攻彰化縣城。經林文察等帶隊赴援，擊賊獲勝。賊復膽敢率眾圖撲官軍營盤，<u>我軍四路兜剿，鎗礮齊施</u>，

賊大潰敗，搶獲逆首陳在、楊金環，並黟黨多名正法。縣城解圍，乘勢克復市仔尾、犁頭店等處，掃蕩餘孽，並將城南一帶距匪擊散。在事員弁尚屬著有微勞，自應量與鼓勵。參將湯德陞著以副將儘先補用，先換頂戴。都司陳啓祥、張顯貴、陳捷元均著以游擊儘先補用。縣丞郭瓚著不論雙單月遇缺即選。守備凌定郡著免補守備，以都司儘先升用。舉人陳肇興、邱位南、蔡德芳均著以知州、縣選用。生員黃鏞、蔡謙光、陳宗文、林紹芳均著以訓導即選，並賞戴五品藍翎。吳吉生、吳鴻文、吳觀瀾均著以訓導即選，並賞給五品頂戴。義首葉保國、楊其華均著賞戴五品藍翎。葉保國並著以千總儘先補用。其出力之參將林文明應得獎敘，仍著左宗棠彙案保奏。餘著照所議辦理該部知道。欽此。[61]

在《大清歷朝實錄》中也有相關記載：

五月十一日（6.14）茲據林文察奏：逆匪陳在、楊金環等襲陷犁頭店、員林街各汛地，攻撲彰化縣城，雖經兵圍擊退，首逆就擒，而張三顯[62]、陳弄等逆，尚各糾黨嘯聚，洪逆亦未弋獲[63]。

五月十七日（6.20）以福建彰化縣城解圍，予參將湯得陞等升敘有差[64]。

《實錄》當中的記載都較為簡略，而前引的那則諭旨檔則比較詳細，從中可以知道陳肇興與邱位南都因為鎮壓「青旗反」的功勞而與鹿港舉人蔡德芳一起受到朝廷的封賞──「以知州縣選用」。

61　洪安全編，《清宮諭旨檔台灣史料》（台北：國立故宮博物院，1996，頁4621-4622。
62　原文誤作「顯」。
63　張本政主編，《《清實錄》台灣史資料專輯》（福州：福建人民出版社，1993），頁971-972。
64　同前註，頁972。

　　至於陳肇興與邱位南兩人到底如何帶兵守城或者與敵軍攻戰，這些詳細內容可能還要查考《宮保第文書·戴案具秉（5）》這份尚未公開的文獻資料。此文獻目前僅知黃富三教授有收藏，其內容根據黃富三《霧峰林家的興起》的簡略轉述可知，乃陳肇興與生員楊宜夏、義首林嘉瑞稟報水師提督林文察：廖有于等曁青旂圍攻彰化，陳肇興與彰化城內庄丁共同協助守城，並且最終在大肚溪墘與其他地方人士共同拏獲黃朝、陳在、楊金環等「青旗反」的重要人物，審訊後均予處決[65]（詳見前文所述）。期待這份資料能夠早日出版，提供更多相關的細節。

第五節　小結：陳邱兩位後代子孫的尋覓

　　由於到目前爲止，陳肇興的後代子孫仍未尋獲，林翠鳳說道：

> 陳肇興時代距今不過百多年，理應不難推尋，但事實上卻無所獲。這是本文十分遺憾的一點，曾風聞其後代可能在今彰化八卦山風景區管理委員會服務，也曾聽說其子孫似乎服務於教育界，然皆無從直接證實或面見。仍有待多方追查，盼能早日有得。[66]

確實如此，如果能夠尋得陳肇興的後嗣，或許一些疑團便能獲得解決。因爲邱位南是陳肇興之摯友，兩人有多次共事的經歷，而且又有姻親的關係，所以筆者便想透過邱位南及其家族這方面的線索，看是否能夠由邱位南這邊發現發現一些跟陳肇興後嗣有關的蛛絲馬跡。

　　筆者根據邱樑材擔任戶主的那份《除戶簿》內容，繪成「邱位南家族譜系圖」，以收一目了然之效。另外，根據林

65　黃富三，《霧峰林家的興起》（台北：自立晚報，1987），頁312-313。
66　林翠鳳，《陳肇興及其《陶村詩稿》之研究》，頁9。

翠鳳的記載[67]，邱位南母親的墳墓位於今龍井鄉內，墓碑上刻著：

　　同治壬申年陽月
　　皇清誥封宜人謚慈敬劉太宜人之墓[68]
　　　　　　男位南暨孫全立

因此，我們也知道邱位南的母親爲劉氏，名字則待考。

　　透過戶政事務所人員的協助，筆者得知邱位南的曾孫邱炯耀與邱潤德目前都仍居住在彰化市內，筆者乃於二〇〇三年三月份親自登門拜訪。他們雖然年逾古稀，不過仍十分硬朗，言談之間亦略可看出與一般民眾不同，具有舉人之後的溫文儒雅風度。雖然他們知道自己的阿祖——位南公在清代曾經獲得功名，但是詳細內容則不甚了解，至於其曾祖的姻親陳肇興則根本沒聽過。雖然如此，但是邱位南的後嗣在這之前仍未有其他學

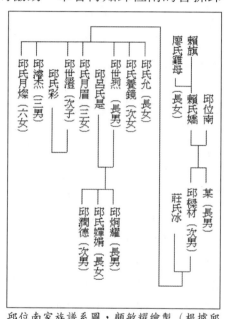

邱位南家族譜系圖，顧敏耀繪製（根據邱樑材《除戶簿》內容）。

67　同前註，頁23。

68　「宜人」爲五品命婦，因爲六品以下用「敕封」，五品以上用「誥封」，故此處才有「皇清誥封宜人」的字樣。另外，前文述及邱位南因軍功而「以知州縣選用」，由此處記載其母親誥封爲宜人可知——他應該是被贈予五品「知州」的官位，而非七品的知縣。由於與「知州」對應的文散官是「奉直大夫」，所以，我們知道邱位南的墓牌應該與陳肇興的寫得一樣，都是「皇清誥封奉直大夫」。參見：徐禮安，〈明清兩朝官制與古蹟碑誌解說應用之研究〉，《苗栗文獻》，第14期，1999年6月，頁243；詹評仁，〈清代台灣木主之研究〉，《南瀛文獻》，第39期，1994年12月，頁9-10。

者提及，此亦可謂一大發現。

　　邱位南之哲嗣——邱樑材在日治時期擔任地方保正（能擔任此職位者，都是地方上的紳士階層），而且在私塾中任教，此外，筆者在中研院民族所收藏的《彰化市寺廟台帳》中發現西門福德祠的管理人就寫著：「彰化街彰化字西門二六二番地邱樑材」[69]，其在鄉里中地位之地位，由此亦可見一斑。若陳肇興也有子嗣的話，與邱樑材同是前清曾獲五品官位的舉人之子，在當時想必也是地方上頗有地位的人物，然而筆者透過漢珍數位圖書公司設計的「台灣人物誌」（1895～1945）檢索系統查詢（幾乎全部網羅日治時期所有的傳記資料，如《台灣列紳傳》、《台灣人士鑑》等），卻一無所獲，需要再更詳細的查考。

　　另外，《縣志稿》的編撰者在該書〈卷十・人物誌〉中的〈節孝錄〉一節中，除了收錄吳德功《彰化節孝冊》的全部內容之外，還為之作注。例如光緒十二年彰化紳士奉憲探訪的「已故節婦」中有一位節婦，吳德功僅記錄「彰邑訓導汪繼時妻謝氏」[70]，但是《彰化縣治稿》中卻在其下有小字云：「名粉，裔孫有成、志仁」[71]。這些小字都是極為珍貴的紀錄，正因為《彰化縣志稿》中，以小字記載了邱位南及其妻名為賴氏嬌、其子名為邱樑材[72]，因此才能循線找到邱樑材的《除戶簿》以及邱位南的後人。然而，在「彰邑儒士陳肇興妻賴氏」之下，並無任何的注記，十分令人惋惜。《彰化縣志稿》的主修賴熾昌先生已經辭世，而筆者親自探詢彰化市節孝祠的管理人員，他們也表示並無相關的名冊資料。關於節婦紀錄這方面的問題可能還要再進一步查考。

69　著者不詳，《彰化市寺廟台帳》，出版時地不詳，頁90。
70　吳德功，《彰化節孝冊》，頁25。
71　賴熾昌等，《彰化縣志稿》，頁1808。
72　同前註，頁1821。

以上四幅照片都是台中北屯文昌廟內石柱上的對聯（顧敏耀攝），分別是邱位南與陳肇興所撰。

　　從本章的分析論證可知邱位南對於彰化詩人陳肇興而言，實在是他生命中一位重要的人物。兩人從結爲姻親之後，從任教文蔚社到鎮壓紅旗反、青旗反，一直維持著極爲良好的關係，情誼極爲深厚。由於陳肇興的相關史料較爲缺乏，透過邱位南的相關文獻記載，也讓我們釐清了部分與陳肇興相關的問題。另外，若邱位南是陳肇興的大舅子，則邱樑材要稱呼他作姑丈，邱世烈便要稱其爲「丈公」，所以，陳肇興便是邱位南的曾孫邱炯耀與邱潤德兄弟的「丈公祖」了。邱氏兄弟可說是在陳肇興的直系血親尚未發現之前，目前所能找到的與其最相關的後輩親族之一，尚堪聊慰矣。

第四章　北門暗街古香樓・彰化竹山陳五八
——陳肇興故居與宗族的考察

第一節　前言

　　本章節依序考察陳肇興的故居、宗族以及其他相關問題。
首先，是故居的現址方面，與他約略同時期的詩人，如林占
梅、鄭用錫、陳維英等人，他們的故居（潛園、北郭園與老師
府等）雖然歷經滄海桑田，不過今日仍然可以確切的指出其所
在地，至於他們的後代子孫有哪些人，亦有較爲清楚的紀錄。
但是，陳肇興故居（亦即「古香樓」）的現址，目前仍不甚確
定，透過其故居地點的考證，或許可以找出世居該處的後嗣，
讓我們進一步諮詢。本章處理此項議題，分別從前代文獻以及
現當代學者的研究來分析論述。

　　其次，陳肇興能夠考取舉人，並因軍功得以知州選用，在
清領時期的社會環境下，可說是十分光耀門楣的傑出人物，與
其相關的直系、旁系家族，甚至僅僅是遠親，恐怕都會在族譜
之類的文獻資料中記上一筆。筆者主要從《陶村詩稿》、陳氏
族譜資料以及祭祀公業兩方面來著手調查。

第二節　陳肇興故居現址考察

一、《陶村詩稿》及吳德功、吳蘅秋詩文中的記載

　　陳肇興自己在《陶村詩稿》中，有數首詩作都描述到他的

居住地點，例如作於咸豐八年（1858）的〈古香樓落成，移居即事〉：

　　塵中何處可忘機，先世猶存兩版扉；海燕十年頻易主，茅龍三歲一更衣；牽蘿補屋功粗定，倚樹爲巢計不非；從此看山欣縱目，海天萬里一鵬飛。（其一）

　　爲藏萬卷築高樓，鄴架曹倉次第收；四壁詩箋書五色，一窗燈火照千秋；舊廬乍返鄉鄰熟，破屋重新鼠雀愁；昔日南村今北郭，此生卜宅總如鳩。（其二）

　　誅茅誰助草堂錢，賣盡文章又賣田；潘岳閒居原奉母，葛洪移宅總游仙；無多別業悲生計，有味書鐙憶少年；知否三遷慈訓在，未能奮發愧前賢。（其三）

　　百尺元龍寄興長，圖書插架一樓香；弟兄共住東西屋，妻子還分上下床；雨後看山千黛綠，窗前對月半天涼；銜杯且把頭顱看，未忍終言老是鄉。（其四）

從「昔日南村今北郭」[1]可以得知兩個訊息：第一、「古香樓」就在彰化北門一帶；第二、在搬來這邊之前，詩人曾住在南門附近。後者有其他旁證：

　　曉從南塚去，山色尚模糊；草露行來濕，蠻煙到處無；泉聲隨澗轉，鳥語隔林呼；遙望前峰上，朝陽紅一隅。（〈曉行山中即目〉）

在清晨時分，詩人從家裡出門散步去南塚（八卦山南方的墓地），到達的時候，天色尚未全亮，可知他的住家應該是在附近不遠的所在。由這首詩作也可知道在一八五二年時，詩人已經住在南門了；不過，既然說「此生卜宅總如鳩」，應該在此之前也曾經還住過其他地方。詩人另有作於戴案期間（同治元

1　曾進豐、歐純純、陳美朱編著之《台灣古典詩詞讀本》（台北：五南圖書出版公司，2006）中，選錄了這首〈古香樓移居即事〉，說道：「尾聯慨嘆物換星移，南村成了北邑，滄桑變化何其快速！」（頁78），將「陳肇興從城南搬到城北」理解成「原本的城南卻變成了城北」，應屬誤解。

年，1862）的〈憶故居〉（四首）云：

> 黯黯愁雲四望遙，故園回首總魂消；張良去國家初破，杜
> 甫遊秦盜正驕；萬卷圖書歸浩劫，一年文武罩今朝；可憐
> 嘔盡心頭血，千首詩都付火燒。（其一）

> 遷喬曾為賦閒居，五載經營奉板輿；近市盤餐多異味，承
> 歡菽水有新儲；玻璃牖下安吟榻，錦繡堂前掛報書；四壁
> 祇今何所有，空聞鳥雀噪階除。（其二）

> 小築吟樓號古香，半儲書畫半巾箱；山橫定寨青排闥，樹
> 接豐亭綠過牆；幾度栖遲同燕雀，一經離亂又豺狼；帑金
> 掠盡門窗圮，惟有青苔對夕陽。（其三）

> 傳聞狐鼠據為巢，薪木摧殘去又拋；世亂傭奴多背主，途
> 窮鄰里乏知交；登樓王粲非吾土，破屋杜陵戀舊茅；自恨
> 不如樑上燕，巡簷猶得到花梢。（其四）

還有他戰亂之後回歸鄉里時所作的〈亂後初歸里中〉（五
首）：

> 滄桑回首總傷情，舊日樓台一望平。僮僕不知陵谷變，向
> 人猶問定軍城（原注：時定軍城已燬）（其三）

> 敗垣圍井長黃花，日落寒煙繞郭斜。莫問舊時王謝宅，尋
> 常百姓已無家。（其五）

由這些詩作的內容可知：陳肇興雖然之前三不五時就搬家，不
過在一八五八年（考中舉人的前一年）之後，他都居住在靠近
彰化城北門的「古香樓」。該處原本就是他父祖的產業，故云
「先世猶存兩版扉」，因此，建成樓房之後，全家大小（包括
其寡居的老母以及兄弟）都一起住在裡面。此樓毀於戴案期
間，然而推測他應該還是在原址重建家園。

同樣是世居彰化市的詩人吳德功（1850～1924）在〈陶村
詩稿序〉中說：「德功弱冠時，公掌教白沙書院；頻蒙教誨，

又與爲鄰」[2]，其姪兒吳蘅秋亦有詩作〈讀陶村詩稿〉云：「家住北門近故居，執經惜未禮橫渠，公生太早吳生晚，一片葵心空自舒」[3]，都可看出陳吳兩家住得很近，這也是重要的線索。

二、林翠鳳教授的論述

　　對陳肇興研究極有奠基之功的林翠鳳教授於其所撰《陳肇興及其《陶村詩稿》之研究》有數段文字考證陳肇興的故居：

> 由「山橫定寨青排闥，樹接豐亭綠過牆」（〈憶故居〉）與「定軍山下草萋萋……卻教興子問東西」（〈亂後初歸里中〉）皆可知古香樓正位於定軍山（即今八卦山）下豐亭附近。[4]

陳肇興所云「樹接豐亭」的「接」其實也有可能只是「遙接」而非緊鄰；至於「定軍山下草萋萋」云云，也不一定就是說古香樓就在這附近，可能僅是他紀錄亂後歸途中所見而已。另外，林教授同樣也利用了吳德功那則記錄資料：

> 查吳德功乃彰化城內總爺街人，自其「先祖與先伯祖移在總爺街居住」，已歷數代。總爺街「爲彰化縣署所在地，今之彰化市政府、圖書館一帶皆在其範圍內。……今中華路、光復路間之成功路段，係拓寬總爺街而成」[5]。訪諸當地者老，仍慣以「總爺街」之舊名稱呼。此處正位於八卦山山腳下，距離今日八卦山風景區人山牌樓僅約三、

2　吳德功，〈陶村詩稿序〉，《台灣詩薈》（台北：成文出版社，1977：原本是第3號，1924年4月），頁159-160。
3　吳蘅秋，〈讀陶村詩稿〉，收錄於《應社詩薈》（彰化：應社，1970），頁156。
4　林翠鳳，《陳肇興及其《陶村詩稿》之研究》（台中：弘祥出版社，1999），頁47。
5　原注：「見洪敏麟《台灣地名之沿革》第二冊下，第28頁。南投：台灣省文獻會，1984.6」。

四百公尺，與當年東門樂耕門之所在處相距甚近。而八卦山下的古香樓也才能夠享受「從此看山欣縱目，海天萬里一鵬飛」（〈古香樓落成，移居即事〉之一）的愉悅。[6]

其實總爺街與北門街可說是當時彰化城內最長的兩條街道，長路漫漫，由南至北貫穿整個彰化城（可參看本章附錄二），說「距離東門甚近」云云，恐怕有待商榷；至於「從此看山欣縱目，海天萬里一鵬飛」的詩句，應該也不是說距離八卦山很近，而是當時一般民家都只是一層樓的平房，陳肇興能夠蓋這麼一座「古香樓」，當然登樓遠眺就看到八卦山（因為沒有障蔽物的關係）。此外，林翠鳳還引用了《集集鎮志》的資料：

> 另據《集集鎮志》紀錄：陳肇興乃「彰化縣治暗街人」[7]。經筆者訪查，暗街即一般所稱之「暗街仔」，正是早期稱之敦仁巷，今日之彰化市光華里民生路195巷，乃是連接成功路與民生路的一條狹小巷弄，寬約二公尺，長約十數公尺左右。其所在之西側出口成功路一端，恰是位於高官長吏比鄰而居的總爺街路段，吻合於吳德功所言之「又與為鄰」。而其東側出口民生路一端的對面，又正對著孔廟的後圍牆，今之孔廟即是陳肇興後來擔任山長的白沙書院所在地。此一區域真可謂為高級文教區。而此一小小的巷弄，據巷內蘇姓居民相告，確有陳姓人家數代居於此處（原注：據未能查證的推考，此陳姓人家原本居住於195巷10號。但是否即為陳肇興之故居遺址，筆者尚未敢遽下斷言），可惜早已搬離，不知去向，無從追索；其屋宅亦已頹毀，不見整修。[8]

6　林翠鳳，《陳肇興及其《陶村詩稿》之研究》，頁47。
7　原注：「見陳哲三總編纂《集集鎮志・人物志》，第887頁，南投：集集鎮公所，1998.6」。
8　林翠鳳，《陳肇興及其《陶村詩稿》之研究》，頁47。

除了《集集鎮志》之外的其他關於陳肇興的傳記資料，都沒有說他是「暗街」的人。筆者曾以電話請教該章節的撰稿人張志相教授（逢甲大學歷史系教授），他說：因為撰稿完成距今已有一段時間，記憶不是很清楚，只記得頗有參考林文龍《台灣中部的人文》與《台灣中部的開發》兩本書。經由筆者翻檢，那兩本書裡面卻沒有關於陳肇興是「彰化暗街人」的記載。然而筆者親訪林老師時，也惠蒙其親口告知陳肇興的確是暗街人；另外，彰化著名的文史工作者康原老師也如此跟筆說。陳肇興居住於「暗街」一事，根據在地口碑應有相當的可信度。那麼，此「暗街」在今彰化市內何處呢？

彰化城內所謂的「暗街」或稱「暗街仔」，於洪敏麟《台灣舊地名之沿革》中的相關記載是：「今光華里敦仁巷，昔為妓院賭場集中區」[9]。林翠鳳不同意此說法，她翻檢相關文獻得知當地曾出過兩個貢生：蘇廷明與蘇雲衢，而貢生豈有與妓女賭場混居之理，且當地居民也表示：是因為巷弄狹窄才會有「暗街」之名，並非如洪敏麟所說的是妓院賭場之類的黑暗之地[10]。筆者在二〇〇三年請教林文龍時，他也表示了類似的意見。

事實上，台灣不只彰化城內有「暗街」，其他城市也都曾出現「暗街」之名，例如今新竹市東前街卅六巷（有新竹第一街之稱）、今台北縣瑞芳鎮基北街（九份的重要街道）、雲林縣北港鎮安和街、台北縣淡水鎮公明街、彰化縣鹿港鎮大有

9　洪敏麟，《台灣舊地名之沿革·第二冊（下）》（南投：台灣省文獻委員會，1999），頁228。

10　林翠鳳，《陳肇興及其《陶村詩稿》之研究》，頁48。此外，這類實際訪談的口述歷史（oral history review）研究方式有一必須注意的要點：有過口述歷史採訪經驗的史學工作者都會知道，當事人基於種種心理因素或顧忌，往往會對事實的陳述加以修飾或隱諱，「當局者」的口述要輔以「旁觀者」的見證相參照，比較周延（參考：李筱峰，〈忽然出現一堆台灣史專家？〉，《自由時報》，2001年3月5日，「自由廣場」版），因此仍有再進一步推敲的必要。

街、基隆市仁愛區內、以及嘉義市仁武里舊名皆爲「暗街」，這些地方有個共同點──皆爲該聚落內最熱鬧的商街之一，而且因爲巷弄狹窄，導致兩方住宅的屋頂相接，或者是爲了遮雨（我國位於東亞季風區，頗常下雨）、方便做生意而搭蓋棚子，總之都使得巷弄暗不見天，乃有「暗街」之名。可見「暗街」的確不一定是「花街柳巷」，大多是因爲建築型態的緣故所致，林翠鳳與林文龍的敘述是可信的，至於洪敏麟的說法則不知所本爲何，或可再進一步查考。

這條「暗街」與「總爺街」一樣，都是彰化縣城內很長的街道。我們從本章附錄二的地圖可以發現它從孔廟後面那條「文廟后」與「書院巷」交叉口延伸出來，一直到與總爺街交叉都叫做「暗街」（郵便局旁也有一條「暗街」）。這麼一條長街，陳肇興是住在哪一頭呢？林翠鳳找到的「民生路一九五巷十號」之陳姓人家如今又在何方呢？從書中論述可知，她當時也花費了一番田野調查的功夫[11]，可惜，得到的大都是當地居民不甚確定的傳聞轉述，筆者透過彰化戶政事務所的大力協助，因而得到關於這一串問題的部分解答。

三、運用戶政資料考察陳肇興故居現址

在彰化市戶政事務所收藏的吳德功日治時期「除戶簿」資料上，記載著他的居處地址是「台中州彰化郡彰化街字北門二百四、二百五番地」，在彰化市戶政事務所網站上，恰有日治時期番地與今日村里的對照表，其中關於「北門」者如下表所示：

日治時期地方行政行政區劃與番地						今日村里	
台中州	彰化郡	彰化街	彰化字	北門	33-136	彰化市	光華里
台中州	彰化郡	彰化街	彰化字	北門	346-374	彰化市	光華里

11　林翠鳳，《陳肇興及其《陶村詩稿》之研究》，頁9。

台中州	彰化郡	彰化街	彰化字	北門	1-26	彰化市	光復里
台中州	彰化郡	彰化街	彰化字	北門	138-158	彰化市	光復里
台中州	彰化郡	彰化街	彰化字	北門	194-241	彰化市	光復里
台中州	彰化郡	彰化街	彰化字	北門	164-356	彰化市	長樂里
台中州	彰化郡	彰化街	彰化字	北門	410-503	彰化市	長樂里
台中州	彰化郡	彰化街	彰化字	北門	340	彰化市	萬壽里
台中州	彰化郡	彰化街	彰化字	北門	269	彰化市	中央里
台中州	彰化郡	彰化街	彰化字	北門	278	彰化市	中央里
台中州	彰化郡	彰化街	彰化字	北門	380-554	彰化市	中央里

　　對照之後可知，吳德功居住的地址大概爲於今彰化市的光復里內。與林翠鳳提到的民生路一九五巷所在的光華里的確十分靠近，符合吳德功所說的「又與爲鄰」以及吳蘅秋所說的「家住北門近故居」。

　　至於彰化市光華里民生路一九五巷十號，在戶政事務所查得的資料顯示，該處的確是一戶陳姓人家。其地址在一九六六年二月十六日之前爲「彰化市光華里敦仁巷六號」，後來街道重劃之後才改爲現址。筆者總共找到兩本戶籍資料，其一是一九四六年十月一日初次設籍登記，另一本是一九七六年八月廿五日換簿，以下便根據這兩份資料綜述之。

　　該戶戶主爲陳水波，生於明治四十一年（1908）四月廿三日，他原本是彰化廳線東堡南門口八十七番地周韭、周秀治夫妻之四男，在一九〇八年十一月廿四日剛滿七週月時，便由陳渭竹、陳黃珠兩夫妻收養，因此才改爲陳姓。在「教育程度」一欄中寫著他是「日本大學法科畢業」，在日治時期算是高級知識份子。陳水波在戰後擔任彰化縣政府教育股長，一九六三年（時年五十五歲）職務變更爲彰化縣政府教育科社會教育股長。一九七六年換簿的時候（當時六十八歲），其職業則已經寫著「無，退休」。他在一九八五年二月廿五日逝世，享年七

十三歲。

　　陳黃珠（陳水波的養母）生於光緒十三年（1887），若說她的先生陳渭竹果眞是陳肇興的後嗣的話，由於一八五三年《陶村詩稿》就有「兒從谷口尋山果，妻向巖前掘地瓜」（〈王田〉）的詩句，因爲這時候他兒子已經能在山谷裡到處摘水果了，所以年紀至少有五六歲。逆推而上，陳肇興的兒子大概生於一八四八年。如果陳渭竹與陳黃珠兩夫妻的年齡相差不大，則陳渭竹出生時，其父親（疑爲陳肇興之子者）大約四十歲左右，雖說年紀有點偏大，不過也有可能陳渭竹的母親年紀較小，因此尚在合理的範圍之內。

　　陳黃珠是黃芳洲與黃林扁的長女，原本住在「彰化市彰北區光華里七鄰陳稜路卅三號」，於一九五〇年（時年六十三歲）搬遷來與其養子陳水波居住。在一九五七年五月卅一日去世，享壽七十歲。教育程度：不識字；職業：家庭管理。

　　陳水波的妻子名爲陳賴小青，她是「員林郡大村庄五番地」賴金池與賴黃娥的六女，生於昭和四十三年（1910），在一九三二年與陳水波結婚，時年廿二歲。與陳水波育有七子，總共有：

1. 長男陳信怡（1933～），任職員林商業學校。娶洪雪櫻（國校教員）。
2. 長女陳美鈴（1936～），嫁與彰化市萬安里六鄰蘇耀慕。
3. 次女陳美珍（？～），國校教員。
4. 次男陳信行（1941～），娶邱翠華，生有兩女一男：長女陳如君（1970～）、次女陳巧如（1973～）以及長男陳昱先（1965～），一九七二年遷居高雄縣鳳山市，中間轉遷多處，最後落腳高雄市苓雅區同慶里。
5. 三女陳美芬（1945～），任職台中市立六中，一九七

〇年嫁與台中市賴文一。

6. 三男陳信涼（1949～），娶妻沈玉恩，一九八二年生
一子陳昱吉，一九八五年繼承為戶長。

7. 四女陳美娟（1953～），任職台北市石牌國小，嫁與
台北市吳坤城。

前引林翠鳳所說：「曾聽說其子孫似乎服務於教育界」，
從上述的戶政資料中可以發現，陳水波本人及其子媳的確有多
人服務於教育界，只是他們確定是陳肇興的子孫嗎？這可能還
需要再進一步的確認。

第三節　陳肇興宗族之考察

一、《陶村詩稿》中的記載

在《陶村詩稿》中，作於咸豐十年（1860）的〈水沙連紀
遊〉組詩（三首），敘述的是詩人前往「水沙連」地區拜訪家
族的經過：

> 蹭蹬沙連道，十年來往頻。好山重識面，舊路忽迷津。崖
> 險驢欺客，莊深狗吠人。多情謝宗族，杯酒醉千巡。（其
> 一）
>
> 石與沙相搏，終朝殷怒雷。水穿山腹過，舟擲浪心來。兩
> 岸崖如束，四時花亂開。有詩酬不得，深愧謝生才。（其
> 二）
>
> 舊說珠潭嶼，煙霞別有天。燒山開鹿社，浮筏種禾田。欲
> 往嗟無伴，重遊訂後年。桃源在何處，目極萬峰巔。（其
> 三）

其他也有零星詩作提到他的宗族親戚，如：

> 「親朋多白眼，群奸遞側目」、「甯去依他人，抑來為宗
> 族」（〈卜居〉）

身世雙蓬鬢，乾坤一腐儒。所來爲宗族，從此出妻孥。
鼓角悲荒塞，塵沙立暝途。寂寥人散後，野月滿庭隅。
（〈感事述懷集杜二十首〉）

亂世無宗族，敢死即爲雄。我看楚昭屈，子弟盛江東。結
髮從項羽，八千歸沙蟲；諸田稱崛強，亦受楚人封。唯有
魯二生，大義高蒼穹；既不拜隆準，亦不識重瞳。高飛避
世網，天際翔冥鴻。（〈雜詩〉）

邂逅詢宗族，蒼黃就父兄。（〈感事述懷五排百韻寄家雪
洲兼鹿港香鄰諸友〉）

功名路絕官奴侮，仕宦交疏父老親。（〈揀中感事〉）

從「蹐蹐沙連道，十年來往頻」，可看出他與水沙連這邊的宗
族往來十分密切，至於「多情謝宗族，杯酒醉千巡」，何以詩
人會來這邊與宗親們相聚宴飲呢？較有可能的就是來水沙連的
宗祠祭祖兼「吃公」；此外，「水沙連」在楊珠浦版《陶村詩
稿》的〈地名略註〉中說是「南投管內今之日月潭附近」[12]，
其實「水沙連」在清領時期所指的範圍有狹義與廣義，前者專
指日月潭那邊的邵族水社部落，後者指的是清代「沙連保」的
範圍，總共五十一莊[13]，包含今南投縣竹山、集集、鹿谷、名
間等鄉鎮。陳肇興〈水沙連記遊〉第三首說：「欲往嗟無伴，
重遊訂後年」，明顯的表示他沒有去過日月潭，可見他所用的
「水沙連」並不是狹義的解釋。若是廣義的解釋，那他所指的
是這一大片區域的那個地方呢？在《陶村詩稿》中，還有提到

---

12 陳肇興，《陶村詩稿》，頁93。
13 包括坪林莊、柴橋頭莊、集集莊、清水溝莊、溪洲莊、社寮莊、猴坑莊、木屐
  寮莊、珍湖莊、車兒寮、板寮街、過坑仔莊、柴牛椆莊、小半天、新寮、東埔
  蚋街、大水堀莊、湳仔莊、濁水莊、惠溪厝、屈尺龜、江西林莊、廣盛莊、大
  坪頂莊、下坪莊、頂埔莊、嵌頂莊、粗坑莊、弦仔林莊、林圯埔莊、藤湖莊、
  埔心莊、大坑內莊、三角潭莊、香員腳莊、鼻仔頭、尖仔尾、水車莊、湖仔
  厝、豬勝棕、柯仔坑、車店仔、咬狗寮、田寮莊、內湖莊、番仔寮、龜仔頭、
  水底寮、員山仔、牛�塯轆以及後埔仔，參考台灣銀行經濟研究室編，《台灣府
  輿圖纂要》（台北：大通書局，1987），頁220。

「沙連」、「水沙連」者尚有以下數首詩：

半生山水有奇緣，避亂猶過萬嶺巔。一箭路穿牛觸口，<u>千盤身入水沙連</u>。每從石磴登群峭，忽訝籃輿欲上天。萬樹松楠相映綠，午風吹出翠微邊。（〈<u>羅山聞警，間道斗六門入水沙連途中口占</u>〉）

文字交深禮數寬，登堂每度索詩觀。<u>水沙連裏他年過</u>，便作黃壚一例看。（〈哭張郁堂明經〉）

朝經水沙連，暮宿大坪頂（〈大坪頂〉）

羅山兩男子者，嘉城米戶林炳心、竹頭角莊民許益也。從林總戎領義民守斗六，營破，俱罵賊不屈死。<u>沙連人談其事甚詳</u>，予為作此行以表之。（〈羅山兩男子行〉詩序）

自請長纓後，鄉農競舉戈。野番猶報國，我輩況登科！（〈<u>代東沙連諸紳士</u>〉）

一線羊腸路，東南鎖鑰存。地連滄海盡，山壓陣雲昏。落日沙連渡，秋風斗六門。誰知遺毒螫，群盜尚蜂屯。（〈<u>自水沙連由鯉魚尾穿山至斗六門</u>〉）

綜合以上陳肇興關於「水沙連」的用例可知，很有可能其指稱地點就是今日的竹山鎮，最明顯的就是他以「水沙連裏他年過」來形容竹山社寮的張煥文（字日華，號郁堂）。因此陳肇興說他在水沙連有宗族，或即竹山鎮的陳氏宗親，而陳姓於一九五六、一九九八年統計資料分別佔全鎮人口的18.2%、16.31%，都是竹山鎮的第一大姓[14]。以下便參考以上資料爬梳的結果，以竹山做為重點的搜尋地區，期有所獲。

二、中研院所藏陳氏族譜資料搜尋之結果

經查在中央研究院民族所中，收藏有數千份台灣的族譜

---

14 潘英，《台灣拓殖史及其族姓分布研究》（台北：自立晚報，1992），頁391；張瑞成，《竹山鎮志·住民志》（南投：竹山鎮公所，2001），頁276。

微捲資料，其中如果有陳肇興的相關資料，都有助於我們瞭解他的出身背景、一生經歷以及後代子孫等。在這龐大的族譜資料庫當中，筆者進行搜尋的條件是：一、族譜中有提及「陳肇興」者；二、中部地區陳氏族譜，特別注意祖籍地是漳州者。以下四份便是符合以上任一條件的族譜（參見本章附錄三至六）：

(一)《潁川堂陳氏族譜》：

　　內容包括寫本、刊本與世系表，由陳標乾編纂，苗栗縣頭份鎮新華里陳運棟藏，黃溫倩、陳家璜一九八三年八月六日面訪。在「陳氏歷代先賢」一節中，列出有史以來陳氏的傑出人才，其中便有陳肇興之名（頁A156-157），至於介紹的內容則全部抄錄自連橫《台灣通史・陳肇興列傳》。其實苗栗頭份的陳氏家族是從廣東省來的客家人，與來自福建漳州府的陳肇興之間有所關聯的可能性很低。

(二)《我家族譜（陳氏）》

　　內容包括寫本與世系圖，台中縣大安鄉龜殼村埔頭庄陳政銘編纂、趙振績於一九八〇年四月面訪並收藏。雖然該陳氏族系在「唐山」的原居地並非福建漳州，但是書中有一段敘述頗具參考價值[15]：

　　　台灣陳氏的由來，概可分為開漳聖王派、太傅派以及南朝派三大源流（筆者按：分別屬於漳州人、泉州人、客家人）。各派在台分布情形，據《台灣陳氏宗祠德星堂紀念特刊》所載：『陳氏南朝派下，有余九郎由廣東鎮平入台，家於苗栗（筆者按：殆即上文提及之苗栗頭份陳氏家

15　本段內容在《彰化縣志稿・居民志》中亦有徵引，見賴熾昌等，《彰化縣志稿》（台北：成文出版社，1983），頁453-454。

族）；開漳聖王派：有嚴調之裔，一派家於竹山社寮庄，
一派家於集集林尾庄。德賀一派，家於彰化東螺庄麻園寮
仔。鞍一派開基茄投，住今台中縣龍井鄉。太傅派下（筆
者按：此派都屬泉州籍，與陳肇興的漳州籍不同）：史修
一派家於大肚（台中縣）、二水（彰化縣）；真秦一派，
家於淡水、台北、彰化、虎尾（雲林）等地，高一派家於
新營、竹山；均用一派家於大龍峒（筆者按：應即陳肇興
之同年友——陳維英家族）。（頁5）

由於陳肇興在《陶村詩稿》中曾言及他有宗親居住在「水沙
連」，所以他有可能就是屬於開漳聖王陳元光派下、陳嚴調之
後裔。林翠鳳分析陳肇興〈水沙連記遊〉云：「移民來台的陳
氏宗族自福建漳州平和浮海來台之後，很可能一支留於彰化，
一支則東遷入水沙連」，「兩脈雖然在地理上相隔甚遠，但仍
不畏險途，往來密切，十分親睦，可見關係之親密」[16]，她認
為陳肇興與水沙連的宗親關係和睦，的確是如此；不過，說
「一支留於彰化，一支則東遷入水沙連」則恐怕不然，原因
為：一、如果情況如其所說，則應該是水沙連的遷移者要來彰
化市原居地祭祖、吃公才是，但是《陶村詩稿》中卻無水沙連
的宗族前來彰化市拜訪陳肇興的紀錄，反而有不止一首陳肇興
前去水沙連的記遊之作。二、根據上文轉引《台灣陳氏宗祠德
星堂紀念特刊》的資料，在台的漳州籍陳氏宗派中，並沒有提
到有住在彰化市者；相反的，卻有提到住在竹山、集集（在
「水沙連」的範圍內）者。因此，應該是陳肇興的父祖從水沙
連遷出，而非先居於彰化市，再分支去水沙連。

（三）《彰化芳苑陳諒派下家譜》

---

16 林翠鳳，《陳肇興及其《陶村詩稿》之研究》，頁9。

此家譜的內容是寫本以及世系表，彰化縣芳苑鄉崙腳村陳宗論編纂，趙振績一九八○年四月面訪與收藏。其開台祖陳諒來台之後，首先是在鹿港落腳，後來才移居芳苑的崙腳村，這兩處都是以泉州人為主的聚落，因漢人渡台之後往往與同祖籍者聚居，陳諒應該也是泉州人，與陳肇興的漳州籍亦有所不同。該書在「陳氏歷代先賢」當中，也列有陳肇興之名，傳記內容同樣抄錄自連橫《台灣通史·陳肇興列傳》。然而，透過作者的附註：「名人傳記：出於新遠東出版社出版的《陳氏——我家家譜》一書」，標記頁碼恰為A156、157，可知陳運棟所藏之《穎川陳氏族譜》的鉛字排印部分即是此書。

（四）《陳氏族譜（漳南派）

內容包括寫本、世系圖、世系表以及插圖等，台中市北屯區陳百聰編纂，趙振績一九八○年四月面訪與收藏。其宗派屬於「彰南派陳氏」，始祖是十五世陳梓生，來自福建省漳州府平和縣煙寮腳。渡台之初，居住於彰化市北門口，後再遷至台中市鎮平庄。此族譜因為屬於漳州平和籍，又曾在彰化市落腳，與陳肇興有關的可能性較高，以下便詳細敘述其前三代（生年在陳肇興之前者）的世系：

開台祖陳梓生，字燕成，生於乾隆十七年（1752），卒於嘉慶九年（1804）；娶妻林興娘，字秉惠，生於乾隆廿六年（1761），卒於嘉慶七年（1802），夫妻死後皆葬於彰化八卦山。

陳梓生有一子恭享，字安直，生於乾隆四十五年（1780），卒於道光十一年（1831）；娶妻江純淑，生於嘉慶五年（1800），卒於道光十三年（1833）。梓生葬於大肚山桂仔埔，江氏葬於牛埔仔埔（可見此時已從彰化遷居台中）。

陳恭享生有三子：陳天月、陳天雹、陳天來。陳天月字忠

信，生於道光元年（1821），卒於咸豐四年（1854），妻子俱無，葬於牛埔仔埔。

陳天黿字振聲，生於道光六年（1826），卒於光緒十九年（1893），葬於鎮平庄埔，娶有兩任妻子：其一為賴順娘，字慈雷，生於道光八年（1828），卒於光緒六年（1880），葬於牛埔仔埔；其二為余教娘，生於道光十八年（1838），卒於大正十一年（1922），葬於楓樹腳埔。有一子名為傳生，字朴厚，生於咸豐七年（1857），卒於光緒六年（1880），葬於牛埔仔埔；娶妻賴毛娘，生於咸豐十年（1860），卒於民國卅五年（1946），葬於牛埔仔埔。生有三子：陳盛、陳木、陳縕，各自開枝散葉，族繁不述。

陳天來字康裕，生於道光九年（1829），卒於光緒十四年（1888）。他娶有兩位妻子：賴罔市，字柔儉，生於道光十九年（1839），卒於同治二年（1863）；楊伴娘，字普雙，生於道光十三年（1833），卒於光緒廿五年（1899），後嗣有陳孫潭、陳孫盛兩子。

由上述可知陳梓生家族與陳肇興只是同為福建漳州府平和縣人，又都遷居到台灣中部，而兩者之間恐無親戚關係。

三、竹山鎮陳氏祭祀公業資料彙整

在《陶村詩稿》當中，陳肇興有數次到「水沙連」地區拜訪其宗族的相關詩作，既然前文已經考證出他對於「水沙連」的用例都是指今日的南投縣竹山鎮，那麼這個地區的陳氏祭祀公業是否會有留下與陳肇興有關的資料呢？經過搜尋發現：當地確實有數個陳氏祭祀公業資料，先詳述如下：

（一）砢磟陳五八公祭祀公業

陳五八祭祀公業屬於較大型的宗族組織，乾隆四十六年

（1781）八月十四日成立於沙連堡林圯埔街（今南投縣竹山鎮內），當時有卅五名來自福建省漳州府平和縣的陳姓墾民聯合出資組織祭祀公業，供奉他們在漳州的祖先陳五八（從他處遷來漳州的開基祖），約在清領時期末葉興建陳五八公祠堂，每年春秋兩祭，全體派下人一起「吃公」。

乙未之役（1896年）日軍南下到達林圯埔時，曾在陳五八祠堂前槍殺數十人，因此陳五八宗族乃決定不在祠堂祭祖，改為輪流在派下人家中舉行祭祖。後來此祠堂也因林圯埔街實施都市計劃，為了闢闊道路而被拆除；同時族人對於祭祀公產也產生糾紛，祭祖的儀式一度停止。

戰後，部份宗族在硘磘重新組成陳五八祭祀公業，於一九四八年三月廿四日（農曆二月十四）在今「竹山鎮鯉南路五十五號」重建祠堂。該會設置代表三人，任期四年，主要負責人為陳石月；按年輪流管理一分多的公共土地，並負責主辦春秋兩次的祭祖儀式：分別是農曆二月十四以及農曆八月十四；在春祭時並舉辦「吃公」之活動，全體派下人均可參加[17]。

在《南投縣祭祀公業・竹山祭祀公業陳五八公》（出版時地不詳，中研院台史所藏）中，該祭祀公業在一九七三年的「全員名單」（各房的代表）總共有廿人。大部分仍舊居住在竹山鎮硘磘里，有陳濱、陳門、陳鳳兒、陳秉性、陳炳國、陳金蓮、陳進祿、陳明水、陳中本、陳重吉、陳雅正、陳安平、陳元、陳鐘等十四人（地址都是在竹山鎮硘磘里七鄰鯉南路的四十三、五十三、五十五號），另有五人住在彰化縣永靖鄉：陳燕聰、陳福胤、陳福照、陳天貴（以上四人地址都一樣：永靖鄉敦厚村七鄰頂崁巷十三號）、陳奎霖，還有一位陳天助住

17　莊英章，《林圯埔：一個台灣市鎮的社會經濟發展史》（台北：中央研究院民族學研究所，1993），頁185；張瑞成，《竹山鎮志・住民志》（南投：竹山鎮公所，2001），頁333。

在雲林縣莿桐鄉（頁22-23）。

在《南投縣祭祀公業·竹山祭祀公業陳五八公》的〈陳五八公祭祀公業源流〉中，有一段值得注意的記載：光緒十一年（1885）二月十五日祭祀公業的新規定說，族中若能考中鼎甲者（指狀元、榜眼、探花），就由公業賞給花紅四百銀元；能中兩榜者（指鄉會試都考上），則賞花紅三百銀元；能中一榜者（指考中舉人），賞給花紅二百銀元；入泮者（指考中秀才）賞花紅一百銀元。另外，前往京城會試者，補助費用一百二十銀元；到省城（即福建福州）鄉試者，補助六十銀元；赴府城（即今台南市）歲考及小試者，補助十銀元。不過，這些規定都是「文全武半」，亦即文科才能拿到全額，武科則僅可拿一半的金額（頁31-32）。

陳五八公祭祀公業應該在一八八五年之前就有類似的規定，只是在此時重新訂定賞金數額而已。由這項規定可以看出祭祀公業（其他祭祀公業想必也有類似的措施）十分鼓勵族內子弟參加科舉考試，尤其是文科方面。

（二）硘磘陳五八公祭祀公業溪洲仔陳朝祭祀公業

此爲竹山當地較小型的宗族，渡台始祖陳朝，約在清雍正年間從福建漳州府漳浦縣遷到南投的隘寮（今南投縣集集鎮內）。其子陳寄又遷移到現在的羌仔寮，迄一九九三年已傳至十一世，派下人有六十戶，該年住在羌仔寮附近的派下族親有四十四戶，其餘分散在南投縣各處。陳寄曾留下一甲左右的土地，作爲祭祀公業。歷代均由管理人來掌理，以祭祀共同的祖先。大正十年（1921）興建陳氏家廟，供奉渡台始祖陳朝及歷代高曾祖考妣。

該宗族歷代大多是務農爲生，到了第七代曾出了一位武秀才。第八代以後則有多人參與地方政治活動，先後有擔任日治

時期的台中州議員、戰後的南投縣議員及竹山鎮農會理事長之職務者，目前他們在竹山一帶的政界還頗具影響力[18]。

（三）社寮的陳佛照祭祀公業

此祭祀公業也是屬於較小型的宗族組織，其公廳在當地俗稱「陳祖厝」，位於竹山鎮中央里與社寮之間的集山路旁，此處被稱為「街頭邸」。該公業的開台祖陳佛照在乾隆末年從福建漳州南靖遷到社寮，在嘉慶末年曾與張天球等合資開濬隆恩圳，灌溉社寮地區的農田。生有六子，分為六房，歷代務農。佛照留下公產三甲，由六房輪流耕種，各房每六年輪耕一次，輪到耕種公田者則負責該年的祭祀費用。每年清明節前後，請曆師擇一吉日掃墳，祭祀他們的渡台始祖，祭祀後並請村中的耆老一起參加他們的「吃公」，場面盛大。

在日治時期，二房的陳克己經商發跡，於大正初年捐款興建公廳。陳克己不僅在宗族內有很大的影響力，而且在社寮的公共事務上也扮演重要角色。他在昭和十一年（1936）過世後，一些遷居彰化、集集等地的陳姓族人要求分公產，祭祀公業均分後也就不再定期舉行祭祖及「吃公」的活動。戰後政府土地改革，有不少宗族成員的土地被放領，生活愈形窮困，紛紛遷移他處謀生，在一九九三年還住在社寮的僅剩下十三戶而已。[19]

（四）豬頭棕的陳高祭祀公業

此亦為小型宗族組織，其公廳名為「陳尊德堂」。開台祖陳高是福建省漳州府海澄縣圳尾社人，生於康熙十六年（1677），卒於雍正六年（1728），可能在康熙年間渡海抵

18　莊英章，《林圮埔：一個台灣市鎮的社會經濟發展史》，頁186-187。
19　同前註，頁188；張瑞成，《竹山鎮志·住民志》，頁329。

達諸羅縣鹽水港。第四代孫陳意遷至沙連堡林圯埔，他生於乾隆廿五年（1760），卒於道光元年（1821）。陳意遷居林圯埔之時間不詳，不過從他的生辰大致可推定約在乾隆末年或嘉慶初年。陳意之孫蓮池，咸豐四年（1854）四月授修職郎，籌組「陳高祭祀公業」。蓮池之子上達，生於道光廿一年（1841），光緒三年（1877）中秀才，曾協力建造雲林縣竹城，後授奮武郎。

陳上達於光緒三年（1877）遷居豬頭棕，建「尊德堂」，他育有三子，即紹唐、紹平及紹禎共三房，因而另組成「陳上達祭祀公業」。該公業有公共土地二分餘，設管理人一名，負責祭祀公業的事務。一九九三年的時候，他們已不在尊德堂祭祖，僅清明節前後擇一吉日掃祖墓，由三房輪流負責預備祭品，公共財產的收入僅供維持祠堂的香油費及繳納地租，因此並不舉行「吃公」的活動[20]。

此祭祀公業有詳細的系譜記載，在一九七一年時，尚有派下代表人十五名。其中以遷居台北市者佔最多：有陳神佶、陳神倧、陳神僖、陳文瑞、陳文環、陳神偉、陳神傅、陳神偕、陳神倧等九人，僅有三人還住在竹山：陳神俊、陳神儀、陳神倚，還有一位陳文珍住在高雄、陳明本住在新竹[21]。

以上四個陳氏宗族的祖先都來自福建漳州府，不過分別屬於平和縣、漳浦縣、南靖縣以及海澄縣。如果蔣師轍、薛紹元所編纂《台灣通志》記載陳肇興「原籍平和」這則資料可信的話，那麼比較可能與其有關係的就是**陳五八公祭祀公業**，則陳肇興便如其資料所示，從府考、歲考一直到鄉試，都曾從此宗族組織中獲得不少「獎學金」。但是，在一九七三年的「派下

20 莊英章，《林圯埔：一個台灣市鎮的社會經濟發展史》，頁188-189；張瑞成，《竹山鎮志·住民志》，頁332-333。
21 不著撰人，《南投縣祭祀公業·竹山祭祀公業陳上達公》（出版時地不詳，中研院台史所藏），頁11-12。

全員名單」中，卻沒有居住在彰化市區者（僅有彰化縣永靖鄉五人），這又令人懷疑陳肇興是否真屬於此一宗族？或者他的子孫搬到永靖去了？待考。

第四節　小結

首先，關於陳肇興的故居地點，透過文獻資料的分析、前輩學者的論述整理以及戶籍資料的協助，我們可以確定其地點應該是在吳德功故居彰化市光復里的附近，是否就是光華里的民生路一九五巷十號，尚未十分確定。而其後人是否就是陳渭竹、陳水波一家呢？目前也姑且存疑，留待日後可以向該戶人家諮詢。

其次，關於宗族方面。由前文所述可知，陳肇興的族親最有可能居住在南投縣的竹山鎮，若將竹山鎮內的各陳氏宗親會整理爬梳，則可發現陳五八祭祀公業與陳肇興有所關連的機會最大（該公業不知是否仍保存相關文獻可供查詢？）。

此外，筆者從中研院所藏三千多筆的全台族譜資料中，也只得知陳肇興應該屬於開漳聖王陳元光派下的陳嚴調支系，並無直接與之相關的族譜資料。在彰化縣城內有兩座開漳聖王廟：「威惠王廟……乾隆二十六年，建廟於縣城西・每年二月十五日，演劇祝壽，燈燭爛若日星，匝月不休。嘉慶十二年重修」、「一在西門，陳姓合建，曰小聖王廟」[22]，從清代的彰化縣城圖當中可以看到小聖王廟就在靠近西門（即「慶豐門」）之處，不過後來因為廟產糾紛，已經被陳姓族人自己拆除了（彰師大地理系製作之「彰化古城資訊網」記載），未知此一陳姓居民所建成的「小聖王廟」與陳肇興有無關係，雖然他已有贊助大聖王廟，不過也不排除他同樣贊助以陳氏宗親為

22　周璽總纂，《彰化縣志》（台北：大通書局，1987），頁157。

主要信徒的「小聖王廟」（見本章附錄一）。

另外，前輩學者所說：「陳肇興與牛牯嶺陳家似乎亦有所交情，不知是否也有宗族關係？其奉憲命往南北投聯莊一事，不知是否即借重其雙方關係而成事？姑存之待查」[23]，如此推論的原因，是詩人在作於一八六二年的〈三月十六日，奉憲命往南北投聯莊遇亂，避居牛牯嶺，即事述懷〉一詩中說：「薄暮投山莊，杯酒互相慶。父老三五人，問名半同姓……」，但是，既然必須要「問名」，表示原本就不認識；問名之後的結果僅說「同姓」，則很明顯的沒有宗親關係（否則詩中應會直接點明）。其次，「牛牯嶺」即今南投縣名間鄉大庄村以及南大村，大庄村以黃、陳、楊姓為主，南大村以陳姓為主，陳姓的確是此地大姓，然而，這邊的陳姓家族主要卻是來自福建省漳州府的漳浦與海澄兩縣[24]，與陳肇興的祖居地（漳州平和）不同。

若要說戴案期間對陳肇興的支助，許厝寮的陳耀山恐怕還比牛牯嶺陳家還更照顧他。詩人作於一八六三年的〈殉難三烈詩・其二〉的〈詩序〉中說：「許厝寮農民陳耀山，<u>自去歲逢亂，挈眷依耀山以居兩載，供應甚厚</u>。予謀義旗武東西一帶，耀山鼓舞居多」云云，從陳肇興敘述的用詞看來，陳耀山想必也不是他的宗親（如果有宗親關係，也會特地提及）。其實，還有其他旁證：許厝寮即今彰化縣社頭鄉的山湖、清水以及埤斗等村，陳、康、蕭為三大姓，其中山湖村多陳姓居民[25]，至今山湖村長、清水村長都是陳姓，至於其祖籍地為何？根據社頭鄉公所的網站內容表示，山湖村的陳姓居民多來自福建省漳州府漳浦縣的錦湖與金浦兩縣，亦與陳肇興之祖籍不同。

---

23 林翠鳳，《陳肇興及其《陶村詩稿》之研究》，頁9。
24 洪敏麟，《台灣舊地名之沿革・第二冊（下）》，頁471。
25 同前註，頁362。

　　陳肇興會被孔昭慈派去南北投（今南投市、草屯鎮）辦理聯莊，想必他一定與該地區又頗深的淵源；更何況北投埔（今草屯）林錫爵在戴案前夕便曾經邀集林鳳池、邱石莊、簡榮卿、洪玉崑及各巨姓頭人共同計議防範事宜，陳肇興當時也既然能夠廁身其間，其身份恐怕也與其他與會者一樣，都屬於今南投縣地區的地方領導階層[26]。總而言之，可以確定的是他必定有宗族在今南投縣境內，若能找到，或許就可以循線找出後代子孫並且確定詩人的生平資料，值得持續注意與挖掘。

────────────
26　關於陳肇興與南投地區的關係，可參考李瑞騰、林淑貞、顧敏耀、羅秀美、陳政彥著，《南投縣文學發展史‧上卷》（南投：南投縣文化局，2009）書中的〈清領時期漢語古典詩文〉一章。

附錄一：彰化縣城圖，引自周璽總纂，《彰化縣志》（台北：台灣銀行經濟研究室，1962）。陳肇興有詩：「昔日南村今北郭」（〈古香樓落成，移居即事〉）可知其原本居住於南門「宣平門」附近，後來才搬到北門「拱辰門」（圖中作「共辰門」）一帶。

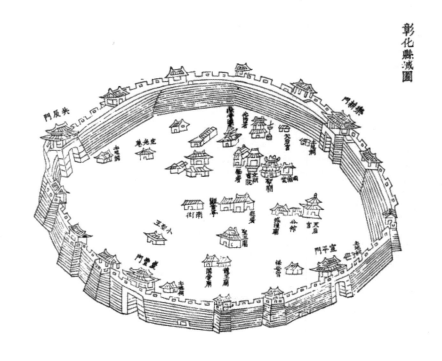

彰化縣城圖

附錄二：彰化市街圖，引自《彰化郵便電信局室內集配線路圖》（1899年3月15日調製），「暗街」、「北門街」與「總爺街」在圖中皆有清楚的標示。

附錄三：陳運棟藏《穎川堂陳氏族譜》部分書影。

十三年。欽差大臣沈葆楨奏陳本遺文。刻錄副本請去。光緒八年

○白人士薈花辭賞祠。招可。

陳必琛。字景十。自號一屋道人。居臺灣縣治。卒已戊生。○工人令蕃。山東人拍羅其妙。而丹青兆徒。寶古金石篆刻。○同治元年。凡古普金石篆刻。○千殼羊詩管。各中音律。曾道至。○卒年七十有二。為此。

陳思敬。字某初。父鵬南。為白己臭貢生。出就遠江訓導。○忌敬家居籍北坊。○及長。歸祖福。福同宗庠生。禍往果臺灣。○李永文志。樂是好施。事繼母孝。頻往果臺灣。○副梣。一日赴鳳山。間彊莊含有清書學。詰○辜人也。廛攺油采助之。○忌敬因如蕃。○自殺縣畔。○以祭貢氏。一嫏莕士禹。莕有頭山遺稿。妃涉詩系。○殤侯不存。

陳攺淑。字叔文。彭湖逼集社人。及長。事繼母考。○落拓名場。訓氣筒自始。○晚年。尤喜懷菊。工昆芭。時攻花間評。○音調清越。○富洲江南。遍歷名勝。○以異異莕名。○莕有種客。

陳維英。字迂谷。淡水大隆同莊人。○少入洋。○伊覽羣書。○與伯兄藻有名斥間。○性友愛敦內行。○咸豐初元（按即年）○畢考廛方正。○援擧於鄉。○嗣任開縣教諭。

陳仕俊。●字子慶。重寫所治東安坊人。●素好善。●康熙五十

陳肇興。●字伯康。彰化人。○少入芭庠。○自出申序者。多智制蕃。○彰陳捷甦序忞滾等大飽出。○彙於鄉。○所居曰古香精。○芳陳歆以為拳。○戰詞畏之史。○咸陽。○榮與文西牛結拾精。○詩體。○一時風氣廓唐。○彰人士統萬吟詠。○與學廛與書惟精緒德。○詩課十。○冯歲亦時旅講序。○多言四怗六義之教。○戰課白沙書院。○拈古詩文。○辭謀于。○詳詞長孫。○接官羣。○某為内山牛嚴。○民皆康底。○謀以美。○炳傾於驗。○炳以美。○間者威動。使則○徭強许。不諳素。○間者威動。使則○晷偉賦詩。○連棕陳沒。○詰多憷谘。○趨曰咄咄吟。○事千。○歸家。○集禍賦詩。○連棕陳沒。

陳福謙。●少名滿。●鳳山苓雅寮莊人。●莊瀨海。●與瑛後堂。拼演差稠。僅一寒村。●福謙家貧。●習制舟。勤苦耐勞。數年積資數十金。乃贩果。●往來各村中。平作衷慝。又教年得教百金

設教於里。乃門之士多成材。芳陶村詩稿六卷。咏吟吟二本。

合刻於世。

堇傾快逼教諭。九年辛□年六十有四。先緒十五年□莊考孝友。

— A156 →

附錄四：台中大安鄉《我家族譜（陳氏）》部分書影。

、唐、邱、何、胡等八姓，那麼陳氏入閩又可說是在遠在

唐代之前了。（語見《台灣姓氏源流》第42頁）。

台灣陳氏的由來，概可分為閩漳聖王派、太傅派及南

朝派三大派流，各派在台分佈情形，據台灣陳氏大宗祠德星

堂紀念特刊記載：陳氏南朝派下，有余九郎由廣東鎮平入

台，家於苗栗；聞漳聖王派：有嚴調之裔，一派家於竹山

社蓊庄、一派家於集集林尾庄。德賀一派，家於彰化東螺

庄麻園蕃仔，鞍一派開基茄投，住今台中縣龍井鄉。太傅

派下三支修一派，家於大肚（台中縣）、二水（彰化縣），

真豪一派，家於淡水、台北、彰化、虎尾（雲林）等地，

高一派家於新營、竹山，均用一派家於大龍峒。

陳姓入臺極早，自明永曆十五年，進平郡王鄭成功前

(24×25)

附錄五：《彰化芳苑陳諒派下家譜》部分書影。

十教人，貪部之偷，睦相接也，暘手，非冶之難，而師以

沿者實窮，古之令今，猶一格也。

益先李年，高鴻雅以翰林知縣事，聘康香波主講，博科名，彰

天既肇興之字伯康，彰化人，少入邑庠，涉獵文史，彰

邑初建，詩學幸興，士之序者，多習制藝，

教，間及唐宋明清詩体，一時風氣所扇，彰人士鴝為吟詩

姑以詩古文辭課士，馮雅未時旋諸庠，海言姑六義之

而肇興与曾惟稱蔡德芳芳苑陳捷魁康景遠寧尤傑出。咸豐八

年，學放街，所居曰古香樓，讀書誦歌以為樂。戴潮春之

變，城陷，肇興走西堡牛牯嶺，謀糾義旅，被官軍，殘

頻於險，集集為內山墨隆，西番雜處，侍強悍，不讀書

肇興寬身其間，激以義，開香感動，夜則東焗賦詩，追悼

陣役，詩多悽惋。越日哦吟，事平，歸家，設教於里

及門五十多成材，著陶村詩稿六卷，合刻於

世。

五部焉。

八祖妣之源流，出於「台灣彰化源流」一書，在四十一

天龍牌 24×25

附錄六：《陳氏族譜》（漳南派）部分書影。

題祖

公葬于城隍仔埔後未知下落）
公生于道光辛巳年七月二十三日亥時

妣考諱順娘號慈番陳媽公一賴氏
姓諱救娘號振聲陳媽余氏

公生于道光癸巳年十二月三十日戌時
公葬于鎮平庄埔後改葬于知高庄朱厝崙土名三埔與公合葬廿

媽生于道光戊辰年後未知改葬于知高庄朱厝崙土名三埔生西寅
媽葬于埔頂庄

媽生于道光戊戌年
媽葬下犬埔正老埔樹抛聊一成埔坤年壬戌月二十九日良辰一日吉時戌時

（記）

批明前記祖公遺下田厝壹百餘石觀金千五
百丹以上但英土地番社脚同安厝溪蚍鎮平
溪底五坩仔竹仔店內店仔厝本厝地頂厝但竹
子內田保十五世祖遺下之業。

第五章　咄咄劍花室・東征瑞桃齋
——陳懋烈〈陶村詩稿題詞〉之闡究精微

第一節　前言

　　清領時期台灣中部地區第一位堪稱大家的本地詩人，自非陳肇興莫屬[1]，其現實關懷的精神使其詩集有「詩史」之稱，不管是文學藝術或文獻史料方面，都有不可磨滅的價值。至今為止，我們對於這麼重要的一本詩集，所知仍然不夠多，但是，筆者深入探究其書前〈題詞〉之後，卻有不少新的發現。這組〈題詞〉乃三首七言絕句：

　　　　一卷新詩百感生，經年避寇賦長征；壯懷不作偷安計，又向桃源起義兵。

　　　　數載書生戎馬間，杜陵史筆紀瀛寰；采風若選《東征集》，《咄咄吟》中見一斑。

　　　　浣花溪畔少陵祠，絕代詩才賦亂離；誰料千年才更出，有人繼和〈北征詩〉。

　　　　〈題詞〉之後寫著「荊楚陳懋烈芍亭頓首拜題」。現今研究陳肇興之學者，很少深入探討這組〈題詞〉的作者與內容，事實上，這三首〈題詞〉可以看做是一組「論詩絕句」，對於瞭解陳肇興及其《陶村詩稿》而言，有其不可忽略的意義。

　　　　這種「以詩論詩」的傳統，乃由杜甫〈戲為六絕句〉開

其端緒,後人踵事增華,作者不下七八百家:從晚唐到明代,就有白居易、元稹、戴復古、陸游、元好問、王若虛、徐禎卿、王世貞等;到了清代,這種體制更受到進一步的發揚,達到空前的高峰;道光年間以後,甚至衍生到一組五十首,甚至百首以上者。其中有不少都以「題詞」的形式表現,例如錢謙益〈題吾炙集遵王詩二絕〉、王士禛〈題歷友新詩卷後〉、朱彝尊〈題吳蓮洋詩卷〉、查慎行〈題《毘陵徐思肖詩卷後四首》〉、翁方綱〈題表餘落箋詩集三首〉、趙翼〈題述庵胡海詩傳六絕句〉、梅曾亮〈題黃修存詩稿〉等[2]。陳懋烈(生卒年不詳,約生活於道咸同年間)的這三首〈題詞〉就是產生於當時這股論詩絕句創作風潮之中,以「題詞論詩」這種形式來對陳肇興的作品作評論。以下數點則為本章的主要問題意識:

一、通常在同時代的文士之詩文集之前題詞作序者,往往與此作者有一定的關係,以台灣的古典文學作品為例,如楊浚為鄭用錫《北郭園全集》作序、謝章鋌在劉家謀《觀海集》前作序、林幼春等人在連橫《大陸詩草》前題詩等,他們都與作者有所淵源——楊浚在北郭園內編撰《淡水廳志》,鄭用錫的兒子鄭如梁對他熱情招待,廳志修竣之後乃請他代為編纂鄭用錫之詩文集[3];謝章鋌於其序文中對劉家謀以知己稱之[4];連橫則是在一九○九年加入櫟社,與林幼春同屬櫟社成員;因此,我們也不得不懷疑:「陳懋烈」是何許人也?他為何會在陳肇興的詩集前題詞呢?他與作者的關係究竟怎樣呢?兩人若有交情,可能是在哪個時期結識的呢?可否提出合理的推測?

二、「采風若選《東征集》,《咄咄吟》中見一斑」,

2 錢仲聯,《萬首論詩絕句》(北京:人民文學出版社,1991),頁1-6;楊松年,《姚瑩〈論詩絕句六十首〉論析》(台北:文史哲出版社,1999),頁1-5。

3 黃美娥,《清代台灣竹塹地區傳統文學研究》(台北:輔仁大學中文研究所博士論文,1999),頁335-336。

4 劉家謀,《觀海集》(南投:台灣省文獻委員會,1997),頁1。

可說是這三首詩中最難理解的兩句，吳德功認爲這是說《陶村詩稿》末兩卷就叫做《東征集》[5]，連橫則認爲陳肇興自題此兩卷爲《咄咄吟》[6]，也有人說這兩者都對，《東征集》就是《咄咄吟》[7]，這到底要怎麼理解呢？

三、陳懋烈可說是評論陳肇興作品的第一人，其〈題詞〉亦是目前評論《陶村詩稿》的最早資料。問題是：他詩中對陳肇興詩作的看法究竟如何？

以下便分別從這幾方面來論述之。

第二節　評論陶村第一人

誦其詩，讀其書，不知其人可乎？是以論其世也。

——《孟子·萬章下》

爲了瞭解陳懋烈爲《陶村詩稿》題詞的緣由，清楚掌握其個人經歷是極爲重要的；但是，由於他在台灣清領時期史上，並非十分顯赫的人物，雖曾擔任台灣知府、曾署理台灣道[8]，而此二者與台灣總兵並列爲台灣文武官員的三巨頭（清領時期的台灣文獻中，常將這三個職任並稱爲「鎮道府」[9]），但是在歷史文獻中，關於他的記載實在不多，甚至戰後出版的各類

5　吳德功，〈陶村詩稿序〉，《台灣詩薈》（台北：成文出版社，1977；原本是第3號，1924年4月），頁160。

6　連橫，《台灣通史》（台北：大通書局，1987），頁983。

7　施懿琳，《從沈光文到賴和——台灣古典文學的發展與特色》（高雄：春暉出版社，2000），頁140。

8　台灣銀行經濟研究室編，《台灣通志》（台北：大通出版社，1987），頁351。

9　例如：台灣銀行經濟研究室編，《台案彙錄甲集》（台北：大通出版社，1987）：「鎮道府出巡之便，隨處赴屯點查」（頁58）；林豪、潘文鳳，《澎湖廳志》（台北：大通出版社，1987）錄周凱〈撫恤六首，答蔡生廷蘭〉：「台陽鎮道府，早檄大令徐」（頁490）；姚瑩，《東槎紀略》（台北：大通出版社，1987）：「總督趙文恪公檄台灣鎮道府曰」（頁7）；藍鼎元，《東征集》（台北：大通出版社，1987）：「當即會商台灣鎮道府」（頁14）；台灣銀行經濟研究室編，《福建省例》（台北：大通出版社，1987）：「業經抄詳移行台灣鎮道府轉飭遵辦」（頁557）等，皆以「鎮道府」連稱，三者駐地也都在府城（今台南）。

相關書籍之中，皆無專屬的傳記[10]，在施懿琳主編《全台詩》當中，關於陳懋烈的詩作僅有〈題陶村詩稿〉三首，由許俊雅所撰的小傳則寫著：

> 陳懋烈（？～？），號芍亭，清湖北蘄州人。同治元年
> （1861）擔任台灣知府，次年任按察使分巡台灣兵備道。
> 爲人有識見擔當，西方勢力漸入侵之際，議呈樟腦事業歸
> 官辦。樟腦專賣制度的建立，使英商利益受損，遂以武力
> 迫使清廷就範，簽訂「外商採購樟腦章程」，樟腦事業又
> 操控於外商之手。[11]

文中敘述著重於他在台任官期間與英人之間的商業交涉，至於陳懋烈是在怎樣的情況之下由台灣知府升任台灣道台？在戴案期間有何作爲？是在怎樣的機緣而讀到《陶村詩稿》並且寫下三首題詞？以下透過廣泛的蒐羅相關記載以進行深入的考掘與論述。

一、宦台始末

《台灣通志・職官・文職・分巡台灣道》中記載：「陳懋烈，湖北蘄州人，道光甲午舉人，同治二年（1863）六月任」，其前一任是「洪毓琛，山東直隸人，道光辛丑進士，同治元年（1862）三月任」，再前一任是「孔昭慈，山東曲阜人，道光癸未進士。咸豐八年（1858）三月任」；而陳的後一任則是「丁曰健，順天宛平人，道光己未舉人，二年（1863）十二月任」[12]，台灣兵備道是台灣最高的文官，而陳懋烈及其

---

10 例如黃純青、林熊祥主修《台灣省通志稿》（台北：成文出版社，1983）、劉寧顏主纂《重修台灣省通志》（台中：台灣省文獻委員會，1989～1998），以及國家圖書館特藏組編《台灣歷史人物小傳・明清時期》（台北：國家圖書館，2001）、許雪姬總策劃《台灣歷史辭典》（台北：行政院文化建設委員會，2004）等。

11 施懿琳主編，《全台詩・拾》（台南：台灣文學館，2008），頁339。

12 台灣銀行經濟研究室編，《台灣通志》，頁351。

前後任道台的更換頻率卻頻繁得讓人驚訝。其實，這是與戴潮春事件的爆發有關：

同治元年（1862）三月，以戴潮春爲首的八卦會勢力漸大，地方騷亂不安，當時的台灣兵備道孔昭慈便前往彰化縣城，檄召淡水同知秋日覲帶兵出戰，沒想到助戰的鄉勇首領林日晟卻於陣前倒戈，導致官兵大敗，秋同知戰死，戴軍於三月攻破彰化縣城，孔道台巷戰受傷，吞金而死[13]。因此，乃由當時的台灣知府洪毓琛署理道職，至於台灣知府之缺，則要到九月才由福建巡撫徐宗幹奏舉候補知府陳懋烈擔任[14]，可見當時情勢緊急，不得不在最短的時間內調員補缺。但是陳懋烈仍要等到十二月，才跟著水師提督吳鴻源的軍隊，一起乘船到台灣[15]。

知府的主要職責之一便是徵收各種稅金[16]，戰爭時期的軍餉調度自然也著落在他身上。不過在陳懋烈尙未到任之前，戴軍氣勢正盛，台灣的最高武官——台灣鎭總兵林向榮在斗六門遭到戴軍的圍困，洪毓琛忙得焦頭爛額，勉強湊出八千圓的餉銀在途中就被戴軍搶奪殆盡了[17]。等不到支援的林向榮部隊被戴軍一舉攻滅，林鎭仰藥自殺。

陳懋烈抵達台灣接任台灣府知府職位之後，台灣仍然處於兵馬倥傯的情況，軍務繁雜，洪道台積勞成疾，在隔年（同

---

13 吳德功，《戴施兩案紀略》（台北：大通書局，1987），頁4-9；劉妮玲，《清代台灣民變研究》（台北：國立台灣師範大學歷史研究所，1983），頁141-143；羅士傑，《清代台灣的地方菁英與地方社會—以同治年間的戴潮春事件爲討論中心（1862～1868）》（清華大學歷史學所碩士論文，2000），頁124-131。

14 台灣銀行經濟研究室編，《清穆宗實錄選輯》（台北：大通書局，1987），頁33-34；洪安全編，《清宮諭旨檔台灣史料》（台北：國立故宮博物院，1996），頁4593、4595。

15 洪安全編，《清宮月摺檔台灣史料》（台北：國立故宮博物院，1994-1995），頁472。

16 許雪姬，《北京的辮子：清代台灣的官僚體系》（台北：自立晚報，1993），頁15。

17 洪安全編，《清宮月摺檔台灣史料》，頁458。

治二年，1863）六月初二便已上一摺：「奏報台灣軍務遷延日久，暨患病日久，委台灣守陳懋烈暫行代辦等情形」[18]，六月初三還有上摺：「奏為查明嘉義守城出力紳士王朝輔等請獎」[19]，其實這時他已經重病纏身，卻仍掛念公務，不久之後便撒手西歸了。

六月十八日福建巡撫徐宗幹即奏請委由台灣知府陳懋烈暫時署理道職[20]，然而陳懋烈先前從未來過台灣，猝然在這非常時期接手全台事務，有未能勝任之虞，所以徐宗幹奏請他署理台灣道的同時，便已找到曾經在台仕宦多年的丁曰健（此時已擢升為福州儲糧道，兼理福建布政使）正式補授台灣道，陳懋烈實則只是在丁曰健渡台之前暫行看守而已[21]。

丁曰健領兵勇三千，從淡水上岸之後，得到竹塹林占梅招募的團練相助，勢如破竹，在一八六三年十一月就攻下彰化縣城，繼而揮軍南下，雲嘉一帶也大致底定，丁曰健便取道嘉義縣城到達府城，在十二月廿八日才正式與陳懋烈進行交接[22]，所以《台灣通志》才會記載著他是「二年十二月任」[23]。而此時陳懋烈也就回任台灣府。

丁道台之後再次出兵，會同林文察、曾元福等武將，將彰化、雲林、南投戴軍主要勢力逐一擊敗，到同治三年（1864）三月小埔心陳弄被擒捕之後，台灣史上歷時最久的民變才算完全平定。這段時間內的陳知府，主要從事的仍然是籌辦軍餉、防禦台南府城[24]，在外征戰主要是丁道台負責，陳知府目前在

---

18 《清代軍機處檔摺件·090810》，未出版，台北：國立故宮博物院藏。
19 《清代軍機處檔摺件·090808》，未出版，台北：國立故宮博物院藏。
20 台灣銀行經濟研究室編，《清穆宗實錄選輯》，頁47-48；洪安全編，《清宮廷寄檔台灣史料》（台北：國立故宮博物院，1998），頁1493。
21 丁曰健，《治台必告錄》（台北：大通書局，1987），頁422-423；洪安全編，《清宮諭旨檔台灣史料》，頁4598。
22 丁曰健，《治台必告錄》，頁449、457。
23 台灣銀行經濟研究室編，《台灣通志》，頁351。
24 丁曰健，《治台必告錄》，頁474；洪安全編，《清宮月摺檔台灣史料》，頁

文獻資料中只有一次親自出擊：

> 四年夏，投誠偽總制呂梓復反，據二重溝（今嘉義縣水上
> 鄉境內）拒敵。台灣府蘄州陳芍亭觀察懋烈陣斬偽女帥王
> 大媽，擒梓梟示，餘氛肅清[25]。

陳懋烈這段期間的表現也得到上司的嘉獎，被奏請以道員留於
福建補用，並賞戴花翎[26]。到同治五年五月，皇帝下旨：「福
建海壇鎮總兵黃進平、台灣鎮總兵曾玉明、閩粵南澳鎮總兵顏
青雲、福建台灣道丁曰健、台灣府知府陳懋烈均著開缺來京，
交該部帶領引見」[27]，宦台生涯在此正式結束。

二、留台文物

陳懋烈從同治元年（1862）年底抵台，到同治五年
（1866）開缺面見皇帝，在台灣三四年的時間裡，也留下了不
少匾額，目前可考者如：

（一）中區大天后宮匾額：

    同治三年嘉平月　　　　　吉旦
    海天福曜
    道銜知台灣府事楚蘄陳懋烈敬立[28]

（二）南市北區興濟宮匾額：

    同治三年嘉平月　　　　　吉旦
    大德日生

613-674、667：台灣銀行經濟研究室編，《清穆宗實錄選輯》，頁84、87）

25　丁紹儀，《東瀛識略》（台北：大通書局，1987），頁96。

26　洪安全編，《清宮月摺檔台灣史料》，頁723-724；洪安全編，《清宮諭旨檔台灣史料》，頁4666。

27　台灣銀行經濟研究室編，《清穆宗實錄選輯》，頁97。

28　鄭喜夫、莊世宗輯錄，《光復以前台灣匾額輯錄》（台中：台灣省文獻委員會，1988），頁428。同治三年為一八六四年，嘉平月為十二月。

道銜知台灣府事楚蘄陳懋烈敬立[29]

（三）台南市北區觀音亭匾額：

　　同治三年嘉平月　　　　　吉旦

　　慈雲普陰

　　道銜知台灣府事楚蘄陳懋烈敬立[30]

（四）現存北斗鎮楊宅匾額（見附圖）：

　　欽加道銜特授台灣府正堂陳　　　爲

　　節孝可風

　　故生員楊景星之妻林氏，青年守志，白首完貞，孝養克
　　全乎婦道，教育不愧乎母儀，閭里咸欽，既人言之無間，
　　匾音允錫，庶□□以同興。其子楊玉昭准予八品頂戴，歸
　　善後案內彙冊詳咨以昭[31]　旌表永垂不朽

　　同治四年閏五月　　日　立[32]

此事亦見乎《彰化節孝冊・節孝婦楊林氏傳》：「同治四年
（1865），陳懋烈太守錫以『節孝可風』四字匾額」[33]。

（五）彰化縣鹿港鎮城隍廟鰲亭宮匾額（見附圖）：

　　同治五年歲次丙寅榴月　　穀旦

　　民具爾瞻

　　賞戴花翎福建補用道台灣府知府陳懋烈敬立

　　補用藩經興化府經歷董榮綸敬書[34]

29　同前註，頁429。
30　同前註，頁429。
31　林文作「員」，恐是手民之誤，「白首完貞」爲形容節婦之習見成語。
32　林文龍，《細說彰化古匾》（彰化：彰化縣立文化中心，1999），頁346-347。
33　吳德功，《彰化節孝冊》（台北：大通書局，1987），頁15。
34　鄭喜夫、莊世宗輯錄，《光復以前台灣匾額輯錄》，頁442-443；林文龍，《細
　　說彰化古匾》，頁204-205。

1865年（同治四年）台灣知府陳懋烈頒賜「節孝可風」匾，見林文龍，《細說彰化古匾》（彰化：彰化縣立文化中心，1999），頁346。

1866年（同治五年）台灣知府陳懋烈頒賜「民具爾瞻」匾，見林文龍，《細說彰化古匾》，頁204。

　　同治五年為一八六六年，榴月為五月。皇帝即在此年五月初九下召要陳開缺面見，公文下達台灣可能還要一段時間，因此陳懋烈並非五月當下就離開台灣，尚會滯留一段時間。在這五面匾額中，有三面在台南市，亦即他當時知府任所之所在；但是，另外兩面卻都落在彰化縣，全台就只有台南與彰化兩地發現與他相關的匾額，這似乎亦看出他與彰化有某種程度的關聯。

　　陳懋烈離台之後，咸豐九年（1859）曾署福建省建寧府知府，在同治十年至光緒元年（1871～1874），曾署理福建興化

府知府[35]，而傳世詩作目前僅知有此〈《陶村詩稿》題詞〉三首而已，收錄於林文龍編《台灣詩錄拾遺》與施懿琳編《全台詩・拾》。

第三節　雙陳結識話當年

透過上文之相關資料蒐羅得以大致勾勒出陳懋烈從一八六二年抵台，到一八六七年開缺覲京這四年多前後的大致情形。接著，我們就可以依此來推測雙陳之間如果有交情的話，應該是在何時何地所建立的呢？

如果說是在陳懋烈來台（1862年）之前結識的話，唯一的可能是陳肇興上福建省城福州應考時，有結識的機會。然而。陳懋烈當時以候補知府署理閩北的建寧府（今福建省建甌縣）知府，與陳肇興當時所遊歷的福州一帶並無地緣關係；而〈福建省鄉試提名錄（咸豐九年己未）〉中，雖有數位試務人員也是「候補知府」、「候補知縣」之職，經查其中亦無陳懋烈的名字。陳肇興在他來台赴任之前便結識他的機率並不大。

若是在陳懋烈抵台之後，陳肇興回歸故里之前（1862～1863，也就是在戴案期間）呢？由前文論述可以發現，陳懋烈在台期間，主要鎮守於府城重地；而陳肇興在戰亂當時，則都在今集集、竹山、名間、南投市、社頭一帶活動，兩人並沒有並肩作戰的可能。有人可能會說：《陶村詩稿》中有一首〈自林坦埔進師，與官軍會約由溪洲底攻克斗六逆巢，越日襲取東埔蚋等處，俘獲逆徒十三人，作歌紀事〉，這邊所說的「官軍」會不會裡面有陳懋烈呢？答案是不會，因爲詩中的「官軍」指的是福建陸路提督林文察與署福建水師提督曾元福的部隊[36]，裡面亦無陳懋烈之參與，兩人這個時期能夠結識的機會

35　《清代軍機處檔招件・114675》，未出版，台北故宮博物院藏。
36　台灣銀行經濟研究室編，《台灣通志》，頁862-864。

也很小。

剩下來唯一可能的機會是：在陳肇興回歸故里之後，陳懋烈開缺覲京之前這段時間（1863～1866）。陳肇興《陶村詩稿》的詩作繫年只到他回歸故里的這一年（1863年），之後應該尚有詩作，只是散逸而難以找尋。對於他在該年之後的事蹟，僅知他在一八六四年四月幫助官軍抵擋戴案殘餘勢力對彰化縣城的進攻，並因功得以知州、縣選用，且仍然仍居住在彰化縣城內，在返抵彰化縣城之後至一八六六左右逝世之前，曾經擔任白沙書院山長[37]等。其中，筆者推測：**陳肇興山長的職務就是讓他與陳知府相結識的原因**，理由是：在清代，並不是隨便一位文人都能擔任書院山長，《欽定大清會典事例·乾隆元年》中記載：

> 嗣後書院講習，令督撫學臣悉心採訪，不拘本省鄰省，亦不論已仕未仕，但擇品行方正，學問博通，素為士林所推重者，以禮相延，厚給廩餼，俾得安心訓導。[38]

書院之山長正因為是社會上官民所共同推重的人物，所以社會地位很高，頗受地方官員的尊敬，並且與官員們有許多互動的機會：

> 清代書院凡新山長到院，地方官必須到院率生迎接。湖南醴陵淥江書院規定「山長起館時，邑尊及兩學師送諸生上學，邑尊具摯儀銀四兩及香燭酒席等項」。江西鳳嶺書院的啓館儀節則規定，「每年啓館送學日，先時陳設香燭茶酒，請州尊教官躬詣書院送諸生入學……州尊教官入院升堂至山長所，與山長行賓主禮」。而新的地方官、學官上

37 吳德功，〈陶村詩稿序〉，頁159-160；其任期之起迄大致在戴案結束的一八六三年至他過世的下限一八六六年（見前文關於陳肇興生卒年考證部分）之間。

38 崑岡等修、劉啓端等纂，《欽定大清會典事例》（台北：新文豐出版社，1976），頁10322。

任後，亦去拜望當地聲望甚高爲士林所推崇的山長大師，<u>有些山長亦常常與大吏往來，或爲座上客，或通書信，商談國家及地方大事</u>。[39]

陳肇興在當時想必便是如此而與台灣知府陳懋烈有所往來；更何況由前文所述陳懋烈亦曾頒贈至少兩面匾額，分別給彰化城內的廟宇與節婦，亦可見他與彰化地區其實頗有互動——當時台灣鎮、道、府等大員都會到全台各地巡視[40]，當陳懋烈由府城北巡彰化，爲寺廟、節婦頒匾之時，或者就前去拜訪白沙書院的陳肇興，所以，陳山長的詩集前，有陳知府之題詞，乃不足爲奇了。

第四節　陳懋烈〈題詞〉所透露出來的訊息

譬猶披沙揀金，袞石攻玉；縱於十斛之沙得粒金，一山之石得寸玉，尚可以爲世珍寶也。

——張商英《護法論》

陳懋烈的〈題詞〉雖然只有短短三首七言絕句，共二十八字，但是我們卻可從裡面分析出數點訊息：

一、陳懋烈是目前所知之陳肇興詩集的最早讀者與評論者

研究陳肇興的前輩學者原本考證云：《東瀛記事》的作者林豪是陳肇興《陶村詩稿》目前所知最早的讀者[41]，所引述的是林豪《東瀛記事》中的這一段：「時彰屬諸生多入賓賢館，或強受僞職，惟舉人陳肇興（原注：著有《陶村詩集》）、歲

39　丁鋼、劉琪，《書院與中國文化》（上海：上海教育出版社，1992），頁78。
40　台灣銀行經濟研究室編，《台灣南部碑文集成》（台北：大通書局，1987），頁331。
41　林翠鳳，《陳肇興及其《陶村詩稿》之研究》（台中：弘祥出版社，1999），頁132。

貢生王孚三潔身遠遁（原注：肇興旋招集內山義民以拒賊，事載《陶村詩集》中）」[42]，而繼之以如下的推論：

> 查林豪《東瀛紀事》書前有吳希潛〈序〉一篇，署「同治五年中秋夕」作；再有林豪〈自序〉一篇，署「歲次庚午」，推算庚午年即是同治九年（1870）。則同治五年（1866），或最慢於同治九年（1870）時，林豪已經見到結集成冊的《陶村詩集》。這是目前所能見到《陶村詩稿》最早的讀者。[43]

由於林豪並未註明他何時讀到陳肇興的《陶村詩集》，所以只能由這兩篇序文的寫作日期去推敲，但是這樣卻充滿著不確定性，林豪說他完成這本書的方式：「某嘗往復郡垣，輒與田夫、老卒縱談兵燹亂離之故，隨手箚記，得數百楮；比歸，發篋編次，以成此書，蓋易稿者屢矣！」[44]，所以林豪一八六六年把書給吳希潛作序之後，又陸陸續續增補許多（文中有數條晚於該年的記載可知），故吳希潛作序時所讀到的初稿中，有可能根本沒有關於陳肇興的這條紀錄；即便有這條紀錄，也有可能沒有那些那些關於《陶村詩集》的註解。總之，吳希潛作序的時間（一八六六年中秋）並非可以拿來斷定林豪一定在這個時間之前就讀到陳肇興的詩集[45]，不過，一八七○年林豪自序的這個時間倒是個確切的下限（書中內文也沒有該年以後的記載）。

　　至於陳懋烈讀到《陶村詩稿》的時間，確切下限就已經在吳希潛作序之前了：因為如前文所述，同治皇帝一八六六年五月初九已經下旨要他開缺回京，公文到達的時間頂多一個多

42　林豪，《東瀛紀事》（南投：台灣省文獻委員會，1997），頁58。
43　林翠鳳，《陳肇興及其《陶村詩稿》之研究》，頁132。
44　吳希潛〈序〉，林豪，《東瀛紀事》，頁3。
45　例如羅士傑在《清代台灣的地方菁英與地方社會—以同治年間的戴潮春事件為討論中心（1862-1868）》中，便將林書的成書年代定於一八七○年（頁30）。

月（洪懋烈在六月初三所上的奏摺，皇帝七月十二便批示了，見前引文），再加上等候渡海的時間，應該在六七月就已經渡洋，所以，陳懋烈讀到《詩稿》的時間一定在此之前。

此外，他題詩中又說「一卷**新詩**百感生」，標明是「新詩」，亦可見此份詩集手抄本在給他題詞的時候，可能才剛編輯完成、開始流傳不久，甚至有可能陳肇興後人或弟子為他整理好詩作之後（陳懋烈一八六六年離任之前，陳肇興業已過世），便請陳知府念在故人之誼而為之題詞。總之，陳懋烈比林豪更可以確定的說是目前文獻上有記載的最早讀到《陶村詩稿》的人。楊永智云：「在日人領台前後，林豪、王松、吳德功等文士皆見過《陶村詩稿》的版本」[46]，其所指的「版本」包括了手抄本以及初刻本，若要列出《陶村詩稿》早期的讀者，陳懋烈是應該也要被提及的。

最早評論陳肇興詩集者，當然更非陳懋烈莫屬，如前文所述，他以「論詩絕句」的組詩形式，扼要說明陳肇興詩作的特色所在，至於在他之後，第二位評論《陶村詩稿》者，已經是下一個世紀的吳德功了[47]，若是同樣用七絕來評論《陶村詩稿》者，則已經是隔了數十寒暑之後的吳蘅秋（1900～1956，吳德功姪）所作之〈讀陶村詩稿〉[48]。

二、傳抄十年舊詩稿

我們從三首〈題詞〉可以清楚的發現，陳懋烈都只單獨針對《陶村詩稿》末兩卷的詩作而評，這是否代表當時所流傳的僅僅是這兩卷的「單行本」呢？其實並不然，陳肇興整本《陶村詩稿》中，最膾炙人口，最吸引人的，自非卷七與卷八

---

46 楊永智，〈清代台灣彰化地區出版史初探〉，《彰化文獻》，第3期，2001年12月，頁144。

47 吳德功，〈陶村詩稿序〉，頁159-160。

48 《應社詩薈》（彰化：應社，1970），頁156。

莫屬，後人提到這本詩集，很多都是把焦點集中在這兩卷上，例如林耀亭（1868～1836）為楊珠浦本《陶村詩稿》所撰的〈序〉中說：

> 余喜而瀏覽，如見故人，讀至七、八卷，覺當日戴萬生之亂狀歷歷如現，可藉以知台灣往昔之史跡，其關係於文獻，固不少矣。

吳德功（1850～1924）為《台灣文藝叢誌》版《陶村詩稿》作〈序〉時則說：

> 其詩，胎息於少陵。蓋少陵因安、史之亂避地西蜀，以時事賦詩寫其忠愛之忱，人稱『詩史』；陶村所作，類此者極多。

彰化應社社員陳英方（1899～1961）在〈讀陳伯康陶村詩稿〉（繼陳懋烈之後，另一位用「以詩論詩」來評《陶村詩稿》者）也說：

> 道咸文物溯瀛州，吾邑陶村第一流；紀亂杜陵詩作史，抒懷務觀筆能謳；即看慷慨淋漓日，都就兵戈轉徙秋；我喜年來得遺稿，辦香私淑古香樓。

以上三人都同樣針對陳肇興戴案間的詩作而論，所以，不能因為陳懋烈只對末二卷而作評，就判斷當時只是以這兩卷流傳，他在題詞之時，應該已經是目前所見八卷本的詩集了。

不過，當時還是手抄本的形式，因為要到光緒四年（1878）才有林宗衡等陳肇興弟子為之刊刻，第一部刻本乃正式問世，這中間經過至少十二年（1876～1878）的手抄方式流傳，謄錄之際，烏焉成馬，在所難免。

有個明顯的例子：目前台銀本、先賢本中，總共出現了五次「□礮」（分別在〈遊龍目井感賦百韻〉、〈前從軍行倣杜前出塞體〉、〈寄林文翰舍人〉、〈感事述懷集杜二十首・序〉、〈上元夜看煙火有感〉等），這些在初刻本與楊氏本則

作「砲礮」，但是《正字通·石部》云：「礮，俗作砲」，正俗字連用作「砲礮」的辭例在各文獻中都未曾看過；且陳肇興在此詩集中皆用「礮」代「砲」（如〈與韋鏡秋上舍話舊即次其即事原韻〉、〈次韻酬曾汝泉秀才〉、〈除夕〉、〈自水沙連由鯉魚尾穿山至斗六門〉等詩中，皆僅用一字「礮」），故「砲礮」應有錯訛（筆者猜測應是「鎗礮」或「銃礮」之類）。諸如此類的其他錯偽舛亂之處，所在多有，這可能就是在十多年的輾轉傳抄之際所造成的。

三、《呫呫》、《東征》誤稱至今數十載

　　陳肇興《陶村詩稿》的卷七、卷八，各界皆稱之為《呫呫吟》，另有吳德功稱為《東征集》，這兩個稱呼的首次出現，都是來自陳懋烈的〈題詞〉：「采風若選《東征集》，《呫呫吟》中見一斑」，我們仔細分析其詩句的本意，卻發現有諸多可討論之處。以下先將較早期（清領以及日治時期）關於陳肇興詩作之著錄資料，整理如下（表中所摘錄的文句中，所有括號內之注解皆為原注）：

	出　處	摘　錄
1.	陳懋烈，〈《陶村詩稿》題詞〉，收錄於陳肇興《陶村詩稿》（台北：龍文出版社，1992），扉頁。	一卷新詩百感生，經年避寇賦長征；壯懷不作偷安計，又向桃源起義兵。數載書生戎馬間，杜陵史筆紀瀛寰；采風若選東征集，呫呫吟中見一斑。浣花溪畔少陵祠，絕代詩才賦亂離；誰料千年才更出，有人繼和北征詩。
2.	林豪，《東瀛記事》（南投：台灣省文獻委員會，1997），頁58。	惟舉人陳肇興（著有《陶村詩集》）、歲貢生王孚三潔身遠遁（原注：肇興旋招集內山義民以拒賊，事載《陶村詩集》中）。
3.	王松，《台陽詩話·上卷》（南投：台灣省文獻委員會，1994），頁2。	彰化陳伯康（肇興）孝廉著有《陶村詩稿》。

4.	吳德功，《戴施兩案紀略》（南投：台灣省文獻委員會，1992），頁1。	故就所見、所聞，並采陳陶村《詩稿》所載三忠以及丁觀察日健《治台必告錄》所紀斗六等處殉難人員官銜姓氏纂輯其中。
5.	吳德功，《瑞桃齋詩稿・瑞桃齋詩序》（南投：台灣省文獻委員會，1992），頁1。	我彰前清咸豐年間，彰化縣主高南卿（名鴻飛，江南翰林）以古學課士，其時以詩鳴者，有陳孝廉陶村（名肇興），著詩稿四卷，……。
6.	連橫，《台灣通史・藝文表（二）》（南投：台灣省文獻委員會，1992），頁618。	《陶村詩集》二卷：彰化陳肇興撰。
7.	連橫，《台灣通史・列傳》（南投：台灣省文獻委員會，1992），頁983。	……夜則秉燭賦詩，追悼陣沒，語多悽愴，題曰《咄咄吟》。事平，歸家，設教於里，及門之士多成材。著《陶村詩稿》六卷、《咄咄吟》二卷，合刻於世。
8.	連橫，《台灣詩乘・卷四》，收錄於《雅堂先生全集・台灣詩薈》（南投：台灣省文獻委員會，1922），頁175。	肇興字伯康，邑治人，舉咸豐八年鄉薦，設教里中，著《陶村詩集》四卷、《咄咄[49]吟》一卷；前雖刊印，今已失傳，余存一部，編於《台灣叢書》，以垂久遠。
9.	連橫，《台灣詩乘・卷四》，收錄於《連雅堂先生全集・台灣詩乘》（南投：台灣省文獻委員會，1992），頁176。	近讀伯康之集，見有〈殉難三烈詩〉，足補吾書之闕，急為錄入。
10.	蔡青筠，《戴案紀略》（南投：台灣省文獻委員會，1992），頁1。	再采陳陶村之《詩稿》所載「三忠」及丁觀察日健之《治台必告錄》所紀斗六等處之殉難義民及積勞病故之官弁凡入昭忠祠者皆附下卷。
11.	連橫〈台灣詩社記〉，收錄於：連橫，《雅堂先生全集・台灣詩薈》（南投：台灣省文獻委員會，1992），頁96。	而台人士之能詩者……陳肇興之《陶村詩稿》……。
12.	連橫，〈遺集待刊豫告〉，收錄於：連橫，《連雅堂先生全集・台灣詩薈》（南投：台灣省文獻委員會，1992），頁50。	《陶村詩稿》：彰化陳伯康孝廉肇興著有《陶村詩稿》八卷，版久毀失，印本亦亡，全台僅存二部，一在余處，一為雲林黃君丕承所藏，曩徇彰人士之意，錄刊台中文藝叢刊，剞劂未終，而叢誌停止，讀者頗以未窺全集為憾，今擬編入詩存，以公海內。

49　「咄咄」，原文誤作「咄咄」。

13.	吳德功，〈陶村詩稿序〉，《台灣詩薈》，收錄於：連橫，《雅堂先生全集》（南投：台灣省文獻委員會，1992），頁159-160。	壬戌戴潮春之變，攜子避亂山中，說陳雲龍、陳捷三率沙連六保反正，掃盡檯槍，吟詩自適；凡草澤之猖獗、官軍之得勝以及死難忠臣義士，皆發之於詩，名曰《東征集》，並前後所刊成四卷。
14.	伊能嘉矩，《台灣文化誌》（台北：南天書局，1994），頁111。	同時に彰化に陳肇興，文名漸く高く……而して夜は則ち燭を秉りて詩を賦し，陣歿を追悼し，題して《呪呪吟》といふ。語多くは悽愴を極む。（《陶村詩稿》（六卷）を著はせり）。
15.	楊珠浦，〈陳肇興先生略傳〉，收錄於陳肇興《陶村詩稿》（台北：龍文出版社，1992），扉頁。	事平，不仕；設教於里，時雨化人，桃李爭妍，而楊馨蘭、楊春華、林宗衡、許尚賢，俱列門墻。於是相謀刊此《陶村詩稿》，以惠後學。
16.	楊珠浦，〈陶村詩稿記〉，收錄於陳肇興《陶村詩稿》（台北：龍文出版社，1992），扉頁。	《陶村詩稿》共八卷，係礦溪陳肇興先生壯年時所作也；貴寫實、尚平易。余二十五年前，偶然得之書笥；迴環三復，不求甚解。大正八年，請示於吳德功先生；先生喜出望外，詳爲說明：「此卷乃台灣詩學之結晶，現存殆無完本；卷中雖有蛀失，當爲補記」。
17.	市村榮，〈台灣關係誌料小解〉，《愛書》，10輯，1938年4月，頁219。	《陶村詩稿》：……本書に收むる詩篇は多く壯年時の作に係り，殊に平明寫實を貴び，當時の狀勢を詠めるもの亦史料として有力な文獻である。初刊本は殆ど散佚し，連雅堂氏嘗て一本を藏し，最近台中南屯の楊珠浦氏頭註を加へ重刊したものがある。
18.	黃得時、池田敏雄，〈台灣に於ける文學に書目〉，《愛書》，14輯，1941年5月，頁32。	《陶村詩稿》（八卷）陳肇興著。和、中、九七葉。昭和十二年二月刊。……本書は壯年時代の作を蒐錄したるものにして，平明寫實を宗とし，眞情行間に溢る。初刊本散佚せるも，連雅堂一本を藏し，昭和二年南屯の楊珠浦頭註を加へ台灣新民報社より重刊す。

由上表可以發現幾點值得注意者：

（一）自題《呪呪吟》之說，始自連橫（號劍花）

最早提出「陳肇興自題戴案間之詩作二卷爲〈呪呪吟〉」

這個說法的是連橫《台灣通史》，八年後出版的伊能嘉矩《台灣文化誌》亦沿襲其說；戰後迄今，研究陳肇興的學者，如鄭喜夫、施懿琳、林翠鳳等人，也都採取連橫之說。

但是《台灣通史》錯謬甚多，作者連橫甚至被稱爲「三流史家」，書中每一頁都可找出紕漏[50]，並非一部能爲目前學術界所認定之嚴謹的學術論著[51]（該書也不是不能參考引用，只是可能必須格外小心注意），中國學者鄧孔昭所撰《《台灣通史》辨誤》所指出的謬誤甚至只是其中一部份而已[52]，我們便以《台灣通史·陳肇興列傳》爲例：

首先，文中說他是咸豐八年中舉[53]，其實卻是咸豐九年（見《咸豐玖年乙未福建省鄉試提名錄》，未出版，國家圖書館藏有微捲）。其次，所謂「城陷，肇興走武西堡牛牯嶺，謀糾義旅，援官軍」，這段話也出現兩處錯誤：一、陳肇興在三月十六日便奉台灣道孔昭慈之命，往南北投聯莊，途中遇亂，乃避居牛牯嶺，到三月廿日，戴軍才攻下彰化城，所以並非「城陷」之後才出走（參見《陶村詩稿》詩作）。二、牛牯嶺位於南北投保，並非武西保（可參見《彰化縣志·規制志》）。

前述這些錯誤的資料誤導了往後的一堆地方志、人物志以及台灣文學史相關論述（本書第二章亦有述及），而以上這幾三點錯謬之處，都還不在鄧孔昭《台灣通史辨誤》之中，短短的一篇〈陳肇興列傳〉，便有這數項錯誤，所以，所謂陳肇興自題戴案期間詩集爲《咄咄吟》，此項由連橫首出之說法，實在不得不令人持保留態度。而連橫會這麼說的原因有二，第

50　翁佳音、薛化元、劉燕儷、沈宗憲，《台灣通史類著作題解與分析》（台北：業強出版公司，1992），頁37。

51　吳密察，〈《台灣通史辨誤》序〉，鄧孔昭，《台灣通史辨誤》（台北：自立晚報，1991），頁II。

52　翁佳音、薛化元、劉燕儷、沈宗憲，《台灣通史類著作題解與分析》，頁37。

53　連橫，《台灣通史》，頁983。

一、初刻本在卷七、卷八之首行，都標上「咄咄吟」三字；第二、可能就是根據陳懋烈的〈題詞〉。實則初刻本會在末二卷標明《咄咄吟》，筆者推測也是受到〈題詞〉影響，詳見下文。

（二）別稱《東征》，德功濫觴（吳德功齋名「瑞桃」）

前輩學者或有謂吳德功為陳肇興之弟子[54]，但是我們看吳德功在〈瑞桃齋詩序〉中自述其求學歷程，提到他先後受業於柯承暉（字千遂）、蔡德輝（字醒甫），並未提及陳肇興；其詩文中，稱蔡德輝為「醒甫蔡夫子」[55]、「醒甫先生」[56]、「蔡醒甫師」[57]，但是稱呼陳肇興只是「陳陶村孝廉」[58]、「陳陶村山長」[59]；另外蔡德輝逝世，吳德功有〈哭醒甫夫子〉之作，陳肇興過世時，吳德功已十幾歲[60]，但《瑞桃齋詩稿》當中卻無任何追悼的作品。

綜合以上數點，可知吳德功〈陶村詩稿序〉說他頻蒙陳肇興教誨，這或許是因為兩人家住附近，有鄰里之誼，或也有客套的成分在內，所謂的「教誨」頂多只是一位當上書院山長的鄉先輩對一個十幾歲鄰居少年的偶而叮嚀，稱不上是正式收入門下。所以，吳德功說陳肇興戴案時的兩卷詩作名曰《東征集》，也並非足以完全採信。

---

54 施懿琳，《從沈光文到賴和——台灣古典文學的發展與特色》，頁138；林翠鳳，《陳肇興及其《陶村詩稿》之研究》，頁37、40。
55 吳德功，《瑞桃齋詩稿》（南投：台灣省文獻委員會，1992），頁1。
56 同前註，頁63。
57 吳德功，《瑞桃齋詩話》（南投：台灣省文獻委員會，1992），頁121。
58 同前註，頁156。
59 吳德功，〈陶村詩稿序〉，頁160。
60 吳德功於其〈陶村詩稿序〉云：「德功弱冠時，公掌教白沙書院，頻蒙教誨，又與為鄰」（同前註），但是他所謂「弱冠」僅是指十幾二十歲之大概稱代詞，必非一定要按照《禮記·曲禮上》所云：「二十曰弱冠」，例如吳氏《戴案記略·自序》言：「戴萬生作亂三年，台灣道、鎮皆殉難……德功弱冠時，親見其事，每筆之於書」，其實吳德功在戴案那三年的年紀僅有虛歲十二至十四歲而已（詳見本書第三章所述）。

　　事實上，校刊初刻本的林宗衡等人以及連橫、吳德功等皆誤解了陳懋烈「采風若選《東征集》，《咄咄吟》中見一斑」的意思，以為陳懋烈是在說明陳肇興戴案時間之詩作又名《東征集》或者《咄咄吟》。其實他是指另外兩本清代著作，作者皆另有其人。

（三）軍中記實有如《東征集》

　　《東征集》，藍鼎元（1680～1733，字玉霖，別字任庵，號鹿洲，福建漳浦人）著，在康熙六十年（1721），他隨其族兄藍廷珍（1664～1729）來台鎮壓朱一貴事件，擔任其機要秘書，期間撰寫的相關文書、檄文以及隨軍記行等，在一七二二年蒐集整理完稿，即為《東征集》，是記載朱一貴事件的重要史料。藍鼎元的同學兼好友王者輔在雍正十年（1732）新版《東征集》的序文中說：

> 從來軍中不言文，非謂無用文地也；戎馬倥傯，事機呼吸，何暇選言騁辭、為文章以名於世。雖然，固有之。……山人著書滿家，余獨喜是書成於戎馬倥傯、事機呼吸之餘，而整暇從容，有古人誓令遺意。且能使東寧山川形勢瞭如指掌，不必身親其地而歷歷如在目前。又言皆有用，非徒為無益之虛談也。[61]

這些對《東征集》的描述，若形容陳肇興戴案間之詩作，其實也頗為適合；而朱一貴事件與林爽文事件、戴潮春事件並稱「台灣三大民變」[62]，陳懋烈以記載朱一貴事件之《東征集》比擬記載戴潮春事件的《陶村詩稿》，亦甚為相稱。

　　由於藍鼎元的《東征集》在清代台灣文獻中名氣頗大，

61　藍鼎元，《東征集》（台北：大通書局，1987），頁2。
62　謝國興，《官逼民反：清代台灣三大民變》（台北：自立晚報，1993），頁3；
　　李筱峰，《台灣史100件大事》（台北：玉山社，1999），頁73。

如吳德功一般誤稱《陶村詩稿》末兩卷爲《東征集》者不多，至於前輩學者們所說：「後兩卷爲〈咄咄吟〉，應即吳德功所謂《東征集》」[63]、「卷七至八錄同治壬戌至癸亥（1862～1863）兩年之間經歷戴案的作品，一名《咄咄吟》，又名《東征集》」[64]，這都是受到吳德功的影響，但是稱呼末兩卷爲《咄咄吟》者才眞的是多之又多（由日治時期之連横、楊珠浦等人，到戰後的各志書記載皆然，不勝枚舉），這是肇因於：一、初刻本本身在這兩卷卷首就已經標上了「咄咄吟」三字[65]，二、對陳懋烈之題詞產生誤解，三、相信了連横《台灣通史》的說法。有鑒於此，必須用較多篇幅論述關於《咄咄吟》的問題。

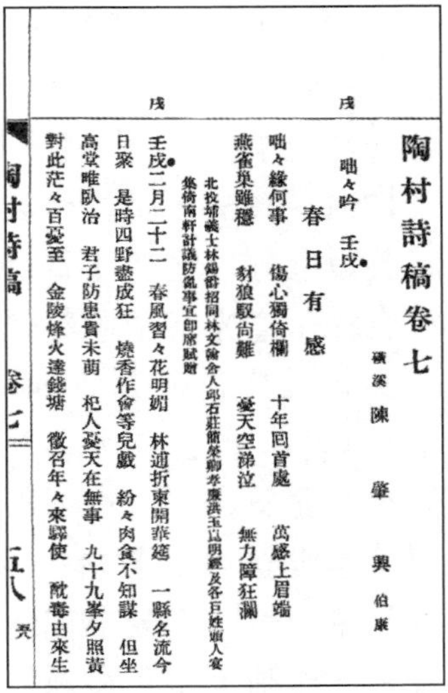
陶村詩稿卷七
磺溪　陳肇興　伯康
咄々吟　壬戌
春日有感
咄々緣何事　傷心獨倚欄　十年回首處　萬感上眉端
燕雀巢雖穩　豺狼馭尚難　憂天空涕泣　無力障狂瀾
北投埔義士林錫爵招同林文翰舍人邱石莊順榮卿孝廉洪玉臣明經及各巨姓頭人宴集倚南軒計議防亂事宜卽席賦贈
壬戌二月二十二　春風習々花明媚　林道折柬開華筵　一縣名流今日聚　是時四野盡成狂　燒香作會等兒戲　紛々肉食不知謀　但坐高堂唯臥治　君子防患貴未萌　杞人憂天在無事　九十九峯夕照黃　對此茫々百憂至　金陵烽火達錢塘　徵召年々來驛使　酖毒由來生
陶村詩稿　卷七

楊珠浦刊本《陶村詩稿》（1937年）卷七首葉書影。卷首標明「咄咄吟」三字。

（四）詩史之譽有若《咄咄吟》

《咄咄吟》，貝青喬（1810～1863，字子木，號無咎，

63 施懿琳，《從沈光文到賴和——台灣古典文學的發展與特色》，頁140。
64 楊永智，〈清代台灣彰化地區出版史初探〉，頁143。
65 因爲筆者無由親睹《陶村詩稿》之光緒四年（1878）初刻本（聽聞鄭喜夫先生對此影本珍若拱璧，難以求借；由鄭氏《陶村詩稿全集·弁言》得知該影本乃影印自連震東先生之藏本，於是，便轉向連震東先生文教基金會求助，經由基金會內人員查詢該會藏書後告知：目前該基金會內並沒有這本書，可能收藏於連戰先生自宅），所以，僅能由鄭喜夫校訂之《陶村詩稿全集》來判斷：在卷七、卷八之卷首「咄咄吟」三字之下，鄭氏只註明著：「楊氏本作『咄マ』」，按照鄭氏校訂之凡例，若此三字爲初刻本所無，應該會特地註明；所以，此「咄咄吟」三字想必是初刻本所有，並非到楊氏本才出現。

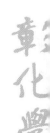

又自署木居士，江蘇吳縣人）著，他在鴉片戰爭（1839～1842）期間的道光廿一年（1841）十月入揚威將軍奕經（1791～1853，道光帝之姪）軍幕，當時英軍已經攻陷浙江省定海、鎮海及寧波府城，道光帝派遣奕經反擊英軍，但是奕經「頗欲有爲而不更事，尤昧兵略」[66]，本身既已貪圖享樂，調度失宜，而且「隨員之中，良莠不齊」、「直視軍營若利藪，法紀聲名，罔所顧慮」[67]，因而屢戰屢敗，後來在南京條約簽訂之後，「撤師，詔布奕經等勞師糜餉、誤國殃民罪狀，逮京論大辟」[68]。貝青喬親身經歷這場充滿荒唐情事的戰爭，「軍旅之中，聽睹所及，有足長膽識者，暇則紀以詩，積久得若干首，加以小注，略述原委，分爲二卷，題曰《咄咄吟》，言怪事也」[69]。

《咄咄吟》1914年嘉業堂刊本書影兩頁。引自，貝青喬，《咄咄吟》，台北：文海出版社，1968年翻印本。

貝青喬的《咄咄吟》寫成之後，因爲秉筆直書，不加隱飾，「故於此書，屢欲焚棄，乃朋好中，有勸其存稿者」[70]，他才將此詩卷流傳開來，且頗受歡迎，由其後來之詩作〈自編軍中記事詩二卷爲《咄咄吟》，朋舊多題贈之作，賦此爲答〉亦可清楚得知其創作緣由。在《咄咄吟》書首有鵑紅詞客、無際庵主、鷗波老漁

---

66 趙爾巽編纂，《清史稿》（台北：新文豐出版社，1981），頁11541。
67 貝青喬，《咄咄吟》（台北：文海出版社，1968），頁6。
68 趙爾巽編纂，《清史稿》，頁11543。
69 貝青喬，《咄咄吟》，頁8。
70 同前註，頁170。

等六人之〈題詞〉，其中鵑紅詞客在「昨從海上駕帆來」之自注有「甲辰夏」云云，可知至少在道光廿四年（1844，歲次甲辰）之時，貝青喬之《咄咄吟》便已在當時的文人圈中傳開。

　　當時吳中有一個頗具規模與影響力的詩人群體，貝青喬是其中骨幹之一[71]，在當時文人葉廷琯（1791～1861？）與王韜（1828～1897）之著作中，亦皆有關於貝青喬《咄咄吟》的紀錄，並且頗稱讚之[72]，馬亞中在《中國近代詩歌史》中也說：「他創作的大型組詩《咄咄吟》卻使他蜚聲海內，名重詩史」[73]。

　　所以，陳懋烈在1863～1866年間絕對有可能已經讀過或者聽過貝青喬的《咄咄吟》，因此他爲陳肇興的詩作題詞時，乃援引爲喻，這是很合情合理的——兩者同爲書生投身戰事時所作、而且皆有「詩史」之譽、同樣被比擬爲杜甫：如陳懋烈〈題詞〉之中說陳肇興：「數載書生戎馬間，杜陵史筆紀瀛寰」、「浣花溪畔少陵祠，絕代詩才賦亂離；誰料千年才更出，有人繼和北征詩」，吳德功也評《陶村詩稿》中關於戴案之詩作爲「胎息於少陵」，「蓋少陵因安、史之亂避地西蜀，以時事賦詩寫其忠愛之忱，人稱『詩史』；陶村所作，類此者極多」[74]；其實，如此稱譽貝青喬者更多：於其《咄咄吟》的書前題詞中，鵑紅詞客說：「詩史一編傳杜甫」，無際庵主則云：「杜甫蒼涼詠八哀，戰場親見國殤來，行間功罪模糊甚，合讓詩人有史才」，鷗波老漁亦云：「空教投筆者，詩史擅才名」，蓮花庵居士：「詩史即今功罪定」，而在葉廷琯《蛻翁所見詩錄·感逝集》中也說：「僅作《咄咄吟》二卷，詳記軍中事實於詩註中，可稱詩史」，王韜《瀛壖雜志》：「著

71　嚴迪昌，《清詩史·下》（杭州：浙江古籍出版社，2002），頁1041。
72　錢仲聯編，《清詩記事》（上海：江蘇古籍出版社，1987-1989），頁10841。
73　馬亞中，《中國近代詩歌史》（台北：學生書局，1992），頁231。
74　連橫編，《台灣詩薈雜文鈔》（台北：大通書局，1987），頁3。

有《咄咄吟》二卷，具載當時軍中利病，識者以爲不愧少陵詩史」[75]。

（五）「咄咄」用於陳肇興之作的商榷

在文學史上，時間相近的兩位詩人先後無意間將詩集題爲同樣的名字，這麼巧合的機率實在很小，除非是有意模擬；若晚出的陳肇興刻意以之命名，則貝、陳兩者的詩集應有相似之處、模仿之跡，以下就諸方面比較之。

1.「咄咄」詞義探究

首先，我們發覺陳肇興所用之「咄咄」，其詞義與貝青喬的用法頗爲不同——搜尋整部《陶村詩稿》，詩人用了「咄咄」一詞的詩句有：

書空咄咄只心知，大雅眞難隻手持。（〈揀中感事〉）

咄咄西河叟，獨與紫陽敵。（〈雜詩〉）

咄咄緣何事，傷心獨倚欄。（〈春日有感〉）

問天咄咄首頻搔，學走空山日一遭。（〈種菜〉）

武夫多不法，文士例相輕；咄咄書殷浩，悠悠厭補衡。

（〈感事述懷五排百韻寄家雪洲兼鹿港香鄰諸友〉）

另有用「書空」一詞者，同樣是殷浩「書空咄咄」之典：

煙塵獨長望，愁坐正書空（〈感事述懷集杜二十首〉）

報國唯憑膽，書空不問天（〈臘日〉）

「書空咄咄」的典故出自《晉書‧殷浩列傳》：「浩雖被黜放，口無怨言，夷神委命，談詠不輟，雖家人不見其有流放之感，但終日書空，作『咄咄怪事』四字而已」，此典故有兩種用法：其一、「**書空咄咄**」，形容失意、激憤、無奈

的心情；其二、「**咄咄怪事**」，表示對事物感到很奇怪，驚訝、詫異之感。

陳肇興《陶村詩稿》中「咄咄」一詞的用法除了一首〈雜詩〉是對於儒士相攻擊的現象感到驚詫之外，其餘所有在戴案期間之詩作所用的「咄咄」皆是表示上述之第一種意涵——表達其激憤、失意與無奈之感；相反的，貝青喬的《咄咄吟》則都是表達他心中之驚詫、訝異與不解、不滿，如他〈自序〉所言：「題曰《咄咄吟》，言怪事也」，而〈自序〉中歷數軍中所見

（圖：鄭喜夫校訂本《陶村詩稿》卷七首葉書影）

鄭喜夫校訂本《陶村詩稿》（1978年）卷七首葉書影。卷首亦標明「咄咄吟」三字。

之怪事，也更可看出他這種心情：「……而獨有所不解者……是可怪已！……更可怪已！……雖可解也，而亦可怪也！……其果可解也耶？抑不可解也耶？」，貝青喬是採「咄咄怪事」之意來諷刺、批評官軍之作為，與陳肇興取「書空咄咄」之意來抒發不滿大不相同。

2. 貝陳詩體之別

從詩體上來講，貝青喬《咄咄吟》有兩項主要特色，其一是七言絕句的大型組詩，「論其體制，則上承宋人劉子翬〈汴京記事〉、汪元量〈湖州歌〉等而來，同時則龔自珍〈己亥雜

詩〉亦其類也」[76]，另外則是以「一詩一注」的方式來展開內容：

> 詩側重於表現個人的主觀感受，突出印象最深，最有意味的某一片斷，而注則詳詩所略，以敘述某一事件的過程為主。光讀詩而不明事件的全部真相，就會覺得突兀費解；光讀注也會覺得缺乏神彩，嚼蠟無味。所以《咄咄吟》中的詩和注是一個不可分割的有機整體。[77]

陳肇興當然不是用這樣的體裁：他大部分使用律詩，與貝青喬《咄咄吟》全部用七絕不同；他也有小注，可是大多簡要述之，並非如貝青喬之詩注有至四五百字者；陳肇興那些有注的詩，如果不看注而只讀詩，也看得懂，不會有「丈二金剛，摸不著頭腦」之感，若貝青喬之詩，只讀詩不讀序，往往一頭霧水。

　　在台灣古典詩史上，一八五○至一八五三年間來台擔任台灣府學訓導的劉家謀（1814～1853，字芑川）所創作的〈海音詩〉一百首才是與貝青喬《咄咄吟》的創作形式較為類似者，從陳香在《台灣十二家詩鈔》中對這組詩的評語可清楚的看得出來：「劉家謀詩，首首有註，讀其詩未及其註，味同嚼蠟；夾讀其註，則益明亦諧亦風、或褒或貶，事象歷歷，妙趣罩罩，且堪當作台灣之斷代史吟詠」[78]，其實〈海音詩〉有可能就是劉家謀受〈咄咄吟〉影響而創作的[79]，至於陳肇興《陶村詩稿》的末兩卷，卻看不出有絲毫受其影響的痕跡。

3. 貝陳詩作內容相較

76　錢仲聯，《夢苕庵清代文學論集》（濟南：齊魯書社，1983），頁141。
77　馬亞中，《中國近代詩歌史》，頁232。
78　陳香，《台灣十二家詩鈔》（台北：台灣商務印書館，1980），頁54。
79　陳香說劉家謀的〈海音詩〉是「體例獨創」（出處同前註），殆未見貝青喬〈咄咄吟〉之故。

　　貝青喬之作，題上「咄咄吟」之名，與內容極爲相稱；若是將陳肇興這二卷詩作冠上「咄咄吟」之名，則顯得較不適合：

　　其一、這兩卷的詩作，並非如貝詩一般的揭露「咄咄怪事」，而是以記錄親身經歷、抒發個人情懷爲大宗；「書空咄咄」這樣無奈而失意的情緒更沒有貫穿全部詩作。

　　其二、或有謂：「『咄咄』一詞有感嘆、呵叱之意……『咄咄』一詞乃是對戴潮春事件所引起的紛擾表示強烈憤慨，而有呵叱感嘆之慨」[80]，其實，單就「咄」一字而言，的確是有呵叱之意，如《漢書・東方朔傳》：「朔笑之曰：『咄！』」，又如王充《論衡・論死》：「病困之時，仇在其旁，不能咄叱」；但是，若連用兩字「咄咄」，在文法學上謂之「重疊式合成詞」，與非重疊形式的語素（「咄」）在文義上已經有所不同；若以符號學方法來分析，此「能指」（Signifiant）在整個文學傳統脈絡影響之下，其「所指」（Signifié）必定連結到「殷浩書空」／「咄咄怪事」這個典故，不適合以「呵叱」解之。更何況陳肇興這兩卷詩中，雖有指斥戴軍者，但是更多的是感嘆個人困境、哀憐百姓情懷以及對當時人事物的紀錄，難以用「呵叱、感嘆」來概括這兩卷詩作。

　　總之，陳懋烈所謂「采風若選《東征集》，《咄咄吟》中見一斑」，並不是說陳肇興戴案間的詩作就叫《咄咄吟》，並且可以跟藍鼎元《東征集》相比，更不是說陳肇興這兩卷詩作也叫做《咄咄吟》，也叫做《東征集》；而是說陳肇興的詩作足以與林爽文事件時的藍鼎元《東征集》、鴉片戰爭時的貝青喬《咄咄吟》這兩者相比。

80　林翠鳳，《陳肇興及其《陶村詩稿》之研究》，頁240。

換句話說，《咄咄吟》與《東征集》都是他人著作，用來彰顯陳肇興戴案期間詩作之價值而已。《陶村詩稿》末兩卷會冠上「咄咄吟」之名，乃後人誤解其〈題詞〉之故（包括校刊初刻本之四名弟子），應非陳肇興本意，後更有自連橫、吳德功以下諸人皆以為《咄咄吟》或《東征集》是此二卷之別名，於是眾口鑠金，誤稱至今。

陳懋烈可能也想不到他為《陶村詩稿》題詞之際，一時所用的比喻，從此讓台灣也出現一本叫做《東征集》或《咄咄吟》的詩集，到一百多年後的今日，人們仍然如此稱呼陳肇興的那兩卷詩作，其影響不可謂不大。至於初刻本為何會誤將「咄咄吟」標於末兩卷之卷首呢？《陶村詩稿》初刻於光緒四年（1878），由於此時陳肇興已經過世至少十年（詳本書第三章所述），這不是一段很短的時間，多年傳抄之際，有可能就因為誤解了陳懋烈〈題詞〉之意，乃訛傳陳肇興末兩卷名為〈咄咄吟〉，進而題於卷首，因為這樣而使此二卷有了《咄咄吟》之稱。

四、擬之詩史，其來有自

陳肇興在戴案前的詩作可說兼採眾家之長，例如〈遊龍目井感賦百韻〉是學習李商隱的〈行次西郊一百韻〉，〈無題〉組詩同樣也是受到李商隱〈無題〉詩的影響，〈秋風曲〉則可以看出有李賀的影子，其他多首古體詩亦有李白的味道；但是在戴萬生起事期間，兵馬倥傯、流離失所的經歷，讓詩人不禁將自己與安史之亂中的杜甫相比擬，其詩作中多處以杜甫自況，並且「把詩的韻味、格調、甚至詩中所吟詠的事物、情緻，盡力摹杜」[81]，還作了〈感事述懷，集杜二十首〉，正如

---

81 吳蕤，〈戴潮春之亂與陳肇興的咄咄吟〉，《暢流》，第35卷4期，1967年4月，頁3。

吳藐所說：「集句不是一件容易的事情，尤其集律詩更不是一件容易的事情，肇興一口氣集了二十五首五律，可算得工程浩大」[82]，這些都可以看得出陳肇興在這個時期對杜詩實在感到非常的「心有戚戚焉」，如〈感事述懷，集杜二十首・序〉中所自述：「於焉取杜詩而讀之，茫茫百感，如在目前；渺渺千秋，如逢夙構。淒風苦雨，悉古人已涉之途；斷簡殘編，即我輩欲宣之蘊」，雖然從許多地方都可極為明顯的看出杜詩對陳肇興的影響，但是，陳懋烈卻是第一個表達此種看法，且進一步加以論述的。

　　陳懋烈這三首〈題詞〉，雖然分之爲三，可是彼此文意承接、血脈連貫，可以視爲一篇完整的詩作（如「論詩絕句」之濫觴者——杜甫，其〈戲爲六絕句〉實則也是每首之間皆脈絡連貫，前後照應）：

　　第一首看似平鋪直敘的講述陳肇興戴案間的經歷，實爲一擊兩鳴之法：首先爲後兩首預作鋪陳，交代創作背景；其次也指出其核心觀點之所在——陳懋烈認爲，陳肇興之所以能被譽爲「杜陵史筆紀瀛寰」，能夠學到杜甫之內涵而非皮毛的原因，正是因爲他有此段親身經歷（所謂「壯懷不作偷安計，又向桃源起義兵」），其他同時間的詩人，雖也多多少少經歷了戴案，例如林占梅與官兵聯軍南下、陳維英在台北捐輸助官、吳子光北上避難而以教塾爲生等，但是經歷的程度，皆未有如陳肇興那麼深刻。作者這個觀點貫穿在三首詩之間，脈絡昭然可見。

　　第二首以藍鼎元、貝青喬之作來比擬，也是著重在實際參與戰爭此一特點。第三首標出次韻〈北征〉之作，並以驚喜、疑問之句式問道：誰料得千年之後，竟然有此才子能夠次韻杜

82　同前註。

甫的〈北征〉！此句與第一首形成兩相呼應的結構——就是因為陳肇興有備嘗艱辛的實際戰爭經歷，對杜甫的詩作感受特別深刻，乃能如此。

此外，如果說陳肇興學習到杜甫詩史的精神，那他到底學得怎麼樣？成就如何呢？關於這個問題，陳懋烈受限於「論詩絕句」的形式，他必須在廿八字這麼短的篇幅中，用一針見血的手法，抓住最重要的一點來抒發觀點，結果他決定把聚光燈打在〈自許厝寮避賊至集集內山次少陵〈北征〉韻〉這首詩上，吳蓉云：「〈北征〉詩是杜少陵一首千古不泯的名作，肇興次韻，當非有深厚的功力不可」[83]。〈北征〉與〈自京赴奉先縣詠懷五百字〉、「三吏」、「三別」等並列為杜甫的代表作，是一首總共一百句的五言古體長詩，正如陳懋烈所說的，是「絕代詩才賦亂離」之作，而在杜甫逝世之後數千年來，幾乎沒有人次過其〈北征〉的韻，這也是因為其篇幅較長，韻腳足足有五十個，要逐一次韻（又稱「步韻」）來抒情與敘述，有極高的難度，但是，我國彰化的本土古典詩人陳肇興卻寫了這麼一首〈自許厝寮避賊至集集內山次少陵〈北征〉韻〉，誰敢說「台灣蟳，無膏」[84]呢？無怪乎陳懋烈為之大為讚嘆，捨其他摹杜之作而不論，單挑此詩作評，直可謂目光如炬、探得驪珠矣。

賀貽孫（1605～1688，字子翼，自號水田居士）所著的《詩筏》有一段講到後人「摹杜」之病：

> 詩文有神，方可行遠。神者，吾身之生氣也。老杜云：「讀書破萬卷，下筆如有神。」吾身之神，與神相通，吾神既來，如有神助，豈必湘靈鼓瑟，乃為神助乎？老杜之

83　同前註，頁4。

84　一吼，〈憨光義〉，李獻璋編《台灣民間文學集》（台中：台灣新文學社，1936），頁134。

> 詩，所以傳者，其神傳也。田橫謂漢使者云：「斬吾頭，
> 馳四十里，吾神尚未變也。」後人摹杜，如印板水紙，全
> 無生氣，老杜之神已變，安能久存！[85]

陳肇興的「摹杜」之所以能避免賀貽孫所說的這種缺失，並得到陳懋烈大力稱讚，大概正是能夠得到杜詩之「神」、得其「生氣」吧。此雖然也與個人才力與情性有關，恐怕更是因為陳肇興在「萬生反」期間，「數載書生戎馬間」，與杜甫同樣有過顛沛流離的經歷，乃能有此成就，而其〈自許厝寮避賊至集集內山次少陵〈北征〉韻〉更是標竿之作，十分具有代表性。

第五節　小結

陳懋烈的〈題詞〉是一組首尾連貫、前後照應的「論詩絕句」，成功的抓住了陳肇興詩作的精要之處。但是目前關於陳懋烈這第一位《陶村詩稿》的讀者／評論者及其〈題詞〉，卻只有林翠鳳教授《陳肇興及其《陶村詩稿》之研究》中略予論述[86]，殊為可惜，故筆者在本章中，嘗試以此主題為核心，經過綜合分析演繹，得到數點成果：

一、勾勒出評論陶村第一人——陳懋烈之背景資料及其在台經歷。

二、陳懋烈之所以會在《陶村詩稿》書前題詞，應與陳肇興曾擔任白沙書院之山長有關。

三、後人將陳肇興《陶村詩稿》末兩卷稱為〈呫呫吟〉，頗有可能是誤解了陳懋烈〈題詞〉之故。

四、從陳懋烈讀到這本詩稿到刊刻之間，整整經歷了十二

85　賀貽孫，《詩筏》，收錄於郭紹虞編，《清詩話續編》（台北：木鐸出版社，1983），頁136。

86　林翠鳳，《陳肇興及其《陶村詩稿》之研究》，頁241。

年以上，這之間都是依靠輾轉傳抄，造成目前各版本中的訛誤之處不少。

五、陳肇興學杜頗為成功，尤以〈自許厝寮避賊至集集內山次少陵〈北征〉韻〉為其中的代表作，這正是因為他有與杜甫類似的顛沛流離之戰亂經歷。

由於《陶村詩稿》並沒有陳肇興之「自序」也無其他親朋好友的序文足以讓後世讀者更了解其創作緣由，僅這麼一組〈題詞〉冠於扉頁，其實已如本詩集的序文一般──既敘述了詩人的創作背景，更加以評論，對於陳肇興及其《陶村詩稿》的相關研究，有其不能小覷的文獻價值，值得重視。陳懋烈在台灣古典詩史上，雖然只留下這三首〈題詞〉之作，但是其成就亦已令人刮目相看矣。

第六章　仙拚仙，拚死猴齊天
——陳肇興分類械鬥主題詩作研究

　　頭鬃梳向向，拄著漳泉拼，要走腳骨痛，不走無生命！[1]

　　　　　　　　　　　　　　　　　　　　——台灣民歌

第一節　前言

　　由陳肇興的詩作中可以知道，他除了遠赴府城（今台南）參加院考、歲考、科考，以及渡海到省城（今福州）參加鄉試之外，主要的活動範圍都在台灣中部地區，即清代的彰化縣轄境（約今彰化縣、台中市、台中縣、南投縣）一帶，未曾到遠方遊宦、入幕、或者是長時間定居，而這個區域素有民風獷悍之稱[2]，與宜蘭、台北、桃園、鳳山並列為台灣清領時期「分類械鬥」最激烈的地帶[3]。

　　所謂「分類械鬥」，是清代官方文件中用來專指人民聚眾以武器相互鬥毆的事件[4]，因其「分類」之不同，又可分為七種：異省械鬥（如閩粵械鬥）、異府械鬥（如同為閩省的漳泉二府械鬥）、異縣械鬥（如同為泉州府的三邑與同安各縣械鬥）、異姓械鬥、同業械鬥、不同樂派械鬥、不同村落械鬥

1　問樵，〈一首「漳泉拚」的民謠〉，《台北文物》，第2卷1期，1953年4月，頁17。

2　吳贊誠，《吳光祿使閩奏稿選錄》（台北：大通書局，1987），頁4；台灣銀行經濟研究室編，《台案彙錄庚集》（台北：大通書局，1987），頁185。

3　潘英，《台灣拓殖史及其族姓分布研究》（台北：自立晚報，1992），頁339。

4　林偉盛，〈清代台灣分類械鬥發生的原因〉，張炎憲、李筱峰、戴寶村主編，《台灣史論文精選》（台北：玉山社，1996），頁263-264。

等[5]。

陳肇興活動的主要範圍（中部地區）在清領時期兩百一十二年內，共發生最少廿五次大小械鬥，北部與南部都是閩粵械鬥比漳泉械鬥多，只有中部是漳泉械鬥多於閩粵械鬥，這是因為漳泉二籍在當地較之客籍，佔有絕對多數，而且雙方勢均力敵（泉人以中部最大港的鹿港為中心，漳人則以彰化縣城為中心），因此形成持久而頻仍的漳泉械鬥[6]，這情況從〈二十世紀初中部街庄圖〉與〈中部居民祖籍分布圖〉（參見本章附錄）也可以明顯的看出來。

另外，台灣三大民變中的林爽文事變（1786～1788）、戴潮春事變（1862～1864）亦皆起於此地區，而這些民變也都引起民間械鬥[7]。再以發生械鬥的頻率來看，在太平天國起事期間（1850～1864），清帝國為之焦頭爛額而自顧不暇，對於遠在海外的台灣，控制力自然減弱，此時全台械鬥頻率達到最高潮：共發生廿六次械鬥，平均六個半月就來一次[8]，這恰好涵蓋了陳肇興《陶村詩稿》的寫作年代（1852～1863）。

因此，詩人的創作背景正是處於全台分類械鬥極激烈、「漳泉械鬥」比例最高的空間，以及械鬥最頻仍的時間內，以陳肇興這種具有強烈現實關懷的詩人性格，必定會接觸到這項主題。

透過《陶村詩稿》的翻檢驗證，我們發現果不其然，他有多首詩皆與分類械鬥相關（主要皆是針對「漳泉械鬥」），包括有：作於一八五三年的〈賴氏莊〉、〈感事〉、〈王田〉；一八五四年的〈與韋鏡秋上舍話舊，即次其即事原韻〉、〈清

5　廖風德，《台灣史探索》（台北：台灣學生書局，1996），頁23。

6　許達然，〈械鬥和清朝台灣社會〉，《台灣社會研究季刊》，第23期，1996年7月，頁17；林偉盛，《羅漢腳：清代台灣社會與分類械鬥》（台北：自立晚報，1993），頁59-62。

7　潘英，《台灣拓殖史及其族姓分布研究》，頁339。

8　許達然，〈械鬥和清朝台灣社會〉，頁26-28。

明同友人遊八卦山〉、〈遊龍目井感賦百韻〉；一八五九的〈葫蘆墩〉；一八六〇年的〈大肚漫興〉；一八六一年的〈揀中感事〉等[9]，以下便以這數首詩作為論述對象，深入探討詩中所記載的歷史事實、社會現象以及詩人對於械鬥的感受與看法。

　　在陳香編纂的《台灣竹枝詞選集》中，錄有一組標為陳肇興所作的〈械鬥竹枝詞〉四首[10]，但是未見於《陶村詩稿》，翁聖峰推測可能出自油印本《鳥獸蟲魚草木集》[11]，該組詩第二首云：「淡水環垣病最多，漳泉棍棒粵閩戈，因牛為水芝麻釁，一鬥經年血漲河」，「淡水環垣」應指淡水廳署所在地的「新竹城」（一八二九年築成），但是陳肇興卻根本沒去過台中以北；他也沒有過這樣以外地發生的事件作詩歌主題者，這樣的內容放在整部《陶村詩稿》顯得十分格格不入。

　　另外，筆者在二〇〇三年以此事請教台灣文獻館的林文龍研究員時，也惠蒙告知：陳香的選本乃一九八二年編選而成，如此十分晚出之作不太可能錄有陳肇興之逸詩，在《雲林縣采訪冊》中收有陳肇興之逸詩〈題烈婦張沈氏殉節事〉[12]，這可能是因為屬於應酬之作，所以才未收錄於《詩稿》之中，若〈械鬥竹枝詞〉云云，作者應該另有其人才是。總之，〈械鬥竹枝詞〉不應列入陳肇興及其《陶村詩稿》研究的論述範圍之

<hr />

9　對於筆者整理出的這些與械鬥有關的陳肇興詩作，許惠玟於其《道咸同時期（1821～1874）台灣本土文人詩作研究》（高雄：中山大學中文所博士論文，2007）指出：「這幾首詩作中，除了1853年的〈感事〉和1854年的〈遊龍目井感賦百韻〉明確提到跟分類械鬥有關之外，其餘諸作，能夠看出跟亂事有關，但無法具體區分出陳肇興所記是分類械鬥，抑或戴潮春事件」（頁311），此意見頗令人感到不解，因為戴潮春事件是在同治元年（1862年）才爆發，陳肇興的這些與械鬥相關的詩作全部都作於該年之前，而《陶村詩搞》是以寫作時間而編年排序，故絕無將戴案期間的詩作混入其中者。

10　陳香編纂，《台灣竹枝詞選集》（台北：台灣商務印書館，1983），頁154-155。

11　翁聖峰，《清代台灣竹枝詞之研究》（台北：文津出版社，1996），頁94

12　倪贊元編輯，《雲林縣采訪冊》（台北：大通書局，1987），頁206。

中。

第二節　詩作中牽涉到的械鬥個案

人掠厝拆，雞仔鳥仔掠到無半隻！[13]

——台灣諺語

透過其他文獻資料與官方檔案的參照，陳肇興這數首詩中主要牽涉到的兩件在中部地區爆發的械鬥案件：

一、道光廿四年（1844，陳肇興十三歲）陳結案

在〈遊龍目井感賦百韻〉中，詩中的野叟敘述了一次在龍目井庄發生的嚴重械鬥，他說：「一人搆其釁，千百持械隨。

〈龍井觀泉圖〉，周璽等編纂，《彰化縣誌》（台北：台灣銀行經濟研究室，1962），頁44-45。此書約成於1832年，由圖中左下角可見當時龍目井旁仍有兩塊象徵「龍目」的大石頭。

13　徐福全，《福全台諺語典》（台北：徐福全，1998），頁78。

甥舅爲仇敵，鄉里相爛縻。村莊縱燎火，田園罷耘耔。所爭非城野，殺人以爲嬉。遺禍及泉石，阿護身不支。健兒持刀來，僉謂龍在斯。長繩曳之走，斫碎如蛤蜊」，在下一段的開頭則說：「邇來又十載」，意指這件燒村毀井的械鬥慘案是發生在下一件械鬥（1854東螺保械鬥）的十年前，推算即爲一八四四年，筆者翻檢史料發現，這年在中部地區確實有一起重大械鬥：

一八四四年八月初六，彰化縣屬葫蘆墩街（今豐原市）泉人陳結與漳人孫返爭賣菁子角（一種藍色染料），陳結將孫返綁架到屋子裡，孫返堂叔孫漢邀同是漳人的陳照等向其索討不成，雙方大肆鬥毆，結果陳照被陳結打死，漳人林審等於是糾眾攻擊泉人村落，陳結也邀集泉人焚搶漳人村落，「由是漳人轉邀漳人，泉人轉邀泉人，互相報復」；更有多股不法之徒糾黨造謠，乘機焚燒民屋、搶奪財物。整個中部地區沸沸揚揚，各莊居民紛紛逃難。這件械鬥案的爆發地點：葫蘆墩，距離台南府城有四日之程，消息還沒傳到府城，嘉義已經有人起而響應了。

後來由台灣最高文武官員——台灣道熊一本、台灣鎮昌伊蘇以及台灣府知府仝卜年（以上號稱台灣文武官員三巨頭）、參將呂大陞等，領兵彈壓，竹塹林占梅也扼守大甲溪，防止亂事往北蔓延（他事後因功賞戴花翎），總共費了三個多月的時間、七萬六千八百三十九兩（約今一億三千多萬）[14]的軍餉，總算將事情平息，各地官員乃護送難民歸莊，並與各地紳士共同捐輸以撫卹難民。這是一場蔓延當時嘉義與彰化兩縣的大型漳泉械鬥，事平之後，台灣鎮道武攀鳳、熊一本奏云：「漳

---

14 由於咸豐年間米價一石約1.19銀兩（見王世慶，〈清代台灣的米價〉，《台灣文獻》，第9卷4期，1958年12月，頁19），此軍餉約等於當時六萬七千一百石的米，現今米價一斗（約七公斤）大約210元（行政院農委會糧管處網站），而清代一斗與今一斗約略相等，故當時軍費換算約今一億三千多萬。

彰化學

泉兩籍民人，素皆凶悍，彼此相仇，由來已久，一經蠢動，猖獗非常；若非查辦迅速，則台地百萬生靈，漳泉十居八九，勢必全行震動」[15]，由這件「陳結案」看來，實在所言非虛。

根據有限的史料顯示，泉人至少發動了三次攻擊，而其中八月初七、初八由陳結、王九鉗所帶

龍目井現況，改爲雙井的形式，〈龍井觀泉圖〉中，井邊的那兩顆大石頭也已不知去向了。引自台中縣政府文化局網站。

領的第一波攻擊所針對的漳人村落，主要便是龍目井庄附近一帶的水里港、茄投、竹坑、福州厝（皆在今龍井鄉境內）等處[16]，詩中老叟所敘述的這一段應該就是此事。

當時泉人在這些漳莊中的惡行，我們從文獻上只看到：殺人放火、搶奪財物，陳肇興這首詩中的野叟亦云當時「村莊縱燎火」、「殺人以爲嬉」，但他同時透露更多官方文獻中所未記載的：陳結、王九鉗所帶領的「健兒」們，殺紅了眼，竟然連這口能夠灌溉數百畝的龍目井都不放過，他們異口同聲的都說：「有龍在這裡！」，於是把井邊的兩塊象徵「龍目」的大石頭（參見附圖）拉走之後，亂刀將之斬碎成蛤蜊殼一般，原

---

15 以上案發經過參考：台灣銀行經濟研究室編，《台案彙錄己集》（台北：大通書局，1987），頁401-405；中央研究院歷史語言研究所編，《明清史料・戊編・第六本》（桃園：中央研究院歷史語言研究所，1953-1962），頁1276-1280；洪安全編，《清宮諭旨檔台灣史料》（台北：國立故宮博物院，1996），頁4242、4259-4268；林偉盛，《清代台灣分類械鬥之研究》（台北：政治大學歷史所碩士論文，1988），頁55、178。

16 林偉盛，《清代台灣分類械鬥之研究》，頁55；洪敏麟，《台灣舊地名之沿革・第二冊（下）》（南投：台灣省文獻委員會，1999），頁179-181。

本彰化八景[17]之一的「龍井觀泉」因此毀於一旦（他們可能是認為這樣可以破壞這邊的風水）。由此亦可見當時械鬥人民仇恨行為之一斑。

二、咸豐三年底（1854，陳肇興廿三歲）的東螺保械鬥

陳肇興在繫年於咸豐三年的詩作中，說他在「天晴臘月渾如夏，地煖三冬不見霜」（〈王田〉）的時節，帶著一家人逃離彰化縣城：「拋卻城中歌舞地，獨來野外水雲鄉」（〈王田〉），先後寄居於賴氏莊（今台中市北屯區）的友人、學生家：「聞亂拋城市，遷家就友生」（〈賴氏莊〉），又投靠過王田的姻親：「家貧八口依姻戚，世亂頻年避虎狼」（〈王田〉）；而在次年所作的〈由龍目井感賦百韻〉詩中的老叟也說道：「去歲東螺人，溝洫角雄雌」。這些描述都指向發生於咸豐三年的十二月間（1854年1月）的「東螺保械鬥」。

前文所敘述的一八四四年陳結案，雖然是規模極大的案件，不過當時陳肇興僅僅十三歲，年紀尚小；而且爆發地點在葫蘆墩，真正攻搶嚴重的地區是今台中縣山海線一帶，兩者距離陳肇興居住的彰化縣城頗遠，因此，在他詩中的陳結案主要都是龍目井當地老人的「口述歷史」。與此相反，東螺保械鬥距離彰化縣城較近，且此時陳肇興已經廿三歲了，他可說親身體驗了這次台灣「內戰」，故而有不少關於此次事件的作品。

這場東螺保械鬥爆發在東螺保的四塊厝莊（今彰化縣田中鄉境內。許達然誤以為在溪湖鎮[18]，溪湖鎮雖也有一處地名叫四塊厝，不過當時是屬於馬芝遴保，並非東螺保），這次械鬥的導火線是因為有一泉籍廖性要挖水溝，漳籍賴姓認為傷害風

17　彰化八景分別是：豐亭坐月、定寨望洋、虎巖聽竹、龍井觀泉、碧山曙色、清水春光、珠潭浮嶼、鹿港飛帆，見周璽總纂，《彰化縣志》（台北：大通書局，1987），頁19。

18　許達然，〈械鬥和清朝台灣社會〉，頁28、55。

水，雙方由口角轉成械鬥，幾天之內，牽連了彰化一千多莊，還往北蔓延到豐原、大甲、清水、苑裡、南投，往南延伸到斗南、土庫等地，匪徒結黨焚搶，道途梗塞，甚至連彰化縣城的情勢都危如累卵。

在此這段時間，南部有林恭、王汶愛等人攻擊鳳山縣城與台灣府城，殺了鳳山知縣王廷幹、台灣知縣高鴻飛，嘉義有賴棕、曾雞角攻擊嘉義縣城（即陳肇興《詩稿》所說的「羅山聞警」）、噶瑪蘭有吳磋與林汶英起事、台北有「頂下郊拼」[19]（頂郊晉江、南安和惠安三邑人聯合安溪人對付下郊同安人，漳州人和同安人站在一起對付三邑人，客家人名義上中立，雙方卻都雇他們來械鬥），在桃園縣內則有桃園和大溪的泉粵聯合鬥漳州人，中壢、楊梅的漳泉聯合鬥客家，以及三峽、內壢漳泉拼，還有南崁漳泉鬥同安人等；台澎海面上有「小刀會黨」擾亂、斗六也有林房殺害政府官員起事，「文武絡繹於途，兵勇枕戈在道」[20]，整個台灣擾攘不休。

後來由台灣道徐宗幹、台灣總兵恒裕以及調台作戰的海壇鎮總兵邵連科、台灣知府裕鐸等人分頭彈壓，花費許多時日與精力，才將包括東螺保械鬥在內的這些亂事逐一平定[21]，正如陳肇興所云：「海外干戈起，消磨近一年」（〈與韋鏡秋上舍

19 吳逸生撰有〈頂廈郊之辯證〉，文中認為同安人因為專門做台灣與廈門往來的貿易，時人便以「廈郊」稱之，而專做台灣與泉州及其他北方港口之貿易者，就相對著被稱為「頂郊」，故而應稱「頂廈郊」才是（見《台北文物》，第10卷1期，1961年3月，頁116），言之成理，不過本論文仍以目前通用之「頂下郊拼」稱之。

20 邵連科於1855年（咸豐5年）的奏摺當中，回憶兩年前來台平亂所見情景之語，引自：上海師範大學歷史系中國近代史研究室、中國第一歷史檔案館編輯部編，《福建、上海小刀會檔案史料彙編》（福州：福建人民出版社，1993），頁294。

21 以上敘述參考：《福建、上海小刀會檔案史料彙編》，頁285、294；許達然，〈械鬥和清朝台灣社會〉，頁20、28、55；洪安全編，《清宮諭旨檔台灣史料》，頁4529；洪安全編，《清宮月摺檔台灣史料》（台北：國立故宮博物院，1996），頁310-314；張菼，《清代台灣民變史研究》（台北：台灣銀行，1970），頁145。

話舊，即次其即事原韻〉），這年可說是戴案之前，最嚴重的一次全台騷亂，除了陳肇興之外，竹塹林占梅、大龍峒陳維英也都有相關詩作，在北部甚至流傳了一句諺語：「咸豐三，講到今」[22]，可見那次慘烈的經驗，多年來仍深刻留存於民眾心中。

那時東螺保械鬥爆發後，居民四處逃難，官府設法勸諭捐輸，安撫難民，此時的陳肇興也正帶著一家人逃離彰化縣城（他父親早亡，身為長子的他成為一家之主），可見，當時彰化縣城中果然頗不安寧，倒不如鄉間來得好安身。他此時家境並不富有，無法像其他有錢仕紳（如鄭用錫、林占梅、施瓊芳等人）籌辦鄉勇團練或是贊助官府平亂[23]，他只空有一肚子愧疚悲憤：「自愧未能為解脫，空將兩淚哭斯民」（〈感事〉）。等到局勢大體安定了，他才又回到彰化縣城（事件隔年的咸豐四年作有〈清明同友人遊八卦山〉）。

第三節　對械鬥起因的認知

一、好鬥的習性

陳肇興〈感事〉一詩中，強烈表達疑惑與不解的情緒：「蕭牆列戟究何因？滿眼郊原草不春；豈有同仇關切齒？並無小忿亦亡身！」，原本應該是風光明媚的春天，因為慘烈的械鬥，使得景色也蒙上陰影；詩人不禁發出內心的吶喊：為什麼同是居住在這塊土地上的人民，卻要彼此相殘呢？難道有什麼不共戴天之仇，非要以性命相搏？

「所爭非城野，殺人以為嬉！」（〈過龍目井感賦百

22　徐福全，《福全台諺語典》，頁155；翁佳音，《異論台灣史》（台北：稻鄉出版社，2001），頁175。
23　陳衍，《台灣通紀》（台北：台灣銀行，1961），頁183。

韻〉），龍目井的老人也對於漳泉雙方互相攻打的目的感到不解，發動攻擊者並非如國與國之間的爭城奪野之戰（在械鬥過程中，居民的確是會逃離，但是攻方卻不會將之佔領，原居民在戰後仍然多會在各地官兵的護送下返鄉安家[24]），那為何還要這樣殺人焚莊呢？老人感到百思莫解，只好說他們只是以殺人為遊戲罷了，語氣中充滿怨恨與譴責。

陳肇興在〈肚山漫興〉中也說：「歲歲干戈裏，爭雄氣未殘」，他覺得這樣年年不絕的械鬥，雙方只是意氣之爭、為了要爭豪稱雄而已，而且此種風氣到那時（1860年）仍然盛行不息。

在這些詩句中，或是隱含責備意味的質問，或是直接批判械鬥雙方攻莊焚搶的行為只是為了嬉樂、為了「爭雄」，總之，都是將台灣人民看成是好鬥成性、不可理喻的，這與清代統治者流行的看法相同，如藍鼎元（1680～1733）：「台民喜亂，如撲燈之蛾，死者在前，投者不已，其亦可憐甚矣！」[25]、道光皇帝也直言：「台灣合漳、泉、潮、粵之民而聚處，尋釁逞忿，勢所不免。其俗剽悍，浮動好事。當無事時，有人立市一呼『今日搶某處、某家』，頃刻之間，從者數百，絕不為怪」[26]、劉銘傳：「台灣民情浮動，強悍異常，嘉、彰尤甚。從前搶鬥巨案，無日不聞」[27]、謝金鑾（1757～1820）：「泉、漳之民，性極拙而易怒。拙則闇於利害，而無遠圖。易怒，則不可磯也；不可磯則少屈抑，而發之暴矣」[28]、史久龍：「台人性多狡詐蠻悍，狠勇好鬥，稍有仇

24 林偉盛，《清代台灣分類械鬥之研究》，頁176-179。
25 藍鼎元，《東征集》（台北：大通書局，1987），頁75。
26 台灣銀行經濟研究室編，《清宣宗實錄選輯》（台北：大通書局，1987），頁132。
27 劉銘傳，《劉壯肅公奏議》（台北：大通書局，1987），頁151。
28 謝金鑾，《泉漳治法論》，丁曰健編撰，《治台必告錄》（台北：大通書局，1987），頁98。

隙，則勢不兩立」[29]等等。

　　當時台灣的漢人社會中，的確是有許多無賴之人，他們「出則持挺，行必佈刀，或藪巨莊，或潛深谷，招呼朋類，謅誘蚩愚；始而伏黨群偷，繼而攔途橫奪，蓋梗化之尤者」[30]，這樣遊手好閒而成群結黨的「羅漢腳」，只要與人發生衝突，往往就以暴力方式解決，動輒糾眾報復，甚且唯恐社會不亂，造謠滋事，煽動械鬥，趁亂搶奪財物[31]。

　　我國史上這段時期的社會現象，與同是移墾社會的澳洲頗為相似，當時前往澳洲開墾者亦是龍蛇雜處，在十九世紀有過一段綠林好漢十分活躍的時期，人民也普遍有一種「反權威」的心態與頑強的好戰精神[32]。在移墾社會中，要面對草萊未開的山林土地，更要與其他移民對抗，自然會發展起尚武的精神特質，所謂「開創則尚武，守成則右文」[33]、「荷鋤人盡習干戈」[34]、「習見兵戈不足畏」[35]的勇武風氣，普遍的存在於移墾社會之中。但是這只是造成械鬥的成因之一，陳肇興的詩作中也指出其他可能的因素。

二、五方錯雜處

　　除了好鬥的習性之外，台灣分為閩粵漳泉等數個移墾族群，也提供了分類的先備條件：〈遊龍目井感賦百韻〉中說：「自入版圖後，二百年有奇；<u>五方錯雜處，王化所難治</u>」，由

29　史九龍，〈憶台雜記〉，《台灣文獻》，第26卷4期與27卷1期合刊，1976年3月，頁11。
30　朱景英，《海東札記》（台北：大通書局，1987），頁29-30。
31　林偉盛，《清代台灣分類械鬥之研究》，頁145-147。
32　Philip Beard等撰，楊頌良譯，《澳大利亞》（紐約：時代公司，1988），頁60。
33　連橫，《台灣通史》（台北：大通書局，1987），頁615-616。
34　黃逢昶，〈台灣竹枝詞〉，收錄於：黃逢昶，《台灣生熟番紀事》（台北：大通書局，1987），頁24。
35　郁永河，《稗海記遊》（台北：大通書局，1987），頁32。

於來源複雜，五方雜處，導致王化難行，這也是清國統治者對台灣地好亂原因的普遍認知之一，如諸羅知縣季麒光：「迄康熙癸亥，歸我一統。其民<u>五方雜處</u>，非俘掠之遺黎，即叛亡之奸宄。里無一姓，人不一心」[36]、乾隆皇帝說：「台灣遠隔重洋，又係五方雜處，游民聚集之地，難保其百年無事，自應深思遠慮，計出萬全」、「該處地隔重洋，<u>五方雜處</u>，風俗素稱刁悍」[37]、藍鼎元也認為：「惟是海外巖疆，<u>五方雜處</u>，狼子野心，賢愚參半」[38]。

確實，台灣的漢人移民包括各種不同原鄉的族群：首分閩粵，而閩籍可再分漳泉，同是泉籍又可再分晉江、南安、惠安、同安、安溪等，因為各個族群之間有語言、宗教、風俗習慣之間的不同[39]，而且各自與同籍者聚居，乃具備「分類」的前提；但是，只有「分類」並不一定會械鬥，習尚之不同，頂多只是讓人產生「非我族類，其心必異」的區別意識，而械鬥乃性命交關的大事，即使沒有被敵方殺死，事後官府查辦起來，杖一百、流三千里、妻女給功臣之家為奴、田產查封充公等等尚屬其輕者，重則綁赴市曹正法、斬首梟示，甚至比照造反之例——凌遲處死[40]，若非有切身的實質利害關係（當時往往是為了爭奪農田用水與耕地而械鬥），人民並不會輕易揭竿而起。更何況儘管幾乎都是同籍聚居之處，還是一樣有辦法分類械鬥：像是宜蘭地區，幾乎都是漳籍，當地在清領時期仍然發生了十五次械鬥：主要是「同業械鬥」[41]。由此可見，「五方錯雜處」的社會結構雖是容易滋生械鬥的環境，但是並非直

36 劉良璧纂輯，《重修福建台灣府志》（台北：大通書局，1987），頁482。
37 台灣銀行經濟研究室編，《清高宗實錄選輯》（台北：大通書局，1987），頁840、855。
38 藍鼎元，《平台紀略》（台北：大通書局，1987），頁45。
39 許達然，〈械鬥和清朝台灣社會〉，頁6-8。
40 台灣銀行經濟研究室編，《台案彙錄己集》，頁269-273。
41 許達然，〈械鬥和清朝台灣社會〉，頁17。

接造成械鬥的因素。

三、吏治腐敗所引起

　　詩人目睹了東螺保械鬥中在台官吏的處理方式之後，有感而發的說：「大吏輕裘煖，官胥快馬肥；聞雞應起舞，不必輒思歸」（〈與韋鏡秋上舍話舊，即次其即事原韻〉），用委婉含蓄的筆法道出他的心聲：「這些穿著輕裘、騎著肥馬的官吏們，台灣發生亂事就該好好處理，不要置之不理而只等著任滿回去啊！」，不過，此段詩句同時也透露當時官吏對於職務推拖卸責，只顧過著奢豪生活的狀況。在〈葫蘆墩〉一詩中還說：「俗悍官依盜」，甚至指出當時官吏與地方豪強土霸相結合的情形。

　　至於〈遊龍目井感賦百韻〉這首詩則花了頗多篇幅敘述官場風氣之腐敗——詩人先敘述了當時貪官污吏如狼似虎的整體形象（「黠吏若狨鬼，健役如虎貔」）、敷衍塞責的辦事態度（「道逢剿劫賊，搖手謝不知」）、作威作福且貪污腐化（「肩輿下蔀屋，凜凜生威儀；從行六七人，沿路索朱提」），甚且挑撥民眾相鬥，坐取漁利（「更誘愚頑輩，鷸蚌互相持，就中享漁利，生死兩瑕疵：死者臥沙礫，生者受鞭笞」）等等，將原本安樂之社會變成「黔婁殺黎首，猗頓遭羈縻」的動盪不安情況；然後就立刻緊接著「因之昇平民，漸漸相凌欺」，引出之後的慘烈械鬥（「或以眾暴寡，弱肉強食之；或以貧虐富，攘奪耕田犧」）。這等於是藉由野叟的敘述，將龍目井地區社會動亂的起因順勢歸結於吏治之敗壞。林偉盛在《清代台灣分類械鬥之研究》中說：

　　　　清代的《陶村詩稿》記載台灣分類械鬥的因素是「五方錯
　　　　雜處，王化所難治，太守自廉潔，縣令自仁慈，哀哀爾漳
　　　　泉，災害實自貽」。提出械鬥和官員良否並不一定有關

係。[42]

我們結合陳肇興其他首作品綜合觀之，發現詩人並不是如林偉盛所說的那樣認為械鬥與吏治互不相關，他看到大肚山上械鬥之後的殘敗景象時，不禁又感嘆又疑問的說：「普天偕赤子，何地得賢官？」（〈肚山漫興〉，雖然是極盡溫柔敦厚之口吻，但是，若從這個問句反推回去，就知道詩人所批判的實際情況正是「貪官、庸官處處有！」，可見其絕非將吏治與械鬥彼此脫鉤。

至於林偉盛所引的「五方錯雜處，王化所難治；太守自廉潔，縣令自仁慈；哀哀爾漳泉，災害實自貽」，其實陳肇興頗有「為上者諱」的用意——首先，他在這首詩〈遊龍目井感賦百韻〉的前半段，敘述了先前安樂的情形是「伊昔稱樂土，俯仰皆有資。所賴賢父母，寬猛政並施」等等，整首詩的轉折則在「嗣後太平日，文武多恬熙」，如此則已婉轉的藉由前後對照來暗指繼任者之安逸腐化；而後來在批判貪吏猾胥種種惡行的同時，對於他們上司（各地官員）的不滿也盡在不言中了？

其次，當時台灣官箴之壞，已是有目共睹，在各官員的紀錄以及俗諺中都可以得到驗證（詳後），詩人此處卻冒出「太守自廉潔，縣令自仁慈」之語，放在當時的時代環境中，聽到的人豈不覺得他是睜眼說瞎話、對太守（指知府）與縣令（指知縣）阿諛奉承？

其實，不該將這兩句詩理解為「太守很廉潔，而縣令也很仁慈」，其詩眼在「自」字之上，是說那些地方官要貪污腐化或是要廉潔愛民，是我們不能選擇的——好官壞官，彼自為之，非吾等所能改變的，雖顯得消極與無奈，不過也有時代背景侷限下的苦衷，否則，難道要詩人鼓動人民起來推翻官府

---

42 林偉盛，《清代台灣分類械鬥之研究》，頁113。

嗎？所以，與其說陳肇興認爲械鬥和官員之素質無關，毋寧說他是採用較務實的角度，思考人民如何自求多福，避免械鬥之害。

　　陳肇興藉由詩歌所敘述的**種種官吏腐敗情景**，在其他相關史料中也都能找到佐證：如官吏貪污的問題，一八四八年任台灣道（台灣最高文官）的徐宗幹（？～1866）就說：「各省吏治之壞，至閩而極；閩中吏治之壞，至台灣而極」[43]，可見腐化程度的確甚爲嚴重，而台灣流傳的諺語也說：「三年官，兩年滿」、「作官若清廉，食飯著攪鹽」、「有錢辦生，無錢辦死」、「王廷幹[44]，看錢無看案」[45]等等，都反映出當時台灣官吏貪污問題的嚴重，其實陳肇興後來所經歷的「萬生反」，其爆發原因之一也是因爲北路協副將夏汝賢對戴潮春索賄不成，乃漸積成變[46]。另外，官吏顢頇無能的情形更所在多有，例如民間起了爭執，請地方官主持公道時，往往「地方官不爲按治，先勒索勇糧、夫價；及其臨鄉，則置正兇於不問，或捕捉案外一兩人，聊以塞責」[47]，就如台灣俗諺所說：「善的掠來縛，惡的放伊去」[48]，諸如此類，不勝枚舉，可見陳肇興詩中所言非虛，而且詩人的刻畫更爲生動與形象化。

　　陳肇興在詩中**官吏腐敗**是造成械鬥的重要原因，這到底有沒有道理呢？話說從頭，械鬥最根本的因素往往是不同族群之間爲了爭奪經濟上的利益[49]，而當時台灣民眾的結構又主要是

43 徐宗幹，《斯未信齋文集》，丁曰健編撰，《治台必告錄》，頁349。
44 王廷幹（？-1853），字仲甫，號子貞，歷任嘉義知縣、澎湖通判、台灣海防同知、鳳山知縣等，在1853年林恭事變中與其親屬奴婢一起被殺，左右因厭惡其貪污成性，無人肯救。參考：許雪姬總策劃，《台灣歷史辭典》（台北：行政院文化建設委員會，2004），頁873。
45 徐福全，《福全台諺語典》，頁B23。
46 林豪，《東瀛紀事》（南投：台灣省文獻委員會，1997），頁3。
47 左宗棠，《左文襄公奏牘》（台北：大通書局，1987），頁12。
48 徐福全，《福全台諺語典》，頁B23。
49 戴炎輝，《清代台灣之鄉治》（台北：聯經出版公司，1979），頁299。

好勇鬥狠的「羅漢腳」，在爭奪之際，往往發生武力衝突，這時候如果是有為的公正官吏，還有可能平息紛爭，如一八四一年十月，南部有江見與陳沖趁英人攻擊基隆時發動民變，當地匪徒便趁機造謠鼓動，造成閩客各莊居民的緊張，勢將械鬥，當時的台灣道姚瑩（1785～1853，清治時期台灣少見的賢官之一）緊急命令屬下各級官吏傳集閩粵頭人，各自約束村民，成功化解了一次械鬥[50]，偏偏當時台灣的官吏中要找到像姚瑩這麼勇於任事者甚少，絕大部分是懷著過客心態：

> 要過黑水溝來到當時動盪不安的台灣，這些官員已經心中好幾個不願意了；既然不得不過來，只好敷衍塞責，甚至大肆搜刮民脂民膏，荷包滿滿的回去[51]，如藍鼎元所指出的：

>> 邇者台地各官，多以五日京兆，不肯盡心竭力任地方安危之寄，高守不敢思歸。又以戰船賠累，惟無米之炊是急；心灰氣憒，以脫然廢棄為幸。何能得有餘力，整頓地方？[52]。

因此，人民的爭端在官府得不到解決，只好自力救濟，冤冤相報：「蓋捕犯刑拷以伸屈抑、殺人抵命而持其平者，人心天道之當然也；第官不能，則移其權於民而已。嗚呼！此擄禁、滅屍、械鬥之由也」[53]；甚至官府介入之後，反倒讓情勢惡化、動亂擴大：如陳肇興所說的「俗悍官依盜」，官吏既然與地方惡勢力結合，何能秉公處理呢？甚且這些官兵並不是為了平亂或解決糾紛，非但不抓肇事者，還趁火打劫的「沿路索朱提」，拿不到錢甚至還把村莊燒了[54]。

綜合以上所述，我們可以說，陳肇興在關於分類械鬥的詩

50　丁曰健編撰，《治台必告錄》，頁53-54

51　許雪姬，《北京的辮子：清代台灣的官僚體系》（台北：自立晚報，1993），頁96-97。

52　藍鼎元，《東征集》，頁73。

53　謝金鑾，《泉漳治法論》，丁曰健編撰，《治台必告錄》，頁98。

54　許達然，〈械鬥和清朝台灣社會〉，頁10。

作中，對當時的官吏大加撻伐，是有其道理的：腐敗之官吏，對台灣此起彼落、連年不休之械鬥，的確需負起相當大的責任。

台灣吏治之整頓要到丁日昌（1823～1882）任福建巡撫（1875～1878任）之後，親自訪查，將許多貪官蠹役繩之以法，並且繼任巡撫（吳讚誠、岑毓英、張兆棟、劉銘傳、邵友濂等）也都持續整頓，台灣的吏治才逐漸澄清[55]，在本章附錄三〈清代台灣械鬥發生頻率曲線圖〉可看得出來，光緒元年（1875）以後，台灣的械鬥頻率大為降低，其中原因多重，不過，吏治之改善也是重要原因。

第四節 對械鬥過程的描寫

君子之有文也，如日月之明，金石之聲，將海之濤瀾，虎豹之炳蔚，必有是實，乃有是文。

——陸游・《渭南文集・上辛給事書》

一、嚴重的分類習氣

陳肇興詩中形容漳泉分類的情況是：「一人搆其釁，千百持械隨；甥舅爲仇敵，鄉里相爛糜」，與他一樣在咸豐九年（1859）中舉的「同年友」陳維英（淡水廳人）那首〈癸丑八月八日，會匪激成分類，蔓延百里〉也同樣指出漳泉通婚的家庭，在族群關係緊張時，甥舅之間也會變成仇敵。這頗有可能是當時習見的現象，足見當時分類習氣甚重，即使通婚也難以消弭隔閡。我們由陳肇興稱呼械鬥雙方爲「蕭墻列戟」、「骨肉操戈」知道：詩人其實覺得漳泉移民本來應該如同兄弟一般好好相處，如此分類而械鬥，令他覺得無奈且無謂。

---

55 廖風德，《台灣史探索》，頁209-211。

二、如戰爭般的械鬥規模

在〈遊龍目井感賦百韻〉中，野叟形容一八五四年東螺械鬥時的情景：「風波平地起，槍[56]礮聲如雷[57]」，陳肇興在〈與韋鏡秋上舍話舊，即次其即事原韻〉中也說：「鼙鼓驚千礮」，此頗令人感到訝異，因為在現今的想像中，台灣清領時期的民間械鬥應該只是打打群架，武器頂多是「竹篙鬥[58]茉刀」而已，怎麼會有砲火呢？

其實，在十八、十九世紀的時候，台灣民間所擁有的武器，除了木棍、腰刀、鐮刀、弓箭等之外，尚有各式槍砲，當時雖然清廷明令禁止台灣人民私自鑄造鐵器、擁有槍砲，但是，一方面地方官員未嚴格查禁；一方面人民也都普遍透過各種管道取得槍械與火藥，民間所擁有的火槍就有以下數種：竹銃、鳥槍、鹿槍、洋槍、後膛槍等，在一七八八年清廷從民間就搜出了四百六十二尊大小火砲[59]。民間擁有槍砲的情形，清領末葉仍是「軍械洋槍，處鄉則無家不有；行路則無人不帶」[60]，對地方的士紳頭人而言，火槍更是必備之物——筆者霧峰老家是傳統式的三合院（福佬話稱「正身護龍」），曾聽祖父母講起：一九五九年八七水災時，廚房整棟倒塌，赫然發

---

56 槍礮，台銀本、先賢本作「□礮」；而原刊本、楊珠浦本作「砲礮」。《正字通·石部》：「礮，俗作砲」，正字俗字連用作「砲礮」，未見此例；且陳肇興在此詩集中皆用「礮」代「砲」，如《與韋鏡秋上舍話舊即次其即事原韻》：「鼙鼓驚千礮，干戈念五材」、〈前從軍行倣杜前出塞體九首之四〉：「□礮一聲響，彼軍膽皆寒」、〈寄林文翰舍人〉：「□礮連宵枕上聽」、〈感事述懷集杜二十首〉：「聽□礮之聲，則淚隨響落」、〈上元夜看煙火有感〉：「故園□礮正飛騰」等等，在整本詩集中有缺字之處皆在「礮」字之上，不知是為了避諱還是什麼其他原因。筆者猜測缺字之處應該是「槍」（或其他通同字：「鎗」或「銃」），「槍砲」或「鎗砲」、「銃砲」一詞在清代台灣文獻中都頗為常見。

57 雷，各本皆作遉，然字書中並無此字，就字形及文意推測，應作「雷」。

58 「鬥」字在福佬話中是「接合」之意。

59 台灣銀行經濟研究室編，《欽定平定台灣紀略》（台北：大通書局，1987），頁1036。

60 史久龍，〈憶台雜記〉，《台灣文獻》，第26卷4期與27卷1期合刊，1976年3月，頁11。

現靠近屋頂的小閣樓裡藏有火銃兩支、子彈數籃，原來這棟房子之前是屬於霧峰林家部將之一的「七大人」所屬，當時鄉紳擁有槍砲的情形，由此亦可見其一斑[61]。

清領時期台灣民間拚鬥的規模往往如同「戰爭」一般：參謀總部設在當地信仰中心之廟宇，雙方各設砲台、修城牆、製作不同顏色的旗子以資識別、建立軍糧補給線，鬥智鬥力，燒殺紮厝、姦淫擄掠，無所不爲，有時候規模大到官兵都不敢出面處理，等到有一方被鬥倒才來處理善後[62]，這麼強大的火力摧殘之下，也難怪龍目井莊、葫蘆墩莊在械鬥之後會變成如陳肇興所述的「榛莽積碎瓦，頹垣壓茅茨；十室無一存，存者唯石基」、「一花開破屋，五里半流民」此等慘狀了。

三、慘酷的戰爭行爲

1. 食人吞心：

陳肇興詩中說：「吮血吞心人食人」（〈感事〉）、「剖腹吞心脾」（〈遊龍目井感賦百韻〉），呈顯當時血腥殘暴的情形，可能有人會懷疑這可能是加油添醋的誇飾筆法描寫，但是在史籍文獻中，卻能有發現類似的記載：一八二六年李通案（閩粵械鬥）時，客家人巫巧三就將素有嫌隙的泉人朱雄、趙紅二人支解取心[63]，同樣有詩敘述一八五三年械鬥事件的林占梅則記錄了竹塹地區亦曾發生類似的情形：「此時生命輕於紙，殺人食肉類屠豕；控肝剜心[64]肆強兇，餘骸枕藉燒無已」

61　當時正值二二八事件剛過沒幾年、清鄉搜捕、白色恐怖仍風聲鶴唳，祖父爲了怕引起誤會，便連忙將這兩把火銃以及許多子彈都埋掉了，現在想起來其實殊爲可惜。而「七大人」確切名字爲何？祖父母也不清楚，姑且存之待考。

62　李筱峰、劉峰松，《台灣歷史閱覽》（台北：自立晚報，1999），頁89；許達然，〈械鬥和清朝台灣社會〉，頁3。

63　林偉盛，《清代台灣分類械鬥之研究》，頁48。

64　台銀本作「控肝剜□」，所缺之字應即「心」字，改之。

（〈癸丑歲暮苦苦行〉），當時民眾的殘暴性格可說表露無遺。

2.「發塚拋骸骨」：

陳肇興在〈遊龍目井感賦百韻〉描寫當時械鬥的慘況，與「剖腹吞心脾」並稱的暴行是：「發塚拋骸骨」。由於漢文化中特別重視慎終追遠的傳統，如此褻瀆對方先祖的遺骸，代表最高等級的復仇洩憤或挑釁激怒，如謝金鑾所述：「若泉之同安、漳之漳浦，冤家固結，多歷年所。殺父、殺兄之讎，所在多有。甚或剖及數代之祖墳，出其骸鬻諸市，題曰『某人之幾世祖骨出賣』；列諸墟，眾嘻觀之」[65]，林占梅亦有詩云：「更有慘禍絕今古，伐幽毀骨傷天和」（〈癸丑歲暮苦苦行〉），以痛心疾首之情，記錄了竹塹地區類似的行為。

「萬生反」時期，也可見到類似的行為：戴軍攻下彰化縣城之後，戴潮春、林日成（戀虎晟）於同治元年（1862）四月，帶領數萬大軍圍攻阿罩霧（今台中縣霧峰鄉）林家，屢攻不下之際，亦將林家歷代祖先（林文察的曾祖父林遜、曾祖母黃氏、祖父林寅、父親林定邦等）的墳墓悉行掘毀，甚至把林定邦的骨骸燒為灰燼[66]；東勢角（今台中縣東勢鎮）勇首羅冠英在隔年（1863）二月反攻到戴潮春老家四張犁（今台中市北屯區境內）時，同樣的把戴家祖墳大肆掘毀，這可能是領受林家指示所為[67]，真可謂冤冤相報，由此亦可見當時以這種手段

---

65 謝金鑾，《泉漳治法論》，頁102。
66 《軍機檔‧098688》，未出版，台北故宮博物院藏。
67 羅冠英與戴潮春之間並無深仇大恨，只是前者的客籍軍隊具有「傭兵」性質（見羅士傑，《清代台灣的地方菁英與地方社會一以同治年間的戴潮春事件為討論中心（1862-1868）》，新竹：清華大學歷史學所碩士論文，2000，頁204、207），在阿罩霧林家被圍攻而勢如累卵之時，林家曾以家賞十幾萬贈之（見連橫，《台灣通史》，頁989），林家祖先的遺骸、墳塋就是在那時候被焚燬的，而羅冠英與林家之間的關係也是在戴案間才建立，他並沒有與林家同仇敵愾的情感動機，所以有極大可能應該是林家給予羅氏軍餉之後，也吩咐他日

作爲復仇形式者，頗不乏其例。

　　會有上述的這些行爲，正如前文所引的謝金鑾所說，往往是「冤家固結，多歷年所」，因爲多年械鬥下來，累積了很深的仇恨所造成的。這種「以牙還牙，以眼還眼」的復仇心理，的確不容易平息，而且往往越來越嚴重：「此其不共戴天，非國法所能止也。治之之術，亟之無益，置諸法難以稱情，得一二人而誅，往往不當其罪，而其禍不息」[68]，陳肇興談到分類械鬥屢用「雞蟲」一詞：「轉盼又春菲，雞蟲息是非」（〈與韋鏡秋上舍話舊即次其即事原韻〉）、「得失起雞蟲，殺戮到妻兒」（〈遊龍目井感賦百韻〉）、「雞蟲得失了何因？擾攘難逃局外身」（〈揀中感事〉），此「雞蟲」一語，出自杜甫〈縛雞行〉：

> 小奴縛雞向市賣，雞被縛急相喧爭。家中厭雞食蟲蟻，不知雞賣還遭烹。蟲雞與人何厚薄，吾叱奴人解其縛。雞蟲得失無了時，注目寒江倚山閣。

　　「雞蟲」指的正是冤冤相報之意，這樣多年的仇恨糾結不只謝金鑾覺得很棘手；陳肇興參與地方事務期間時，對此狀況亦有同感：「縮手未能求省事，解懸無力誤因人」（〈揀中感事〉）。這種有仇必報的執著性格以及殘酷野蠻的報復手段正是漢人「遊民文化」的表現[69]，台灣正好是閩粵地區遊民（所謂「羅漢腳」）聚集之處，此文化亦於社會事件中表現出來。

3.「竹木無條枝」與「曖曖見竿旗」解讀

　　陳肇興描述龍目井庄在械鬥之後的景象是：「房屋既蕩盡，竹木無條枝」，令人好奇的是：爲何連竹子都要砍呢？

<hr />

後必代爲報此褻瀆先人之深仇大恨。

68　謝金鑾，《泉漳治法論》，頁102。
69　王學泰，《遊民文化與中國社會》（北京：學苑出版社，1999），頁256、321。

必麒麟，*Pioneering in Formosa*
（London：Hurst & Blackett，1898）書
中的「Bamboo Formosa」圖。

其實，台灣當時各地村落皆以莿竹作爲防衛設施：「台人植此以作藩籬，更有作城垣者，密栽數重，竟堪禦敵」[70]，其防禦功能甚強，台灣各地村莊地名有很多就叫作「竹圍」、「竹圍仔」、「大竹圍」、「頭竹圍」等[71]，都是這個緣故，民居四周也都以竹子作圍牆，陳肇興因東螺保械鬥而到賴氏莊避亂時，所看到的景象也是「處處花依壁，家家竹作城」，〈遊龍目井莊感賦百韻〉裡也有：「前面栽修竹，後面植芳籬；十步一華屋，五步一茅籬」，可見龍目井當地民居亦是如此。一八六四至一八七〇年間在台灣遊歷的必麒麟（W.A. Pickering，1840～1907）說：「Every village was surrounded by an impregnable stockade of very high living bamboos, and had only two gates for ingress and egress.」[72]，以其附圖看來，這些「非常高大的活生生的竹子」的確可說是「難以攻破的柵欄」，而「只留兩個門以供出入」，也是簡直如城牆的城門一般。

---

70 台灣銀行經濟研究室編，《台灣通志》（台北：大通書局，1987），頁163。
71 安倍明義，《台灣地名研究》（台北：武陵出版社，1987），頁57。
72 Pickering，William Alexander，Pioneering in Formosa；recollections of adventures among mandarins，wrecker，& head-hunting savages（台北：南天書局，1993），頁131。

另外，我國民間歌謠也說：「古早大厝第一水，起好另外插竹圍；呆運不時斷到鬼，竹腳皇金歸大堆」[73]，從這段歌謠可以得到兩個訊息：第一、當時民宅四周插上竹圍是極普遍的風俗習慣；第二、在各村莊的竹圍內，往往可以發現無主骨骸，此乃因為竹圍是抵擋外來攻擊的重要防線，若曾發生戰事，往往在此進行激烈的攻防，所以當時攻守雙方的民兵，有許多就死在竹叢之中。

竹圍之嚴密者，足以用「堅硬如鐵，刀斫不斷，火燒不透，比城尤堅固」[74]來形容，要攻破的話，往往要架大砲，或砍竹，或挖地道，或用水灌，必須因地制宜乃能奏效[75]，由此可知，當時陳肇興詩中特別提到龍目井莊在械鬥之後，「竹木無條枝」，並不是被砍去作什麼用途，乃是受損於械鬥雙方攻防之際也。

野叟逃難到山上，「中夜仰天臥，颯颯悲風吹；起視故閭里，曖曖見竿旗」，此情此景頗為淒涼，但其所見之「竿旗」為何？台灣當時各地汛、塘、舖（皆是駐軍警備之處）往往設有望樓，望樓旁皆豎旗為識[76]；另外，「各村聚眾械鬥，多有旗幟號召，即不肯助鬥村莊，亦須豎『報莊旗』一面，方免蹂躪」[77]，此處野叟所見的「竿旗」可能就是這些。

四、戰後的殘破景象

在一八五四年東螺保械鬥之後，陳肇興於亂後歸鄉掃墓，

73　《寶島新台灣歌·下本》（新竹：竹林書局，1989），頁1b。
74　蔡清筠，《戴案紀略》（台北：大通書局，1987），頁45。
75　許雪姬，〈台灣竹城的研究〉，收錄於：《近代台灣的社會發展與民族意識》（香港：香港大學校外課程部，1987），頁111。
76　國立中央圖書館編印，《重修台郡各建築圖說》（台北：國立中央圖書館，1984），圖20-30。
77　台灣銀行經濟研究室編，《台案彙錄庚集》（台北：大通書局，1987），頁160。

站在八卦山上眺望整個彰化縣城，而有「剽掠無完瓦」之句（〈與韋鏡秋上舍話舊，即次其即事原韻〉），械鬥中往往混有不法之徒趁機搶掠，竟然到屋無完瓦的地步，在此祭祖掃墓的時節，詩人更是感嘆：「世亂邱陵變，民窮祭掃稀」，人民被搶掠之後，連有能力準備祭品來掃墓的都不多了。

此乃龍目井附近的清領時期所繪之地圖，可清楚的看出許多竹圍以及旗竿。引自清乾隆年間台灣知府蔣元樞進呈之《重修台郡各建築圖說》書中之〈建設彰化縣望樓圖說〉。

同樣在一八五四年，三月份的晚春時節，陳肇興趁著到大肚保竹坑莊（今台中縣龍井鄉境內）擔任塾師的機會，或許因為先前曾讀過《彰化縣志》中對於「龍目井」美不勝收的描寫（〈遊龍目井感賦百韻〉開頭便云：「夙披縣圖經，龍目稱幽奇；抱此一十年，欲見更無期」），諸如「清而味甘，湧起尺許，如噴玉花」、「里人環井而居，竹籬茅舍，亦饒幽致」等[78]，所以就順路去觀覽一番，並作了〈遊龍目井感賦百韻〉這首詩。

此詩開始先用漸進式、營造懸念的手法來書寫：他在往龍目井去的時候，一路上所看到的是「靡靡踰阡陌，數里無煙炊」，這樣冷清的景象開始啓人疑竇，埋下伏筆。而到了龍目井附近的村落一看：「榛莽積碎瓦，頹垣壓茅茨。十室無一存，存者唯石基」，毫無聲息而凝結的氣氛，令人悚然心驚；再將鏡頭移到焦點「龍目井」又如何呢？「彳亍到井陘，蕭

78　周璽總纂，《彰化縣志》，頁20。

瑟尤堪悲：兩目復何有，一水空清漪。犖犖澗中石，麑麑井中薴。草花黃白色，不辨薺荼蕍」，此「以樂景寫哀」[79]的描述手法，更讓人覺得惋惜悲傷：井邊黃黃白白的草花開得那麼燦爛，而四周卻又那麼死寂，原本「環井而居，竹籬茅舍，亦饒幽致」的村民呢？早就因為兩次械鬥而死的死，逃的逃了。

詩中的老人自述其個人在戰後第一時間回到村莊所看到的情景，甚為怵目驚心：「歸來見空壁，膏血猶淋漓！」令他餘悸猶存，四周的景象更是「房屋既蕩盡，竹木無條枝」，原本「看他湧出泉花噴，似把真珠十斛傾」[80]的龍目井也淤塞不通了，老人「荷鍤一為鑿，涓滴始漣洏」，以擬人化的方式，讓人覺得這口靈井似乎也為四周村民的苦難而流淚（「漣洏」本即流淚之貌），經過械鬥戰火之後的龍目井莊是如此殘破，與《彰化縣志》中所描寫的有天壤之別，老人跟陳肇興說：「君今睹灰燼，慎勿古人嗤；古人原不詐，先生來則遲」，言語中除了替詩人感到惋惜之外，更飽含深厚的無奈與悲痛。

葫蘆墩原本是泉人的聚居地，歷經陳結案（1844）與東螺保械鬥（1854）兩次戰火之後，鄉民們都遷居到北莊與神岡等處[81]，在東螺保械鬥後的第五年（1859），陳肇興重遊葫蘆墩時，「市鎮邱墟後，重來獨愴神；一花開破屋，五里半流民。俗悍官依盜，村荒鬼弄人」（〈葫蘆墩〉），記錄下此時的葫蘆墩仍然滿目瘡痍的情況：房屋破敗不堪、人民流離失所，治安敗壞到連官府還要看盜匪的臉色，村中的「鬼口」甚至比人口還多。

一八六○年陳肇興到大肚山，看到的也是「市廢猶存社，田荒半作園」（〈肚山漫興〉）的荒涼景象，而此時距離東螺

---

79 王夫之，《薑齋詩話》（北京：人民文學出版社，1998），頁140。
80 周璽總纂，《彰化縣志》，頁497-498。
81 台灣慣習研究會原著，鄭喜夫、謝浩譯編，《台灣慣習記事》（台中：台灣省文獻委員會，1984），頁179。

保械鬥更已經六年了，由以上兩例可見，歷經了這類大型械鬥的村莊，都需要比五六年更漫長的時間，才有辦法復原。我們由這些殘破的景象知道，分類械鬥所造成的傷害、所付出的代價是極度鉅大的，械鬥使人民流離失所、農田荒蕪，阻礙社會進步、文化發展，對台灣社會有百害而無一利[82]。

第五節　對械鬥的感受與反思

一、哀痛之情

在陳肇興關於械鬥的詩作當中，充滿著對死難民眾的哀痛之情，可以從兩方面來看，首先是寓抒情於敘事與寫景之中，其嘆惋之意，不言自明，如王國維《人間詞話》所說「有我之境，以我觀物，故物皆著我之色彩」一般，前文所述之戰爭過程的描述以及戰後的殘破景象，都可感受出作者深刻的悲憫生民之意。

其次則是「哭泣意象」的運用，李瑞騰在《《老殘遊記》的意象研究》裡的〈哭泣意象〉一節有云：「『哭泣』是行為反應，是具體可見的有形之象，就行為主體來說，其內在之意當然就是心理動狀，而就寫作者來說，其何以有此形象之造設，實在也是想藉此表達某種內在之意」[83]，在陳肇興關於械鬥的詩作中，也有多則關於「哭泣意象」的塑造，可分為兩類：

其一、作者本身之哭泣，如「我聽此言罷，嗚咽淚雙垂」（〈遊龍目井感賦百韻〉）、「自愧未能為解脫，空將兩淚哭斯民」（〈感事〉）、「苦心參國是，淚眼不春開」、「涕泣

82　黃秀政，《台灣史研究》（台北：台灣學生書局，1995），頁65-70。

83　李瑞騰，《《老殘遊記》的意象研究》（台北：九歌出版社，1997），頁103-104。

妻兒共，流離父子俱」（〈與韋鏡秋上舍話舊即次其即事原韻〉）、「操戈悲骨肉，涕泣與招魂」（〈肚山漫興〉）等。

　　其二、他人之哭泣，如「野叟聞之泣，扠淚前致辭」（〈遊龍目井感賦百韻〉）、「芳草迎遊屐，青山聚哭聲」（〈清明同友人遊八卦山〉）等。

　　這兩類中，有的是親身遭受械鬥之害，不禁為之涕下；也有的是對於民眾的苦難感同身受，而一掬同情之淚。總之，在距今一百多年前的頻繁「內戰」當中，造成多少妻離子散，家破人亡，詩人要細細道來，恐怕也不勝枚舉，只好就同聲一哭吧，就在哭聲震天、涕泗縱橫之中，表現當時人們心中無限的悲哀與無奈。

二、殷切的期盼

　　與陳肇興同時代的林占梅，其詩作當中也有許多關於械鬥的作品，悲歌的色彩甚至還更強烈，但是，他著重在抒發悲慟的情緒，幾乎沒有議論；陳肇興則不然，有前文所說的對於械鬥起因與防範方式的探討，更有對於美好未來的期望：

1.期待在上位者能夠記取教訓

　　由於陳肇興僅一介布衣，面對分類習氣、械鬥風俗，只能發出「茫茫百川水，隻手障狂瀾」（〈肚山漫興〉）的喟嘆，實在使不上力，但是他願意如白居易所說的：「惟歌生民病，願得天子知」（〈寄唐生〉），以詩歌來反映民情，供上位者參考，就如同他在〈遊龍目井感賦百韻〉中所說：

　　　　我志托山水，我心念瘡痍。先憂而後樂，此語本吾師。區區一井間，何足繫安危！所嗟填壑者，十稔兩流離。悲憫恐無益，慷慨發歌詩。寄語采風者，陳之賢有司。

若聯繫他在這首詩前面所批判的「點吏若狨鬼，健役如虎貔」

種種統治階層腐化貪污的情形，則此處亦有希望「賢有司」能夠早日澄清吏治之意。

2. 對鄉里人民的勸解

首先是對於參與械鬥的青少年動之以情，「轉盼又春菲，雞蟲息是非；從軍年少者，撫景念庭闈」（〈與韋鏡秋上舍話舊，即次其即事原韻〉其二），新的一年又再來到，也該想想父母懸念之情，應該早日返家才是。其次，他也希望各家族的長輩能夠約束自家子弟，各鄉里頭人更要好好勸導這些血氣方剛者，切莫惹是生非：

> 我願爾父兄，子弟戒循規。更願爾鄉黨，仁義相切偲。乾坤有剝復，日月有盈虧。苟能推心腹，四海皆塤箎。百歲永無患，福祿天爾綏。何必憤失所，喋喋相警訾。（〈遊龍目井感賦百韻〉）

不管是閩粵或漳泉，若能好好相處，則必能「四海之內皆兄弟」，上天也將賜福給眾人，陳肇興在詩中表露的殷殷期盼之情，躍然紙上。

第六節　與其他械鬥相關詩作比較

> 詩豈易言哉！一書之不見，一物之不識，一理之不窮，皆有憾焉。同此世也，而盛衰異；同此人也，而壯老殊。
>
> ——陸游〈何君墓表〉

台灣古典詩文之發展源遠流長，從號稱「海東文獻初祖」的沈光文以降，作品數量甚多，其中「披沙揀金，往往見寶」，除了歷史文獻的價值之外，其文學藝術價值亦頗有可觀之處。然而，迄今受到的注意仍然不夠（能獲選為國語文教材者而為國人所知者，往往只有寥寥數篇），實在非常可惜。

若著眼於文學與歷史之間自古以來的密切關係，正如鍾惺

評論曹操的樂府詩是「漢末實錄，眞詩史也」（《古詩歸·卷七》），台灣的古典詩文也可視爲當時社會的「實錄」記載，於各種志書之外，提供了極爲寶貴的歷史資料。在台灣史當中，漢人移民具有濃厚的「異人」性格[84]，勇於對抗社會上的不公不義——或者「視大人則藐之」，對抗唐山來的眾多貪官污吏，移民們往往一呼百諾，揭竿而起，憨不畏死；或者閩粵漳泉各分氣類，壁壘分明，種種爭水偷牛、看戲賭錢的小摩擦也釀成翻天覆地的大械鬥。

分類械鬥是台灣社會史的一大特色，在各地留下了相關的諺語（如「咸豐三，講到今」、「陳林李，結生死」、「陳無情，李無義，姓林的娶家己」、「仙拚仙，拚死猴齊天」）以及風俗（如北港吳蔡械鬥、台中與南投的洪林械鬥、羅東的陳林李械鬥等，都形成其各姓後代不准互相通婚的禁忌）、廟宇（如有應公廟、大眾爺廟）等等。

當然，在知識份子的詩文作品當中，也有相關的記載，在我國清領古典文學史上，曾經以本地之械鬥[85]爲主題而創作詩文作品者，除了陳肇興之外，尚有有遊宦／幕文人藍鼎元、曹謹、劉家謀、查元鼎、林豪，以及在地文人鄭用錫、林占梅、陳維英、周鳴鏘、葉廷祿、李逢時等。此十二位作者（包含陳肇興在內）依據其時間、地域或身份，可大略分成五組：

---

84 楊翠，〈從定點鄉土到全稱鄉土——李昂從「鹿城」到「迷園」的辯證性鄉土語境〉，《2003年彰化研究學術研討會論文集》（彰化：彰化縣政府文化局，2003），頁310。

85 施士洁（1855-1922）作有〈泉南新樂府〉，包括〈械鬥〉、〈避疫〉、〈控案〉、〈打劫〉、〈番客〉、〈乩童〉、〈普渡〉、〈賭棍〉等，總共八首，江寶釵《台灣古典詩面面觀》於〈第五章：時、事與社會：清代前期〉中，亦將此詩當作論述台灣械鬥情型的資料，可是，「泉南」乃泉州古稱，這八首詩中所描寫的內容也可看出是針對泉州當地而寫的：「掌中傀儡泉州城」（〈普渡〉）、「君不見泉州城南呂宋客」（〈賭棍〉）等，故此〈械鬥〉一詩應是施士洁在1895年西渡之後，在泉州所作，並不宜列入論述台灣械鬥情況的範圍中。不過從施氏之作，亦可看出在1895年之後，閩南地區的械鬥狀況亦頗爲慘烈。

組別	成員	分組依據
一	藍鼎元、曹謹、葉廷祿	前者針對事件發生於一七二一年，後二者為一八四四年，乃較早期的作品。藍曹二人之作對後世有不小的影響。
二	劉家謀、查元鼎	一八五○至一八五四年間所作，兩者皆為遊宦文人，詩中內容都與北部地區械鬥有關。
三	鄭用錫、林占梅	竹塹地區兩大家族的代表，兩人詩作都針對一八五三年的竹塹地區械鬥事件。
四	陳維英、周鳴鏘、林豪、李逢時	詩中內容都是針對北部地區在一八五三至一八六五年間的大型械鬥。
五	陳肇興	出身中部的文人，創作不少與械鬥相關的詩作，內容主要針對中部的械鬥案件（其內容已詳見前文所述）。

　　藍鼎元的作品代表的是有關台灣分類械鬥詩文之濫觴（由朱一貴事變所引起），其他諸人則是處於台灣械鬥頻率最高的一八五○年代（參見本章附錄三），他們面對的是同樣的主題，而彼此在作品中所透露出來的心境、切入的角度、觀察的焦點等，是否有什麼不一樣呢？陳肇興與其相較之下，是否突出了哪些自身特色呢？以下便彙集前述諸文士作品而詳細分論。

一、藍鼎元、曹謹與葉廷祿

　　藍鼎元（1680～1733），字玉霖，號鹿州，福建漳浦人。他在一七二一年隨其族兄藍廷珍（時任南澳鎮總兵）來台鎮壓朱一貴起義，當時閩籍的朱一貴（時稱「鴨母王」）原本與粵籍的杜君英共同領軍攻入府城，後來因為利益分配不均以及閩粵分類意識導致雙方自相殘殺，此即台灣械鬥之始（清領時期的械鬥類型是先閩粵而後乃有漳泉、再有異縣、異姓、同業等不同分類性質者），正如道光年間貢生林師聖所云：

　　其禍（筆者按：指「閩粵械鬥」）自朱逆叛亂以至於今，

仇日以結，怨日以深，治時閩欺粵，亂時粵侮閩，率以為常，冤冤相報無已時，可勝道哉！[86]

藍鼎元為藍廷珍撰寫的這篇〈諭閩粵民人〉（收錄於《東征集》中）亦為台灣古典詩文中以械鬥為主題的第一篇作品，其重要性不言可喻。

　　該文大略可分為三段，首段先敘述官府處理當時一件閩粵械鬥的情況，簡潔扼要的向閩粵雙方人民告知其判決的理由依據：

鄭章毆死賴君奏、賴以槐，按問抵償。聞汝等漳泉百姓，以鄭章兄弟眷屬，被殺被辱，復仇為義，鄉情繾綣，共憐其死。<u>本鎮豈非漳人？豈無桑梓之念？</u>道府為民父母，豈忍鄭章無辜受屈？但賴君奏、賴以槐果有殺害鄭章兄弟家屬，應告官究償，無擅自撲滅之理。乃文武衙門未見鄭章片紙告愬，而賴家兩命忽遭兇手，<u>雖欲以復仇之義相寬，不可得已。</u>況賴君奏等建立大清旗號以拒朱一貴諸賊，乃朝廷義民，非聚眾為盜者比，鄭章擅殺義民，律以國法，罪在不赦。

文章一起手便訴諸同鄉情誼而拉近官民距離，化解對方疑慮與敵意，讓他們對於接下來要講的話能夠容易聽受；並且條舉鄭章理虧之處，表明不得不如此判決的原因，收尾語氣斬釘截鐵，令人凜然。

汝等漳泉百姓但知漳泉是親，客莊居民又但知客民是親；<u>自本鎮道府視之，則均是台灣百姓</u>，均是治下子民，有善必賞，有惡必誅，未嘗有輕重厚薄之異。即在汝等客民，與漳泉各處之人，同自內地出來，同屬天涯海外、離鄉背井之客，為貧所驅，彼此同痛。幸得同居一郡，正宜相愛

86　台灣銀行經濟研究室編，《台灣采訪冊》（台北：大通書局，1987），頁35。

相親，<u>何苦無故妄生嫌隙，以致相仇相怨，互相戕賊</u>？本鎮每念及此，<u>輒為汝等寒心</u>。

由於在首段說「本鎮豈非漳人？豈無桑梓之念？」，唯恐粵人心生疑慮，所以在本段就先闡明自己對台人一視同仁，一定秉公處理。緊接著敘述閩粵雙方「同是天涯淪落人」，何必苦苦相逼？「何苦」兩字之反詰、「為汝等寒心」之感嘆，足以令對方赧然無語。此乃動之以情，意欲閩粵民人好生反省，痛改前非。

今與汝民約！從前之事，盡付逝流，一概勿論。以後不許再分黨羽，再尋仇讐，各釋前怨，共敦新好，為盛世之良民。或有言語爭競，則投明鄉保耆老，據理勸息，庶幾興仁興讓之風。敢有攘奪鬥毆，負嵎肆橫，<u>本鎮執法創懲，決不一毫假借</u>！其或操戈動眾相攻殺者，以謀逆論罪，鄉保耆老管事人等一併從重究處。<u>汝等縱無良心，寧獨不畏刑戮</u>？本鎮以殺止殺，無非為汝等綏靖地方，使各安生樂業。速宜凜遵，無貽後悔！

此段再回扣首段之主題，約定雙方切不可再冤冤相報，鄉里頭人更要約束民眾。若再發生械鬥行為，不只起事者，連鄉保耆老都要一齊面對嚴屬的法律制裁。語氣由上一段之懇懇款款轉為冷面森然，乃軟硬兼施之法，正如王者輔在該文之後的評論所說：

分門樹黨，古今第一禍患，雖在民間亦然。相戕不已，即成叛逆，此必至之勢也。殺人償命，事屬尋常。緣兩造有閩、粵之分，是以嘵嘵不已，皆由未知理法耳。<u>先以情理國法開示，使之曉然明白。中間純是言情，以動其固有之良心。末後威之以法，以繩其蟠結之妄念</u>。開誠布公，為

得不令人心服？[87]

說好聽是「開誠布公」，其實就是話講得很露骨，尤其是這句「汝等縱無良心，寧獨不畏刑戮？」，其威嚇之貌，宛在眼前。但是，藍鼎元此文通篇明白曉暢，不掉書袋，淺近易懂（讓下層人民容易接受）；且扣緊主題而不蔓生枝節，所言皆切近可行，實是一篇極為成功的曉諭之作。

曹謹，字懷樸，歷任鳳山知縣（1837～1841任）與淡水同知（1841～1846任）。他是台灣清領時期有名的循吏，在淡水同知任內曾作有一篇〈勸中壠泉漳和睦碑文〉，收錄於《新竹縣采訪冊》中，注云：「在縣南二十五里中港街慈裕宮。高六尺四寸，寬一尺八寸。正書十五行，行四十六字」[88]，目前實物猶存於該寺廟（廟中主祀天上聖母，即頗為知名的「中港媽祖」）。全文為：

> 特授台灣北路淡水總捕分府、加十級、紀錄十次曹，為中壠泉、漳和睦碑記。
>
> 天地之性，人為貴，而人與人尤為同類而相親。故同在一國則親於一國、同在一鄉則親於一鄉，無分親疏、無分疆界。子夏「四海兄弟」之言，原不誣也。
>
> 台灣生齒日繁，民風不古。而其勢最兇、其害最烈者，莫如分氣類而動干戈；有時變而閩、粵，有時變而漳、泉。<u>粵人與吾異省者也，至同在台，亦台人而已矣；何分於閩、粵</u>？若漳、泉，則同省者也。以全省而論，則府屬相毗連而言語相通、往來相近者，莫如泉、漳。故無論絲蘿締好，有如[89]兄弟，即分域而居，而其間有泉人而派分自漳[90]者、有漳人而派分自泉者，彼此均同一氣。況遷籍來

---

87 藍鼎元，《東征集》，頁81-82。

88 不著撰人，《新竹縣采訪冊》（台北：大通書局，1987），頁239。

89 台銀本「如」字後，衍一「此」字。

90 台銀本誤作「泉」。

台，是又以兩府而聯爲一府，且又以一府而同居一縣，當
不知如何親愛、如何和睦；乃以變起一時，遂至秦、越異
視，竟如仇讐，此又令人不可解者也。

孟子曰：「今有同室之人鬥者，雖被髮纓冠而救之可
也」，往救云者，非助同室以爲鬥，乃勸而止之之意也。
又曰：「鄉鄰有鬥者，雖閉戶可也」，閉戶云者，謂夫鄉
鄰有鬥固與吾不相干屬也。今以我泉、漳之人而同居淡水
之地，其視嘉、彰諸屬，即鄉鄰也，使其同室操戈，尚當
及時救止；乃往往以鄉鄰之起釁，因而聞風震動，同室異
觀。其始也，彼此互相搬移；其繼也，中於奸徒之煽惑，
變生倉猝，禍起無端。迨大憲按臨挐辦，而村墟已成焦
土，死傷橫積如山。<u>至是，而始悔當時苟其閉戶靜觀、同
心約束，萬不致此，亦已晚矣。</u>

我中壠叢爾微區，泉漳雜處。前經歷遭變亂，元氣於今尚
未盡復。近因彰屬分類，街莊同人恐蹈前轍，互相保結，
安堵如常。<u>惟聯盟結好已成於一日，而康[91]樂和親須期諸
百年；爰勒貞珉，以垂永久。</u>所願自今以後，爾無我詐、
我無爾虞，不惟出入相友、守望相助，共敦古處之風；行
將睦姻任恤、耦俱無猜，同享昇平之樂，豈不休哉！是爲
記。

道光二十四年（原注：歲次甲辰陽月）穀旦。

　　所謂「中壠」是指中港（今苗栗竹南）與後壠（今苗栗
後龍）兩地，根據一九二六年的資料，竹南與後龍兩地的「泉
籍：漳籍：客籍」的比例分別是「六十四：卅一：四以及七
十：十三：十二」[92]，實如曹文所云，乃漳泉混居之地。在道

---

91 台銀本誤作「酷」。
92 台灣總督府官房調查課編，《台灣在籍漢民族鄉貫別調查》（台北：台灣時報
　　發行所，1928），頁14-15。

光廿四年（1844）彰化縣爆發漳泉械鬥（即陳肇興〈遊龍目井感賦百韻〉中所述及之「陳結案」）時，中港與後壠的街庄頭人互相約定阻絕非法之徒造謠煽動、趁火打劫，情勢乃安堵如常，彰縣的械鬥並沒有蔓延上來（此亦與林占梅扼守大甲溪畔有關）。所以，此碑乃當時曹同知爲了嘉許雙方這次的優良表現，並希望當地人民都能記住這次的教訓，永久避免分類械鬥之禍，於是特地勒石爲記，並非如研究學者所說是事平之後所立[93]（因無「事發」，何來「事平」）。

該文大致可分爲三大段，首段說明分類意識之無謂，「至同在台，亦台人而已矣」，次段叮嚀人民切莫盲從他縣之械鬥行爲，末段則希望後人好好依循這次「聯盟結好」的模式，永離械鬥之害。

這篇文章名氣不若鄭用錫之〈勸和論〉（詳後文），然而仔細對照之下卻可以發現，鄭文明顯的受到曹文的影響（就地緣關係上來看，鄭用錫故里即在後壠，亦葬其父於此，他很有可能讀過這篇文章），但是，不管是整體結構或論述內容，〈勸和論〉實在未能超越〈勸中壠泉漳和睦碑文〉，甚或不及，實在頗爲可惜。

葉廷祿〈勸中壠泉漳和睦碑文〉則是械鬥主題詩文裡的一篇另類之作。在《新竹縣采訪冊》中說此碑「高一尺四寸，寬一尺八寸」，與曹碑同樣都豎立於竹南慈佑宮內[94]，但是目前在該寺廟中卻已不存。

碑文作者葉廷祿是署淡水同知張啓寧在署期內所任命的中港街庄閩粵總理，亦即中港鄉勇團練的董事，也就是助官軍平亂時被稱爲「義首」者[95]，他並無功名在身，不同於一般台

---

93 見洪敏麟，《台灣舊地名之沿革·第二冊（下）》，頁295。
94 《新竹縣采訪冊》，頁241。
95 台灣銀行經濟研究室編，《淡新檔案選錄行政編初集》（台北：大通書局，1987），頁450-452；姚瑩，《東溟奏稿》（台北：大通書局，1987），頁

灣古典詩文作者是屬於遊宦／幕文人以及本地的紳士型領導人物，而屬豪強型領導人物，故而文中的口氣略顯粗豪，但是主旨明確，道理明瞭，所以也十分理直氣壯：

> 竊惟台人以分漳、泉為親為仇，吾不解。試問外祖與鄉親二者孰親？母子與鄉親二者孰親？夫婦與鄉親二者孰親？母舅與鄉親二者孰親？外甥與鄉親二者孰親？岳父與鄉親二者孰親？女婿與鄉親二者孰親？表兄弟與鄉親二者孰親？姊妹夫與鄉親二者孰親？姑丈與鄉親二者孰親？師弟與鄉親二者孰親？必皆曰：此吾母也、此吾外祖也、此吾舅也、此吾甥也、此吾妻也、吾女婿及表親也，安可論於鄉親。若然，則有親更親於鄉親也，夫何分漳、泉之有？不然，必欲分，則於同居共室目前母妻而先戕賊之曰：爾非我鄉親也。類而推之，皆無親戚矣，禽獸何異！是為勸戒。
>
> 道光己酉年（筆者按：即1849年）六月□□□日，職員葉廷[96]祿敬立。

通篇大部分是反詰的內容，有咄咄逼人的氣勢。正因為在械鬥時的敵對雙方都只認同所屬的分類團體，各以對方為仇讎，葉廷祿正是為了打破人民以認同分類團體為最高準則的心態，而逐一質問之，連續而下的十一條問句，層層營造懸念，到「若然，則有親更親於鄉親也」此句一出，乃豁然明瞭──所謂「千里來龍，結穴在此」是也，接著更將此分類意識、鄉親認同推於極端，直斥實與禽獸無異。

　　葉廷祿身負維持街庄治安的重責大任，對於分類意識所導致的慘烈械鬥，大為光火。事實上，械鬥也對鄉里帶來「村墟已成焦土，死傷橫積如山」（前引曹謹文）的嚴重後果，致使

149：徐宗幹，《斯未信齋文編》（台北：大通書局，1987），頁88。
96　原文誤作「延」。

有此憤激之言，卻是一篇極具批判色彩的作品。不過，曹碑目前猶存於苗栗竹南的慈裕宮內，本碑則早已不見蹤影，是否就是因爲此文責人太嚴，語氣過於激切，而被民眾所毀棄呢？尚待考察。

二、劉家謀與查元鼎

　　劉家謀（1814～1853），字芑川，福建侯官人，一八四九年來台任台灣府學訓導[97]，一八五三年卒於任內，作有〈海音詩〉一百首，其一云：

97　趙爾巽編纂《清史稿‧選舉志》（台北：新文豐出版社，1981）記載：「各學教官：府設教授，州設學正，縣設教諭，各一，皆設訓導佐之。員額時有裁併」（頁3115），余文儀主修《續修台灣府志‧職官》（台北：大通書局，1987）也記載：「台灣府學教授一員，訓導一員（原註：雍正十一年添設）。台灣縣學教諭一員，訓導一員（原註：雍正十一年添設）。鳳山縣學教諭一員，訓導一員（雍正十一年添設）。諸羅縣學教諭一員，訓導一員（原註：雍正十一年添設）。彰化縣學教諭一員，訓導一員（原註：雍正十一年添設）」（頁121），可見在台灣根本沒有「台灣府學教諭」這種官名，而只有「府學教授」、「府學訓導」、「縣學教諭」以及「縣學訓導」，因此劉家謀當然是「台灣府學訓導」。但是爲何連橫在《台灣詩乘》（台北：大通書局，1987）竟說他是「台灣府學教諭」（頁170），而戰後的學者吳守禮《校注海音詩全卷‧跋》（台北：台灣省文獻委員會，1953，頁1）以及施懿琳《清代台灣詩所反應的漢人社會》（台北：台灣師範大學國文研究所博士論文，1991，頁173）也都沿襲其誤，追根究底，應該都是受到劉家謀摯友謝章鋌（1820～1888）的誤導，謝在劉氏過世之後曾爲其寫了一篇傳記，篇名就叫做〈教諭劉君小傳〉（收錄於氏著，《賭棋山莊全集》，台北：文海出版社，1975），致有此誤。其實，劉家謀不管在渡台之前，或渡台之後，都只擔任過「訓導」之職（先後擔任過福建省福寧府的寧德縣學訓導以及台灣府學訓導）。此三個官職中，官位最高的是「正七品」的「府學教授」，其次是「正八品」的「縣學教諭」，至於佐貳之官的「訓導」則只有「從八品」，謝章鋌稱劉家謀是「教諭」，乃是私下幫他的亡友升官，屬於對他亡友的溢美之詞，參考：黃淑華，《劉家謀宦台詩歌研究》（台北：東吳大學中文研究所碩士論文，2000），頁12-16。另外，中國學者汪毅夫亦有兩篇論文探討到相關問題：〈《台灣詩史》辯誤舉隅〉，《福建論壇》，1994年4月，頁80；〈從劉家謀詩看道咸年間台灣社會之狀況——記劉家謀及其《觀海集》和《海音詩》〉，《台灣研究集刊》，2002年4月，頁76；不過汪毅夫只知道糾正紀正劉家謀在台是擔任「台灣府學訓導」，不知道劉家謀在寧德縣同樣是擔任「訓導」，還承襲謝章鋌之誤而說劉氏先前是擔任「寧德縣學教諭」，若劉氏原本擔任正七品的「教諭」，後來變成從七品的「訓導」，豈不是被貶謫了嗎？無緣無故，當然不致如此，可見明顯有誤，更何況謝章鋌在〈宋黃肖巖之永安‧敘〉說：「芑川以大挑任寧德訓導，行有期矣，余乃置酒與之道別」（見氏著，《賭棋山莊全集》，頁25），此爲平時之文，並非爲亡者作傳，故而吐露實情也。

同是萍浮傍海濱，此疆彼界辨何真！誰云百世讎當復，賣
餅公羊始誤人！

詩後有一段自注說：

> 台郡械鬥，始於乾隆四十六年；後則七、八年一小鬥，十
> 餘年一大鬥。北路則先分漳、泉，繼分閩、粵；彰、淡又
> 分閩、番，且分晉、南、惠、安、同。南路則惟分閩、
> 粵，不分漳、泉。然俱積年一鬥，懲創即平；今乃無年不
> 鬥、無月不鬥矣。陳恭甫[98]先生〈治南獄事論〉云：「細
> 虞搆訟，攻殺無已；禍連子孫，殃及鄉閭，踰百年不能
> 解」。其意似近於《公羊春秋》之百世復讎；而用之不得
> 其義，以至此也。

《新竹縣志初稿》云：「〈海音詩〉者，侯官舉人劉家謀
官台灣府學時所作也。編中每詩一首，各附註釋；皆痛陳時事
得失，有關人心風俗之作」[99]，而劉家謀在〈海音詩〉的第一
首則自注云：

> 壬子夏秋之間，臥病連月，不出戶庭。海吼時來，助以颶
> 颶；鬱勃號怒，壹似有不得已者。伏枕狂吟，尋聲響答韻
> 之，曰「海音」。

可見這些詩是壬子年（咸豐二年，1852年，作者卅八歲）間的
詩作，他在擔任台灣府學訓導期間，台灣全島發生數起械鬥案
件，包括了一八五○年王湧起事造成嘉義與北港的漳泉械鬥、
一八五○年九月宜蘭漳泉械鬥、一八五○至一八五一霧峰前厝
林文察與後厝林和尚（又名媽盛）同姓械鬥、一八五一年四月
豐原、大甲、士林的漳泉械鬥、一八五二年五月四日台南府城
外神轎夫爭路的同業械鬥等[100]，但是規模都不大，況且劉家謀

---

98 陳壽祺（1771～1834），福建閩縣（今福建省閩侯縣）人，字恭甫，號左海，
　　曾任翰林院編修，掌教鰲峰書院時，劉家謀遊其門下。
99 鄭鵬雲、曾達辰編，《新竹縣志初稿》（台北：大通書局，1987），頁257。
100 許達然，〈械鬥和清朝台灣社會〉，頁55。

〈海音詩〉乃數月之間臥病在床所寫，故這首〈械鬥〉應非針對某一次特定之械鬥而言，而是如其自注所說的，是泛論全台習見的械鬥現象，與其他首〈海音詩〉相同，都是針對台灣當時社會問題而創作，如章廷芳在《海音詩》之序文所說：「一切地方因革利弊，撫時感事咸歸月旦，往往言人所不敢言、所不能言」。

劉家謀在〈械鬥〉詩中對於械鬥的看法可分為兩點，第一、勸告人民：大家同樣是離鄉背井，浮海而來的，開墾之際，田園的界線難免有犬牙交處、模糊不清之處，何必如此錙銖必較，爭得你死我活呢？

第二、對復仇行為的不滿：在《春秋公羊傳》中，有云：「遠祖者幾世乎？九世矣，九世猶可以復讎乎？雖百世可也！」，劉家謀對於漢文化中的這種復仇行為感到很不以為然，在《三國志‧魏書‧裴潛》引《文章敘錄》云：「司隸鍾繇不好《公羊》而好《左氏》，謂《左氏》為太官，而謂《公羊》為賣餅家」，正因為對公羊家的復仇論點感到不滿，所以就引用鍾繇輕侮公羊家的典故而稱其為「賣餅公羊」，以其誤人不淺之故也。

在道光年間遊幕台灣的查元鼎（1804～1886？，字小白）於一八五四年作有〈楊輔山司馬（自注：承澤）招赴蘭山，阻雨雞籠〉：

> 靈鼉擊鼓夜支更，淅淅淋淋一片聲。南國雄開東海勝，奇峰峭挾怒濤迸。可憐浩劫成焦土（自注：自竹塹迤北至雞籠各處，大小村廬皆漳、泉分類，焚燒殆盡；新莊尤甚。吳逆戕官，賊營紮住三貂。余膺聘爽鳩，將穿賊窟而往平之），已轉熙春兆太平。應是名山乞奇策，故教風雨阻行

程。[101]

詩題中的楊承澤是在一八五三至一八五六年間擔任噶瑪蘭通判者[102]，他在初赴任之際，便忙於鎮壓吳磋（即查元鼎詩中自注所說的「吳逆」）與林汶英的抗官事變，翌年聘請查元鼎擔任其「刑名師爺」[103]，在這首詩中可看得出來，一八五三年夏天蔓延整個淡水廳（今基隆到苗栗之間）的械鬥，使當地到翌年仍然元氣未復，四處可見荒蕪淒涼之景，由此可見先前雙方焚搶之慘烈。然而，或許是春天來臨，萬物復甦，生機蓬勃，所以此詩中也帶著對未來的期盼，希望未來的日子都能太平安樂。

三、鄭用錫與林占梅

鄭用錫（1788～1858），字在中，號祉亭，竹塹（今新竹）人，原籍福建泉州同安[104]，他作有〈勸和論〉一篇，自注：「咸豐三年五月作」，但是，《淡水廳志》記載：

> 甲寅（筆者按：即咸豐四年）在籍協辦團練，勸捐津米，給二品封典。曾捐穀三千，贍父黨母黨之貧乏者。南北漳、泉、粵各莊互鬥，用錫躬詣慰解，<u>並手書勸告</u>，輒止，存活尤多。[105]

怪我氏在《百年見聞肚皮集》裡也說這篇文章是鄭用錫與陳維英等台北鄉紳共同主持「頂下郊拼」的善後議和事宜（1854

---

101 台灣銀行經濟研究室編，《台灣詩鈔》（台北：大通書局，1987），頁70。

102 《台灣通志》，頁356。

103 即詩中注文所說的「應聘爽鳩」，所謂「爽鳩」是古代的刑獄之官，《左傳·昭公十七年》記載郯子所言：「爽鳩氏，司寇也」。

104 怪我氏，《百年見聞肚皮集》（新竹：新竹市立文化中心，1995），頁20。鄭用錫的祖先原居漳州漳浦，於明末遷居泉州同安金門，已經經過好幾代，其父鄭崇和於乾隆四十年（1775）隨族人來台（參見黃美娥，《清代台灣竹塹地區傳統文學研究》，台北：輔仁大學中文所博士論文，1999，頁163），故而應將鄭用錫視為泉州籍，而非漳州籍。

105 陳培桂纂輯，《淡水廳志》（台北：大通書局，1987），頁270。

年）之後才作的[106]。另外，在鄭用錫有生之年，淡水廳發生過最嚴重的械鬥當屬一八五三年八月爆發的那場，即後人所謂「世事恰大咸豐三」[107]，其他大都零零星星且規模不大[108]，更何況後來還將此文「刻石永垂鑑戒」[109]。可見必然事出有因，乃重大械鬥事件發生之後，爲了勸和雙方，才會撰寫此文並立碑昭示。就撰寫動機而言，不可能在咸豐三年（1853）五月寫就。

筆者推測這篇〈勸和論〉應該如林占梅之詩作一樣，是針對一八五三年那場大型械鬥而作，其題下自注容有訛誤，應作「咸豐四年」才是。鄭用錫當時是高齡六十六的地方長者，且爲「開台進士」，又曾任京官（禮部鑄印員外郎），更擁有家財萬貫，在當時的淡水廳是「喊（hua）水會堅凍」的人物，有足夠的身份地位出面勸和。這篇〈勸和論〉也是台灣古典散文中的名作，在我國第一本台灣古典散文的選本，即田啓文編著的《台灣古典散文選讀》（台北：五南圖書出版公司，2003）之中，從爲數浩瀚的古典散文中選出卅篇，本篇就被編選在內。〈勸和論〉大致可分爲三段，第一段是論述「分類」之無謂，而倡導「四海之內皆兄弟」的看法：

甚矣人心之變也！自分類始而其禍倡於匪徒，後遂燎原莫遏，玉石俱焚，雖正人君子亦受其牽制而或朋從之也。夫人與禽各爲一類，邪與正各爲一類，此不可分。乃同此血氣，同此官骸，同爲國家之良民，同爲鄉閭之善人，無分土，無分民，即子夏所言四海皆兄弟是也，況當共處一隅，揆諸「出入相友」之義，即古聖賢所謂「同鄉共井」

106 怪我氏，《百年見聞肚皮集》，頁43。
107 同前註。
108 林偉盛，《清代台灣分類械鬥之研究》，頁76-79；許達然，〈械鬥和清朝台灣社會〉，頁54-55。
109 怪我氏，《百年見聞肚皮集》，頁43；黃美娥，《清代台灣竹塹地區傳統文學研究》，頁198-199。

者也。在字義，友從兩手，朋從兩肉；是朋友如一身左右手，即吾身之肉也。今試執塗人而語之曰：「爾其自戕爾手！爾其自噬爾肉」！鮮不拂然而怒。何今分類至於此極耶？

其實，這段令人頗有隔靴搔癢之感，還牽扯到文字學，講解「友」字的本義，實在頗顯迂闊，未能深入探究底層民眾之所以甘冒刀槍砲火以及官府制裁，而願意以性命相搏的原因，只是一味的要人家不要分類、要像朋友或兄弟骨肉一樣。可是，現實社會上的情況卻是閩粵漳泉各自聚居，多年的恩怨糾葛，族群之間利害衝突不斷，心結難以化解。不分類當然是應該達到的理想，卻離實際情況太遠，恐怕難以引起共鳴。接著在第二段的論述則較為深入：

顧分類之害甚於台灣；台屬尤甚於淡之新艋。台為五方雜處，自林逆倡亂以來，有分為閩、粵焉，有分為漳、泉焉[110]。閩、粵以其異省也，漳、泉以其異府也。<u>然同自內府播遷而來，則同為台人而已</u>。今以異省、異府若分畛域，王法在所必誅。矧更同為一府，而亦有秦越之異！是變本加厲，非奇而又奇者哉？夫人未有不親其所親，而能親其所疏。同居一府，猶同室之兄弟至親也，乃以同室而操戈，更安能由親及疏，而親隔府之漳人、親隔省之粵人乎？

這一段由之前的泛論落實到對於台灣本地分類情況的觀感，不過仍有數點可議之處：第一、在這段起始竟然插入對於台灣分類械鬥歷史的敘述，而這篇應該是以曉喻勸和為主旨，因此開頭部分實在頗顯蕪蔓。第二、他所說的「同居一府，猶同室之兄弟至親也」，是承襲曹謹之論（詳前文）；可是曹文

---

110 鄭用錫如此說來，會讓人誤解分類械鬥乃由林爽文事件發端，其實應該始於朱一貴事件，詳前文所述。

有詳述何以應如同兄弟，鄭文卻未說明爲什麼可以這樣比擬的原因，有所跳脫而未能步步爲營。就論理上而言，頗難服人，令人覺得這是他個人主觀性的認定，與上一段有同樣的毛病。

「同自內府播遷而來，則同爲台人而已」，此句雖是拾曹謹之牙慧，但是由本地文人提出這種「在地化」的觀點，亦頗有意義——可見在地知識份子也開始認爲這種分類意識實屬無謂。正如俗諺所云：「金門無認同安（uaN），台灣無認唐山」，代表著原鄉認同的逐漸淡化。接下來的第三段則寫得較爲懇切，論理也十分緊湊而具有說服力：

> 淡屬素敦古處，新、艋尤爲菁華所聚之區。游斯土者，嘖嘖稱羨。<u>自分類興而元氣剝削殆盡，未有如去年之甚也。干戈之禍愈烈，村市半成邱墟。問爲漳、泉而至此乎？無有也。問爲閩、粵而至此乎？無有也。</u>蓋釁由自作，鬩起閱牆，大抵在非漳泉、非閩粵間耳。自來物窮必變，慘極知悔，天地有好生之德，人心無不轉之時。予生長是邦，自念士爲四民之首，不能與在事諸公竭誠化導、力挽而更張之，滋愧實甚。願今以後，<u>父誡其子、兄告其弟</u>，各革面、各洗心，勿懷夙忿，勿蹈前愆，既親其所親，亦親其所疏。一體同仁，斯內患不生、外禍不至，漳泉閩粵之氣習默消於無形。譬如人身血脈，節節相通，自無他病；數年以後，仍成樂土，豈不休哉！

作者在這一段終於提出了較爲切近現實的論點：第一、械鬥對誰都沒好處，一時衝動之下，只會導致兩敗俱傷之，玉石俱焚而已，可透過理性思考來避免。第二、希望鄉里父兄共同告誡自家子弟不要參與亂事。意欲透過家族的控制力來避免械鬥。

這段讓人覺得稍有站在民眾的角度來思考，是比較容易爲人所接受的。學者樊信源評此篇曰：「曉以大義，開誠布公，訴說人類自然的情感來勸動其良心，緩和防止民間的械

鬥」[111]；黃美娥則說：「通篇措辭平易，文中使用之比喻亦力求生活化，且刻就現實利害立論，直指百姓內心，可謂用心良苦之作」[112]，不過，我們將之與藍鼎元〈諭閩粵民人〉相較，可以看出藍文環環相扣而層次井然；鄭文卻顯得結構鬆散，平板無力，而難以觸動人心——雖然我們相信他們勸和止鬥之意，關懷民瘼之情是一樣的。

鄭用錫另有數首詩作，也與械鬥相關，例如〈即事〉批判某新任官員擅改前人舊政，導致社會擾攘不安，盜匪械鬥蠭起：

> 新官對舊官，一時頓改易。新官莫自雄，舊官莫交謫；區區一傳舍，彼此皆過客。我懷召伯棠，更思萊公柏。南陽名與杜，父母歌疇昔。<u>胡今復擾攘，萑苻遍山澤。蠻觸起戰爭，秦越分肥瘠。</u>持後以較前，豈止差寸尺。誰云後來者，不肯讓前席。杞人好憂天，徒憂終何益。

亦有一首〈風氣〉是抒發對於民風剽悍，動輒干戈相向等不良風氣的批判：

> 風氣日趨下，滔滔遞變遷。何堪今日後，不似我生前。狡詐心逾薄，驕奢俗自便。誇多因鬥靡，踵事復增妍。珍錯窮山海，香資費萬千。人情忘儉樸，惡習更綿延。<u>剽悍攜刀劍，乖張逞棒拳。</u>蝸爭起蠻觸，鈴劫遍山淵。國帑虛誰補，民財困可憐。汎舟空乞糴，鑄鐵亦為錢。已漏千卮酒，難尋九仞泉。狂瀾流不息，空盼障川年。

黃美娥評鄭用錫之詩作為「語言平易，淺顯質樸」、「直抒胸臆，不飾矯飾」[113]，誠然如此。

林占梅（1821～1868），字雪邨，號鶴山，竹塹人，原籍

---

111 樊信源，〈清代台灣民間械鬥歷史之研究〉，《台灣文獻》，第25卷4期，1974年12月，頁109。
112 黃美娥，《清代台灣竹塹地區傳統文學研究》，頁198-199。
113 同前註，頁187-189。

福建泉州同安。他在詩集《潛園琴餘草簡編》之中，咸豐三年（1853）的詩作裡，有許多首關於械鬥的詩作，〈癸丑歲暮苦苦行〉（題下自注：咸豐三年林供作亂）這首雜言古體詩可與陳肇興的〈由龍目井感賦百韻〉併稱爲描寫台灣一八五三年間亂事的雙璧。他在這首詩中，把這一年內竹塹地區械鬥騷亂之經過，清楚的敘述出來，略可分爲五段。首段描述他在今年遭遇械鬥案件，萬般困窘之狀：

> 苦苦苦，頻年苦；頻年未有今年苦。兵燹紛紛百事乖，道途梗塞財源杜。公私逼窘年已殘，借貸何從覓阿堵！食指計千空兩拳，巧婦難爲無米餔。揚威時有暴富兒，索債聲高狂似虜。嗟予歷過而立年，那曾遭遇此凌侮！點金無術避無台，良策惟有裝聾瞽。漫擬子雲作解嘲，苦況筆筆從頭數。

接下來則細數從頭，從亂事爆發的遠因、近因以及事件的經過細節都逐一翔實的敘述：

> 記自夏初遭阽危，玄冥爲祟日淋漓；霪霖無霽日，沮洳無乾時。桑田變滄海，蘆灰力莫支；昆陽未戰屋先毀，人畜漂沒極逼遄。死者無辜生無聊，穀價雖賤無人市。如逢富弱能賑民，禍亂未形自可止；復因台、鳳賊猖狂，銷患焉能先及此！豈料兇徒藉此誘窮民，因饑奪食成群起；一朝嘯聚盈綠林，王道平平忽爾爾。出沒無常肆剽掠，如虎負嵎險足恃。可憐玩敵難成功，未發先洩事危矣！健卒群誇曳落河，登壇自詡將門子；探穴思裹鄧艾氈，渡河旋陷張方壘。滿胸銳氣陡然平，風聲鶴唳盡疑兵；梟獍從茲益無忌，百里溪山日縱橫。亦知惡極難逃咎，思將分類避賊名；訛言四起民搖動，漳、泉疆劃鬥禍成。兩造焚攻焰燭天，八人到處氓無廛。我爲池魚禍並及，凡百如掃成雲

煙。此時生命輕於紙，殺人食肉類屠豕；挖肝刳心[114] 肆強

兇，餘骸枕藉燒無已。燒無已，痛如何！乃父空踽踽，乃

祖徒婘嬰。掉頭渾不顧，同室任操戈；更有慘禍絕今古，

伐幽毀骨傷天和。鮮血既流蕩陰里，枯骨空拋無定河；豈

忘撥亂緣餉匱，不藥之病病難瘥！

最後一段則抒發他的見解，認為處理械鬥案件不應該躁進，並

且再次呼應首段，以民歌的語氣，感嘆今年的困苦情況：

小道皆荊棘，大道遍妖魔；自夏徂秋行不得，「行不得也

哥哥」！向使有病須針砭，亦宜調劑加撫摩；雖云養癰恐

貽患，庸醫躁進罪更苛。加之喜功圖利己，微風海上復生

波；只知高官厚祿雄豪快，其如萬戶千家減罨多！鄙夫畏

賊如畏虎，血僕[115] 禦賊短資斧；遂使滋蔓久難除，聚蟊成

雷應跋扈。即今財貨齊匱艱，閭閻寂寂停商賈；矧復天寒

歲暮時，巨戶財竭細民苦！苦苦苦，頻年苦；頻年未有今

年苦！

透過詩人鉅細靡遺的敘述，我們可以知道，竹塹地區爆發械鬥

的前因後果是：初夏的時候發生了一場大水災，造成許多人民

無家可歸、衣食無著，這時候若有地方官員或是殷實富戶能夠

起而糴米賑災，安撫難民，自能將亂事消弭於未起之時；可

是，剛好南部發生「林恭事變」，府城正沸沸揚揚，人心惶

惶，官員哪有其他心力來竹塹賑災呢？於是，許多不法之徒便

煽動饑民四處搶奪糧食與財物。後來，終於有官兵出面彈壓，

卻因為太過輕敵而被迎頭痛擊，損兵折將（清末的軍隊已經大

為腐化，平亂多要依靠民間團練）。這時候那些亂民首領知道

這樣抗官等同叛逆，是殺頭重罪，為了掩飾罪行，便造謠分

---

114 台銀本作「挖肝刳□」，所缺之字應即「心」字，前文已有改之。

115 「僕」字於字書中的解釋是作姓氏之用，此應該有訛誤之字，需要進一步校
訂。

類，挑撥漳泉互鬥，漳泉多年累積的恩恩怨怨便因此而爆發出來。由夏天到秋天，仍然戰火四起，哀鴻遍野，連挖人祖墳、殺人剖心的慘酷行為都出籠了。

由於清政府對於帶領鄉勇團練鎮壓亂事者，往往大有賞賜，這時候就有人（例如所謂「義首」）為了求得封賞而起來攻擊起事民眾。林占梅對此種行為無法苟同，他覺得不能這樣強硬蠻幹，應該要用治本的方法──招撫亂民為良民。不然那樣攻殺械鬥民眾，雖然自己獲得封賞，但是卻只是落得鄉里之間「千夫所指」的咒罵而已。

下層人民的械鬥不休，也讓地方仕紳深受其害，林占梅在這場亂事期間「凡百如掃成雲煙」，身家財產受到極大的損害。他後來會同台灣道徐宗幹辦理全台團練，並捐出津米三千石（現值約六百三十萬元）[116]，因功獲准簡用浙江道[117]，雖然如此，但是也深感元氣大傷，「矧復天寒歲暮時，巨戶財竭細民苦」，故而有「苦苦苦，頻年苦；頻年未有今年苦！」的長聲浩嘆。

林占梅在其他數首詩作當中，也描繪出他在「咸豐三年大械鬥」這場亂事期間的所見所聞以及心中感受。例如〈聞警〉（題下自注：時台、鳳匪徒滋擾，各處騷動）：「日日傳聞警報頻，風聲鶴唳半疑真；可憐蕭散琴詩客，也作倉皇甲胄身！」表達他在亂事初起時，雖然尚未確知真假；但是，已經從閒散的生活中一躍而起，變成保衛鄉土的軍士。

《潛園琴餘草》中排序在〈聞警〉之後的詩作則充滿了哀憐生民的心情，林占梅深感這場亂事是無論貧富都同樣受害。當時徐宗幹在〈與台屬紳耆書〉中，語氣極為懇切的對各地的

---

116 今米價一斗（約七公斤）大約二百一十元（行政院農委會糧管處網站2004年1月資料），而清代一斗與今一斗約略相等（參考《中國文化史工具書》），故三千石（三萬斗）的米換算現值等於六百三十萬元。

117 黃美娥，《清代台灣竹塹地區傳統文學研究》，頁253。

領導階層說道：「供餉無出，費用何來？官無生路，奚暇救民之死？諸君親上急公，情殷桑梓，諒不忍漠然置之。既經允借在前，即速多多措繳，以便分發南北兩路，支應急需」[118]，可以想見當時清廷在台官員困窘之狀。這時候林占梅起而響應，捐輸鉅額，正是及時甘霖，而且他又擔任團練首領，維持治安，只是他覺得年年械鬥復年年，本身沒有能力可以真正從根源化解糾紛，因而深感無奈與挫折，甚至為之涕下：

> 戎裝日日上城巔，餉窘兵孱械未全；披甲營徒張赤幟，買刀家盡賣烏犍。人敲刁斗殘更月，官括荒城富室錢；如此年時如此況，樂輸爭奈奮空拳！（〈台、鳳土匪滋事，聞警戒嚴〉）

> 拋琴將半載，廢卷亦三旬；勢逼難通隱，時艱枉率真！干戈生咫尺，鄉社痛湮淪！撥亂誠無術，勞勞愧此身！（〈感賦〉）

林占梅對於械鬥雙方的分類意識感到十分不解，雖然他自己也是械鬥的受害者，不過在詩句之間並無斥罵之意，反倒是充滿著哀矜痛惜之情：

> 吳越分爭火燭天，問渠何事竟茫然（自注：各無宿嫌，猝然分類）！可憐鄉社成焦土，困極監門繪不全！（〈途間見分類難民痛述時事〉）（題下自注：時漳、泉、晉、同各分類焚殺））

他也善於用許多蕭索、荒涼的視覺與聽覺的意象（imagery）來讓人感受戰爭之殘酷、人民之苦難：

> 曉夜奔馳歇未能，幾回馬上自凌兢。荒郊日落鴉啼樹，野店宵深鼠瞰燈。寂寞劇憐生趣減，傳聞每痛死傷仍！何時醜類都殲盡，玉燭重調歲序登！（〈往各莊安輯馬上口

號〉）

山徑陰森極，寒侵鶴氅裘；風摧林競吼，石砌水橫流。梟[119]猱何時殄，滄桑此日更。運乖天心偪，心怯夢魂驚。破屋鬼欺客，荒村民苦兵。桃源如可覓，競欲避秦行。暴雨強於弩，元雲擁作幬。弦輿行犖确，狼狽益增愁。日短易黃昏，蕭蕭萬籟繁；榛荊生沃壤，雞犬寂荒塋。估客腰纏裹，征人踵接奔；流離多失業，康濟愧前言！（〈亂後經紅毛港有感〉）

世事紛紜聽莫真，蕭條旅舍遍生塵；荒郊血漬燐光亂，破屋風號犬吠頻。寒逼殘年同刺客，愁攻中夜似儺人。朦朧欲入還鄉夢，作惡雞聲鬧隔鄰！（〈亂後逢李藹雲感作〉）

寇起崔符嘆蔓延，即今海甸盡騷然；征途處處生荊棘，戰地家家廢陌阡。浪巨農曾空菽粟（自注：連年水災），兵多　又起風煙。堪嗟百里膏腴地，數載紛紛盡變遷！（〈書嘆〉）

嚴冬風雨急，惻惻自憐子；骨肉彫殘後，鄉鄰喪亂餘。霜寒悲雁陣，路梗絕魚書。百感真交集，宵長氣莫舒。（〈書感〉其一）

視覺上是：黃昏、荊棘、荒村、血漬、鬼火、狼煙、破屋、冷雨、寒霜，耳中聽到的是：貓頭鷹黃昏的啼叫、狂風在林間的呼號、野犬荒雞在夜半的惡聲連連等等，這豈一個慘字了得，而分類械鬥的殘酷情景在詩人的筆下，令一百多年後的我們也如同身歷其境一般。

　　一八五三年之後，林占梅就沒有如此集中的以械鬥為主題而創作，惟有零星的相關詩句，從中可看出他只要提起分類械

---

119 台銀本誤作「梟」。

鬥之害，仍然不勝欷噓之至，如：

> 愁病相兼劇可憐，奄奄命似一絲延；求醫難遇肱三折，處
> 事何曾眼一眠！蠟視盤飱濃亦淡，海添更漏夜如年。<u>更聞
> 蠻觸爭蝸角，搔首咨嗟只問天</u>（自注：時械鬥正劇）。
> （〈病中感賦〉，1854）
>
> 財帛雙星黯命宮，五張六角運難通；歲時轉覺添愁思，親
> 友何曾諒苦衷！<u>祖業艱辛頻廢棄，民情慘怛屢焚攻</u>（自
> 注：淡北連年鬥殺，田穀在泉界者，派為營費；在漳界者
> 如之。余家遠離百里，而田產多在新艋，租穀毫無、官徵
> 難免，致大受厥累。欲望恢復，未能矣）；<u>淪亡數載兵災
> 繼</u>（自丙辰至庚申，骨肉繼逝者七八人），<u>眼淚朝朝洗面
> 同</u>。（〈除日感述〉，1860）

由以上所引的這些詩歌我們可以發現林占梅以械鬥為主題
之詩作的特色是：第一、個人哀傷與悲憫情緒的抒發；第二、
對戰亂中慘烈情景的渲染。總之，他的詩作中並沒有對如何預
防械鬥提出積極性論述，也沒有對於造成械鬥成因的反思或批
判，卻是充滿著濃厚的悲哭哀愁之情調，正如他在早期詩作
〈有勸予詩勿多為悲歌感慨，口占答之〉中所說的：「平子謳
吟愁易集，靈均詞賦感偏多；我生斯土非燕趙，其奈情隨筆下
何！」，這種創作風格與內容與個人多愁善感的性格及其創作
觀（認為詩歌主要正是用來發抒愁思，而非拿來議論）有關。

四、陳維英、周鳴鏘與林豪

陳維英（1811～1869），字實之，號迂谷，大龍峒（今
台北市大同區內）人，原籍福建泉州同安，著有《偷閒錄》與
《太古巢聯集》等。其《偷閒錄》之中，收有五題（共八首）
與械鬥相關的詩作，不過有兩題是他的門生周鏘鳴（1833～
1897，光緒年間歲貢生）之作，當時抄錄者不察而混雜進來，

即〈癸丑秋，長兄四弟爲拒匪俱死於難，張程九以書及詩來慰聊裁以答〉以及〈癸丑之變，兄弟俱死於難〉（三首）[120]，這兩題之外的其餘三題〈癸丑八月八日，會匪激成分類，蔓延百里，誠可哀也〉、〈癸丑械鬥家舍及別業俱付祝融，甫平歸，日以釣魚爲事〉以及〈九月十九日，朱丹園太守造廬商辦止鬥事，並囑代撰文以祭屬變理陰陽，地方漸靖〉則應該都屬陳維英所作，師生兩人因爲在「頂下郊拚」有不同的經歷，故而其詩作當中所透露的情感亦有不同。

陳維英首先表露的是他對於分類意識所造成的族群隔閡以及械鬥行爲導致的生靈塗炭感到極度惱怒、無奈與悲傷，其〈癸丑八月八日，會匪激成分類，蔓延百里，誠可哀也〉云：

> 遏抑多方惱煞予，奈天降禍莫驅除！泉漳閩粵分偏合（自注：就泉漳分類，茲則同安屬泉而附漳，晉南惠安屬閩而附粵），翁婿舅甥親亦疏（自注：論籍故也）（其一）
> 搆兵秦、楚十三年（自注：辛酉[121]晉同分類，距今十三年矣），今日干戈更蔓延；塗炭生靈灰屋宇，萬民雙淚一聲天！（其二）

詩人回憶在十三年前的北部就曾發生分類械鬥，沒想到現在又再次爆發，閩粵漳泉各自分成敵對雙方，親戚間也因爲分屬不同族群而被拆散，令人感到不勝欷噓。此次械鬥是由下郊的同

---

120 廖漢臣在《台北文物》陸續刊出陳維英《偷閒錄》之時，陳維英長兄陳維藻之曾孫陳培漢曾去函指出〈癸丑秋，長兄四弟爲拒匪，俱死於難，張程九以書及詩來慰，聊裁以答〉爲貢生周鏘鳴所作（見該刊第2卷4期，1954年1月，頁658），另一首〈癸丑之變，兄弟俱死於難〉在鈔本中亦有註云：「有謂此詩恐非迂古先生所作」，其實，應該也是周鏘鳴之作，相關論述亦見於謝志賜《道咸同時期淡水廳文人及其詩文研——以鄭用錫、陳維英、林占梅爲對象》（台北：台灣師範大學國文所碩士論文，1995，頁108）、《全台詩》（台北：遠流出版公司，2004，頁155）以及許惠玟《道咸同時期（1821～1874）台灣本土文人詩作研究》（頁452-453），並且感謝許惠玟於其博士論文中對於筆者2003年「全國青年文學會議」研討會論文舊作之指正。

121 癸丑年往前推13年是1840年（庚子年，道光20年），若連癸丑年本身也算在內，則有可能指1841年（辛丑年），而北部地區這兩年於文獻記載上都有械鬥發生。

安人聯合漳州人，進攻頂郊的三邑人（即祖籍晉江、惠安、南安者），後來同安人戰敗，背著城隍神像逃到大稻埕[122]。陳維英屬於敗戰的同安人這邊，從其〈癸丑械鬥家舍及別業俱付祝融，甫平歸，日以釣魚爲事〉詩題便可看出當時他的處境十分狼狽，在亂事稍平之後，他只好透過山水美景、醇酒鮮魚來消解煩悶，該詩全文如下：

> 崑崗烈火焰初殘，<u>略定干戈意頗安</u>。兩棹風波間泛艇，一簑煙雨獨垂竿。<u>時將美酒來消悶</u>，日有鮮魚可佐餐。舊友相過知我處，蘆花渡口蓼花灘。

到了隔年九月，新上任的淡水同知朱材哲[123]親自前往拜訪陳維英，商辦止鬥事宜，由於陳氏家族屬於械鬥參與者之一，爲了公正起見，朱同知便邀集爆發「頂下郊拼」地區的各方頭人，共同請竹塹鄭用錫北上當公親，雙方議定合約，各自引責，地方乃趨於平靜[124]，陳維英也爲超渡安魂等事宜而撰文，其〈九月十九日，朱丹園太守造盧商辦止鬥事，並囑代撰文以祭屬變理陰陽，地方漸靖〉云：

> 忽傳北海五驄驅，太守由來是姓朱（自注：漢朱邑爲北海太守，治行第一，今丹園亦姓朱），促膝蝸盧甘下問，關心鴻野苦哀呼；屬壇故鬼連新鬼，文苑小巫見大巫（自注：太守翰林出身），<u>費盡精神流盡淚，旱苗漸向雨中蘇</u>。

末兩句實在是情眞語摯而淒婉感人，「旱苗漸向雨中蘇」此一意象更是生動表現出經歷戰火而倖存的民眾心中對嶄新未來的

---

122 《台灣歷史辭典》，頁68-69；許達然，〈械鬥和清朝台灣社會〉，頁20；遠流台灣館編著，《台灣史小事典》（台北：遠流出版公司，2000）。

123 朱材哲（字丹園）曾經兩度擔任淡水同知：咸豐元（1851）年以噶瑪蘭通判暫署，過沒多久（同一年內）就交由張啓寧署理，直到咸豐四年（1854）朱氏才又回任（見陳培桂纂輯，《淡水廳志》，頁212），陳維英詩題中所說的「九月十九」應即1854年。

124 怪我氏，《百年見聞肚皮集》，頁43。

殷切期待，雙方人民終將走出仇恨與悲傷的苦旱，如草木之嫩芽在久旱後的甘霖中舒展一般，共同邁開步伐，重建家園，開始新生活，這兩句同時也是詩人心境轉變的深刻寫照。

周鑣鳴則因有長兄與四弟在這次械鬥中喪生[125]，受害程度重於其師長陳維英，因此他的詩作就帶著濃厚的哀慟氣氛，雖勉強以「天數如此」來自我寬解，但他也為了不讓高堂老母難過，只能暗地裡流淚，實在是情何以堪：

> 裹革沙場未幾時，來收爾骨不勝悲！封成馬鬣兄兼弟，地唱蚌珠怪且奇。飲恨難消龍目井，洗冤空對虎形陂！寒齋獨坐孤燈下，和淚揮毫暗寫詩。（〈癸丑之變，兄弟俱死於難〉）

---

125 關於周鑣鳴的詩作，首先應解決許惠玟於其博士論文《道咸同時期（1821～1874）台灣本土文人詩作研究》提出的兩個問題：第一，周鑣鳴的兩題詩作中都沒有明確出現「械鬥」字眼，反倒稱戰鬥中的對方為「匪」，且其詩作中有「龍目井」與「虎形陂」兩個地名，前者在台灣北中南都有同名之處，而後者僅出現於《鳳山縣採訪冊》中：「虎形陂：在赤山里（原注：濫埔莊口），縣東北八里，周里許，源受濫埔山雨水，南行半里許，下注興化厝圳，溉田十五甲」，所以，她認為這首詩應該描寫的並非發生在北部的「頂下郊拚」，而是同為1853年爆發的南部民變「林恭案」。第二，在《台灣通志》中記載有兩位光緒年間的歲貢生都叫「周鑣鳴」，分別記載在「淡水縣」以及「安平縣」，但是承繼前文的論述，從地緣關係上來看，她認定周鑣鳴是出身安平縣才對（頁452-453）。關於第一點，「虎形陂」其實並不是指位於南部的那個地名，而是指現今台北市文山區興福里興隆國小一帶的舊名「虎形」，附近另有名為「耙形」、「獅形」以及「猴形」者，其中「猴形」附近的一處小山谷的舊名便是「貢生坳」，因為早先該地便屬周鑣鳴貢生所有（見高麗鳳總編輯，《新世紀‧台北‧思想起（下冊）》，台北：台北市政府新聞處，2002，頁61-62）！地緣關係明顯至極；而且並不是稱「匪」就一定是民變而非械鬥，《清文宗實錄》便記載著：「咸豐三年十二月間，彰化縣漳、泉匪黨構釁焚搶，路途梗塞。四年四月間，淡水廳屬粵、閩匪黨構釁焚搶」（張本政主編，《《清實錄》台灣史資料專輯》，福州：福建人民出版社，1993，頁938），所謂的「匪黨」便指參與械鬥的民眾，何況周貢生的兄弟死於這次亂事，他在憤恨哀慟的情緒中，稱對方為「匪」，更屬情理之中。至於第二點所述，由前文所述台北市內有一處以周鑣鳴命名的地名「貢生坳」即知周氏的出身與活動範圍所在，更何況台灣總督府編《台灣列紳傳》（台北：台灣總督府，1916）中的周鑣鳴小傳前半段寫著：「周鑣鳴，台北廳大加堡大龍峒街土名大龍峒三百七十六番地，大龍峒人，屬泉州籍。住居今處，世為農戶」（頁14），可見他是世居大龍峒的、確確實實的北部人，《台灣通志》說他是「安平縣」歲貢這條記載是錯誤的，說他是「淡水縣」歲貢那條記載才是正確的。

欲答魚書更答時，未曾下筆已心悲，荷戈豈盡吾兄弟，何事沙場革裹尸。也知天數莫能爭，無奈難忘手足情，<u>常恐高堂隨我哭，幾回下淚又吞聲</u>。舊雨音容久別離，干戈未定路崎嶇，枯腸勉索成囈語，爲謝先生兩首詩。（〈癸丑秋長兄四弟爲拒匪，俱死於難，張程九以書及詩來慰，聊裁以答〉）

由詩作內容可知周鑣鳴在此次械鬥中喪失了兩位兄弟，分別是長兄以及四弟[126]，傷逝之情溢於言表，而由上引兩詩所用的「飲恨」、「洗冤」以及稱對方爲「匪」等語，也可看出械鬥發生後，作者心中混雜著敵愾同仇、憤恨難平、餘怒未消的各種情緒。

林豪（1831～1918），字嘉卓，一字卓人，號次逋，福建金門人。他在一八六二年東渡來台，翌年秋天林占梅邀往潛園之前，都寓居在艋舺（今台北市萬華區）[127]，期間恰逢龍山寺設道場追悼械鬥死難民眾（可能是在中元節），因而作有〈招魂曲〉一首，其自序云：

淡北自丁巳、戊午間連年分類械鬥，死亡者以萬計。事平，里人爲道場於艋舺龍山寺，超薦亡魂。時陰雨連日，天色愁慘；余感之，爲此詩也。

林豪文中所謂的「淡北自丁巳、戊午間連年分類械鬥」所指爲何？有學者認爲此詩描述的械鬥事件是「頂下郊拚」[128]，此可能是受到部分台灣史著作（如《台灣史小事典》[129]）的誤導，以爲「頂下郊拚」是從咸豐三年（1853）延續到咸豐九年

126 許惠玟說：「這位詩人的親人應該不少，如果有長兄、四弟，則兄弟最少有六人」（見氏著《道咸同時期（1821～1874）台灣本土文人詩作研究》，頁452），將「四弟」誤解爲「四個弟弟」。
127 林豪，《東瀛紀事》，頁1；黃美娥，《清代台灣竹塹地區傳統文學研究》，頁380-381。
128 許惠玟，《道咸同時期（1821～1874）台灣本土文人詩作研究》，頁308。
129 遠流台灣館編著，《台灣史小事典》，頁68-69。

（1859），其實，這個說法最早源自廖漢臣（1912～1980，台北萬華人）[130]，然而他本身並非歷史學家，只是將此事做為民間傳說而直接採集記錄下來，民眾在事隔多年之後，記憶與事實有所出入，恐在所難免。

事實上，當年八月「頂下郊」雙方正式開戰之後，雖因有水池隔閡而造成短暫僵持的局面，沒多久就因為頂郊三邑人從安溪人的勢力範圍借道通過，因此一路勢如破竹的攻破下郊同安人的大本營「八甲」（今台北萬華區內），造成大批同安人奔逃到大稻埕一帶，同年十月，下郊領袖林佑藻便領導眾人在當地創建新市街了[131]，艋舺當地耆老郭芝芬也說：在同安人退走後，械鬥就自然而然的結束了，「且官衙漸多起來，不容再有騷擾」[132]，更何況大稻埕地區的媽祖廟與城隍廟早在一八五五與一八五六年都相繼興建，不可能在戰亂之中而仍然有餘力兼顧於此。總之，「頂下郊拚」起迄時間應為一八五三年的八月至十月，不可能是一八五三年至一八五九年，至於為何有此誤傳的原因，可能是這個期間大台北地區械鬥頻仍而導致民眾有此錯覺[133]。

既然林豪這首〈招魂曲〉非關「頂下郊拚」的話，那麼，

130 他以筆名「毓文」發表於《先發部隊》第二號（更名《第一線》）的〈頂下郊拚：稻江霞海城隍廟由來〉（1935年1月，頁2-3），其文中說道：「『頂下郊拚』始於咸豐三年，止於咸豐九年」。
131 洪敏麟，《台灣舊地名之沿革·第一冊》（南投：台灣省文獻委員會，1999），頁218。
132 〈艋舺耆老座談會〉，《台北文物》，2卷1期，1953年4月，頁8。
133 中國知名的資深台灣史學者陳孔立竟然說道：「它既可以稱為頂下郊拚，又可以稱為漳泉械鬥。說它是頂下郊拚，是因為在泉州府屬移民內部確有頂郊與下郊的械鬥；說它是漳泉械鬥，是因為漳州人參與了這場械鬥」（見氏著《清代台灣移民社會研究》，北京：九州出版社，2003，頁394），若云因為漳州人有參與，就可將其稱為「漳泉械鬥」，那麼客家人同樣也有參與協助頂郊陣營（見許達然，〈械鬥和清朝台灣社會〉，頁20），難道「頂下郊拚」也可稱為「閩客械鬥」？其實，「頂下郊拚」的主角雙方就是同屬泉籍的三邑人與同安人，其餘都只是配角而已，本質上是泉人自己內鬥，而非漳泉相鬥！民間耆老對於「頂下郊拚」與「漳泉拚」同樣分得非常清楚（見〈艋舺耆老座談會〉，頁5-9），絕無混為一談之理。

是與哪件械鬥案件有關呢？詩序中說「淡北自丁巳、戊午間連年分類械鬥」云云，似乎是說發生在一八五七、一八五八年（歲次丁巳、戊午），不過，筆者搜尋《淡水廳志》、各類奏摺、檔案、實錄以及後人整理資料，都未有關於那兩年的械鬥記錄，其實，細體林豪的敘述脈絡，他既然說「連年分類械鬥」，便不是專指「丁巳、戊午」兩年而已，毋寧爲一含糊之詞（他並非親歷其事，而是來台之後耳聞如此），指的是一八五七、一八五八之後的那幾年，況且他在詩中有一句：「去年蠻觸苦相怒」，透露此次超薦法會主要是針對一八六一年械鬥戰死者（他這首詩應作於他來台居住於艋舺的第一年，亦即一八六二年），經查台北地區果然在一八五九至一八六一年間有一場大型的漳泉械鬥：

　　泉人以艋舺黃阿蘭爲首，漳人以板橋林家五少爺林國芳爲首，因爲土地糾紛而約期互鬥，始於一八五九年的九月，期間包括今中和、板橋、萬華、士林、新莊，甚至禍延今桃園市，「縱燬房屋，村里爲墟，其禍之慘，爲北部械鬥之最」、「殺傷焚掠，十餘里不絕」，一直要到一八六一年，雙方都筋疲力竭了，泉籍廩生李起疇與漳籍廩生潘永清乃起而調停，雙方乃解兵議和[134]。林豪此首〈招魂曲〉便是描寫此次規模浩大的「漳泉拚」之後，艋舺民眾在龍山寺舉辦超薦法會的情形，其全文如下：

　　君不見龍山寺口白旛浮，香壇煙繞風颼颼？是日陰霾匝地氣悽慘，新鬼故鬼聲啁啾。不知妻哭夫兮父哭子，但聞哭聲震天天爲愁。去年蠻觸苦相怒，忽地烽煙不知故。朝驅子弟尋仇家，暮挺干戈逢狹路。生靈刈盡村爲墟，碧血消沈萬骨枯。化作蟲沙歸未得，魂招何處徒嗟吁！嗟吁魂兮

歸來些，莫向沙場猶醉臥！懺悔應悲殺業償，皈依且禮空
王座。空王座下眾生愁，汝曹任俠夫誰尤！<u>何不荷戈去殺
賊，死爲忠義猶千秋！</u>

詩中以飄盪的白幡、陰暗的天色、家屬嚎啕的哭聲共同營造出
悽慘陰森的氛圍，描寫頗爲成功，但是到後段則不太能延續之
前營造起來的氣勢，結尾更令人覺得草草結束，似有未能盡
興之感。末兩句是對一八六二年爆發的「萬生反」有感而發
（「時彰化賊氛正熾，路梗不通」[135]），林豪言下之意是說，
與其這樣私鬥而死，不如去幫助官軍鎮壓民變，縱使陣亡，也
死得比較有價值。此有其意識型態所造成的認知限制，且這個
主觀性批判亦嫌淺露，略無餘味；若作者能運用同理心來深入
思考造成慘烈械鬥的背後原因，並且能以哀矜痛惜之情來看待
人民的死難，或許會更意味深長，發人深省。

　　李逢時（1829～1876），字泰階。清噶瑪蘭城（今宜蘭
市）人，咸豐十一年（1861）辛酉科拔貢，後入台灣道孔昭
慈幕，遊歷遍及台灣北中南各地，並曾遠渡福州[136]。他的詩集
《泰階詩稿》與舉人李望洋（1835～1903，陳肇興同年友）的
《西行遊草》並列爲宜蘭地區清領時期兩本在地的文學代表
作。正如其他幾位在地詩人：陳肇興是記錄彰化地區械鬥的代
表，林占梅與鄭用錫則是紀錄竹塹地區械鬥的代表，李逢時的
詩歌同樣是紀錄噶瑪蘭地區械鬥案件的代表作。他總共有兩題
（共七首）詩作與械鬥相關，分別記載了咸豐九年（1859）台
北桃園一帶漳泉械鬥案以及同治四年（1865）宜蘭三姓械鬥
案，以下分述之。

　　關於一八五九年械鬥案件的詩作，有前述林豪之〈招魂
曲〉，不過那著重在事後的追思反省，李逢時的〈漳泉械鬥

135 林豪，《東瀛紀事》，頁1
136 李逢時，《泰階詩稿》（台北：龍文出版社，2001），扉頁。

歌〉則生動描述了這次「漳泉拚」的經過：

> 漳人不服泉州驢，泉人不服漳州豬。終日紛紛列械鬥，田
> 園廬舍相侵漁。台灣自昔稱樂土，漳人泉人久安處。邇來
> 強悍風氣殊，更望何人固吾圉？宵長敬，林國芳，挾富挾
> 貴無王章。艋川搖動鯨鯢窟，蟲沙猿鶴罹奇殃。我聞干豆
> 有古寺，土人於此驗災異。今年鐵樹又開花，械鬥從中有
> 天意。天意冥冥不可解，紅羊換劫總堪駭。殺人如草死如
> 眠，骷髏囷積血飄灑。君不見，漳人泉人鷸蚌持，粵人竟
> 受弋人利，漳人是豬泉亦豬。又不見，長敬國芳號令行，
> 漳泉各受二人制，泉人是驢漳亦驢。

漳泉互罵對方是豬與驢，在詩人的眼裡卻是一丘之貉：不僅愚
蠢的任人擺佈，還徒然讓第三者攫取漁翁之利。

李逢時的〈乙丑十二月二十日三姓械鬥避居大湖莊賦此志
慨（六首）〉則是目前僅見的一首與宜蘭「陳、林、李」三姓
械鬥相關的詩歌，此械鬥事件十分嚴重，起因是羅東與冬山林
李兩姓，因賭博起糾紛，陳姓居間調解，林姓不允，遂致陳李
兩姓聯合，對抗林姓，於是林姓推林玉堂爲首，而李姓推李逢
時爲首（詳後文），陳姓推陳辛爲首，各族糾眾，互相抗爭，
暴徒游手，摻雜其中，更牽連進「西皮」、「福祿」兩樂派之
間的恩怨，導致影響擴大到蘭陽全境，後來官府派兵彈壓懲
辦，才日漸平息[137]。

械鬥當中李姓的領袖，《宜蘭縣志》作「李進時」[138]，而
伊能嘉矩《台灣文化志》則作「李縫時」[139]，此二者在其他文
獻中都無相關記載，況且後者的「縫」字更是人名中少見者，

---

137 事件經過參考宜蘭縣文獻委員會編纂《宜蘭縣志》（宜蘭：宜蘭縣文獻委員
　　會，1969-1970，頁33-34。）與伊能嘉矩《台灣文化志》（台北：南天書局，
　　1994，頁955。）。不過《宜蘭縣志》的「林玉堂」，伊能誤記作「林王堂」；
　　至於《宜蘭縣志》的陳辛，伊能則誤作「陳章」。
138 宜蘭縣文獻委員會編纂《宜蘭縣志》，頁33-34。
139 伊能嘉矩《台灣文化志》，頁955。

因此，筆者推想此二者有可能都是「李逢時」的轉訛，在李氏〈乙丑十二月二十日三姓械鬥避居大湖莊賦此志慨〉這首詩作中，也可看出蛛絲馬跡：

> 鄒魯無端起閧聲，雙天雪地刀鎗鳴，避秦何必桃園洞，西去石崖堪閉荊。（其一）
> 暗度山村與水村，窮巖愁聽掛林猿，荒陬月色無人管，忒有閒情是熟番。（其二）
> 被風雛燕忽飄零，鴉點紛飛似散星，一種離愁向誰愬，吟筇倚遍暮山青。（其三）
> <u>里巷傳聞執殺聲，當時自悔不埋名</u>，衣裳縱有蒼蠅污，萋斐終難貝錦成。（其四）
> <u>呼牛呼馬儘由人，防口防川大費神</u>，莫怪素衣易成阜，洛陽難避是風塵。（其五）
> 柴扉日日借雲關，臥看床頭一尺山，遮莫風波平地起，自慚無術濟時艱。（其六）

若是地方鄉紳領導所屬族群進行械鬥，清廷往往給予嚴厲處罰，例如板橋林家林國芳因帶領漳人攻殺泉人而被革職查辦[140]，因此，縱然李逢時果真是其宗族的領導者，在這組詩作當中，諒必有所隱諱；不過，我們仍可從詩中內容發現兩項線索：一、有傳言說敵對陣營要逮殺他（正所謂「擒賊先擒王」），這讓他開始後悔插手管事；二、這些族親竟對他「呼牛呼馬」，而且還傳出一些不滿的聲音，讓他必須費盡心神，出面澄清。由此都可看出他極有可能就是那位被擁立的李姓宗長。

從詩中可看出李逢時是心不甘情不願的被推上檯面（他當時早已經是拔貢生，屬於地方上具有科舉身份的領導階層，

---

140 台灣銀行經濟研究室編，《清穆宗實錄選輯》（台北：大通書局，1987），頁14。

有鄉紳的威望，因此，人在江湖，身不由己，或有不得不然之勢），對於處理這些糾紛也感到十分心煩與無奈，至於無法提出治本之法，心中更感到慚愧。頗堪一提的是，李逢時與陳維英都是台灣清領時期中，少數親身捲入民間械鬥的詩人，而前者所牽扯到的這次械鬥則是這十二位詩人作品當中，唯一的「異姓械鬥」案件。

五、結語——各家綜合論述

茲將以上諸位文人的械鬥主題詩文之內容與特色製表如下：

	作者	身份	體裁	相關械鬥案件	作品內容與特色
1.	陳肇興	在地文人	詩	1844彰化械鬥（陳結案）、1853彰化東螺堡械鬥。	強烈的紀實性，揭露不良官吏欺壓人民的情形深入思考械鬥起因，並提出應該如何避免械鬥的建言。對生民傷亡的哀痛貫串詩中。
2.	藍鼎元	遊幕	文	1721年朱一貴事變引起的鄭章、賴君奏家族閩粵械鬥。	先動之以情，後威之以國法；分類殊為無謂，而械鬥必以律例治之。字裡行間，帶有官威。
3.	曹謹	遊宦	文	1844年彰化漳泉械鬥（陳結案）。	閩粵同為台人，漳泉更似兄弟；械鬥惡果，自作自受。此次鄉里共同聯盟結好，成功避免戰亂，足以讓後人永以為法。
4.	葉廷祿	街庄頭人	文	1844年彰化漳泉械鬥（陳結案）。	分類意識不足為法，若無限上綱，直與禽獸無異，行文之語氣十分直率。
5.	劉家謀	遊宦	詩	無指明特定案件。	同是遠離故里而為了移墾而來，何以芝麻小事也輒起爭鬥？漢人的傳統復仇意識更是不足為訓。
6.	查元鼎	遊幕	詩	1853年新竹以北漳泉械鬥。	描寫械鬥之後村莊成為廢墟的情況，期待能早日復甦。

7.	鄭用錫	在地文人	詩、文	1853年新竹以北漳泉械鬥。	〈勸和論〉要人民應該相親相愛，械鬥是有百害而無一利之事，父兄要謹慎約束子弟。詩作則記錄了械鬥或因官吏良否、風俗趨向而嚴重程度有所不同。
8.	林占梅	在地文人	詩	1853年新竹以北漳泉械鬥。	雖也詳述械鬥發生經過，但偏重個人感懷。描摹景象歷歷在目，刻畫內心悲痛亦入木三分。
9.	陳維英	在地文人	詩	1853年新竹以北漳泉械鬥。	對於械鬥表達無奈與悲憫之感，也期待歷經亂事的倖存人民能夠早日重建美好家園。
10.	周鳴鏘	在地文人	詩	1853年新竹以北漳泉械鬥。	以哀悼兄弟戰亡爲主要內容，對於敵對陣營也表達怨憤之意。
11.	林豪	遊幕	詩	1859、1860台北桃園漳泉械鬥。	以超渡法會爲主題，營造悲慘的氣氛，並爲械鬥而喪生的人民感到不值。
12.	李逢時	在地文人	詩	1859年台北桃園漳泉械鬥與1865年宜蘭異姓械鬥。	認爲械鬥雙方受人擺弄，實屬至愚。對於本身無力解決地方糾紛，則感到無奈與慚愧。

其中有幾項值得注意的要點：

一、南北之別

台灣南部地區的粵人眾多，且十分團結，故漳泉合作與之相抗，所以主要是閩粵之間的械鬥；至於中北部則閩人佔多數，漳泉兩籍的人數頗爲旗鼓相當，兩方便常相持不下，故以漳泉械鬥爲主[141]。所以，關於械鬥的作品當中，針對南部民眾之藍鼎元的作品，針對的便是閩粵械鬥，其他關於中北部者，皆爲漳泉械鬥。

---

141 戴炎輝，《清代台灣之鄉治》，頁307；黃秀政，《台灣史研究》，頁39。

二、批判態度之一致

陳肇興喜歡用「雞蟲」的杜詩典故來比喻械鬥雙方之冤冤相報，而林豪、林占梅、鄭用錫等則往往用「觸蠻蝸角」這個《莊子》典故來形容人民起爭執的都是雞毛蒜皮的無謂小事而已；至於李逢時則順著漳泉互罵之詞，批判雙方其實都如豬䜈一般愚笨。不管是「雞蟲」、「蝸角」、「豬䜈」，以此來形容人民械鬥，都是負面的用語。其中的在地文人如陳肇興與李逢時屬於漳籍，鄭用錫與林占梅則是泉籍，不過他們在詩作中都不偏袒自己所屬的族群，對漳泉雙方都同樣大力批判。

三、防杜之法

在作品中深入思考械鬥何以論述如何防止械鬥者，僅有陳肇興、藍鼎元、曹謹、鄭用錫（其餘像是劉家謀批判的是漢人的「復仇」傳統、林占梅著重在個人情感的抒發、周鳴鏘偏重對於兄弟戰亡之悼念、林豪主要敘述他在艋舺龍山寺看到的超渡法會情景等）。陳、藍、曹、鄭四人的詩文雖各有特色——如陳肇興之詩句表現出誠摯的勸和意願，並勾勒幸福的遠景；藍鼎元步調緊湊而帶有強制性；曹謹則娓娓道來，脈絡清晰；鄭用錫或是因為當時年事已高，文氣顯得鬆散平板，稍嫌泛泛而論，但是四者有一共同之處：一致的都把重點放在父兄長輩以及鄉里頭人的約束力之上，可見當時台灣社會重視「紳權」的「鄉治」特點。

四、在地與否之別

在地詩人與來台遊宦／幕者的寫作特色頗有不同，前者在詩歌中往往帶有濃厚的感情，自己的鄉里發生分類械鬥，貧者要四處流離避難（如陳肇興），富者要捐輸破財（如林占梅）；甚至自己的親人也有死傷（如周鳴鏘），縱使勉能自

保，卻看到桑梓故里成爲廢墟、厝邊頭尾流離失所，自己心中也很不好過（如鄭用錫、李逢時）。所以，往往在作品中帶有濃厚的感情，或如林占梅的愁思哀嘆，或如陳肇興的一灑悲憐之淚，或如葉廷祿之激憤斥責，不一而同。至於來台遊宦／幕的文人在作品中多是理性的聲明、勸導、批判（如藍鼎元、曹謹、劉家謀），或者是著重於戰後景象的描寫（如查元鼎、林豪），大抵都少有濃烈的個人情感摻雜其中。

五、普遍的無力感

就創作作品數量最多的陳肇興與林占梅相較，前者由於家境並不寬裕，不像竹塹鄭林兩豪族一般擁有家財萬貫，也無職務在身，故而在作品中往往透露出使不上力、無法貢獻個人力量的無奈感。而後者一出手就是現值數千萬的米糧，又擔任地方上的團練領袖，頗足以主導大勢。然而，耐人尋味的是，林占梅對於這類械鬥案件，卻頻頻發出與陳肇興類似的喟嘆（李逢時亦然）。那種年年出面善後，看似永遠無法根治的械鬥，對林占梅而言，縱使在這些亂事中得到封賞，但是更帶給他無力感。或許正如翁佳音所說：「動亂是不完備結構，或結構本身有矛盾的產物」[142]，這恐怕不是仕紳文人有錢有勢就能改變的。

六、械鬥之殘暴

同樣針對一八五三年械鬥事件而創作的陳肇興與林占梅，在詩中都提到了過程中出現的血腥殘暴行爲。前者說：「吮血吞心人食人」（〈感事〉）、「剖腹吞心脾，發塚拋骸骨」（〈遊龍目井感賦百韻〉）；後者則云：「此時生命輕於紙，

---

142 翁佳音，《異論台灣史》（台北：稻鄉出版社，2001），頁175。

殺人食肉類屠豕；控肝刳心肆強兇，餘骸枕藉燒無已」、「更有慘禍絕今古，伐幽毀骨傷天和」（〈癸丑歲暮苦苦行〉）。

　　這些可能會讓人懷疑是加油添醋、運用誇飾的文學筆法；可是，在史籍文獻中，卻屢屢發現類似的真實記載。械鬥過程中，雙方民眾的殘暴性格可說表露無遺。由於台灣在漢人開墾過程當中，「羅漢腳」（亦即所謂「遊民」）是其中重要的一部份，而漢文化的「遊民次文化」當中，濃厚的復仇意識、赤裸裸的殘暴與野蠻都是很重要的特徵，在最具代表性的遊民文化文本《水滸傳》當中都可得到印證[143]，在台灣的這些關於械鬥的詩作當中亦然。

七、陳肇興對官吏之批評

　　引發械鬥的重要因素之一是統治力的薄弱、吏治之敗壞[144]，然而在目前所有關於械鬥主題的詩文作品當中，曾將械鬥起因歸咎於官吏施政不良者，則僅有鄭用錫與陳肇興兩人[145]。前者在〈即事〉一詩中，抨擊了某官員無法繼承前任者的優良施政措施，導致盜賊、械鬥層出不窮，但是單單針對一人而已，且語氣委婉曲折，令人覺得好似吞吞吐吐的在發牢騷；而後者則在〈與韋鏡秋上舍話舊，即次其即事原韻〉、〈遊龍目井感賦百韻〉、〈肚山漫興〉等作品當中，都屢次觸及這個問題，尤其是〈遊龍目井感賦百韻〉有頗多篇幅將當時官吏的惡形惡狀都活靈活現的描繪出來，這點頗值得一書——當時文人大多未能抨擊腐敗官員的原因，除了時代環境對言

---

143 王學泰，《遊民文化與中國社會》，頁252、321。
144 謝金鑾，《泉漳治法論》，頁98；許達然，〈械鬥和清朝台灣社會〉，頁10-11。
145 林豪〈逐疫行〉這篇七言古體詩，形象生動的諷刺了貪官污吏，表達天災實源於人禍的道理。雖然也極為精彩，但是這是關於天災的詩作，並非以械鬥為主題，不在本章論述範圍中。

論的箝制之外[146]，作者的階級也是重要因素，他們與官員處於同個等級[147]：皆有功名在身，且多出自地主階級，乃封建社會中高人一等的特權階級，士紳作者有這些侷限，未能強求，不過，在與其他詩人相互比較之下，陳肇興探討械鬥成因時，雖然對官吏的批判無法砲火全開、淋漓盡致，不過已顯得難能可貴了。

第七節　小結

> 自登朝來，年齒漸長，閱事漸多。每與人言，多詢時務；每讀書史，多求理道。始知文章合爲時而著，歌詩合爲事而作。
>
> ——白居易〈與元九書〉

　　所謂「以史證詩」，是指「說詩者根據詩人創作時的時局來抉隱剔微，發現詩中引含的政治意義」[148]，此種歷史—社會批評方法，頗適合用來分析像陳肇興這類關懷民生疾苦的現實主義詩人的作品。透過「分類械鬥」主題所進行的各家台灣古

---

146 清代文字獄在康雍乾三朝（1662～1795）最爲雷厲風行，之後則漸趨平息，但是清代在各地學宮都豎立有順治九年（1652）御制「臥碑」一座，其碑文就是在教訓生員應該如何如何，與不准怎樣怎樣的內容，台灣各地學宮亦然，此乃當時士人必讀的文章，其末二條云：「軍民一切利病，不許生員上書陳言。如有一言建白，以違制論，黜革治罪」、「生員不許糾黨多人，立盟結社，把持官府，武斷鄉曲。所作文字，不許妄行刊刻，違者聽提調官治罪」（台灣銀行經濟研究室編，《南部碑文集成》，台北：大通書局，1987，頁498-499），對於言論的控制十分嚴格，但是到了十九世紀以降，內憂外患頻仍，其實文網已略見放鬆了，例如江蘇詩人貝青喬（1810～1863）在參加鴉片戰爭（1839～1842）期間，作有《咄咄吟》（台北：文海出版社，1968），揭發了官員們顢頇無能的行爲，更對他們所鬧出來的咄咄怪事大加諷刺，絲毫不留情面的極盡挖苦之能事，「幸好清王朝已經千瘡百孔了，統治者以無暇顧及詩人們的不滿，否則像貝青喬這樣無所禁忌的去諷刺他們的統治，又豈止是放逐嶺南呢？」（見馬亞中，《中國近代詩歌史》，台北：學生書局，1992，頁237-238），若以貝詩爲指標，則十九世紀中葉當時清廷對思想文字的控制，事實上已經大不如前了，台灣地處邊陲，言論控制諒必又更有加寬也。
147 施懿琳，《清代台灣詩所反應的漢人社會》（台北：台灣師範大學國文研究所博士論文，1996），頁210。
148 王先霈、王又平編，《文學批評術語辭典》（上海：上海文藝出版社，1999），頁58。

典詩文比較，本文發現陳肇興頗有其個人的特色，而且他似乎也兼任以下的工作：

一、記者

〈遊龍目井感賦百韻〉可說是一部生動的紀錄片，詩人似乎是扛起了一部攝影機到龍目井出外景，訪問了當地的耆老，透過他個人的剪裁，成為一篇記載了龍目井庄漢人移民之悲情的精彩報導：他們本來已經建立起「雞黍羅盤錯，醇醪滿缶盉。臘蜡常酬酢，秋冬有餽遺」這樣的樂土，然後，因為官吏貪污腐化，人民也「氣類判蚩蚩」，由分類而械鬥；清帝國統治當局再以此來順勢挑撥，導致「鄉里相爛糜」，一八四四與一八五四先後發生兩次大規模械鬥，讓龍目井庄成了「十室無一存，存者唯石基」這般的荒涼景色。這樣的長篇史詩，藉由野叟娓娓道來、詩人以如椽大筆，實而有徵、清楚生動的將歷史鏡頭一幕幕的呈現在讀者面前。

二、攝影家

〈葫蘆墩〉、〈大肚漫興〉、〈清明同友人遊八卦山〉以及〈遊龍目井感賦百韻〉都保存了當地發生械鬥之後的情景。現在龍井、豐原、大肚山、八卦山這些地方早就高樓林立、人煙稠密，可能連耆老們都不記得在一兩百年前發生過這些械鬥事件，遑論記得械鬥之後的悽慘情狀，當時沒有人用照相機拍起來，只有陳肇興的詩歌保存至今，縱使是隻字片語，也極為珍貴。

三、時論家

〈賴氏莊〉、〈王田〉、〈感事〉、〈與韋鏡秋上舍話舊，即次其即事原韻〉、〈揀中感事〉與〈遊龍目井感賦百

韻〉等詩中，除了記載事件發生的前因後果之外，也記錄了當時一位台灣在地知識份子面對分類、械鬥事件時，心中的苦悶、無奈以及傷痛，以及要如何避免爭端的種種想法。陳肇興在他的詩作中所發表的個人意見，或許太過委婉而不夠一針見血，然而，仍是有如現今的時論家一般，對於社會現象進行反思與評論。

事實上，詩人自古就是歷史學家，就是同時代文化的闡釋者和他們人民的先知[149]，藉由與史料之間的互證，以及與其他文人作品的比較，亦可知悉陳肇興這數首詩中所反應的種種社會問題／社會現象殆為全台所共有，正可以小觀大，反映當時台灣漢人移民一方面要受到統治者的剝削而彼此之間又分類械鬥的情形，呈顯我們先民們與現實環境之艱苦奮鬥。透過本章的探究，陳肇興之詩作除了文學的美感之外，其珍貴的史料參考價值也明顯呈現，不愧後人對其「詩史」之讚譽。

陳肇興以寫實的手法來創作，除了具有歷史文獻價值外，主要目的則如他所說的：希望當時人們能在讀了之後，好好記取教訓，和睦相處；也希望在上位者讀了能藉由這些作品體察時事，關心民瘼。這是詩經以來的漢詩傳統：「上以風化下，下以風刺上，主文而譎諫，言之者無罪，聞之者足以鑒」（《毛詩・序》），亦如王充《論衡・佚文篇》所說：「文豈徒調墨弄筆為美麗之觀哉！載人之名，傳人之行也！」，希望藉由文學創作而「救濟人病，裨補時闕」（白居易〈與元九書〉）。雖然這些詩作對於虎狼一般的貪官污吏而言，實際影響甚微，不過，詩中所云：「我志托山水，我心念瘡痍；先憂

---

149 Wilfred L.Guerin、Earle Labor、Lee Morgan、John R.Willingham（威爾弗雷德・L・古爾靈、厄爾・雷伯爾、李・莫根、約翰・R・威靈厄姆）著，姚錦清、黃虹煒、葉憲、鄔濠譯，《文學批評方法手冊》（*A Handbook of Critical Approaches to Literature*，New York：Harper & Row ,Pulishers）瀋陽：春風文藝出版社，1988，頁35。

而後樂，此語本吾師」（〈遊龍目井感賦百韻〉），這樣的精神正是知識份子可貴之處。

最後，透過陳肇興及其他眾多文人作品中的描寫，可以看到族群械鬥之後的惡果：原本的樂土成為荒原、百姓流離失所，徒留破敗景色給後人憑弔而已，可悲亦復可嘆。當時台灣人民分類械鬥之頻仍，與其「身份認同」有關，「由於他們所認同的，僅限於自我族群、原鄉地緣、宗性血緣，或地方村莊等而已，還沒有形成台灣的整體意識」[150]，這些台灣古典詩文在兩百年後的當前社會環境中，也仍有其警世意味，值得我們深思。

附錄一：〈遊龍目井感賦百韻〉（1854）

夙披縣圖經，龍目稱幽奇。抱此一十年，欲見更無期。甲寅春三月，往教海之涯。因與龍目近，遂起觀泉思。攜笻招野叟，道我與前馳。靡靡踰阡陌，數里無煙炊。榛莽[151]積碎瓦，頹垣壓茅茨。十室無一存，存者唯石基。彳亍到井陘[152]，蕭瑟尤堪悲。兩目復何有，一水空清漪。礐礐[153]澗中石，毰毰[154]井

---

150 李筱峰，《台灣史100件大事》（台北：玉山社，1999），頁72。

151 榛莽，叢聚之草木，各本「莽」字皆加上木旁，誤。李白〈古風〉：「白骨橫千霜，嵯峨蔽榛莽」。

152 井陘，一般用作地名（在中國河北省境內），此處依文意應該是指如井闌、井宝、井幹、井眉等水井的構造之類，或字有訛誤。

153 「礐」義為「石器」（《集韻·豪韻》）或是石名（《舊唐書·地理志四》：「以礐燒為器，以烹魚鮭……即今之滑石也，亦名冷石」）或是「石相扣」的聲音（《集韻·覺韻》）；且文獻上未有疊用之例，或是「熒熒」之誤。熒，光亮閃爍貌，段玉裁《說文解字注·焱部》：「熒者，光不定之貌」，此次以「熒熒」形容水澗中在陽光照耀下閃耀的石頭，與杜甫〈簡吳郎司法〉：「雲石熒熒高葉曙」、錢起〈片玉篇〉：「一片熒熒光石泉」之用法相同。

154 毰，《玉篇·毛部》：「毛長貌」；毰毰，玄應《一切經音義》卷二十引《通俗文》：「毛長曰毰毰」。在詩歌作品中，「毰毰」除了形容毛髮（如白居易〈除夜寄微之詩〉：「鬢毛不覺白毰毰」）之外，也多用來形容柳樹枝條，如韋應物〈送章八元秀才擢第往上都應制〉：「都門楊柳正毰毰」、孟浩然〈高陽池送朱二〉：「綠岸毰毰楊柳垂」、陸游〈立春後三日作〉：「拂面毰毰巷柳黃」等，沒有用「毰毰」來形容青苔者。此句「熒熒澗中石，毰毰井中苔」

中莕[155]。草花黃白色，不辨薋菉葹。維時日亭午，我行頗倦疲。披襟席地坐，對叟發長噫：我昔按圖經，龍目不似茲，得毋人好事，好景憑意摛？野叟聞之泣，抆淚前致辭：伊昔稱樂土，俯仰皆有資。所賴賢父母，寬猛政並施。夜眠少閉戶，年凶不啼饑。堂堂楊明公，版築相地宜；城建三十載，黎庶無猜疑：漳、泉若家室，出入相怡怡。雞黍羅盤錯，醇醪滿缶厄。臘蜡常酬酢，秋冬有餼遺。爾時雙龍目，夾井大如箕。泠泠噴其下，清冽甘如飴。前面栽修竹，後面植芳籬。十步一華屋，五步一茅籬。禽鳥鳴春夏，花果色參差。種種好光景，顧盼解人頤。嗣後太平日，文武多恬熙。點吏若狨鬼，健役如虎貔。道逢剽劫賊，搖手謝不知。肩輿下蔀屋，凜凜生威儀。從行六七人，沿路索朱提。更誘愚頑輩，鷸蚌互相持，就中享漁利，生死兩瑕疵：死者臥沙礫，生者受鞭箠。黔婁殺黎首，猗頓遭羈縻[156]。一紙縣官帖，十戶中人資。因之昇平民，漸漸相凌欺：或以眾暴寡，弱肉強食之。或以貧虐富，攘奪耕田犧。以此積習久，氣類判蚩蚩。一人搆其釁，千百持械隨。甥舅為仇敵，鄉里相爛縻。村莊縱燎火，田園罷耘籽[157]。所爭非城野，殺人以為嬉。遺禍及泉石，阿護身不支。健兒持刀來，僉謂龍在斯。長繩曳之走，斫碎如蛤蜊。邇來又十載，人情更險巇。得失起雞蟲，殺戮到妻兒。發塚拋骸骨，剖腹吞心脾。浮雲淡

由用字遣詞上來看，可能與《文選·郭璞·江賦》中的「紫菜熒曄以叢被，綠苔鬖髿乎研上」有關，可能詩人誤將「毹毹」當成「鬖髿」，《文選·郭璞·江賦》李善注引《通俗文》：「亂髮曰鬖髿」，指苔蘚雜亂茂密的樣子。

155 莕，《說文》段注：「今作荇」，此處用古字。

156 黔婁代指窮人：猗頓代指富人（猗，各本皆誤作「倚」），如《文選·劉孝標·辯命論》：「猗頓之與黔婁，陽文之與敦洽」亦以兩者對舉。黎首，同黔首，指平民。羈縻，拘束牽制，羈與縻本義分別是控制馬與牛的器具。這兩句的意思是：貧窮的人去劫殺別的平民，而有錢的人卻被官吏敲詐要脅。

157 籽，右文「子」各本皆誤作「予」。耘籽，本義分別指翻土與除草，亦可泛稱農耕之事，《詩經·小雅·甫田》：「今適南畝，或耘或籽」、《文選·陶潛·歸去來辭》：「懷良辰以孤往，或植杖而耘籽」此句是說因為械鬥而使得農田廢耕。

白日，十里無人窺。去歲東螺人，溝洫角雄雌。風波平地起，□礮聲如雷[158]。逃遁或不及，性命飽豜貐。而我六旬叟，奔走筋力羸。亦復攜童孫，馳騁效騆驪。衣服置畛隰，農具棄路岐。倉卒離鄉井，狼狽依山陲。渴飲澗中水，饑餐山上葵。隆冬寒氣烈，妻子服絺綌。中夜仰天臥，颯颯悲風吹。起視故閭里，曖曖見竿旗。涼月照荒野，白骨何纍纍。今春干戈息，花草無芳蕤。歸來見空壁，膏血猶淋漓。房屋既蕩盡，竹木無條枝。冽彼山下泉，沙淤塞流澌。荷鍤一爲鑿，涓滴始漣洏。君今睹灰燼，愼勿古人嗤。古人原不詐，先生來則遲。我聽此言罷，嗚咽淚雙垂。昔聞漢成帝，北宮流漫瀰；又聞鬱林郡，涸澤兆癃罷。由來古靈井，氣數關盛衰；此井豈其然？零落人所爲！台陽古荒服，滄桑無定時。自入版圖後，二百年有奇。五方錯雜處，王化所難治。太守自廉潔，縣令自仁慈。哀哀爾漳泉，災害實自貽。東家持戈梃[159]，西家列矛　。爾燬我田屋，我奪爾膏脂。均之一自殺，相去不毫釐。我願爾父兄，子弟戒循規；更願爾鄉黨，仁義相切偲。乾坤有剝復，日月有盈虧；苟能推心腹，四海皆塤箎。百歲永無患，福祿天爾綏。何必憒失所，喋喋相謷訾。我志托山水，我心念瘡痍；先憂而後樂，此語本吾師。區區一井間，何足繫安危！所嗟塡壑者，十稔兩流離。悲憫恐無益，慷慨發歌詩。寄語采風者，陳之賢有司。

附錄二：佚名〈械鬥竹枝詞〉（四首）

無人拓殖不居功，動輒刀槍奮起戎；利益均沾天地義，強爭惡奪是歪風。

158 雷，各本皆作邅，然字書中並無此字，就字形及文意推測，應作「雷」。

159 梃，各本皆作「挺」，鄭喜夫校訂：「似宜从木」，是也。梃，木棒，《孟子・梁惠王上》：「殺人以挺與刃，有以異乎」；鍦，矛，《方言・卷九》：「矛，吳、揚、江、淮、南楚、五湖之間謂之鍦」；「戈梃」、「矛鍦」在此都是泛指用來械鬥的武器。

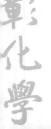

淡水環垣病最多，漳泉棍棒粵閩戈；因牛為水芝麻釁，一鬥經年血漲河。

災及後龍彰化間，禍延錫口至宜蘭；羅東亦效相殘殺，人命如絲似草菅。

起止紛爭數十年，時停時作互牽連；腥污血染開疆史，斲喪菁英笑失筌。

附錄三：〈清代台灣械鬥發生頻率曲線圖〉

根據許達然〈清代台灣械鬥發生頻率表〉（《台灣社會研究季刊》，23期，1996年7月，頁26）之數據資料，而由筆者繪製成曲線圖，其縱座標為次數，橫座標為年代。

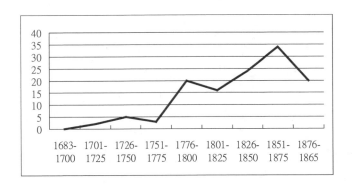

　　附錄四：〈二十世紀初中部街庄圖〉與〈中部居民祖籍分布圖〉，引自：溫振華〈清代台灣中部的開發與社會變遷〉，《國立台灣師範大學歷史學報》，11期，1983年6月，頁57、58。

二十世初中部地區街庄

說明：為配合二十世初調查的漢人籍貫資料，故以其時街庄區劃圖示。

中部地區居民祖籍分佈圖

資料來源：根據表二資料之百分比四拾五入，以泉州、漳州、客家三
　　　　群體爲單位，將百分比最高者示於圖上。

說明：⑴ Ⅰ線以西以泉州人居各街街之第一位，“三”表示三邑人，
　　　　“同”表示同安人，“安”表示安溪人，“客”表示客家人
　　　　。埔心爲Ⅰ線西惟一之客家人居首位之庄落。
　　　⑵ Ⅰ線與Ⅱ線間漳人在各庄街居首位，Ⅱ線以東客家人居首位

第七章　南北十社九社廢，裸人叢笑何有焉！
——陳肇興關於原住民的詩作探究

第一節　前言

　　台灣清領時期的原住民主題詩作具有特殊的意義，在當時整個漢詩創作圈之中，正因為原住民為台灣所獨有，所以此主題之詩作只有可能產生於此，無法產生於他處，此特殊的族群與其他具有特殊性的山川景物／風俗民情一樣，都是將台灣

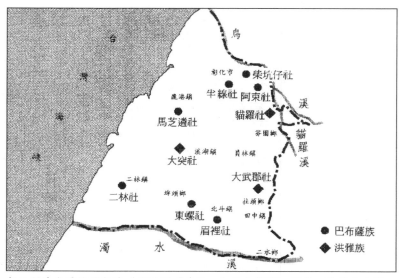

彰化縣境內平埔族部落（即所謂「番社」）之分佈圖，引自：陳柔森主編，《彰化平原的族群與文化風錄》（彰化：彰化縣立文化中心，1999），頁205。

古典詩與其它東亞諸國漢語古典詩在內容上區隔開來的重要元素。

　　陳肇興與原住民之間的互動機會可以從地緣關係分三項來論述：第一，他居住在彰化縣城，在城外便有數個平埔族的重要部落（諸如半線社、阿束社、柴坑子社等），日常生活中難免會有所接觸。第二，他離開故鄉，出外就業與遊歷的主要範圍是水沙連（有宗族居住於此）、貓霧捒（擔任塾師以及參與地方事務），偶及於大肚山台地（亦於該地任教），這些區域（在南投與台中兩縣境內）也是原住民人數頗眾之處。第三，他在戴案期間都在今南投縣名間、南投市、集集一帶避難，期間更曾經逃到深山林內以躲避敵軍的追捕，不僅有接觸到「熟番」（平埔族），連昔稱「高砂族」、「高山族」的「生番」都有接觸機會。

　　事實上陳肇興的確創作了數首與我國原住民相關的詩作，有的是部分詞句略有相關，不過也有兩首七言古詩是以原住民作為主題的：分別是作於一八五八年的〈番社過年歌〉以及作於一八六二年的〈土牛〉，前者以平埔族昔日節慶之歡愉景象對照後來冷冷清清之淒涼處境；後者藉著吟咏明顯的地標，揭露平埔族在土地被漢人兼併之後而流離失所之情況。這是詩人基於人飢己飢、人溺己溺的人道思想，勇敢站出來為社會底層的弱勢族群發聲，令人想到台灣新文學之父賴和的名句：「世間未許權存在，勇士當為義鬥爭！」（〈吾人〉），而台灣文學發展史上的兩大特點：「寫實性」與「批判性」也在其中表露無遺。

　　陳肇興也有數首是約略有提及原住民的詩作，如〈檳榔〉、〈前從軍行，倣杜前出塞體九首〉、〈自許厝寮避賊至集集內山，次少陵〈北征〉韻〉、〈自林圯埔進師，與官軍會約由溪洲底攻克斗六逆巢，越日襲取東埔蚋等處，俘獲逆徒十

三人，作歌紀事〉、〈代東沙連諸紳士七月二十二日攻克集集，斬首百餘級〉等等，從中也可略探他當時所見到的原住民生活境況，以及詩人與他們之間的互動情形。

此外，與前一章運用的手法相同，本章爲了凸顯陳肇興詩作的特色所在，也針對此一議題而與其他相關古典詩作進行比較。其實，台灣自十七世紀以來，漢人移民開始大量移入，原漢關係在清領時期台灣史上足以與抗清民變（例如朱一貴、林爽文、戴潮春等三大民變）、分類械鬥（例如閩粵械鬥、漳泉械鬥等）並列爲三大社會問題，乃當時文人們不得不接觸到的議題。經由筆者檢索之後發現，除了陳肇興之外，漢人知識份子所寫下的關於原住民的詩作數量十分可觀，亦有不少學者對此有所論述[1]，筆者透過中研院「漢籍電子文獻」進行更全面的搜尋（主要是以「番」作爲關鍵字），而該檢索系統未收的少數詩集如李逢時《泰階詩稿》、吳子光《一肚皮集》、丘逢甲《柏莊詩草》等也廣爲搜尋，總共找出數百筆當時關於原住民的詩作。其中略可分爲兩類：

其一，單純描述原住民的風俗習慣。此類采風之作有郁永河〈土番竹枝詞〉、黃淑璥〈番社雜詠〉、孫元衡〈裸人叢笑篇〉這三組詩可謂其中的三大名作（黃淑璥《台海使槎錄·附題》皆有收錄之）。其他尚有許多同樣是組詩或僅是單篇的詩作，如乾隆年間鳳山縣令譚垣〈巡社記事〉[2]、吳廷華〈社寮

1　目前曾經彙整關於台灣清領時期原住民主題的古典詩作者，主要有施懿琳《清代台灣詩所反映的漢人社會》（台北：台灣師範大學國文研究所博士論文，1996）中〈漢番關係的陳述〉一章，以及江寶釵《台灣古典詩面面觀》（台北：巨流圖書公司，1999）中的〈時、事與社會：清代前期〉部分，另有陳龍廷在2003年發表之〈相似性、差異性與再現的複製——清代文學中書寫原住民之初探〉（獲得該年賴和文教基金會台灣研究論文獎）主要以「後殖民」角度分析清代文學作品中的原住民的形象，與本章關注之主題不同。

2　詩中有提及社番前來投訴遭漢人欺壓之事，但是僅匆匆帶過而已，主要是描述作者巡視原住民部落，看到漢化措施已經有十分可觀的成效，心中感到十分滿意。

雜詩〉、周鍾瑄〈番戲〉、張湄〈番俗〉、范咸〈茄藤社觀番戲〉、蕭竹友〈蘭中番俗〉、董正官〈番社〉等等。這類詩作都是以篇幅較短的竹枝詞、近體詩或短篇古詩為主。

其二，以反映與關懷原住民的現實處境為主，帶有「詩史」以及「新樂府」的寫實精神。筆者翻檢結果，除了前述的陳肇興〈番社過年歌〉與〈土牛〉之外，還有：劉良璧〈沙轆行〉、吳性誠〈入山歌〉、黃清泰〈觀岸裏社番踏歌〉、柯培元〈生番歌〉、〈熟番歌〉以及丘逢甲〈老番行〉共六首，其體裁皆為長篇的古體詩、樂府歌行體。

第一類詩作的數量非常眾多，而第二類詩作的篇數雖然比較少，卻是當時原漢衝突事件或是原住民生活困境的珍貴記錄，這些帶有「詩史」特性的寫實傾向詩歌與其他文獻史料之間的界線，在新歷史主義（New Historicism）學者看來，是很模糊甚至是不必要的，正如此一學派的代表人物海登・懷特（Hayden White）在〈作為文學虛構的歷史文本〉所指出的：

> 人們過去區別虛構與歷史的作法是把虛構看成是想像力的表述，把歷史當作事實的表述。但是這種看法必須得到改變，我們只能把事實與想像相對立或者觀察二者的相似性才能了解事實。歷史敘事是複雜的結構，經驗世界以兩種模式存在：一個編碼為真實，另一個在敘事過程中被揭示為「虛幻」。歷史學家把不同的事件組合成事件發展的開頭、中間和結尾，這並不是「實在」或「真實」，歷史學家也不是僅僅由始至終地記錄了「到底發生了什麼」。<u>所有的開頭與結尾都無一例外的是詩歌構築，依靠使其和諧的比喻語言</u>。[3]

由此可知，歷史不再是代表著絕對真實；文學作品也

3　朱立元、李鈞主編，《二十世紀西方文論選》（北京：高等教育出版社，2002），頁695。

並非只是用來反映其他歷史文本敘述。兩者並非是第一性與第二性的關係，反而成為平起平坐的文本；並沒有誰反映誰、誰決定誰的問題，而是相互證明、相互印證的互文性（Intertextualit）關係[4]。

以下便先深入論析陳肇興的〈番社過年歌〉與〈土牛〉，繼而按照時代先後順序，詳細探討從劉良璧以下諸家的作品，為了更深入了解這兩首詩作的內容，筆者運用微觀、細讀的方式，對於一些不易曉解的難字難句，特別為之旁徵博引、詳細箋注，冀能清楚了解作者所要表達的意義何在。

此外，在詩作中，各詩人都稱原住民為「番」，如「生番」、「熟番」、「屯番」之類，這毫無疑問的是漢人沙文主義的表現，乃漢族認為外族是「非人」心態下慣用稱呼（從戲曲中習見的「番邦」、「番王」到東西交流時的「紅毛番」、「番仔火」、「番仔茶籃」種種用詞亦可得知），以下行文間為尊重當時原文，姑且沿用之，並無歧視之意。

第二節　裸人叢笑何有焉──〈番社過年歌〉箋註詳述

代匹夫匹婦語最難，蓋飢寒勞困之苦，雖告人人且不知，知之必物我無間者也。杜少陵、元次山、白香山不但如身入閭閻，目擊其事，直與疾病在身者無異。誦其詩，顧可不知其人乎？

　　　　　　　　　　　　　　──劉熙載《藝概》

陳肇興的〈番社過年歌〉是我國清領時期的古典詩歌當中，少數以「番社過年」作為主題的詩作。主要可以分成兩段，前半段以生動的手法描述番社過年的情形；後半段一轉為近年來番社窮困的情形。兩相比較之下，前者之情境愈熱鬧歡

4　凌晨光，《當代文學批評學》（濟南：山東大學出版社，2001），頁175-176。

樂，就愈反襯出後半段氛圍的冷清悲涼，頗見其佈局謀篇的用
心。以下為整首詩的全文：

> 撾金伐鼓聲淵淵，社番十月即過年。烹羊宰牛祭先祖，瓷
> 榡羅列無幾筵。纏頭插羽盛衣飾，紅絨鬖鬖垂兩肩。或提
> 藤籠或霞籃，膏蚌鮭雜魚腥羶。持瓢圈坐恣酣飲，有如長
> 鯨吸百川。醉起攘臂蹋地走，歌呼跳躑何喧闐。鼻上簫
> 吹無孔笛，嘴中琴奏不調絃。馬鄰貓踏矜猺捷，螫弧一
> 拔爭登先。腰間錚錚薩豉宜，千聲沸出騰青天。都盧嗢轆
> 學膜拜，咮嚪似祝多良田。物畜蕃滋風草死，乃箱萬萬倉
> 千千。土官通事持羊酒，獨坐公廨行賞錢。男嬉女笑出眞
> 樂，此風直在羲皇前。

> 邇來熟番變唐化，每歲歌舞猶相沿。穫稻築場農事畢，家
> 家舂磨修潔鮮。可憐眾社漸貧困，有室徒悲如罄懸。昔日
> 千豚今一臠，百年人事隨風煙。君不見，生番化熟熟化
> 氓，耕耘轉在高峰巔。南北十社九社廢，裸人叢笑何有
> 焉？

本詩一開始便用聲音的描摹來開場，「撾金伐鼓聲淵淵」，頗
有震撼人心之感[5]。接著，「社番十月即過年」指出平埔族人
過年的時間與漢人不同，在陳夢林《諸羅縣志》（與郁永河
《裨海記遊》、黃淑璥《台海使槎錄》並列為清代關於平埔族
的三本最重要的著作）也有記載所謂「番仔過年」（亦猶如今
日原住民各族之「豐年祭」）的日子，並簡潔扼要的敘述其慶
祝的經過：

> <u>九、十月收穫畢，賽戲過年</u>。社中老幼男婦，盡其服飾所

5　《文選·司馬相如子虛賦》：「撾金鼓，吹鳴籟」，韋昭曰：「撾，擊也」，
　郭璞曰：「金鼓，鉦也」，《說文》：「鉦，鐃也，似鈴」。《毛詩·小雅·
　采芑》：「鉦人伐鼓，陳師鞠旅」，注：「伐，擊也」，「撾金伐鼓」猶言
　「敲鑼打鼓」，高適《燕歌行》：「撾金伐鼓下榆關，旌旆逶迤碣石間」。
　《毛詩·小雅·采芑》：「顯允方叔，伐鼓淵淵」，注：「淵淵，鼓聲也」。

有，披裹以出。壯番結五色
鳥羽爲冠於首，其制不一；
或錯落如梅梢，高數尺、闊
可十圍。酒漿菜餌魚鮓獸
肉鮮碟，席地陳設，互相酬
酢。酒酣，當場度曲，男女
無定數，耦而跳躍。曲喃喃
不可曉，無恢諧關目；每一
度，齊咻一聲。以鳴金爲起
止，薩鼓宜琤琤若車鈴聲；
腰懸大龜殼，背內向；綴木
舌於龜版，跳蹑令其自擊，
韻如木魚。<u>過年無定日，或
鄰社共相訂期，賽戲酣歌，
三、四日乃止。亦有一歲而
二、三次者，或八月初、三</u>

清代版畫：平埔族賽戲圖，引
自：陳夢林，《諸羅縣志》（台
北：台灣銀行經濟研究室，
1962），頁30。從圖中可看出
「纏頭插羽盛衣飾」、「醉起攘
臂蹋地走」的情況。

<u>月初，總以稻熟爲最重</u>。止之日，盛其衣飾，相率而走於
壙，視疾徐爲勝負，曰曙走。或社眾相詬誶，則以此定其
曲直，負者爲曲。[6]

本段所描述的穿著、歌舞、飲食等情況，在陳肇興的這首詩
中，都能得到印證，詳見後文。

「烹羊宰牛祭先祖，餈糗羅列無幾筵」，這是「社番」擺
出來祭祀祖先的食物，詩句中的「餈糗」指的是以米或豆爲材
料而做成的祭品[7]。詩人接著描寫平埔族人的衣著裝飾：「纏

6　陳夢林，《諸羅縣志》（台北：大通書局，1987），頁166-167。
7　《周禮·籩人》：「羞籩之實，糗餌粉餈」注：「鄭司農云：『糗，熬大豆與
　　米也。粉，豆屑也。茨字或作餈，謂乾餌餅之也』謂此二物皆粉稻米黍米所爲
　　也，合蒸曰餌，餅之曰餈；糗者，擣粉熬大豆爲餌餈之黏著以粉之耳。餌言
　　糗，餈言粉，互相足」。

頭插羽盛衣飾，紅絨鬖鬖垂兩肩」，簡單扼要描繪出「番社過年」參與者的盛裝打扮[8]，渲染出歡樂的氣氛。

「或提藤籠或霞籃」，在《陶村詩稿全集》的鄭喜夫校注裡，以爲「霞」當作「葭」[9]，殊不知「藤籠」、「霞籃」皆平埔族器物之名，黃淑璥《台海使槎錄・南路鳳山番一》記載：

> 編竹爲「霞籃」，其制圓小者容一、二斗，大者可三、四石；番無升斗，以此概米粟黍豆多寡，與北路大肚諸社同。「藤籠」以藤爲之，有底無蓋，或方或圓，或似豬腰形，用以貯物。[10]

另外，該書的〈北路諸羅番三〉一節也記載：「白占米，清晨煮熟，置小籐籃內名『霞籃』，或午或晚，臨食時沃以水」[11]，其所謂「霞籃」者，乃黃淑璥以官話音所記載下來的，今福佬話中仍有此詞語，一般漢字記爲「謝籃」（到寺廟燒香拜拜時，常用以盛祭品、香燭金箔等），即其所謂「霞籃」（很多人以爲該詞是閩南原鄉固有之詞，不知是來自台灣的平埔族語）。

「膏蚌鮭雜魚腥羶」，這是族人們自己要吃的食物，就漢人的眼光看來是「腥羶」的生食，但是平埔族人並不介意。在其他文獻當中，也有類似的記載，例如《稗海記遊》：「肉之生熟不甚較，果腹而已」[12]；《台海使槎錄》〈北路諸羅番一〉：「獲鹿即剝割，群聚而飲。臟腑醃藏甕中，名日『膏蚌

8　《一切經音義》引《倉頡》：「鬖，毛垂貌也」。鬖鬖，下垂的樣子，《文苑英華・唐趙東曦・三門賦》：「松歷歷而生涯，草鬖鬖而覆水」，蘇轍〈和毛君新葺園庵船齋〉：「脫巾漉酒鬢鬖鬖」

9　鄭喜夫校訂，《陶村詩稿全集》（台中：台灣省文獻委員會，1978），頁48。

10　黃淑璥，《台海使槎錄》（台北：大通書局，1987），頁146。

11　同前註，頁103。

12　郁永河，《稗海記遊》（台北：大通書局，1987），頁35。

鮭』」、「凡捕魚，於水清處見魚發發[13]，用三叉鏢射之，或手網取之。小魚熟食；大則醃食，不剖魚腹，就魚口納鹽，藏甕中，俟年餘，生食之」；〈北路諸羅番四〉：「魚、蝦、鹿、麂俱生食」；〈北路諸羅番六〉：「半線以北，取海泥鹵曝為鹽，色黑味苦，名幾魯，以醃魚蝦」；〈北路諸羅番七〉：「魚為醃，俟有臭味乃食。凡物生食居多」；〈北路諸羅番九〉：「魚蝦醃為鮭，鹿麂醃為脯，餘物皆生食」[14]。

如今福佬話、客家話中都仍有所謂「鮭」（音〔ke〕，音猶北京話的「給」）者，指的就是前文所述的鹽漬魚蝦[15]，這種食物與稱呼其實都是平埔族文化的遺留。醃漬生肉在今原住民當中仍頗常見[16]，本詩作中的平埔族人在節慶的時候，拿出醃漬的肉類來與族人們共享，這就有如福佬人在過年的時候會做「粿」、客家人會做「粄」的意思是一樣的。

上述的這八句主要是靜態的描寫，接下來則進行到動態活動的描摹：「持瓢圈坐恣酣飲，有如長鯨吸百川。醉起攘臂蹋地走，歌呼跳躑何喧闐」，此與《台海使槎錄·北路諸羅番一》的記載可相互參照：

> 春秋米使碎，嚼米為麴，置地上，隔夜發氣，拌和藏甕中，數日發變，其味甘酸，曰姑待。婚娶、築舍、捕鹿，出此酒，沃以水，群坐地上，用木瓢或椰椀汲飲之；酒酣

13　「發發」者，引用自《詩經·國風·衛·碩人》詩中描寫捕魚場景的段落：「河水洋洋，北流活活，施罛濊濊，鱣鮪發發」，注云：「發發，盛貌」，形容魚獲眾多，拍響著尾巴的樣子。

14　黃淑璥，《台海使槎錄》，頁95、110、115、120、130。

15　筆者自幼生長於台中縣霧峰鄉，印象中常有一位老者騎著摩托車沿街叫賣著：「來喔，來買苦甘仔鮭！溪哥仔鮭！蝦仔鮭！芳貢貢、貢貢芳的苦甘仔鮭！溪哥仔鮭！蝦仔鮭」。

16　例如筆者曾經在聖誕節的時候到桃園縣復興鄉參與其慶祝活動，當地熱情的泰雅族人就拿出醃漬的生肉（混雜著米與鹽）來宴客，有飛鼠、豬、魚等各種肉類，味道十分特別，頗適合配飯，而這類醃肉在泰雅族語裡面就叫做〔tamamien〕。

歌舞，夜深乃散。[17]

至於「有如長鯨吸百川」化用杜甫〈飲中八仙歌〉：「左相日興費萬錢，飲如長鯨吸百川」，而喧闐則是形容聲音喧鬧盈滿[18]。這四句詩與前引《諸羅縣志》中所說的「酒漿菜餌魚鮓獸肉鮮磔，席地陳設，互相酬酢。酒酣，當場度曲，男女無定數，耦而跳躍」十分類似[19]。

清代版畫：平埔族會飲圖，引自陳夢林，《諸羅縣志》，前引書，頁31。從圖中可看出「持瓢圈坐恋酣飲」的情況。

「鼻上簫吹無孔笛，嘴中琴奏不調絃」是從聲音方面來刻畫慶典的情形，台灣監察御史六十七（1744～1747巡台）所撰《番社采風圖考》亦有云：

鼻簫：截竹爲管，窾四孔，長可尺二寸。通小孔於竹節之首，按於鼻橫吹之，高下清濁中節度；蓋亦可謚爲洞簫也。麻達夜間吹行社中，番女聞而悦之，引與同處。[20]

口琴，削竹爲片如紙薄，長四、五寸，以鐵繫環其端，銜於口吹之，名曰「口琴」。又有制類琴狀，大如拇指，長可四寸，窪其中二寸許，釘以銅片；另繫一柄，以手按循脣探動之，銅片間有聲娓娓相爾女。麻達於明月清夜吹行社中，番女悦則和而應之，潛通情款。[21]

陳肇興在詩中特別指出「社番」獨特的兩種樂器，一是鼻

17　黃淑璥，《台海使槎錄》，頁95。
18　元稹：「喧闐里閭隘，凶酗日夜頻」（〈賽神〉）。
19　筆者也曾聽原住民的老人們抱怨說，他們之前都是在節日的時候才會飲酒，現代部落中的年輕人卻有很多人天天都要喝好幾杯。
20　六十七，《番社采風圖考》（台北：大通書局，1987），頁10。
21　同前註，頁5。

簫（或稱「鼻笛」），一是口
簧琴（與現今所謂的「口琴」
不同）。清代乾隆年間所繪製
的「皇清職貢圖」中，有一幅
「諸羅縣蕭壠等社」的西拉雅
族（亦屬「平埔族」）畫像，
其中的男子就吹奏著「鼻笛」
（見附圖）。

「馬鄰貓踏矜猱捷，蝥弧
一拔爭登先」這兩句詩所描寫
之事，於《諸羅縣志》亦有紀
錄：

「諸羅縣蕭壠等社熟番」圖，引
自：傅恆等奉敕撰，《皇清職貢
圖》，乾隆年間，摛藻堂《四庫全
書薈要》本，卷三，頁29。

> 縣治以南，聽差者曰「咬
> 訂」；諸羅山、打貓各
> 社，謂之『貓踏』，約

十二、三歲外，凡未室者充之；立稍長為首，聽通事差
撥，夜則環宿公廨，架木左右為床，無帷帳被褥，笑歌跳
擲達旦，斗六門以北曰「貓鄰」。年可十三、四，編籐或
篾，圍腹及腰，束之使小，謂之箍[22]肚；便馳騁也；既有
室，乃去之。夜冷月明，展足矖捷，腳掌倒彎去地尺許，
撲及其臀，如凌空遉舉；習之既嫻，故逐走射飛，疾於奔
馬。遞公文悉用「咬訂」、「貓踏」、「貓鄰」。插雉尾
於首，肘懸薩豉宜，結草雙垂如帶，飄颻自喜；沙起風
飛，薩豉宜叮噹遠聞，瞬息間，已十數里。[23]

詩句中「馬鄰」應為這段文字中所記「貓鄰」之誤，「馬鄰」
一詞乃不祥之義：「番死，老幼裹以草席，瘞本厝內；平生衣

---

22 原文誤作「箍」。
23 陳夢林，《諸羅縣志》，頁165-166。

物爲殉。親屬葬畢，必浴身始入厝。喪家不爲喪服，十日不出戶；眾番呼爲『馬鄰』」[24]；「番死曰『馬歹』，華言衰也。死不棺殮，眾番幫同掘葬；如農忙時，即用雙木搭架水側，懸裹其上，以令自潰，指其地曰『馬鄰』，猶華言不利市也，從此該社徑行不由其地」[25]，陳肇興可能是因爲「貓鄰」、「貓踏」則用字重複，故以「馬鄰」置換「貓鄰」，發音相近，且這些詞原本就是用漢字去對應的音譯而已。另外，「蝥弧」一詞的出處是《左傳・隱公・傳十一年》：「秋七月，公會齊侯鄭伯伐許。庚辰傅于許，穎考叔取鄭伯之旗蝥弧以先登」，杜預注云：「蝥弧，旗名」。此處所指的競賽活動，即是前引《諸羅縣志》中關於平埔族節慶活動的記載：「止之日，盛其衣飾，相率而走於壙，視疾徐爲勝負，曰『曙走』」，其實，在福佬話中受到平埔族文化的影響。稱「賽跑」爲「走標」。

「腰間錚錚薩豉宜，千聲沸出騰青天」的「薩豉宜」或作「薩豉宜」：「鑄鐵長三寸許，如竹管，斜削其半，空中而尖其尾，曰『薩豉宜』，又曰卓機輪。繫其尖於掌之背，番約鐵鐲兩手，足舉手動，與鐲相撞擊，聲錚錚然。或另銜鐵舌，凹中，繫之臍下，搖步徐行，鏘若和鸞；騁足疾走，則周身上下，金鐵齊鳴，聽之神竦」[26]。

「都盧嘓轆學膜拜，味嘌似祝多良田」的「都盧嘓轆」乃模擬平埔族語音之詞，郁永河《稗海記遊》亦有「平地近番……其語多作都盧嘓轆聲」[27]之記載。《集韻》：「味，鳥聲」。「味嘌」或作「味離」、「侏離」，亦是模擬平埔族語音者：「番語侏離不能達情」[28]、「肄業番童，拱立背誦，句

24　黃淑璥，《台海使槎錄》，頁116-117。
25　陳淑均・李祺生編纂，《噶瑪蘭廳志》（台北：大通書局，1987），頁229。
26　陳夢林，《諸羅縣志》，頁162-163。
27　郁永河，《稗海紀遊》，頁33。
28　同前註，頁37。

讀鏗鏘，頓革咮離舊習」[29]。

「物畜蕃滋風草死，乃箱萬萬倉千千」與《台海使槎錄·北路諸羅番四》記錄的〈大傑嶺社祝年歌〉之大意相似：

> 臨臨其斗寅（今過年），口尋哪唭什剝格唭圭甲（爲粉餐、殺雞），施里西奇文林（祭天地）；匏打鄰其斗寅麻亮其斗寅（祝新年勝去年），嗒學嘎蔑唭啄因（倍收穫食不盡）！[30]（括號內皆爲作者原注）

所謂「風草」是台灣一種可以預測當年颱風的植物，《諸羅縣志》有云：「春以草驗風信；初生無節，則週歲無颱，每多一節，主颱一次；驗之不爽。近漢人亦有識此草，不知其名，但曰『風草』」[31]，此處祝云「風草死」是希望不要有颱風、祈求風調雨順之意。

「土官通事持羊酒」的「**土官**」是番社之頭目：「土官之設，始自荷蘭，鄭氏因之；國朝建設郡縣，有司酌社之大小，就人數多寡，給牌各爲約束，有大土官、副土官名目，使不相統攝以分其權，且易爲制」[32]，或稱「土目」，如鄧傳安（1821任北路理番同知）《蠡測彙鈔·台灣番社紀略》：「北路熟番可紀者，嘉義共十三社、彰化共三十三社、淡水共三十六社；每社有通事、土目約束其眾」[33]。「**通事**」則爲通曉平埔語及漢語、並在番社跟官府之間交涉者，一七五八年之前爲漢人充任，之後由平埔族人擔任。土官與通事爲平埔族部落中地位最高的兩位重要人物，社中凡有大事、節慶皆會邀請之，以部落中有婚禮爲例，舉行婚禮的家庭便會「執豕酌酒，請通事、土官、親戚聚飲」[34]。

29　黃淑璥，《台海使槎錄》，頁171。
30　黃淑璥，《台海使槎錄》，頁112。
31　陳夢林，《諸羅縣志》，頁163。
32　陳夢林，《諸羅縣志》，頁168。
33　鄧傳安，《蠡測彙鈔》（台北：大通書局，1987），頁1。
34　黃淑璥，《台海使槎錄》，頁96。

　　「獨坐公廨行賞錢」的情境，在《番社采風圖考》亦有記載：「番社前蓋茅亭一座，進則館舍三間，名曰『公廨』，土目、通事會議決斷之所。日夜撥番夫二人守候」[35]，《諸羅縣志》則云：「社中擇公所為舍，環堵編竹，敞其前，曰公廨（或名社寮），通事居之，以辦差遣」[36]。

　　「穫稻築場農事畢，家家舂磨修潔鮮」的「築場」乃脫胎自《毛詩・豳・七月》：「九月築場圃，十月納禾稼」，傳云：「春夏為圃，秋冬為場」，鄭玄箋曰：「場圃同地，自物生之時，耕治之以種菜茹，至物盡成熟，築堅以為場」，「築場」為農事之一。此兩句以生動活潑的筆調，描繪出平埔族人豐收之後的歡樂喜悅之景。

　　「可憐眾社漸貧困」以下，形容平埔族在當時社會的可憐情景。「化氓」，指熟番之「編氓」、「歸化」，即編列戶籍，成為正式的清國臣民。生番屬於「化外之民」，不編入戶籍；而熟番被「編氓」後則必須服勞役、繳賦稅。清政府對於生、熟番之歸化編氓是持鼓勵態度的[37]，藍鼎元（1680～1733）在康熙年間便早有此議：

> 擇實心任事之員，為台民培元氣……一年而民氣可靜，二年而疆圍可固，三年而禮讓可興；而生番化為熟番，熟番化為人民；而全台不久安長治，吾不信也。[38]
> 以殺止殺，以番和番；征之使畏，撫之使順；闢其土而聚我民焉，害將自息。久之生番化熟，又久之為戶口貢賦之區矣。[39]

時任閩浙總督之覺羅滿保（？～1725）亦有〈題報生番歸化

35　六十七，《番社采風圖考》，頁13。
36　陳夢林，《諸羅縣志》，頁159。
37　王慧芬，《清代台灣的番界政策》（台北：台灣大學歷史所碩士論文，2000），頁8。
38　藍鼎元，《平台記略》（台北：大通書局，1987），頁31。
39　藍鼎元，《東征集》（台北：大通書局，1987），頁60。

疏〉云：「南、北二路生番，自古僻處山谷，聲教未通；近見內附熟番賦薄徭輕，飽食煖衣，優游聖世，耕鑿自安，各社生番，亦莫不歡欣鼓舞，願附編氓」[40]，當時原住民「歸化」的原因，有很大一部分是：漢人至其部落貿易，便向官府報稱歸化，並且代爲繳稅，以取得對該部落的貿易獨佔權[41]，結果在前引的這篇奏疏中，卻寫得有如「近悅遠來，天下歸心」，參照此詩之敘述，不啻爲一大諷刺。詩末「裸人叢笑」者，出自孫元衡（1703年任台灣海防同知）《赤崁集》所收錄的〈裸人叢笑篇〉[42]（共十五首），「裸人叢笑何有焉」則是表示平埔族人先前歡樂的生活早已一去不復返了。

作者以平埔族人最爲歡樂的年節慶祝活動爲主題，用意卻是對比出當時其生活的困頓。後半段的第一句就說：「邇來熟番變唐化」，並以此領出整段熟番窮苦生活的敘述，似乎番人們「唐化」之後，帶來的卻是日漸淒涼的生活，帶有反諷之意。

「昔日千豚今一臠，百年人事隨風煙」，前半段所敘述的熱鬧歡樂景象早已成爲過往雲煙，代替的是目前「有室徒悲如磬懸」、「耕耘轉在高峰巓」的可悲情景。先前寫得愈樂，此處便顯得愈哀，以樂顯哀，哀樂相襯。所以前段刻畫得活靈活現，以許多筆墨營造出歡樂的氛圍；而此處雖僅聊聊數筆，但是今昔之比、哀樂之別卻十分明顯。

詩作最後以反詰的語氣說：前人所描寫的「裸人叢笑」之景，於今安在哉？只透過情景的描述來揭露當時的社會底層平埔族人的問題，而不將話講透，不參雜議論，讓讀者自己去反思。這種寫作手法與唐代、白居易、元稹創作的「新樂府」作

---

40 劉良璧纂輯，《重修福建台灣府志》（台北：大通書局，1987），頁516。
41 王慧芬，《清代台灣的番界政策》，頁20。
42 孫元衡，《赤崁集》（台北：大通書局，1987），頁24-27。

品十分相似。

第三節 強子弟恣侵陵──〈土牛〉一詩詳述

在我國清領時期的古典詩歌當中，曾提及「土牛」者，除了陳肇興之外，尚有彰化知縣吳性誠〈入山歌〉詩中的：「土牛紅線分番」（詳後文），以及噶瑪蘭通判李若琳（1837～1838署任）的〈防番〉一詩：

界未標銅柱，疆曾劃土牛；犬羊區異類，麋鹿信同儔。奈有髑髏癖，能無性命憂？抽藤與伐木，莫浪越山頭！

吳、李二人的詩作著重在漢人立場的敘述觀點，提到土牛紅線裡面就是生番居住的地區，而漢人們越界的話，就會有性命之憂，至於陳肇興的這首〈土牛〉則是唯一的一首以「土牛」為題，並且能站在弱勢的「熟番」立場發聲者，詩中道盡當時平埔族處境的悲涼。

通篇可略分為三段，首段敘述詩人當時所見的「土牛」型態，接著是遙想早年劃下漢番界線以及當年番人生活的歷史，最後則是眼前原住民生活貧竇窘蹙之狀的敘述，以及讓他有感而發的議論。全詩錄之如下：

土番畏人如畏賊，自築土牛封其域。星羅棋布廿四頭，尺寸不差繩與墨。砌以礨确塑以泥，嶄然頭角狀奇特。

我聞在昔此地生番巢，出沒殺人以為食，聖人有作妖魈消，黥面文身咸戴德。一絲紅線下堯封，萬頃綠塍遵禹則；分疆立界嚴提防，不許斯民處實逼。牛皮已變紅毛風，土壤還同金馬式。是時番奴富田疇，烹羊炮豕樂無極。醉後歸來兩眼昏，忽訝寢訛遺路側。短笛攜將信口吹，歌呼踏破夕陽色。

邇來十社九社空，鋤犁轉在內山北。歸然數簣留嚴阿，猶似千鈞任地力。豪強子弟恣侵陵，拔毛削皮禁不得。朝廷

兼并有明刑，嗟爾無告獨可惻。牛牯嶺外烽火明，千村萬落長荊棘。安得遍築千萬頭，盡教賣劍歸稼穡！牛乎牛乎爾勿哀，銅駝與爾俱草萊。

以下分句詳細論述之。此詩一開始便說「**土番畏人如畏賊**」，其所畏之「人」指的是「漢人」。而且，此「畏」並非「敬畏」或是「畏威」，乃是如同「畏賊」一般的，包含著雖然厭惡、卻不得不防範的心情，這是為後文「豪強子弟恣侵陵，拔毛削皮禁不得」的批判預作伏筆，彼等私墾侵佔熟番土地之漢人，在詩人的眼中等同於盜賊一般，字裡行間表現出強烈的不滿。

接著「**自築土牛封其域**」引出此詩吟詠的主題——「土牛」與「土牛溝」都是清帝國統治台灣時期，用以標明「番界」的建築。台灣「番界政策」的出現，是受到朱一貴事件（1721～1722）的影響，當時許多參與起事的人民為了逃避官兵的追捕而逃亡到番地去，使得清政府花了大量時間與人力來搜捕；所以，為了防微杜漸，清政府便採行「劃定番界」的政策，將台灣分為兩大部分：一為行政區，是指居住著漢人與熟番的西半部沿海平原；一為禁區：是指生番勢力範圍內的山地丘陵以及東部地區，禁止人民進入從事任何活動[43]。

但是，標示番界的方式大多只是在重要地點立石、立碑，真正能夠在地表上看到一條明確的界線者，則僅有台灣中北部所修築的「土牛溝」與「土牛」[44]。這是在一七六〇年由當時的閩浙總督楊廷璋所規畫：

淡水廳、台郡彰化縣[45]沿山番界，年來侵墾漸近內地，生番逸出為害。今據該鎮、道勘明，於車路旱溝之外，各有

---

43 王慧芬，《清代台灣的番界政策》，頁35-43。
44 同前註，頁44-45。
45 當時的彰化縣、淡水廳即今濁水溪以北的整個西半部。

彰化學

溪溝、水圳及外山山根，堪以久遠劃界。其與溪圳不相接
處，挑挖深溝，堆築土牛為界。至淡防廳一帶，從前原定
火燄山等界，僅於生番出沒之隘口立石為表，餘亦未經劃
清。今酌量地處險要，即以山溪為界；其無山溪處，亦一
律挑溝堆土，以分界限。[46]

繼而在一七六一年由分巡台灣道楊景素按照此規劃而實際執
行：「馳赴彰化、淡水，親率廳、縣督理工所匝月，而深溝高
壘，疆界井然」[47]。

由此可知，這些土牛就是挖鑿「土牛溝」所掘出的土石堆
砌而成，至於其確切的形制與布置是如何呢？台中縣石岡鄉土
牛村有一「奉憲勘定地界碑」記載：

勘定朴仔籬處，南北計長二百八十五丈五尺，共堆土牛
一十九個。每土牛長二丈，底闊一丈，高八尺，頂寬六
尺。每溝長一十五丈，闊一丈二尺，深六尺。永禁民人逾
越私墾。[48]

當時一尺約今卅公分，換算結果：每「隻」土牛足足佔了五六
坪的面積，且有一層樓高左右，是極為醒目、壯觀的龐然大
物。

清廷挑築土牛的緣故是為了讓番界更醒目，以確切阻止
漢人越界私墾、逃避官兵追捕等不法行為。但是陳肇興在此的
敘述卻讓人以為：土牛是土番因為「畏」漢人之故，所以自己
建造的——就有前輩學者說：「長久以來，原住民被教化被同
化，從梟猛到畏人。**以土牛築界**。**自我封閉**，早已不復傳說中
出草獵人頭的雄風」[49]，把陳肇興的詩句信以為真，此亦凸顯

46 當時的彰化縣、淡水廳即今濁水溪以北的整個西半部。
47 黃佾纂輯，《續修台灣府志》（台北：大通書局，1987），頁814。
48 台灣銀行經濟研究室編，《台灣中部碑文集成》（台北：大通書局，1987），
頁68。
49 江寶釵，《台灣古典詩面面觀》（台北：巨流圖書公司，1999），頁161。

文學作品要作為歷史論證的材料時，應該要注意的問題。不過，陳肇興何以說出「自築土牛封其域」如此與其他史料記載相違背的詩句呢？

筆者認為，這是因為當時熟番的土地都被漢人巧取豪奪而侵佔殆盡，導致流離內山、生活困頓，這種令人憐憫的情況，觸動了詩人的人道關懷，讓他不禁大力的抨擊：土番極需要這樣的土牛來防止漢人侵墾（雖然實際上的收效甚微），甚至要不假他人，自己出力來堆築。在台灣文獻史料中，從沒有記載說土牛乃熟番自築的，而且陳肇興創作此詩之時，距離築成土牛也才一百年左右而已，當時的人們應該也都清楚的認知建築土牛的緣由，因此，詩人說「自築土牛封其域」並非他不清楚土牛之真正由來，只是他刻意以反諷口吻這麼說，以凸顯熟番被侵凌的嚴重問題。

陳肇興接著以「星羅棋布廿四頭，尺寸不差繩與墨」來形容他所看到的土牛之型態。根據前文所引「奉憲勘定地界碑」碑文，在石岡土牛村285.5丈長的番界中，總共築了十五段土牛溝，285.5÷15≒19，碑文中恰巧也記載了有十九座土牛，可見只要有一段土牛溝，就會築一座土牛；再比照這塊碑文所記載的每條溝長十五丈，則此詩中所說：當地有廿四座土牛，24×15=360，360丈約今一公里左右，所以，我們可以想像詩人在此地所瞭望到的是：<u>蜿蜒足足有一公里多的、總共廿四頭的龐然大土牛隊伍</u>，這是何等壯觀的場面啊。

而這列大型的土牛隊伍位於今日的何處呢？筆者查閱一七六〇年繪製的〈台灣番界圖〉發現，在湳仔（今名間街上）東部丘陵的山腳下，畫著一條藍線（紅線是舊番界，藍線是新番界），較南段寫著「此處以山根為界」，北段寫著：「此處

排溝築土牛透連虎坑爲界」[50]，這是因爲南段丘陵與平原的接觸面較爲平整，而北段則有許多坑谷地形，所以才需要構築土牛這種人爲的界線。筆者再對照現今地圖發現，那段築有土牛之處，就是位於今南投縣名間鄉的東北部地區，亦即萬丹、東湖、仁和等村的範圍內，這個地區昔稱「番仔寮」，從地名可知此處原先必爲原住民之部落：

> 地名由來於往昔爲洪雅平埔族（Hoanya）阿里坤支族（Arikun）Savava社舊社址（今居民稱往昔居住一帶之平埔族爲萬丹番），漢人來墾後，平埔族退入埔里地方，乃形成陳姓之血緣聚落，故得名，雍正間有福建省漳州府人陳景南率族入墾於此，平埔族一旦向東方山麓地區退入，<u>相傳境內曾築有十八座土牛</u>，爲漢番之界，以嚴禁民人之逾越。[51]

可見此處的人民還有關於「土牛」的歷史記憶，不過卻誤記是十八頭，與本詩之記載有所出入。由這段記載，我們也知道陳肇興所哀憫的該地區生活困苦之平埔族是屬於洪雅（Hoanya）族的阿里坤支族（Arikun）[52]。

　　「砌以犖确塑以泥，嶄然頭角狀奇特」，詩人在這兩句更進一步說明「土牛」的外觀。此處以「犖确」與「泥」並舉，兩者皆爲塑造土牛的材料，詩中化用韓愈「山石犖确行徑微」（〈山石〉）之詩句，蓋以「犖确」代指「山石」，表示詩人所看到的土牛外觀是混有泥土也有大石頭的，也藉此引出下一句：「嶄然頭角狀奇特」，此句可能化用韓愈〈柳子厚墓志銘〉中的「雖少年已自成人，能取進士第，**嶄然見頭角**」之

50　周婉窈，《台灣歷史圖說》（台北：聯經出版公司，2009），頁89-92。

51　洪敏麟，《台灣舊地名之沿革・第二冊（下）》（南投：台灣省文獻委員會，1999），頁469。

52　筆者阿嬤的外家厝——霧峰鄉萬斗六，亦屬此族之部落，可惜現今都已漢化顏深，所遺留的平埔文化不多，不過對於「萬斗六」的發音並非用福佬音，仍保留了平埔族語音：「Ban-Da-La」。

句，不過，句中的「嶄然」就文意脈絡而言，是指土牛頭角之崢嶸突出的樣子，與儲光羲「雙角前嶄嶄，三蹄下駸駸」（〈述韋昭應畫犀牛〉）之「嶄嶄」同義。

「我聞在昔此地生番巢」的「此地」，指的是今名間鄉東部丘陵虎子坑南方（戴案事起，陳肇興曾長時間避居在這此處西南方的「許厝寮」），前引之〈台灣番界圖〉在此處寫著「此處排溝築土牛透連虎子坑為界」，而此區是位於紅線（舊定番界）之外，故云「在昔此地生番巢」，至於這些生番給作者的印象卻是「出沒殺人以為食」，帶有漢人對原住民的「東方主義式」的想像。

「聖人有作妖魑消」所用的典故來源是《禮記・禮運》：「**後聖有作**，然後脩火之利，范金，合土……」，在《毛詩正義・大雅・蕩・小序》也說：「天下蕩蕩，無綱紀文章」，孔穎達正義云：「綱紀文章謂治國法度，**聖人有作**，莫不皆是」，「聖人有作」是儒家所謂聖人教化再起之意。至於「妖魑」是與「聖人」相對而言，乃妖怪魑魅之意，此處用以形容「出沒殺人以為食」生番。接著「劓面文身咸戴德」之「劓面」原本是中國北方阿爾泰語族的風俗，用以表示哀傷至極[53]。台灣的原住民習俗中並沒有「劓面」之事，詩人只是以此胡人之風俗與「文身」並舉。至於「文身」就確實是台灣原住民的普遍習俗，例如《番社采風圖考》便記載著：

> 古傳文身以避蛟龍之害，勾吳已然。台番以鍼刺膚，漬以墨汁，使膚完皮合，嚼體青紋，有如花草錦繡及台閣之狀。第刺時殊痛楚，亦有傷生者。番俗裸以為飾，社中以此推為雄長，番女以此願求婚媾，故相尚焉。[54]

53　《北史・突厥列傳》：「其俗：……死者，停屍於帳，子孫及親屬男女各殺羊、馬，陳於帳前祭之，遶帳走馬七匝，詣帳門以刀劓面且哭，血淚俱流，如此者七度乃止。」

54　六十七，《番社采風圖考》，頁8-9。

　　詩中「剺面」與「文身」皆用以代指番人，吳性誠〈入山歌〉亦云：「土牛紅線分番漢，文身剺面判衣冠」[55]。

　　「一絲紅線下堯封」的「紅線」即「番界」之意，這是因為清代在台灣輿圖上習慣用紅色線條來標示番界，所以用「紅線」代指番界，與實際看得到的「土牛」合稱「土牛紅線」。連橫、伊能嘉矩皆云「紅線」乃如「土牛」一般，為實際看得到的建物：「以土築短垣，上砌紅磚以為識」、「以紅磚築成的牆垣」[56]，實屬誤解[57]。至於「堯封」出自《尚書·虞書·舜典》：「肇十有二州，封十有二山」，後以「堯封」代稱中國的疆域，此句意指清廷以紅線畫下國土之疆界[58]。

　　「萬頃綠塍遵禹則」，《說文》有云：「塍，田畦也」，即田埂也；此處代指農田，與韓愈〈送侯參謀赴河中幕〉：「惟當待責免，耕齃歸溝塍」的用法相同，福佬話中亦以「塍」（音tshan）代稱「田」。接著的「禹則」所指為何？《詩經·信南山》：「信彼南山，維禹甸之」，鄭玄箋：「信乎彼南山之野，禹治而丘甸之……六十四井為甸，甸方八里，居一成之中，成方十里，出兵車一乘，以為賦法」，因為此規則乃禹所訂定，故云「禹則」。至於「不許斯民處實偪」則化用《左傳》句法：「無滋他族，實偪處此，以與我鄭國爭此土也」（〈隱公十一年〉），「偪」同「逼」，此詩句意謂不讓熟番被漢人壓迫。

　　「牛皮已變紅毛風，土壤還同金馬式」連用兩典，《重修

55　周璽總纂，《彰化縣志》（台北：大通書局，1987），頁474。

56　連橫，《台灣通史》（台北：大通書局，1987），頁369；伊能嘉矩，《台灣文化誌》（台北：南天書局，1994），頁785。

57　施添福，〈台灣歷史地理研究箚記（一）：試釋土牛紅線〉，《清代台灣的地域社會——竹塹地區的歷史地理研究》（新竹：新竹縣文化局，2001），頁229-231。

58　一八七一年牡丹社排灣族殺害日本琉球人民（即「牡丹社事件」），清廷面對日人之興師問罪，辯稱那是化外之地，不願負責，由此可清楚知道：「番地」在清帝國的認知下，屬於化外之地，也就是不認為那是國土的一部份

福建台灣府志》記載：

> 荷蘭紅毛舟遭颶風飄此，愛其地，借居於土番；不可，乃
> 紿之曰：「得一牛皮地足矣，多金不惜」。遂許之。紅毛
> 剪牛皮如縷，周圍圈匝已數十丈；因築台灣城（即安平鎮
> 城）居之。[59]

陳肇興乃以「牛皮」代指「土地」，此處「牛皮」與下句「土壤」對舉，實為同義，而「金馬」所指為何呢？《史記·滑稽列傳》有云：「**金馬門者，宦署門也。門傍有銅馬，故謂之金馬門**」，在《後漢書·馬援傳》也有：「孝武皇帝時，善相馬者東門京鑄作銅馬法獻之。有詔立馬於魯班門外，則更名魯班門曰金馬門」。「金馬」在此作為京師、中原的代稱，這兩句是說：原本荷蘭人遺留下來的耕作方式都已經改變，變成完全與中原漢人所用的方式相同了。

　　「醉後歸來兩眼昏，忽訝寢訛遺路側」，後句運用了《詩經》的典故：「或降于阿，或飲于池，或寢或訛」（〈無羊〉），傳云：「訛，動也」；鄭玄箋云：「言此者，美其無所驚畏也」，「寢訛」原本是詩經中用以形容牛羊的睡覺與行動[60]，此處則是用來代稱牛羊，整句是說：社番們喝醉酒之後，所飼養的牛羊都遺置在路旁了，形容其爛醉之貌。「短笛攜將信口吹，歌呼踏破夕陽色」，好一幅平埔族人夕陽歌舞圖，兼有視覺與聽覺的描寫，而夕陽西下之景更隱喻著平埔族人歡樂之日恐怕所剩無多，言外之意，顯而易見，正所謂「夕陽無限好，只是近黃昏」，此句之後的描寫便開始由樂轉憂矣。

　　「邇來十社九社空，鋤犁轉在內山北」，這些平埔族受不

59　劉良璧纂輯，《重修福建台灣府志》，頁39。
60　後世也多用「寢訛」來形容牛羊的動作，如梅堯臣〈送鄭太保瀛州都監〉：「牛羊自寢訛」，王禹偁〈鹽池十八韻〉：「群羊自寢訛」等。

了漢人的侵逼之後，只好再往漢人未及之處遷居，所謂「內山北」是指何處呢？其實就是中部平埔族最後的落腳之處——埔里盆地。「歸然數簣留巖阿」的「歸然」指的是高大堅固的樣子[61]，原本爲了區隔漢番，阻擋漢人開墾勢力的土牛現在仍然高大堅固的屹立著，但是被保護的主體：平埔族人卻早已經遷移他處，番社都已渺無人煙，實在是充滿著諷刺與無奈之意，剩下的這些土牛則見證著這段歷史，也進行著無言的抗議。

「牛牯嶺外烽火明，千村萬落長荊棘」此一「牛牯嶺」在今日何處？清代台灣文獻中記載著：

> 牛牯嶺山：在縣治（筆者按：指彰化縣城）南三十餘里。山上平坦，可耕、可居，橫互十數里。[62]
>
> 南投山（原注：山半有牛牯嶺一條，爲往南北投、水沙連大路。外高一里、內高半里，嶺頂一片平陽，左右四通八達，隨處可行，非險要也）：在邑治東南四十里，山麓即縣丞署，山勢平坦，無險可恃。[63]

由以上敘述可知所謂的「牛牯嶺」其實只是一個「台地」的地形，又作「牛港嶺」，位於今南投市西南與名間鄉交界處的一座東西向的丘陵，海拔約兩百四十至兩百六十公尺[64]。此詩作於一八六二年，陳肇興卅歲，他在三月十六日奉台灣道（台灣最高文官）孔昭慈之命，往南北投（今草屯、南投市一帶）召集民間武力，要一起去鎮壓八卦會眾，但是隔天淡水同知（治理淡水廳的地方首長）秋日覲就與會眾戰起來了，因爲林晟反戈，後一天（三月十八日）秋日覲戰死，戴潮春也正式起事，很快的三月廿日彰化縣城被攻破，孔昭慈自殺；陳肇興因而

61　《文選‧王文考‧魯靈光殿賦‧序》：「自西京未央建章之殿，皆見虛壞，而靈光歸乎軌然獨存」注：「歸然，高大堅固貌也」

62　周璽總纂，《彰化縣志》，頁10。

63　台灣銀行經濟研究室編，《台灣府輿圖纂要》（台北：大通書局，1987），頁231。

64　洪敏麟，《台灣舊地名之沿革‧第二冊（下）》，頁471。

一度滯留在牛牯嶺庄[65]（後來則遷居許厝寮），這時牛牯嶺外（主要指彰化、鹿港、阿罩霧等戰況較為激烈的地區）正陷於兵馬倥傯之中。

「牛乎牛乎爾勿哀，銅駝與爾俱草萊」這兩句所用的典故出自《晉書·索靖列傳》：「靖有先識遠量，知天下將亂，指洛陽宮門銅駝，歎曰：『會見汝在荊棘中耳！』」，意指這些土牛都被雜草荊棘所遮蓋住了，約一八三二年寫就之《彰化縣志》已經有云：「昔日之土牛紅線，至今已無遺跡」[66]，到陳肇興寫作此詩（1862年）時，想必又更荒蕪了。

此首〈土牛〉全詩共有廿個韻腳，換韻一次。前十八個韻腳屬於入聲十三「職韻」：「賊、域、墨、特、食、德、則、逼、式、極、側、色、北、力、得、惻、棘、穡」；後兩個韻腳屬於上平十「灰韻」：「哀、萊」，詩人特在末兩句換韻，有引人注意之效，並且在結尾運用呼告以及擬人的手法：土牛啊！土牛啊！你們不必因為失去作用而感到哀傷，古代的銅駝也跟你們一樣，都是被淹沒在荒煙漫草之中啊！飽含哀憐與傷感之意，並且藉此指出：用「土牛紅線」來圈劃原住民保留地的政策，其實抵擋不住漢人們日漸往內山開墾的趨勢，至於「安得遍築千萬頭，盡教賣劍歸稼穡」則僅止於詩人一時的異想天開而已，雖然在這首〈土牛〉之中，陳肇興並沒有提出對應之策，但確實達到了「惟歌生民病」、「句句必盡規」（白居易語）的效果，充分呈顯詩人關懷弱勢族群之人道精神。

第四節　陳肇興其他零星之相關詩作探討

65　陳肇興在《陶村詩稿》中說他居住在「牛牯嶺」，並不是說他就住在那座標高284公尺的牛牯嶺丘陵之上，而是說他居住於當時彰化縣武東堡的「牛牯嶺庄」，範圍是在今南投縣名間鄉大庄、南大大村，此處舊稱就直接是「牛牯嶺」或是「牛牯嶺大庄」，因為清代此處為一大集村，見洪敏麟，《台灣舊地名之沿革·第二冊（下）》，頁471。
66　周璽總纂，《彰化縣志》，頁226-227。

除了上舉的這兩首詩之外，陳肇興仍有其他零星數首詩作與原住民相關。可以分為戴案前與戴案後兩個時期來論述。在戴案前有三首詩作，一是作於咸豐三年（1853，詩人廿二歲）的〈檳榔〉：

蒲衣劍佩綠紛披，直幹亭亭出短籬。拔地數弓[67]繞展葉，擎天一柱不分枝。虛心似竹還多節，瘦骨如櫻[68]卻少絲。日暮蠻兒競猱採，山風吹下子離離。

平埔族人採收檳榔圖，正是陳肇興所謂「日暮蠻兒競猱採」的情況。引自六十七，《番社采風圖・猱採》。

陳肇興在這年剛上府城（今台南市）考取秀才，回途時因為林恭、王汝愛、曾雞角的民變，而從斗六東行繞道八卦台地的東緣北上，來到今烏日鄉王田以及台中市北屯一帶避難，他便在此時寫下了這首七言律詩。通篇扣緊詩題「檳榔」，從葉子、莖幹到姿態，細緻的刻畫其整體形象，讓人覺得似有一株高聳直挺、開展著綠葉的檳榔樹就清楚的聳立在眼前。末聯更勾勒出一幅生動的平埔族人爬樹採集檳榔之圖，與文獻中的記載相符：「檳榔子生木杪，高數丈，漢人以長柄鉤鐮取之；番猱[69]而升，攀枝而過，頃刻之間，跳越數十樹」[70]，也有如就是六

---

67 周璽總纂，《彰化縣志》，頁226-227。
68 指棕櫚樹。
69 原文誤作「採」。
70 周璽總纂，《彰化縣志》，頁305。

十七〈番社采風圖‧猱採〉一圖所繪的情景。

另有一首作於咸豐八年（1858，詩人廿八歲）的〈書齋偶興〉：

> 一龕長日伴維摩，<u>幾个獠奴問字過</u>；詩禮重溫文義出，門庭漸廣是非多；裁紅暈碧春無耐，淺酌低斟興若何；卻恨風塵空涸跡，十年松桂負巖阿。

在這首詩作中，有幾點與原住民有關者值得探討：

第一，所謂「獠奴」原本是指中國南方的少數民族，杜甫有〈示獠奴阿段〉之作，題後自注云：「『獠』乃南蠻別種，無名字。男稱阿暮、阿段，女稱阿夷、阿等之類」；宋詩當中亦有「獠奴」的用例，如蘇軾：「蓬頭三**獠奴**，誰謂愿且端」（〈和陶西田穫早稻〉）、陸游：「惟餘數卷殘書在，破篋蕭然笑**獠奴**」（〈自笑〉）、「浩蕩恣灑掃，下床呼**獠奴**」（〈晨起〉）等。古代的漢族因為有自我膨脹的沙文主義，對於其他民族都用一些蔑稱，此自是古籍中所習見。但是在此處可能只是一種「借代法」的運用，正如沈伯時《樂府指迷》所云：

> 說桃不可直說破桃，須用「紅雨」、「劉郎」等字，詠柳不可直說破柳，須用「章台」、「灞岸」等字。

就像陳肇興在此詩中也以「維摩」代稱佛經一樣，所謂「獠奴」很明顯的是指居住在陳肇興書齋（即「古香樓」）附近的平埔族人，應即彰化縣城附近半線社、阿束社、柴坑仔社的Babuza族。

第二，陳肇興雖然要到隔年（咸豐九年，1859）才渡海赴省城考取舉人，不過在當時絕大多數人民屬於文盲的社會上，能獲得秀才[71]已經十分不簡單了，從這首詩中所說「門庭漸

---

71 在陳肇興《陶村詩稿》中，他自己說他考上「博士員弟子」；台灣銀行經濟研究室編《台灣通志》（台北：大通書局，1987）則說陳肇興是「廩生」，其實

廣」可以知道已經有不少學生來到古香樓跟這位年僅廿八歲的
年輕老師求學，甚至連附近的平埔族都來向他請教。

　　第三，雍正十二年（1734）因巡道張嗣昌之奏請，台灣各
地分別設立「社學」以加強清政府對平埔族人推動漢化以及進
行儒家思想控制。在一八七〇年代，台灣由南至北的「社學」
分布是：台灣縣五所、鳳山縣八所、諸羅縣十一所、彰化縣十
七所、淡水廳六所[72]，其中就以彰化縣數量最多，位於彰化市
附近Babuza族的主要部落（即前文所提及的半線社、阿束社、
柴坑仔社）都有成立「社學」。清政府與漢人移民用政經優勢
作後盾，快速將平埔族漢化。本詩所云「幾個獠奴問字過」，
與鳳山縣令譚垣（1764～1767任）在〈巡社紀事·力力社〉詩
中所云十分相近：

> 晚過力力溪，溪水清可掬；皎月懸林端，修竹如新沐。下
> 馬入番社，番眾一何肅！燈前試細認，《爾雅》殊被服；
> 諮訪聽語音，通曉更嫻熟。聖治開文明，光被及番族；應
> 知久漸摩，秀發此先卜。拱手進番童，經書果能讀；忠信
> 自有基，禮義須涵育。勸勉且丁寧，披月前肇宿。

此詩中的平埔族兒童已經能夠背誦經書，而陳肇興〈書齋偶
興〉中的平埔族人則在學習漢字，兩者同樣都可看出平埔族人
漢化日深的情況。

　　陳肇興於咸豐十一年（1861，戴案爆發之前一年）作有
〈前從軍行，倣杜前出塞體〉共九首，其第三首云：

> 八尺生番布，裁爲戰士衣；鳥鎗白如練，能擊飛鳥飛；出
> 門別親故，有淚不肯揮；英雄期馬革，何用室家爲？

清領時期的「生番」下山販售予漢人的物品當中，「番布」或

　　「廩生」乃正是稱呼，「博士員弟子」屬於雅稱，而民間一般將所有各類生員
　　（包含附生、增生、廩生等）都通稱爲「秀才」。
72　丁紹儀，《東瀛識略》（台北：大通書局，1987），頁29-30。

曰「生番布」是其中很重要的一項。在各文獻中都有記載，譬如：

> 有番布名「達戈紋」[73]，番婦合棉苧織成，或爲斗方柳葉紋，長不逾五尺，短衣一需布三段，細者價至七、八圓，粗者一、二圓，可以代紵。[74]

> 唱罷漁歌覓剪刀，輕裁番布白如旄；漫疑花樣新宮錦，莫與香羅價並高！（原注：熟番以樹皮爲布，輕似香羅，豪貴爭購）[75]

> 番布粗厚，番人貨於市，售之者少。[76]

> 番女機杼以木，大如栲栳，鑿空其中，橫穿以竹使可轉；纏經於上，刓木爲軸繫於腰，穿梭闔而織之。以苧絲爲線，染以茜草，合鳥獸毛織帛，斑斕相間，名曰「達戈紋」。又有巾布等物，皆堅緻。范侍御有「蓬麻茜草能成錦，何必田園定種桑」之句。[77]

> 卓戈紋，台灣所出番布也；閩人極珍重之。但□「番布」，知其名者鮮矣。[78]

由這些記錄中可以知道，台灣各原住民族所織的布料被通稱爲「番布」者，厚薄不一；有的華麗、有的樸素，也各自不同。陳肇興詩中所指者爲哪一種呢？這就必須回到〈前從軍行〉這組詩的前後文脈絡中來看。在第一首中就開宗明義的說：「男兒重橫行，亡命作山賊。驅之軍旅間，一舉還兩得。既可安鄉閭，兼以報君國。慷慨赴軍門，風雲爲生色」，這首詩作可說

---

73 「達戈紋」（Dagobun，並非某種紋路，而是指那種布料，乃原住民語的音譯）是台灣當時最負盛名的一種番布。
74 丁紹儀，《東瀛識略》，頁61。
75 黃逢昶，《台灣生熟番紀事》（台北：大通書局，1987），頁30。
76 柯培元纂輯，《噶瑪蘭志略》（台北：大通書局，1987），頁118。
77 六十七，《番社采風圖考》，頁3-4。筆者曾探訪桃園縣復興鄉高義村的泰雅族部落，發現其傳統織布器具猶存古風，仍是「大如栲栳，鑿空其中」、「纏經於上，刓木爲軸繫於腰，穿梭闔而織之」。
78 施鴻保，《閩雜記》，台灣銀行經濟研究室編，《台灣輿地彙鈔》，頁77。

是整組詩的序文，而〈前從軍行〉從第一首到第九首就是敘述一位原本在山中當盜賊的男子慷慨從軍的經過。正因爲詩中的男主角是一位「山賊」，所以作者才會在第三首詩中形容他的形象是：穿著「生番布」裁成的戰衣且帶著鳥鎗（獵槍）。詩中所謂「生番布」極有可能就是泰雅族所織的布料，除了地緣上的關連（今台中縣、南投縣的山區爲泰雅族居住區）之外，泰雅族原本就是「生番」中最擅長織布的一族，而且其布料的特點就是如前引《噶瑪蘭志略》中所說的粗而厚的「番布」（噶瑪蘭山區居住的也是泰雅族），而非薄而高貴的那種。

　　陳肇興創作本詩之時（1861），正好是太平天國在中國南方沸沸揚揚的時候，當時有不少台灣民兵渡海去打「長毛」，例如霧峰林家的林文察即爲著名的例子（他後來就戰死在漳州）。陳肇興這首詩作中所塑造的穿著「生番布」、帶著「鳥鎗」渡海去打戰的軍人，實際上是存在於當時的現實社會中的，而本詩亦是關於原住民織品在漢人社會銷售的一條歷史紀錄。

　　《陶村詩稿》中與原住民主題相關的詩作，還有數首創作於戴案期間。詩人這段逃避戰亂的經歷，在《台灣通史》中的記載是：

> 迨同治元年戴萬生變，先生慨然投筆從軍。彰城陷，隻身冒險逃入集集。<u>日則奮練強悍民番</u>，援官軍、誅叛逆；夜則秉燭賦詩，追悼陣亡將士，語多忠誠壯烈。[79]

文中說陳肇興「訓練民番」，似乎在集集這邊糾集漢人居民以及平埔族而訓練之，不過，在《陶村詩稿》中並沒有這方面事蹟的紀錄，姑且存疑。茲將其《詩稿》中，與原住民有關者，按照寫作時間先後，摘錄條列如下：

79　連橫，《台灣通史》，頁983。

皇帝元年秋，閏八月初吉。我遁於內山，<u>潛伏野番室</u>。深林暗無光，白晝不見日。破屋兩三間，茅茨雜蓬蓽。閉戶深藏匿，逢人未敢出。涕泣望烽煙，皇皇如有失。自顧流離中，有生不如勿。破產購一錐，報國心空切。至今一回首，精神猶恍惚。不知歷險艱，奔走何時畢。側身萬峰巔，秋風吹瑟瑟。但見陣雲飛，川原日流血。人煙半蕭條，鬼火互明滅。行行集集山，<u>凤稱生番窟</u>。濁水噴其中，日夜浪瀄滴。路盤蒼穹高，石送厚地裂。一夫可當關，駟馬不容轍。生平耽煙霞，到此暫心悅。（〈自許厝寮避賊至集集內山，次少陵「北征」韻〉）

集集義首陳再裕。與予謀舉義，<u>在五城擒逆番</u>，檄諸屯團鄉勇，同日樹幟，軍聲甚壯（〈殉難三烈詩·序〉）

昨朝攻濁水，此日入蠻鄉。<u>俗自分番漢</u>，山猶踞虎狼。驚呼千戶亂，殺戮一時忙。語及蒼生際，前溪鬼泣瘡。（〈七月二十二日攻克集集，斬首百餘級〉其一）

戰鬥緣何事，紛紛死不休。干戈民自擾，骨肉爾奚尤。野燒連村起，溪濤帶血流。<u>番黎知報國</u>，我輩況同仇！（〈七月二十二日攻克集集，斬首百餘級〉其二）

自請長纓後，鄉農競舉戈。<u>野番猶報國</u>，我輩況登科！不有同仇賦，其如眾論何？（〈代東沙連諸紳士〉）

夜半椎牛召鄉里，雞鳴蓐食千人起。搖旗撞鼓入蠻鄉，伐竹編橋渡濁水。長驅轉戰若無人，逐北追亡如捕豕。殺氣朝橫<u>獅子頭</u>，降旛夜豎<u>鯉魚尾</u>。（〈自林圯埔進師，與官軍會約由溪洲底攻克斗六逆巢，越日襲取<u>東埔蚋</u>等處，俘獲逆徒十三人，作歌紀事〉）[80]

80　這首詩中出現許多地名，為了解陳肇興活動區域在今之確切位置，特詳細解釋如下：

（1）獅子頭：在姚瑩〈埔裏社紀略〉中記載為「獅仔頭」：「其入社之道有二：南路自水沙連沿觸口、大溪東行，越獅仔頭山，至集集鋪、廣盛莊，更越

由以上列舉的詩序、詩作或可以看出陳肇興在戴案期間，除了〈土牛〉一詩之外的其他詩作，仍有不少關於原住民的記載，不過，他雖然曾進入集集內山之中，已經十分接近當時「生番」的居住地區，不過在《詩稿》中卻沒有他與「生番」之間的互動記載。

另外，戴案期間陳肇興的活動範圍主要都在今竹山、名間、集集一帶，這附近也有許多Hoanya族的部落，然而他卻都沒有留下像孫元衡〈裸人叢笑篇〉或者郁永河〈土番竹枝詞〉之類專寫原住民風俗文化的詩作。這可能是當時戰況激烈，無暇注意於此，抑或是因為他主要都居住在漢人村莊，與原住民族群之間沒有較多互動的機會有關。

第五節　與其他詩人的相同主題作品比較

透過前文論述可知，陳肇興有不少關懷原住民現實處境的詩作，筆者認為，蒐羅相同主題的其他詩人之詩作進行比較分析，將可更凸顯陳肇興詩作的特色所在。以下便按照時代先後

山東行十里，至水裏社之柴圍，又北逾雞胸嶺、芊蓁林、竹仔林，十五里而至水裏之頭社」（收錄於：姚瑩，《東槎紀略》，台北：大通書局，1987，頁32-33），其位址即今南投縣集集鎮林尾里西方約六百公尺處，南投山地南緣突出之山鼻，又稱「獅子山」，標高三百三十五公尺（洪敏麟，《台灣舊地名之沿革·第二冊（下）》，頁506）。

（2）鯉魚尾：今南投縣竹山鎮鯉魚、鯉南二里。在竹山街區西南方約四公里處（靠近雲林縣林內卻），位於清水溪西岸，觸口台地東麓河階上（洪敏麟，《台灣舊地名之沿革·第二冊（下）》，頁544）。

（3）林圮埔：即竹山市街的舊名。

（4）溪洲底：《台灣通志》收錄之〈戴萬生案〉文中敘述同治二年（1863）十一月十七日進攻斗六前的軍事行動是：「各督大隊分三路進兵，遂將虎尾溪一帶溪底、溪洲、下加冬、腳頂、大坡尾、西瓜寮大小四十餘莊蕩平」（頁863），虎尾溪一帶名為「溪洲」或「溪底」者不少，不過因為這首詩中牽涉到的其他地名幾乎都在竹山鎮內，故此地名應該也是在今竹山鎮鎮內，一在富州里東部（舊名「溪洲仔」），一在中和里中部（舊名「下溪底」）。參考：羅美娥撰述，《台灣地名辭書·卷十·南投縣》，南投：台灣省文獻會，2001。

（5）東埔蚋：今竹山鎮東北方之延平里，與鹿谷鄉交界處之東埔蚋溪畔的聚落。

陳肇興在詩中說這些地方是「蠻鄉」，想必當時此處仍有許多原住民（應屬「熟番」）居住。

順序,詳細分論從劉良璧以下諸家詩作,最後再與陳肇興詩作進行綜合比較。

一、劉良璧〈沙轆行〉與吳性誠〈入山歌〉

蓋詩之爲用,猶史也。史言一代之事,直而無隱,詩繫一代之政,婉而微張。辭義不同,由世而異。

——明‧胡翰〈古樂府詩類編序〉

劉良璧,號省齋,湖南衡陽人,雍正二年(1724)進士,一七二七年來台擔任諸羅縣第十九任知縣,一七三○年離台之後歷任福建龍溪知縣、漳州海防同知、權知漳州府事,一七三八年又調來台灣擔任台灣府知府,一七四○年升任台灣道,一七四三年任滿之後,調福建糧驛道,後告老卒於家。雖然他在台時間前前後後累計總共有十一年,不過僅只留下兩首詩歌,其一是歌功頌德的〈惠獻貝子功德詩〉,另一首〈沙轆行〉則是**目前所能找到的唯一記錄「大甲西社抗官」這件重大歷史事件的詩作。**

雍正九年(1731)所發生的「大甲西社抗官」事件,或稱爲「林武力學生[81]起義」,是清代平埔族規模最大、也是西部平原最後一次的反清起義事件。此肇因於外來政權以及外來移民的雙重欺凌,正所謂「冰凍三尺,非一日之寒」,起義的平埔族總共涵蓋了道卡斯(Taokas)、拍瀑拉(Papora)、巴布薩(Babuza)、巴宰海(Pazeh)以及洪雅(Hoanya)等族,幾乎中部地區的平埔族部落都響應了。

當時的淡水同知張弘章望風而逃,台灣鎮總兵(台灣最高

---

81 「林武力學生」是平埔族語的譯音,乃一人之名,而「林武力」在平埔族姓名中亦常出現,如林武力貓啐、林武力紅毛、林武力牛角(見臨時台灣土地調查局編,《清代台灣大租調查書》,台北:大通書局,1987,頁467、609、610)等,有學者誤以爲是「林武力」與「學生」兩人共同起事(見李筱峰,《台灣史一百件大事‧上》,台北:玉山社,1999,頁61)。

武官）呂瑞麟被圍困在彰化縣城內，最後由福建總督郝玉麟派遣福建陸路提督王郡（？～1756）從廈門渡海來台，先後徵調官兵六千名以及一百多船次的錢糧及軍火才將這次起義鎮壓下來[82]。郝總督上呈雍正皇帝的奏摺裡敘述了戰事的經過，可略窺當時平埔族人被攻殺的慘況：

> 茲提臣王郡於八月二十五日，分兵七路，<u>圍勦水裏逆社，立時攻破，遍行勦洗</u>。九月初三日，有牛罵社並沙轆餘孽令加己、烏臘二名詐降狡延，隨經查出，立時擒獲。一面分兵圍勦，又據水裏社降番獻出首兇眉箸等三名，又擒獲阿肉勝萬等四名，南大肚降番獻出首兇烏臘、眉仲等五名，即於軍前正法示眾。初九等日，<u>搜勦牛罵、沙轆餘孽，打死兇番眾多</u>。十六日，勦捕雙藔、貓盂等社，<u>用礮打死十四番，中傷者甚多</u>，餘即逃入菀裏社後山。十七日，<u>勦捕大甲西巢穴，焚燒積糧</u>。十九日，有吞霄、菀裏等社土官，率領男婦三百餘名，赴軍營乞降。二十日，參將李蔭樾探聞各社逆番俱逃入小坪山，稟報提臣王郡，分兵三路，於五鼓時直搗小坪逆番巢穴。<u>逆番正在裝車別徙，出其不意，我軍掩至，鎗礮齊發，打死多番，窮追至大坪山深林腳下，逆番盡棄車輛、馬匹等項，惟有赤身逃入內山，獲牛千餘隻、馬八匹、車數百輛，焚燬糧食四百餘堆</u>。二十一日，乘勢搜捕至內山悠吾乃地方，<u>打死兇番甚多，斬獲番首</u>。二十二日，有吞霄、大甲西土官率領男婦四百餘名，泥首乞生。二十六日，有貓盂、雙藔、菀裏等社土官率領男婦老幼<u>一千餘名口</u>，前赴軍前叩首乞命。二十九日，又據吞霄、貓盂、雙藔、菀裏、房理五社土官

---

82 以上敘述參考：李筱峰，《台灣史一百件大事‧上》，頁61-63；潘英，《台灣平埔族史》（台北：南天書局，1996），頁144-145；張之傑總纂，《台灣全記錄》（台北：錦繡出版社，1990），頁75。

阿帶等帶同番眾，自行細綁，蔔赴軍營，跪請受死。經提臣王郡令其獻出首兇。隨據雙蔡等社獻出首番媽媽等四十二名，押解彰化縣收審。又擒出漢姦胡清父子，並戴偉坤、黃寬、蔡妹等五名，聽候審究。又擒出久慣作歹為首兇番大飽藥瓦里二名，即行處死。又擒獲大甲西首兇加臘貓倫等二十一名正法，另獲番壯並番婦、番仔等四十二名口，發縣收審。<u>又據押出牛罵社番一百九十二名，沙轆社番男婦老幼二百九十餘名口，交營看守，究出首兇，分別審擬安插。</u>其吞霄等社節次乞生各番，逐一安頓訖。[83]

從引文中畫線部分，可知其慘烈之狀。中部各平埔族人揭竿而起，勇於反抗漢人巧取豪奪之內部殖民（Internal Colonialism）以及清帝國政府壓榨奴役的外部殖民（External Colonialism）之後的下場卻是清兵無情的砲火轟炸、屠村滅族式的無情殺戮，連橫《台灣通史》記載：

是役捕虜千餘人，或殺或放。十二月，乃班師歸，建鎮番亭於彰化，改大甲社為德化，牛罵社為感恩、沙轆社為遷善，而漢人多耕其地矣。[84]

不僅土地為漢人所奪，連具有族群本身歷史文化意義的地名都被殖民者置換成「感恩」、「德化」、「遷善」，十足的嘲弄與諷刺。這麼一件台灣史上轟轟烈烈的抗暴起義、充滿原住民血淚的歷史事件，在劉良璧的筆下是如何來描述呢？〈沙轆行〉全文如下：

曉出彰山北，北風何淒涼！晚入沙轆社，社番何踉蹌！十年大甲西，<u>作歹自驚惶</u>。牛罵及大肚，挺而走高岡。<u>蠢爾無知番，奮臂似螳螂；王師一雲集，取之如探囊。</u>憶此沙

---

83 鄭喜夫編，《雍正硃批奏摺選輯》（台北：大通書局，1987），頁241。
84 連橫，《台灣通史》，頁425。

轄社，先年未受創；王丞爲司馬[85]，撫綏得其方；孫公爲副臬[86]，恤賞不計量。爲言北路番，無如沙轆強：馬牛遍原野，黍稷盈倉箱；麻踏[87]如飛健，牽手[88]逞艷粧。倘爲千夫長，馭之衛疆場；張弓還挾矢，亦可壯金湯。奈何逢數奇，職守失其綱。勞役無休息，誅求不可當；窮番計無出，<u>挖肉以醫瘡</u>。支應力不給，<u>勢促乃跳梁</u>。一朝分箭起，焚殺自猖狂；螳聲振半線[89]，羽鏃若飛蝗。調兵更遣將，蕩平落大荒。危哉沙轆社，幾希就滅亡！皇恩許遷善，生者還其鄉；番婦半寡居，番童少鴈行。<u>嗟乎沙轆番，盛衰物之常</u>！祇今防廳廨，荒蕪蔓道旁。造物寧惡滿？人事實不臧！履霜堅冰至，《易》戒惡可忘？夜深風颯颯，獨坐思茫茫。<u>司牧人難得，惘然太息長</u>！

由於詩中提到「十年大甲西」，雖然「十年」也有可能是含糊的虛指，不過，亦可知道此詩約略作於事變十年後的乾隆六年（1741），對照劉良璧仕宦歷程，他在一八四○年便已升任台灣道，應是在北上巡視至沙轆時，有感而作。

劉良璧詩中以眾多負面用語來描述起義後的平埔族人：爲非作歹、愚蠢無知、螳臂擋車、挖肉補瘡、跳樑小丑、猖狂

85 台灣知府的佐貳官——「同知」往往習稱爲「司馬」，如陳肇興稱淡水同知秋日覲爲「秋雁臣司馬」（鄭喜夫校注，《陶村詩稿全集》，頁93），鄧傳安《蠡測彙鈔》稱淡水同知吳性誠爲「淡水司馬」（頁5），與沙轆社有關的同知只有淡水同知，而經查一七三一年前曾任淡水同知者，只有一位姓王：王汧，山西鄉寧人，貢生，雍正二年至六年（1724～1728）任，此詩中的「王丞」便是王汧。

86 「副臬」一詞在所有台灣文獻叢刊中僅見於此。在各級地方官中，有「司臬」、「臬台」之稱者，是與「布政使司」合稱「兩司」的「按察使司」，而「副臬」所指的應是：加按察使銜的台灣道。在一七三一年前曾任台灣道（或台廈道）者，經查的確有一位姓孫：孫國璽，正白旗進士，雍正六年（1728）任，雍正七年（1729）調福建鹽驛道。他在台灣任職道台的時間，與前述王汧擔任淡水同知的時間兩相符合。

87 此所謂「麻踏」，即《諸羅縣志》記載的：「貓踏」、「貓鄰」或「咬訂」（詳前文），乃爲官府當差的平埔族人。

88 「男女結婚」在平埔族中叫作「牽手」（見黃叔璥，《台海使槎錄》，頁96、145），此處指「番女」而言。

89 「半線」即彰化古稱，此指古彰化縣，轄區包括今中、彰、投三縣。

等；相反的，戰亂前的王姓與孫姓地方官員則是「撫綏得其方」與「恤賞不計量」[90]，而前來鎮壓起義的帝國軍更是「王師一雲集，取之如探囊」，都是正面的形象書寫，作者的論述立場可謂呼之欲出。他即使對於事變發生的原因心知肚明（「勞役無休息，誅求不可當」），也坦白的說當時的官員實在是「職守失其綱」，但是卻還說平埔族人「奈何逢數奇」（運氣太差），並未嚴格批判失職官員。

作者在詩中看到平埔族男性十分強健，也只想到可以為帝國服務：「倘為千夫長，馭之衛疆場；張弓還挾矢，亦可壯金湯」，對於沙轆社由原本的「馬牛遍原野，黍稷盈倉箱」變成「番婦半寡居，番童少鴈行」，他竟然冷漠無情的說是「盛衰物之常」，雖然也承認這場事變是「人事實不臧」，不過僅僅說：「履霜堅冰至，《易》戒惡可忘？」，作者引用《易經·坤卦·初六》「履霜堅冰至」的用意為何？在《易經·坤卦·文言》中說：

> 積善之家必有餘慶，積不善之家必有餘殃，臣弒其君，子弒其父，非一朝一夕之故，其所由來者漸矣，由辯之不早辯也。

原來作者在此是要以此事變來告誡台灣的地方官員，要他們注意防微杜漸、曲突徙薪之道。詩末以「司牧人難得，惘然太息長」來做收束，聯繫整首詩連貫而下的詩意脈絡來考察，他並非哀憐平埔族人所遭受的苦難，毋寧是站在清帝國的立場來嘆惋說：「一個很會治理地方的官員實在不容易找啊！」，至於本詩中的平埔族人則可說是被視為「主導性主體以外的一個不熟悉的對立面或否定因素，因為它的存在，主體權威才得以界

---

90 本詩作者劉良璧為何在詩中單單舉出「淡水同知王汧」與「台灣兵備道孫國重」這兩位官員呢？這是因為他在一七二七年第一次來台擔任諸羅知縣期間，此二人都是他當時的上司，應頗有交情，他隔了八年才又來台擔任台灣知府。

定」[91]，帝國的仁慈與整飭也獲得凸顯，討伐的合理性亦同時
獲得證明。

　　劉良璧雖然在文獻上有「爲政勤敏，存心愛民」[92]之稱，
不過，在此詩中他卻沒有爲受盡委屈的沙轆社番一吐怨氣（他
的愛民之情呢？），更沒有對荼毒熟番的官吏給予批判，蟄伏
在詩句之後的是殖民官員的心態與特性，而召喚出的則是「帝
國之眼」的幽魂。

　　吳性誠〈入山歌〉總共有七段，是本章論述的所有詩作當
中篇幅最長者，亦是台灣古典詩史上，難得一見的長篇鉅作，
後來的台灣地方官員如鄧傳安者，讀後亦讚賞不已[93]。前三段
主要是敘述台灣的自然環境，接著敘述漢人在近年來，屢屢不
守清廷禁令，擅自進入土牛紅線之外，甘冒被原住民馘首的危
險，恣行開墾的行爲：

> 夢亦不到海外亂山之中，炎歊來往於霪雨寂寞之空濛。上
> 霧下濕天日暗，谿谷嵐氣瘴毒侵雞肋之微軀。斫竹爲床聊
> 偃仰，破壁僧房吼夜風。撼枕聲喧溪水激，奔騰萬馬無停
> 息。古人五月渡瀘勤，嗟余何事此間數晨夕？
> 婆娑洋世界原寬，自歸版圖社席安，兩戒山河[94]經擘畫，
> 百年疆索定紆盤。土牛紅線分番、漢，文身剺面判衣冠。

91　Elleke Boehmer撰，盛寧、韓敏中譯，《殖民與後殖民文學》（*Colonial and
　　Post-Colonial Literature*，Oxford University）（瀋陽：遼寧教育出版社，
　　1998），頁22。

92　台灣銀行經濟研究室編，《漳州府志選錄》（台北：大通書局，1987），頁
　　92。

93　鄧傳安，《蠡測彙鈔》，頁5。

94　《新唐書・天文志》：「初，貞觀中，淳風撰〈法象志〉，因《漢書》十二次
　　度數，始以唐之州縣配焉。而一行以爲，天下山河之象存乎兩戒。北戒，自三
　　危、積石，負終南地絡之陰，東及太華，逾河，並雷首、厎柱、王屋、太行，
　　北抵常山之右，乃東循塞垣，至濊貊、朝鮮，是謂『北紀』，所以限戎狄也。
　　南戒，自岷山、嶓冢，負地絡之陽，東及太華，連商山、熊耳、外方、桐柏，
　　自上洛南逾江、漢，攜武當、荊山，至于衡陽，乃東循嶺徼，達東甌、閩中，
　　是謂『南紀』，所以限蠻夷也。故〈星傳〉謂北戒爲『胡門』，南戒爲『越
　　門』」。「山河兩戒」或稱「兩戒山河」，其實是通稱當時王朝的版圖、領土
　　之意。

毋相越畔設險守，舊章遵循永不刊。叵耐生番偏嗜殺，伺殺漢人鏢飛雪，割得頭顱血糢糊，山鬼伎倆誇雄傑，瞬睒[95]梟獍人見愁，癡頑吾民與之遊，憖不畏懼侵其地，吞食抵死竟無休。千峰萬壑潛深入，荷戈負耒如雲集，橫刀帶劍萬人強，蠢爾愚番皆掩泣。

七十二社部落分，茹毛飲血麋鹿群，中有曠隩名埔社，水繞山圍佳勝聞。周迴斜闊幾百里，豐草長林平如砥，雕題黑齒結茅居，歌哭聚族皆依此。牧牛打鹿釣溪魚，不識不知太古初，別有天地非人世，萬頃膏腴可荷鋤。

第三段是形容原住民在埔里盆地之內安居樂業，「別有天地非人世，萬頃膏腴可荷鋤」的世外桃源之景。一為貪婪無厭、其勢有如餓虎撲羊般的漢人；一為與世無爭，但是居住地是如此膏腴豐美的原住民。兩者相遇的後果會如何，似乎已經呼之欲出、不言可喻了。此可說是為下文的內容預作鋪敘，讓人有「山雨欲來風滿樓」之感。

　　接下來的第四、五、六段是本詩的主體。首先是描述「郭百年事件」（或者可稱為「埔里社慘案」）的經過，繼而是吳性誠得知此事件之後，心中感到無限的沈痛，最後是他所採取的措施，三段全文如下：

掲來搆隙失鄰好，水社殺機藏已早，諜謀暗引貪利徒，滅虢還從虞假道。偽呼庚癸乏軍糧，欲向山中乞鹿場，矯稱官長張紅蓋，襲取其社不可當。壯者僅免幼者死，老婦飲刃屠稚子。開廩運粟萬斛多，其餘一炬屋同燬。野掠牛羊室括財，弓刀布釜盡搜來。可憐更有傷心處，掘遍塚墓抛殘骸。兔脫紛紛竄巖曲，祗解哀號不解哭。愁雲白日慘昏

95　「瞬睒」之「瞬」字各本皆誤將右半「眴」字作「閃」，並無其字，應作「瞬」才是。「瞬」音義接同「瞬」字。《廣弘明集・梁高祖・孝思賦》：「年揮忽而莫反，時瞬睒其如電」，「瞬睒」兩字皆為眨眼之意，形容時間之短暫與飛逝。

況，遍蟂偷窺仇起屋。築土星羅十二城，蜂屯蟻聚極縱
橫，分犁劃畝爭肥瘠，不管蛩蛩者死生。

我聞痛心兼疾首，終夜徬徨繞床走，同爲赤子保無方，斷
腸愧報惟引咎。<u>傳聞此番知大義，曾助王師殲醜類。</u>有功
不賞禍太奇，髮指兇殘頻墜淚。天地好生傷太和，況復皇
恩浩蕩多。化外何曾有征伐，生成嚇德伏巢窩。何物莠民
敢戕害，罄竹難書其罪大。

從來拓土與開疆，豈可編氓私越界？<u>擬議彙書申大義，當
事震怒從嚴治</u>，分檄奔馳文武官，機宜良策飛宣示。宣示
恩威孰敢違？先驅狼虎解長圍，摧城撤屋散其黨，還爾土
田亦庶幾。<u>仍彰國典警奸宄，罰不及眾罪有歸。</u>

這段內容可謂歷歷如繪、栩栩如生的描述出整段事件的經過。
清代桐城派開山始祖姚鼐的孫子姚瑩（1758～1853，曾任台灣
道）在〈埔裏社紀略〉一文中，則以簡潔扼要的古文，記載了
發生在一八一五年埔里社原住民被漢人屠殺的慘案（亦即「郭
百年事件」）之詳細經過：

嘉慶十九年（筆者按：1814年），有水沙連隘丁首黃林
旺，結嘉、彰二邑民人陳大用、郭百年及台府門丁黃里
仁，貪其膏腴，假已故生番通事土目赴府言，積欠番餉，
番食無資，請將祖遺水裏、埔裏二社埔地，踏界給漢人佃
耕。知府某許之。大用隨出承墾，先完欠餉，約墾成代二
社永納，餘給社眾糧食；儻地土肥沃，墾成田園甲數，仍
請陞科，以裕國課。二十年春，遂給府示，並飭彰化縣予
照使墾；然未之詳報也。其受約者，僅水沙連社番而已，
二十四社皆不知所爲。郭百年既得示照，遂擁眾入山，先
於水沙連界外社仔墾番埔三百餘甲。由社仔侵入水裏社，
再墾四百餘甲。復侵入沈鹿，築土圍，墾五百餘甲。三社
番弱，莫敢較。已乃僞爲貴官，率民壯佃丁千餘人至埔裏

社，囊土為城，黃旗大書開墾。社番不服，相持月餘。乃謀使番割詐稱罷墾，官兵即日撤回，使壯番進山取鹿茸為獻。<u>乘其無備，大肆焚殺。生番男婦逃入内箐，聚族而嚎者半月</u>。得番串鼻熟牛數百，未串鼻野牛數千，粟數百石，器物無數。<u>聞社中風俗，番死以物殉葬，乃發掘番塚百餘，每塚得鐺刀各一</u>。既奪其地，築土圍十三，木城一，益召佃墾。眾番無歸，走依眉社、赤崁而居。

先是漢番相持，鎮道微有所聞，使人偵之，皆還報曰，野番自與社番鬥耳。社番不諳耕作，口食無資，漢佃代墾，以充糧食。又人寡弱，倚漢為援，故助之；所殺者，野番也。二十一年（筆者按：1816年）冬，武鎮軍隆阿巡閱台北，悉其事，嚴詰之。<u>於是彰化縣令吳性誠請諭墾户，驅逐眾佃出山</u>。而奸民持台府示不遵。有希府中指者，言漢佃萬餘，所費工資甚鉅，已成田園，一旦逐之，恐滋變。性誠上言曰：「<u>埔地逼近内山，道路叢雜，深林密箐，一經准墾，人集日多，竊恐命盜兇犯，從而潛跡；儻招集亡命，肆行無忌，奈何！且此埔素為生番打鹿之場，即開墾後明定界址，而奸貪無厭，久必漸次私越；雖番性愚蠢，而兇悍異常，一旦棲身無所，勢必挺而走險，大啓邊釁。不若乘未深入，全驅出山，尚可消患未萌</u>。」鎮道深納其言，飭台府撤還。二十二年六月，傳諸人至郡會訊，予郭百年以枷杖，其餘宥之。<u>署鹿港同知張儀盛、彰化縣知縣吳性誠、呂志恒赴沈鹿拆毀土城。水、埔二社耕佃盡撤。生番始各歸社。集集、烏溪二口，各立禁碑。然二十四社自是大衰</u>。[96]

一為親歷其事者的詩作，一為後來追記的歷史散文；雖然體裁

---

96 姚瑩，《東槎紀略》，頁34-35。

不同，不過都爲台灣清領時期這件原漢衝突留下珍貴的紀錄。此兩者可以彼此參照，相得益彰，例如單看「掘遍塚墓拋殘骸」，或許不知道這些漢人爲何要做出這麼有傷天理之事，但是在姚文中就說明是：「聞社中風俗，番死以物殉葬，乃發掘番塚百餘」；還有，詩中只說：「擬議爰書申大義，當事震怒從嚴治」，姚文則詳細記載吳知縣上書的對象是當時的台灣鎮道（台灣最高文武官員），尤其是台灣鎮總兵官武隆阿（瓜爾佳氏，1807～1820任），以及其上書的具體內容。在此慘案（1815年）之後十餘年，鄧傳安（1821年任北路理番同知，1824年回任，署道、兼學政）來到埔里視察，看到的情況是：

> 新墾地不及三十甲，尚未成田；<u>舊墾田十倍於此，早已荒蕪</u>。此地東通秀孤鸞，南連阿里山，北連未歸化之沙里興，爲全台適中之地，而平曠膏腴彷彿內地莆田一縣，眞天地自然之美利；惜其越在界外也。民人（筆者按：指漢人）生齒日繁，番黎生齒日耗，不知何故。余經過處已見三社爲墟，疑他處亦有似此者。過埔裏社，見其番居寥落，不及十室；<u>詢知自被漢民擾害後，社益衰、人益少</u>。[97]

由此可見郭百年所帶領的漢人對埔里盆地的原住民殘殺之慘，竟至於十年生聚之後仍然無法復原，吳性誠所云：「壯者僅免幼者死，老婦飲刀屠稚子」、「兔脫紛紛竄嚴曲，袛解哀號不解哭」，與姚文所說「生番男婦逃入內篊，聚族而嚎者半月」，誠爲實情，甚或更加慘烈。由此可見漢文化殘暴的一面，以及不把異族當人看的心態[98]。至於當時受害的「埔里社」又稱「埔社」，自稱Xavien，現今學界大部分都認爲他們

---

97 鄧傳安，《蠡測彙鈔》，頁6。
98 可參看：莊萬壽，〈明帝國華夏民族主義與南方民族與王守仁〉，台灣歷史學會編，《史學與國民意識論文集》（台北：稻鄉出版社，1998），頁281-304。

屬於布農族系統；但也有學者洪敏麟以及地方文史工作者簡史朗等認爲埔社屬於邵族系統[99]。

〈入山歌〉最後一段爲吳性誠自述他在事情大致平復後的一八一七年，乘轎來埔里視察，天氣是烏雲乍起，欲雨還晴；耳邊則傳來鷓鴣、杜鵑的叫聲。吳知縣看到這邊的原住民既遭漢人欺侮，又要面對清政府的壓榨盤剝（他婉曲的引用《詩經·小雅·大東》的句子來表示原住民承受賦稅、徭役之痛苦），不禁寫下心中的感慨。但是，前兩段文氣連貫、情感豐沛、暢所欲言，至此卻顯得吞吞吐吐、欲言又止、跳脫突接，似乎也透露出一位七品芝麻官心中的無奈：

> 自顧庸才忝斯土，未然弛禁疏防堵。筍輿冒雨入雲山，事後勤勞恐無補。溪迴路轉駭蠶叢，羊腸叱馭[100]笑籠東[101]。敢辭險阻勾留苦？仗劍橫掃魑魅空。莫認蓬萊可訪仙，荒學蔓草翠微巔，白雪[102]欲晴黑雲雨，鷓鴣啼聲到耳邊。治人治法難俱得，大東小東[103]堪嘆息。蒼生霖雨不相逢，救死攘敚[104]謀衣食。興言至此顏厚有忸怩，試聽枝上子規心惻惻。寄語番奴休殺人，殺人天譴不可測。

---

99 陳俊傑，《埔里開發的故事——平埔族現況調查報導》（南投：南投縣文化基金會，1999），頁6；洪敏麟，《台灣舊地名之沿革·第二冊（下）》，頁476。

100 漢王陽爲益州刺史，奉先人遺體行至邛郲九折阪，因道路險阻而折返；後王尊爲益州刺史，行經此處，自謂：「王陽爲孝子，王尊爲忠臣」，而叱責馭者驅車強力通過，見《漢書·卷七十六·王尊傳》。後以「叱馭」比喻不畏艱難險阻，勇往直前。唐王勃〈梓州郫縣兜率寺浮圖碑〉：「下岷關而叱馭，寄切全都」。

101 敗績披靡的樣子。《北史·卷五十九·李賢傳》：「籠東軍士，爾曹主何在？爾獨住此！」。

102 似應作「白雲」。

103 《詩經·小雅·大東》：「小東大東，杼柚其空」，鄭玄《箋》云：「小也，大也，謂賦斂之多少也。小亦於東，大亦於東，言其政偏失，砥矢之道也。譚無他貨，維絲麻爾」，孔穎達《正義》講得更詳細：「作大東之詩者，刺亂也。時東方之國偏於賦役而損傷於財貨，此譚之大夫作是大東之詩告於王，言己國之病困焉。困民財役以至於病，是亂也。言亂者，政役失理之謂」。

104 敚，強取，同「奪」。《說文解字》：「敚，彊取也。周書：『敚攘矯虔』」。

本詩作者吳性誠在宦台期間，與台灣道孔昭虔、台灣縣李愼彝、鳳山縣杜紹祁、嘉義縣王衍慶、噶瑪蘭廳呂志恒都並列為難得的循吏，頗有政聲[105]。在《彰化縣志·官秩志》中的傳記資料寫著：

> 吳性誠，號樸庵，湖北黃安廩貢，援例捐縣丞，來閩候委。嘉慶二十年（筆者按：1815年）任鳳山縣丞，建阿緱書院。二十一年正月，署彰化縣事。下軍適逢穀貴，群盜四起搶奪。性誠日夜奔馳，到處安撫，諭各業戶出貲平糶，設廠煮粥。課士有知人之目，所首拔者，登科第，入詞垣。鄉會兩試，輒分廉俸以助貧士資斧；度歲亦有餽遺，士感其惠。又以邑內文昌祠書院舊制狹隘，學署經林逆（筆者按：即林爽文）之亂，許久未建，倡義捐修，費糜鉅萬，民效子來。又捐廉建忠烈祠於大西門街，以祀林、陳、蔡三逆之亂（筆者按：即林爽文、陳周全、蔡牽）殉難文武員弁，及幕賓兵役；附殉難民婦於後堂，俾忠魂烈魄，有所憑依。後以捕盜敘績，擢淡水同知（筆者按：1824年）。未幾以病告歸，到家一月卒。[106]

民間輒稱清帝國派來台灣的官員為「三年官，兩年滿」，並反諷說「做官若清廉，吃飯著攪鹽」，吳性誠在當時是十分難得的有為有守之地方父母官。其實在這篇傳記當中，漏列了他一項重要政績，就是前文所述「郭百年事件」的解決，成功驅逐惡形惡狀、不擇手段的漢人。若以「後見之明」來看，此舉亦可說是為中部生活困頓的平埔族預留下一塊容身之處。

此外，吳性誠在短暫護理澎湖通判的嘉慶十七年（1812）年間[107]，就時常與當地文士以詩唱和，並創作了〈初到澎湖

105 陳衍，《台灣通紀》，157。
106 周璽總纂，《彰化縣志》，頁105。
107 蔣鏞，《澎湖續編》（台北：大通書局，1987），頁16。

歌〉、〈諭戒書役口號四首〉、〈澎湖九日登高六首〉、〈看月二首〉、〈贈建侯呂翁即以誌別（二首）〉、〈留別澎湖諸生〉、〈留別諸耆老〉、〈留別二首〉、〈次吳廳尊留別原韻〉、〈澎湖八景（龍門鼓浪、虎井澄淵、香爐起霧、奎璧聯輝、太武樵歌、案山漁火、天台遠眺、西嶼落霞）〉、〈虎井嶼觀海中沈城〉、〈登八罩天台山〉、〈青螺吸露〉等詩作，可看出他愛好吟詠且頗有才華。吳性誠能創作出這這篇在台灣古典詩史上少見的敘事長詩，實在是有跡可尋。雖然全詩氣勢略顯前盛後衰，不過，仍然充分發揮七言古詩的文體特質，無論是前半段的敘事或是後半段的議論與抒情，都能「纚纚如貫珠」，通篇渾然一體，一氣呵成，刻畫出一位愛民如己、疾惡如仇的父母官形象，比劉良璧〈沙轆行〉更有感動人心的力量。

二、黃清泰〈觀岸裏社番踏歌〉與柯培元〈生番歌〉、〈熟番歌〉

> 「文人之筆，勸善懲惡也」、「有文無實，是則五色之禽，毛妄生也」
>
> ——王充《論衡》

黃清泰（？～1822？），字淡川，一字承伯，是祖籍廣東鎮平的客家人。來台原本居住在今高雄縣美濃鎮，曾遷居今彰化市，最後定居於今苗栗頭份，歷任竹塹守備、署艋舺都司、署艋舺遊擊、嘉義都司、鎮標中營遊擊等武職，在一八一五至一八一六、一八一八至一八二〇年間擔任北陸協中營都司（屬中級武將），因為「北路協中營」轄區為當時的彰化縣境，而「岸裏社」便在境內，所以〈觀岸裏社番踏歌〉一詩可能就作於他擔任該職期間。

黃清泰雖然是武人出身，但是頗好讀書，平日手不釋卷，

尤其喜歡讀《尚書》、《史記》，「彬彬有儒將風」[108]。他的次子黃驤雲（一名金團，字雨生）自幼秉承庭訓，頗有乃父好學之風，果然在道光九年（1829）會試一舉中第，就是人稱「台灣三會魁」[109]以及「客家四進士」[110]之首。

黃清泰即使沒有考取任何科舉功名，但是他流傳下來的詩作數量卻比他那「會魁」兒子還多，包括了〈觀岸裏社番踏歌〉、〈宿貓霧戍田家〉、〈水沙浮嶼〉、〈送邑令楊蓉初[111]先生歸養〉、〈九日偕友登八卦山〉、〈西螺旅店早飯〉、〈詠西螺柑〉、〈望玉山〉、〈曉發他里霧〉、〈大甲溪〉、〈烏水溪〉等。其中的七言古詩〈觀岸裏社番踏歌〉是描述平埔族人過年之情景，詩題的「岸里社」狹義是指今台中縣神岡鄉大社村的Pazeh族部落，廣義指「岸里社群」，包括岸東、岸西、岸南、葫蘆墩、西勢尾、翁仔、麻里蘭、崎仔、蔴薯等大小部落，分布範圍在今日台中縣的神岡、豐原以及內埔一帶。該詩全文如下：

> 耳不垂肩不威儀，直竹橫木與撐支。齒不缺角不丰姿，輕錘細鑿爲琢治。番人奇嗜諸類此，黔者爲妍晰[112]者媸。猱猱而遊狂狂處，半耕半獵貪娛嬉。冬月獸肥新釀熟，合社飲酒社鬼祠。酒半角技呈百戲，琴用口彈簫鼻吹。雄者作健試身手，雌者流媚誇腰肢。距躍曲誦皆三百，雞冠斷

---

108 同前註，頁216。

109 會試之閱卷官凡十八人，就分爲十八房，各房評出的第一名試卷卷主便合稱「十八會魁」（見汪毅夫，〈台灣文學史第二編・近代文學〉，收錄於：劉登翰等編，《台灣文學史》，福州：海峽文藝出版社，1991，頁57）。除了黃驤雲之外，台灣史上出現的另兩位「會魁」是光緒六年（1880）庚辰科出身嘉義的張覲光、光緒十六年（1890）庚寅恩科出身府城台南的許南英（即民國初年的作家許地山之父）。

110 另三位爲同治十年（1871）辛未科的屏東長治張維垣、光緒九年（1883）癸未科的屏東內埔江昶榮（以上兩位又與黃驤雲並稱爲「六堆三進士」）、苗栗銅鑼丘逢甲。

111 「楊蓉初」即建成彰化縣城的彰化知縣楊桂森（字蓉初）。

112 原文之「晰」字，下半部誤從「日」，並無此字。

落雅鶩歈。舞罷連臂更踏歌，歌聲詭異雜歡悲。<u>乍聞春林唭鶯燕，忽然秋塚鳴狐狸</u>。酒缸不空歌不歇，落月已挂西南枝。

我撫此景轉歎息，此輩蠢愚忠義知；<u>昔曾隨我砍賊陣，慣打死仗心不移</u>。朝廷設屯有至計，莫聽奸民魚肉之。

全詩內容可分為三小段，首段描述Pazeh族人的裝扮——有「擴耳」與「鑿齒」的風俗，且審美眼光與漢人的「一白遮三醜」相反，認為皮膚黝黑的才漂亮。前文所述陳肇興〈番社過年歌〉之「纏頭插羽盛衣飾，紅絨鬖鬖垂兩肩」著重在平埔族人的盛裝打扮，而黃清泰則把焦點集中在他們與漢人風俗不同之處。

第二段主要記錄當時唱歌跳舞的熱鬧情景，詩人同樣也注意到他們獨特的樂器——「口琴」與「鼻簫」，以及圍圓圈跳舞的活動（與陳肇興所述相同），而耳中聽到的Pazeh族歌聲則是「乍聞春林唭鶯燕，忽然秋塚鳴狐狸」，用形象化的手法來比喻其歌聲之變化萬端與引人入勝。末段是作者抒發之議論，其中有三點值得注意：

第一、「昔曾隨我砍賊陣，慣打死仗心不移」，作者的武官身份在無意之間表露，這兩句詩也讓人聯想到二次大戰期間的「高砂義勇軍」，他們在南洋打戰時，同樣的堅苦卓絕、「慣打死仗」，這可能是南島民族本身素樸誠實的文化使然（漢人反倒多「阿Q」式的貪生怕死者）。

第二、詩人對於清政府設置「屯番」此一制度持肯定立場。平埔族人一方面擔任軍職，一方面可收取田租，衣食無虞。雖然日後承租的漢人日漸侵佔這些「番頭家」的土地，而且平埔族人擔任軍職也對部落的傳統結構以及文化的傳承等各方面產生不良影響，不過此政策最初確實有保護平埔族之用意。至於此詩主角「岸里社番」則是台灣清領時期在中部地區

最親官方的平埔族，地方駐守武力得力於此者甚多，當地屬於「蔴薯大屯」，有屯番多達四百名[113]。

第三、本段開頭就說：「我撫此景轉歎息」，雖未清楚說出嘆息的原因爲何，而「今非昔比」的言外之意則昭然若揭，結尾「莫聽奸民魚肉之」更是透露了當時岸裏社番普遍受到漢人敲詐侵凌的情況，詩人雖然本身也屬漢人，可是看到地方官員聽任「奸民」欺凌忠良樸實的平埔族人，仍然以委婉之筆寫下心中的不滿以及勸諫之意。

柯培元，字復子，號易堂，山東歷城人，以舉人任福建甌寧知縣，道光十五年（1835）十一月調署噶瑪蘭通判，僅一個月便離職，但是他回到中國之後寫成的《噶瑪蘭志略》卻是研究宜蘭歷史不可或缺的重要文獻。

柯培元在台期間的詩作有：〈蘭城除夕有感〉、〈望玉山〉、〈噶瑪蘭署佛桑花〉、〈龜山歌〉、〈頭圍〉、〈噶瑪蘭城〉、〈蘭城陰雨〉、〈生番歌〉、〈熟番歌〉、〈小停雲春初寄興〉以及〈龜峰唧日〉、〈風岬嵌雲〉、〈玉山積雪〉、〈草嶺偃風〉、〈石港春帆〉、〈沙南秋水〉、〈蘇澳連舶〉、〈湯圍溫泉〉（筆者按：以上八首即「宜蘭八景」）等，其中的〈生番歌〉與〈熟番歌〉亦屬關懷原住民處境主題的詩作，特色有二：第一、這是僅見的兩篇直接以「生番」、「熟番」爲題者；第二、以「新樂府」的形式描述**熟番**的社會處境者較爲多見，如陳肇興、黃清泰、丘逢甲等人諸作皆然，這是因爲熟番與漢人較多接觸機會的緣故，但是以關懷生番處境爲主題者，則僅見〈生番歌〉一首而已，見於柯培元《噶瑪蘭志略》、陳淑均《噶瑪蘭廳志》、陳培桂《淡水廳志》、連橫《台灣詩乘》、陳漢光《台灣詩錄》以及施懿琳主編《全台

---

113 丁曰健，《治台必告錄》（台北：大通書局，1987），頁250。

詩·肆》，施懿琳的校訂頗爲嚴謹，根據此版本錄其全詩如下[114]：

> 風籐纏挂傀儡山，山前山後陰且寒；怪石叢菁巨龍臥，横根老幹修蛇盤。呦鹿結群覓仙草，捷猿結伴尋甘泉。蕉葉爲廬竹爲壁，松皮作瓦椶作椽。中有毛人聚赤族，喧作鳥語攀雲端。黥[115]面文身喜跳舞，唐人頭顱漢人肝[116]。或言嬴秦遣徐福，或言零丁洋販船。或言雲南梁王後，或言日本荷蘭傳。不識不知竟太古，以似以續爲葛天。薤髮輸餉歸王化，女則學織男耕田。人生大欲先飲食，此輩喜見漢衣冠。我朝輿圖軼千古，梯山杭海暨極邊。天之所生地所載，幾希禽獸誠可嘆。吁嗟乎，此亦窮黎無告者，聖人仁政懷與安。

作者採用由遠及近的電影運鏡手法，先描寫整座被藤蔓纏掛、「陰且寒」的高山，第一次拉近焦距之後，看到的是怪石、老樹、巨龍、長蛇，以及找仙草的鹿群、尋甘泉的猴群，塑造出恐怖駭人以及不屬於人間的縹緲氛圍。第二次把鏡頭拉近之後，便出現「蕉葉爲廬竹爲壁，松皮作瓦椶作椽」的特異住屋[117]，運鏡到房子裡一看，赫然是「毛人」聚族而居。所謂

---

114 施懿琳主編《全台詩·肆》（台南：國家台灣文學館，2004），頁379-380。

115 原文誤作：「黔」，「黥面」與「紋身」在描述原住民的文獻中常常連稱。若是黔面，黔者，黑也，黑面與「文身」則難以對舉。

116 文字訛誤頗多的《噶瑪蘭志略》作「奸」，其後傳抄諸版本《台灣生熟番紀事》、《淡水廳志》、《台灣詩乘》、《清季申報台灣紀事輯錄》、《全台詩·肆》也都同樣作「奸」，惟《噶瑪蘭廳志》（1852刊行）作「肝」，兩字在詩韻都屬「十四寒」，但是「唐人頭顱漢人奸」頗爲窒礙難解，因爲此詩前半部都是在描述「生番」的生活樣貌，若突然插入對漢人的批判（「漢人奸」），則十分跳脫突兀，故此處採用《噶瑪蘭廳志》版。

117 或有認爲此即當時宜蘭附近原住民（即泰雅族）的住屋（見楊欽年、周家安，《詩說噶瑪蘭》，宜蘭：宜蘭縣文化局，2000，頁150），日治時期對於宜蘭附近泰雅族住屋的記載則是：先從地面向下挖掘一至二公尺，「挖出的泥土堆積在房屋周圍，砌成土壘以防禦外敵。屋頂用竹子、茅草、樹皮或粘板岩砌成；牆壁則以木材或竹子築成」（見鈴木質著，王美晶譯，《台灣原住民風俗》，台北：原民文化公司，1999，頁82），與詩中的記載略有出入。

「毛人」原本指的是身上長滿長毛的怪人[118]，此處用以指稱生番。接著刻畫這些「毛人」形象：「鳥語」、「攀雲端」、「黥面」、「文身」、「跳舞」、砍人頭（「唐人頭顱」）、吃人肉（「漢人肝」）。行文至此，實在令人要質疑柯培元是否真的去看過「生番」的部落，何以如此說呢？原因有三：

第一，他是在宜蘭任職，詩中卻出現千里之外的屏東「傀儡山」（今太武山），那是屬於「傀儡番」（今排灣族）的居住地，他在台僅短短一個月，並沒有去過屏東，更何況詩中又混入泰雅族、太魯閣族以及賽夏族獨有的「黥面」（今稱「紋面」）習俗，頗顯混雜錯亂。

第二，柯培元詩中說原住民會砍人頭還會吃人肉，可是，由日人治台迄今，學者專家對「蕃俗」的調查記錄中，我們知道原住民並沒有這類「食人」的風俗，不過，此事卻是清領時期漢人對「生番」普遍的想像內容，例如詩人黃遵憲：「<u>生番殺人食人肉</u>，側有餓虎貪垂涎」（〈乙未二月二十七日公祭沈文肅公祠〉）[119]；《清季申報台灣紀事輯錄・光緒三年正月十七日・論服生番事》：「惟生番種類尚多，其凶暴直與虎狼相等；故<u>性皆喜食人</u>，凡有海舟遭風至其地者，往往為其所食」[120]，吳子光〈台事紀略〉：「按《山海經》：『少咸之山有窫窳，咸山有合窳，<u>皆人面獸，食人</u>』，<u>生番即人面獸之類耳</u>[121]」，這些描寫與柯培元的詩句相同，恐怕都是來自想當然耳的主觀認知。

詩中也有對於台灣原住民來由的種種推測：「或言嬴秦

---

118 如陶淵明《搜神後記・卷七》：「忽遇一人，身長丈餘，遍體皆毛，從山北來，精見之大怖，自謂必死，毛人徑牽其臂，將至山曲入大叢粉譖，放之便去」。
119 台灣銀行經濟研究室編，《台灣詩鈔》（台北：大通書局，1987），頁182。
120 台灣銀行經濟研究室，《清季申報台灣紀事輯錄》（台北：大通書局，1987），頁658。
121 吳子光，《一肚皮集》（台北：龍文出版社，2001），頁1033。

遣徐福，或言零丁洋販船。或言雲南梁王後，或言日本荷蘭傳」，其實都與事實不符，因台灣原住民屬於南島語族，澳洲學者Peter Bellwood還認為台灣是整個南島語族（分布範圍：東到復活島，西到馬達加斯加島，南到紐西蘭，北到台灣）的發源地[122]，雖說文學作品可以運用誇張渲染的手法，只是詩人此處的許多描寫都已經乖離事實太遠了。

　　總而言之，柯培元本詩中前兩段頗有可能是參看前人對於「生番」的敘述以及他聽到的傳聞、刻板印象，甚至摻雜個人的想像，揉雜而成。這與薩伊德（Edward W.Said）所說的「東方主義」（Orientalism）頗為相似：

> 東方主義最初只被當作一個研究的領域，現在卻有了新的具體內容。這個領域是一個封閉的空間，也是一個附屬於歐洲的舞台。「再現」本身就是個戲劇的概念，而「東方」（Orient）就是把整個東邊的世界（the East）侷限起來的一個舞台。東方學專家的東方主義式知識，對於歐洲人，好比一位戲劇家把他們特有感知的歷史、文化背景，有技巧地寫入劇本，引起觀眾的反應。東方學專家所搭起來異國舞台的布景，有景深層次，他們手中有一大套東方文化的劇目，<u>只要有其中一本，就會帶你進入奇詭豐富的世界</u>。例如：埃及的人面獅身像、埃及艷后、伊甸園、希臘特洛伊城、中東的薩多姆城（Sodom）和歌莫拉城（Gomorrah），更有阿斯塔塔、愛西斯（Isis）和歐西立斯（Osiris）、雪巴女王、巴比倫城，還有精靈、魔奇、尼奈瓦、魔術師約翰、穆罕默德，及更多更多的稀奇形象。<u>有些東方舞台的劇目只是一半想像、一半熟知的人名</u>，包括怪物、魔鬼、英雄、恐怖、愉悅、慾望。歐洲的

---

122 周婉窈，《台灣歷史圖說》（台北：聯經出版社，1998），頁37。

　　東方想像力，從這裡延伸滋生[123]。

　　漢人對台灣原住民的想像力，同樣的也從先前的謠傳、民間傳說、文人創作中延伸滋生。在這樣未能親識其人、親歷其境之下，作者最末雖然頗有人道主義的精神：「此亦窮黎無告者，聖人仁政懷與安」，但是對原住民的看法卻頗有「漢文化中心意識」，例如「薙髮輸餉歸王化，女則學織男耕田」，認為原住民男女在成為皇清子民之後才懂得耕織，其實原住民早就有以種植小米為主的旱作，織布的技術更十分純熟（可詳見前文解釋「生番布」之論述），至於「人生大欲先飲食，此輩喜見漢衣冠」，更以為生番缺衣乏食，而清帝國帶來的卻是豐盛開化的文明，足以解民倒懸。

　　若說前兩段是有如歐洲人東方幻想式的漢人「生番幻想」，最後一段則豈止「誇大了漢文化與清政府的機能」[124]，簡直是華夏沙文主義的文化領導權（Culture Hegemonic）思想之表現[125]。清初學者王夫之《宋論・神宗・八》認為對少數民族政權要「誅其長，平其地」、「取蠻夷之土，分立郡縣，其功溥，其德正，其仁大矣」，雖然柯培元在本詩中不若王夫之那麼殘暴強硬，但是同樣缺少文化多元主義（Cultural Pluralism）、尊重其他民族文化的概念。本篇〈生番歌〉正如日人伊能嘉矩所說：「蓋し當時に於ける對生番の觀想を代表すと見か」[126]（筆者譯：「或可以代表當時對於生番之觀感」）。

　　雖說柯氏〈生番歌〉是此類「新樂府」體裁中唯一以「生番」作主題者，但由於缺少深入的接觸（由此亦可知1835年

---

123 Edward W.Said著，王志弘等譯，《東方主義》（台北：立緒出版社，1999），頁88-89。
124 楊欽年、周家安，《詩說噶瑪蘭》，頁153。
125 Edward W.Said著，王志弘等譯，《東方主義》，頁9。
126 伊能嘉矩，《台灣文化誌》，頁522。

間，清政府官員對於居住在深山林內的「生番」或許仍停留在幻想虛構、以訛傳訛的階段），因此流於迂闊空想；至於他的〈熟番歌〉卻是寫得極為優秀的一篇佳構（同樣依據施懿琳校訂版）[127]：

> 人畏生番猛如虎，人欺熟番賤如土。強者畏之弱者欺，毋乃人心太不古！熟番歸化勤躬耕，荒埔將墾唐人爭。唐人爭去餓且死，翻悔不如從前生。傳聞城中有父母，走向城中崩厥首；啁啾嘍咯無人通，言不分明畫以手。訴未終，官若聾，竊窺堂，有怒容。堂上怒，呼杖具，杖畢垂頭聽官諭：「嗟爾番，汝何言？爾與唐人皆赤子，讓耕讓畔胡弗遵？」，吁嗟乎！生番殺人漢奸誘，熟番獨被唐人醜[128]！為民父母者慮其後！

漢人「軟土深掘」，不顧他人死活的惡劣行徑、熟番無處申冤的可憐情境，以及地方官員的顢頇無理，三者的形象都躍然紙上。由於柯培元任官所在的宜蘭平原確實有不少屬於熟番的噶瑪蘭（Kavalan）族居住著，雖然他只有在宜蘭待了一個月，還是很有可能與其有過實際接觸，詩人深感其處境之令人憐憫，乃以之入詩。

正如詩中所述，自從「荒埔將墾唐人爭」（吳沙在1796年率眾入侵宜蘭），就是他們惡夢的開始——漢人或用武力、或用奸計，鯨吞蠶食他們的土地，官府又不能主持公道，使得當地平埔族人不得不離鄉背井，一路遷移而去[129]。

伊能嘉矩推崇〈熟番歌〉是「土地競爭の失敗者たる熟番の最後を歌へるなり，即ち台灣に於ける番地侵佔の餘響と認

---

127 施懿琳主編《全台詩·肆》，頁382-383。
128 「醜」為汙辱之意，如：「醜詆」、「醜化」。《呂氏春秋·季冬紀·不侵》：「秦昭王聞之，而欲醜之以辭」。
129 伊能嘉矩，《台灣文化誌》，頁883；潘英，《台灣平埔族史》，頁216-219。

むべし」[130]（筆者譯：「作爲土地競爭失敗者之熟番最後的謳歌，亦可認爲是台灣番地被侵佔之餘響」），此斷語恐怕下得太早，因爲該詩創作於一八三五年，在一八六二年更有陳肇興〈土牛〉，一八七五年還有丘逢甲〈老番行〉之作，同樣都是爲熟番失去土地而哀憐謳歌（詳後文）。有所不同者，〈熟番歌〉是藉由一則生動小故事來揭露官員偏袒漢人的蠻橫無理，以及平埔族人的可憐無助；〈土牛〉是利用該地的顯著地標來敘述平埔族人被漢人侵凌的一頁滄桑史；〈老番行〉則藉由平埔族老人之口，敘述其族人悲苦的遭遇。雖然三者手法不同，不過痌瘝在抱、關懷民瘼之心則無分別。

三、丘逢甲〈老番行〉

　　丘逢甲（1864～1912），字仙根，又字仲閼，號蟄庵，詩文署南武山人或倉海君。他是祖籍廣東鎮平的客家人，生於銅鑼灣（今苗栗縣銅鑼鄉），後遷居翁仔社（今台中縣豐原市的社皮里）。他可說是台灣古典詩史上最耀眼的明星，傳誦一時的名句「宰相有權能割地，孤臣無力可回天」（〈離台詩〉）至今仍膾炙人口。他也有不少描寫社會弱勢族群的現實主義詩作，如〈黃田山行〉、〈述災〉以及〈老番行〉等等，其中的〈老番行〉一詩（引自《柏莊詩草》），施懿琳認爲可以視作一部「台灣熟番發展簡史」[131]，若將範圍更縮小一點，其實亦可說是一部「岸里社的發展史」或是「巴宰（Pazeh）族的辛酸史」，其全文如下：

　　　　牛困山前逢老番，爲人結束能人言[132]。自言舊住悳菁屯，

---

130 伊能嘉矩，《台灣文化誌》，頁893。
131 施懿琳，《清代台灣詩所反應的漢人社會》（台北：台灣師範大學國文研究所博士論文，1991），頁487。
132 結束，穿戴裝扮之意，如《西遊記・第二十一回》：「老妖結束整齊，綽一桿三股鋼叉，帥群妖跳出本洞」。此句之意爲：作漢人的裝扮，能說漢人的話。此句直接用「人」指稱「漢人」，由此可以清楚的看出當時漢人是把「番」與

播遷以來今抱孫。二百年前歸化早，皇威震疊臨台島。雞羽傳書麻答少，鹿皮納稅必丹老。獵罷山中并業農，長官無役不相從。<u>諸戎掎角微勞著，个霧擒餘捝骨宗。</u>指屈當年設屯始，會稱天地狐鳴起。渡海平之福貝子，海侯相助賊魄褫。惟番向導功狗[133]比，一百二十巴圖魯。愛番趨捷樂番使，旋預梯航集上都，八旬聖壽效嵩呼。誰知斷髮文身狀，曾入先朝王會圖。<u>聖恩賜土歸來日，耕鑿相傳薄納租。</u>

百餘年來時事異，奸民鬮番占番地。堂上理番雖有官，且食蛤蜊知許事？<u>況乃屯糧亦虛額，中飽年年歸點吏。</u>故業蕭條眨[134]眼中，社番十戶九貧窮。新居末免謀遷絳，名論眞宜譯徙戎。故山蒼蒼慘將別，舉家移向生番穴。仍占鳥語作耕獵，更驗桐花定年節。銘刻天朝累代恩，未敢殺人持寸鐵。偶出山前過故居，巢痕畢掃增鳴咽。山風吹髮邊衰禿，若識生年定耄臺。

方擬桃源世世居，誰請鑿空張騫說。玉斧應知畫界難，重關山險啓泥丸。所欣巖谷殘年日，猶得威儀拜漢官。官威難弭漢民奸，又佔山田啓訟端。日久深山無甲子，風生小海有波瀾。眼看番地年年窄，覆轍傷心話疇昔。方今全山畢開闢，更從何處謀安宅？番丁業盡爲人役，空存老朽溝中瘠。況聞撫番待番厚，生番日醉官中酒。同沐天家浩蕩恩，老番更比諸番久。可憐爲熟不如生，衰落餘年偏不偶。夜半悲呼山月暗，哀思難向青天剖。

我聞此語爲興嗟，台民今亦傷無家。開山聊藉五丁力，豈皆薦食爲長蛇？山田弓丈則下沙，賦重應比山前差。長官

「人」當作對稱的兩個詞，並不把「番」當作人來看。
133 《清詩記事》「狗」作「狥」，「狗」通「狥」，於文義不通。
134 原文作「眨」，誤。

終有廉來日，故業可復安桑麻。此歌聊向春山詠，東風開
遍番檨花。

這首詩有丘逢甲的〈自序〉云：

中路岸里等社歸化最早，于諸屯中亦最有勞績。後以侵削
地垂盡，多流移入埔里社，安故居者僅矣。今聞設廳來，
番業又日蹙，流移將無地，是可哀也。作此以告當道之言
撫番者。

丘逢甲自幼居住的「翁仔社」就是屬於Pazeh族的岸里社群，
當他在埔里聽到這一族的老人敘述該族之歷史，想必特別感到
心有戚戚焉。

首句的「牛困山」又作「牛眠山」、「牛眠山」，在今埔
里鎮的牛眠里一帶。詩人在這邊遇到一位能講漢語[135]的年老平
埔族人，他自述最早是住在「蔴薯屯」，這有可能是泛指整個
「蔴薯大屯」轄下的所有番屯，《淡水廳志》記載：

淡北麻薯社屯管下大小一十二社，屯丁四百名：岸東社屯
丁三十一名，岸南社屯丁三十二名，岸西社屯丁五十五
名，崎仔腳社屯丁二十名，西勢尾社屯丁二十三名，蔴
裏蘭社屯丁一十三名，葫蘆墩社屯丁二十一名，翁仔社
屯丁二十三名，蔴薯舊社屯丁三十八名，樸仔籬社屯丁
二十一名，舊岸西社屯丁一十一名，舊社岸裡內城社屯丁
一百一十二名。[136]

可說涵蓋了所有Pazeh族的部落，但是，經查牛眠里的平埔族

---

135 丘氏原籍屬客家人，對方來自於麻薯社，即今台中縣后里鄉舊社村。后里鄉
的福佬人比例高達73.2％（參見潘英，《台灣拓殖史及其族姓分布研究》，台
北：自立晚報，1992，頁310），這位巴宰海族人可能操福佬話，而丘氏亦通曉
之，因為他在中進士回台之後，曾主講台南崇文書院、嘉義羅山書院、台灣府
（今台中）衡文書院，該處皆為福佬人聚集處，可見丘逢甲必定能說福佬話。
另一種可能，后里附近的東勢、石岡、新社之客籍比例都頗高，在環境影響
下，此「老番」也有會說客語的可能性。
136 陳培桂纂輯，《淡水廳志》（台北：大通書局，1987），頁83。

來源主要有：日北社（屬Taokas族）、葫蘆墩社、麻薯社、社寮角社（皆屬Pazeh族）[137]，如此則「老番」所謂的「舊住麻薯屯」應非泛稱，而是專指前引文的「麻薯舊社」而言，即今台中縣后里鄉舊社村。

老番在詩作中接著津津樂道的說著他們爲朝廷立下的汗馬功勞：「諸戎掎角微勞著，个霧擒餘捻骨宗」，指的是岸里社曾經兩度支援清政府鎮壓其他平埔族抗官事件，一次是吞霄社事件（「个」指「卓个」，「霧」指「卓霧」），一次是骨宗事件，在《東瀛識略》中的記載是：

> 康熙三十八年（筆者按：1699年）春二月，<u>淡水吞霄社土官卓个、卓霧以通事黃申苛斂無已，殺申拒捕</u>。台灣道常光裕、總兵官張玉麟發兵往討，遣譯者誘致<u>岸裏社生番</u>攻其後。夏五月，内北投社土目冰冷亦殺通事之主帳者金賢等遣使通於个、霧。秋七月，冰冷爲水師把總某所襲執。八月，卓个、卓霧同被岸裏社番擒獻，斬於郡，傳首以示諸番。雍正四年（筆者按：1726年）秋八月，<u>彰化縣水沙連水裏社土目骨宗潛搆出没，恣殺掠</u>。閩浙總督高其倬檄台灣道吳昌祚、北路參將何勉率師深入，諸番震懾就撫；冬十月，獲骨宗父子，解省誅之。[138]

由此段引文可知，岸里社確實是清政府「以番制番」的重要合作對象。而「諸戎掎角微勞者」這句暗用了《左傳·襄公十四年》的典故：

> 昔文公與秦伐鄭，秦人竊與鄭盟，而舍戍焉，於是乎有殽之師。晉禦其上，戎亢其下，秦師不復，我諸戎實然。譬如捕鹿，晉人角之，諸戎掎之，與晉踣之，戎何以不免。

137 邱正略，《清代台灣中部平埔族遷移埔里拓墾之研究》（台中：東海大學歷史所碩士論文，1992），頁367。
138 丁紹儀，《東瀛識略》，頁86-87。

丘逢甲以幫助晉國打仗的「諸戎」譬喻幫清廷打戰的Pazeh族人，用典十分適切。詩中也提到該族後來更在福康安來台鎮壓林爽文事變時，立下大功，還因此得以進京面聖，而且也被畫進圖冊（即《皇清職貢圖》）之中。

曾經爲清政府立下這麼多汗馬功勞的岸里社番，到最後仍然不得不黯然的離開他們的故鄉。老番說明其中原因主要有三點：

第一，漢人的壓迫，所謂「奸民嬲番占番地」[139]。第二，認爲清廷雖然設有「理番同知」之類的官職以管理原住民事務，但是這些官員卻十足的顢頇無能，如同《南史·王融傳》所提到的「不知許事，且食蛤蜊」一般，正是「堂上理番雖有官，且食蛤蜊知許事」。第三，原本清廷爲了安置平埔族，所採用的「屯番」制度也出現的嚴重的問題，所謂「況乃屯糧亦虛額，中飽年年歸黠吏」，原本用以贍養屯番的那些田租收入，卻都給奸黠的胥吏們中飽私囊了。至於應該要監督控管這些胥吏的上司（所屬衙門的地方官員）呢？其實，這些事務官能夠貪贓枉法，往往都是位居其上的政務官對他們睜一隻眼、閉一隻眼，甚至還「上下交相賊」，官、吏成爲一體的貪污腐化結構[140]。前述第一點關於漢人的侵逼，何嘗不也是地方官員未能主持公道所導致的結果？所以，這三點可說都直接將矛頭指向地方官吏的失職。

正由於以上這些原因，使得岸里社番不得不往外遷移。埔里盆地的原住民部落在嘉慶廿年（1815）遭遇了「郭百年慘案」（詳見前文吳性誠〈入山歌〉所述），當地的「埔番」人口只剩一半不到，在北有眉番、南有漢人和布農族的威脅下，

---

139 「嬲」者，擾亂、糾纏之意，如嵇康〈與山巨源絕交書〉：「足下若嬲之不置，不過欲爲官得人，以益時用耳」。

140 黃立惠，《清季台灣吏役之研究》（台北：台灣師範大學歷史所碩士論文，1999），頁88。

感到勢單力孤，於是透過水社番（即今邵族）的牽線，中部各平埔族人乃陸續進入埔里盆地[141]，此正是老番所說的：「故山蒼蒼慘將別，舉家移向生番穴」。

當年官府將侵墾埔里盆地的郭百年等人驅逐出境之後，嘉慶廿二年（1817）於進入埔里的南北兩路路口各豎立石碑：「嚴禁不容奸入，再入者斬」、「愿[142]作生番屬，不造漢民巢」[143]。正因為有此番界之劃分，暫時將漢人阻隔於外；但是，「方擬桃源世世居，誰請鑿空張騫說。玉斧應知畫界難，重關山險啓泥丸」，當局政策似乎有了重大轉變，這又是什麼原因呢？

此與同治十三年（1874）牡丹社事件有關——受到該事件的刺激，清廷派遣欽差大臣沈葆楨來台處理，乃「積極治台」之始，而「開山撫番」制度的推行以及因此而來的埔里社廳之設立，都是其中的一環。但是，正如詩序所云：「今聞設廳來，番業又日蹙」，一八七五年設置埔里社廳之後，原來的番界也被廢除，漢人源源不絕的進入肥沃的埔里盆地開墾，正如詩中所述：「官威難弭漢民奸，又佔山田啓訟端」、「眼看番地年年窄，覆轍傷心話疇昔。方今全山畢開關，更從何處謀安宅？番丁業盡為人役，空存老朽溝中瘠」，岸里社原居地被漢人侵墾的歷史乃再度重演。

詩中老番所云「播遷以來今抱孫」云云，查本詩作於光緒十八年（1892）[144]，而中部平埔族移入埔里的主要時期是道光

---

141 邱正略，《清代台灣中部平埔族遷移埔里拓墾之研究》，頁172。
142 原出處作「原」，於文意不通，碑文之意應是「寧願被生番砍頭當屬鬼，也不在番界之外開墾定居」。
143 姚瑩，《東槎紀略》，頁35；台灣銀行經濟研究室編，《台灣中部碑文集成》，頁168-169。
144 《柏莊詩草》封面題有「壬辰年作」、「起正月，訖閏六月，計古近體詩二百四十九首」等字樣，「壬辰年」即光緒十八年（1892）。本詩集除了卷末有數首是在題字之後所作，其他都是作於該期間之內。施懿琳於其博士論文《清代台灣詩所反應的漢人社會》（台北：台灣師範大學國文研究所博士論

三年（1823）到道光廿一年（1841）[145]，已經相隔大約五十至七十年，若他幼年曾經居住過麻薯屯，則他當時應該已經六、七十歲了，無怪乎丘逢甲稱其爲「老番」，而詩中所述與歷史文獻記載亦兩相符合。本詩等於是丘逢甲進行的一次田野調查、口述歷史紀錄（與陳肇興描寫械鬥的著名詩作〈龍目井感賦百韻〉之創作手法類似），透過這一位年老識多的Pazeh族人之口，以族人們自己的觀點，娓娓道出該族的歷史與現實的辛酸，也表露了作者愛莫能助的心情。

第六節　小結

　　經過仔細的引證其他資料、分析探討之後，總結所述共六位作者、八首詩作，茲將各家詩作按照前文所敘述的順序而已表格進行分析，俾能一目瞭然：

詩人名	創作時的身份	詩題	體裁	創作時期	地點	備註
陳肇興	在地：秀才	番社過年歌	七古	1858	彰化	透過今昔之比讓人感慨萬千
同上	在地：舉人	土牛	七古	1862	南投	藉由眼前實體的建物以敘述其背後的社會歷史意涵
劉良璧	仕宦：台灣道	沙轆行	五古	1741左右	台中	大甲西社起義，帶有帝國官員的心態
吳性誠	仕宦：彰化知縣	入山歌	七古	1817左右	南投	郭百年事件，呈現愛民如傷、義憤填膺之情
黃清泰	在地：北陸協中營都司	觀岸裏社番踏歌	七古	1815～1820年間	台中	隱約平埔族人在當時已經飽受透露漢人的欺壓
柯培元	仕宦：噶瑪蘭通判	生番歌	七古	1835	宜蘭	帶有東方主義、漢族沙文主義的文本色彩

　　文，1996）之中，記爲光緒十四年（1888）所作，未知所本。
145　邱正略，《清代台灣中部平埔族遷移埔里拓墾之研究》，頁70。

| 同上 | 同上 | 熟番歌 | 七古 | 1835 | 宜蘭 | 動態式的描寫出平埔族人受漢人壓迫與昏官之害 |
| 丘逢甲 | 在地：進士、書院主講 | 老番行 | 七古 | 1892 | 台中南投 | 不啻是一部平埔族人的辛酸血淚史。 |

在這些文人當中，就屬劉良璧任官最高，但是他的詩作中帶有的帝國主義色彩也最重，雖然字裡行間頗有憐憫社番之意，然而卻是站在統治當局的立場認為「大甲西社抗官」實屬愚昧之舉，對於地方官員也不加一毫批判，甚且刻意的予以美化。

其實，並非所有來台仕宦的官員都是如此，時任彰化知縣的吳性誠便能夠深體民情，揭發漢人的殘暴、哀憐埔社族人的遭遇。署噶瑪蘭通判的柯培元兩首詩歌也恰可作為相互對照的實例──親身目睹者乃能指出真正問題所在；而單憑前人紀錄以及個人想像者，則往往流於不切實際。可見地方官員確實必須深入體察民情，才能夠寫出真正「惟歌生民病」的作品。

反觀在地的文人，由於當時平埔族人就在他們生活圈之內，與漢人居住區域相重疊，因此頗能體會其面臨的現實困境，原住民帶有南島民族的單純樸實，更是這塊土地原本的主人，當時卻在漢人移民源源不絕的湧入之下，逐漸淪為社會上的弱勢，即使有屯番制度、土牛番界制度意欲保護之，卻如黃清泰、丘逢甲與陳肇興所述，在奸巧漢民以及貪官污吏壓迫之下，仍然日漸窮苦。黃清泰〈觀岸里社番踏歌〉與陳肇興〈番社過年歌〉同樣描寫番社過年，不過前者僅顯露些微的哀傷，而後者因為當時中部平埔族早已大規模的往埔里遷移，原本歡樂喜慶的平埔族節慶也更加冷清了，用樂景以寫哀，讓人不勝欷噓。

就詩體而言，這些詩作清一色都採用古體詩，而非近體律絕，其中更只有一篇是五言，其他七篇都是七言。正如劉熙

載《藝概》所云：「字少者含蓄，字多者發揚」、「五言尙安恬，七言尙揮霍」、「古詩波瀾較爲壯闊」、「律與絕句，行間字裡須有曖曖之致。古體較可發揮盡意，然亦須有不盡者存」[146]，因爲這些詩歌的主題是針對當時台灣原住民的社會處境，以敘事爲主，所以古體詩的形式（尤其是七言）具有較大的容量可以讓詩人發揮得淋漓盡致。其中陳肇興與丘逢甲都十分擅長這類七言古詩／歌行體[147]，本章所探究的〈番社過年歌〉、〈土牛〉以及〈老番行〉更是他們詩集中十分膾炙人口之作。

　　此外，這些詩作的形式體裁讓人覺得跟佛經之「三分科經」頗爲類似。所謂「三分科經」又作「一經三段」，亦即依該經論內容而適度區分爲「序分」、「正宗分」、「流通分」等三部分，故稱「三分科經」：

　　（一）序分，又作序說、教起因緣分。即述說一經教說產生之由來。（二）正宗分，又作正宗說、聖教正說分。即論述一經之宗旨，正顯聖教所說法門。（三）流通分，又作流通說。乃敘說受持本經之利益，復勸眾等廣爲流傳，使流通久遠，令末世眾生依教奉行。[148]

不管是陳肇興之作抑或其他詩人的作品皆略可分爲如同「序分」、「正宗分」、「流通分」這三部分：序分，敘述詩人創作這首詩歌的動機；正宗分，也就是整首詩最重要的部分，論述核心的事件與議題；流通分，抒發個人感懷，讓爲政者有所警惕，每首詩歌皆略可依此分段。此爲元稹、白居易等詩人所

---

146 劉熙載，《藝概》（台北：金楓出版社，1986），頁100、103。
147 陳肇興的古詩作品另有〈大水行〉、〈火炎行〉、〈米元章墨蹟歌〉、〈赤崁懷古歌〉、〈海中捕魚歌〉、〈揀中大風雨歌〉、〈由港口放洋望海上諸嶼尋台山來脈處放歌〉、〈虎子山歌〉等；丘逢甲在《柏莊詩草》中則有〈大甲溪歌〉、〈濁水溪歌〉、〈熱風行〉、〈割花嘆〉、〈台山有虎歌〉等。
148 佛光大辭典編修委員會編，《佛光大辭典》（高雄：佛光出版社，1988），頁531。

建立的「新樂府」敘述模式傳統。

在這八首詩作當中，黃清泰、陳肇興、丘逢甲等人的作品都涉及「屯番」的問題，此亦是與當時平埔族人切身相關的重要議題。清代在台的官方武力中，這些平埔族組成的「屯番」佔有舉足輕重的地位：

> 查台灣各屬均有屯丁，係乾隆五十三年（筆者按：1788年）公中堂福（筆者按：即福康安）議以台地已經歸化之熟番充作屯丁，仿照四川屯練之例，就社立為屯營。按社之遠近、就番之多寡，分別大小屯，各立名目；另設統轄千總、專轄把總外委，清釐界外埔地，發給屯番自行耕作，所謂按丁授地，即古屯田之法、治民於農之意。無事則令其就近耕作，防生番；有事則揀調出屯，令其衝鋒禦敵，均甚得力。其屯弁、屯丁應需俸餉，即將界外新墾溢額田園按甲徵租，按名散給。[149]
>
> 至建碉設舖，原為通防軍聲氣，漸引居民地步。所擬建造地方，四面皆番，原非數人所能駐為巡防者。應先由該軍營派隊分駐，以屯番為最便，再參以就近生番，較為合用，亦可經久。[150]

從林爽文事變以下，台灣「三年一小反，五年一大反」的諸多變亂之鎮壓往往都要靠「屯番」這支武力。以歷時最久的民變「戴潮春事變」為例，文獻中關於「屯番」的記載不勝枚舉，而同治五年（1866）戴案大致結束，論功行賞時，時任台灣總兵的曾元福曾將先後在這場台灣的「內戰」中不幸喪生的水陸文武員弁、各營兵丁、郡局彰嘉等處義勇、南北路屯番以及義首、幕丁等列出一份清單，當中屯番死難人數就將近三百人，

149 《台灣府輿圖纂要》，頁293-294。
150 劉璈，《巡台退思錄》，頁186。

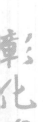

其他各營頂多才一百八十多名而已[151]，屯番在戴案中的喪生人數高居第一。

有內亂的時候，平埔族人要被徵召上戰場，但是平時給予贍養的田租卻在漢人巧取豪奪之下，發生「邇來十社九社空」（陳肇興語）、「社番十戶九貧窮」（丘逢甲語）的可憐情況。從詩作內容看來，「設屯」作爲平埔族的保護政策，在貪官污吏以及貪婪奸民的夾擊之下，乃日漸失效矣。

若由描寫對象的地域範圍來分析，我們發現除了柯培元兩首詩作是針對宜蘭地區的Kavalan族以及Atayal族之外，其他都以中部地區的原住民爲對象：陳肇興〈番社過年歌〉應即彰化縣的Babuza族，〈土牛〉則爲南投縣的Hoanya族，劉良璧〈沙轆行〉主要是針對Papora族，黃清泰〈觀岸里社番踏歌〉與丘逢甲〈老番行〉都是岸里社的Pazeh族，吳性誠〈入山歌〉則是埔里的埔社族人（Bunun族或Thou族）。其中幾乎都是針對熟番（平埔族），描寫生番處境者僅柯培元的〈生番歌〉。此亦與這些詩人們各自的日常生活環境、活動範圍有關。

這些詩作具有濃厚的寫實性，本身除了文學價值之外，其史料價值更無庸置疑——由三位來台仕宦的地方官員親自寫下對於管轄地區原住民的觀察，另有三位在地文人，皆親眼目睹原住民的社會困境，有的還作了歷史口述調查，成爲非常珍貴的文獻資料。除此之外，這些詩歌也大多帶著人道主義的色彩，此乃儒家仁民愛物的思想表現，也是延續從《詩經》以降的「美刺」詩歌傳統，關懷弱勢族群並爲之發聲，正如歷史學者杜正勝所言：

歷史上弱勢者的聲音往往不是自己喊出來的，不是自己不

---

151 洪安全編，《清宮月摺檔台灣史料》（台北：國立故宮博物院，1994），頁867-871。

能喊,而是喊了沒人聽;於是有非弱勢者挺身挺身而出,拋開自己的階層、集團或族群的利益,替他們喊。我們稱這種聲音為正義之聲。《詩經》〈伐檀〉譴責高貴統治者尸位素餐,不必親自耕種,糧倉卻裝滿穀子;不必親自打獵,庭前卻掛滿禽獸。這篇詩的作者當然不是農夫或獵人,很可能就是他所批判的統治階級的一員。一個文化能不能令人尊敬,要看有沒有這類聲音。台灣人談台灣文化,不能輕忽這一面。[152]

劉良璧〈沙轆行〉、吳性誠〈入山歌〉與丘逢甲〈老番行〉帶有史詩的色彩,後兩者更是波瀾起伏,情景躍然紙上。黃清泰〈觀岸里社番踏歌〉、柯培元〈生番歌〉、〈熟番歌〉與陳肇興〈土牛〉、〈番社過年歌〉則有如「麻雀雖小,五臟俱全」一般,從番社過年的日漸冷清、土牛紅線的荒廢、熟番申訴無門等不同層面,以小見大的紀錄平埔族群的興衰歷史。縱使〈沙轆行〉與〈生番歌〉無意間流露出的帝國主義殖民色彩與漢族沙文主義可能需要被批判,然而,我們毋寧相信這些詩人們的創作動機就如同郁永河在《稗海記遊》所大聲疾呼的:

> 是舉世所當哀矜者,莫番人若矣。乃以其異類且歧視之;見其無衣,曰:「是不知寒」;見其雨行露宿,曰:「彼不致疾」;見其負重馳遠,曰:「若本耐勞」。噫!若亦人也!其肢體皮骨,何莫非人?而云若是乎?馬不宿馳,牛無偏駕,否且致疾;牛馬且然,而況人乎?抑知彼苟多帛,亦重綈矣,寒胡為哉?彼苟無事,亦安居矣,暴露胡為哉?彼苟免力役,亦暇且逸矣,奔走負戴於社棍之室胡為哉?夫樂飽暖而苦飢寒,厭勞役而安逸豫,人之性也;

異其人，何必異其性？仁人君子，知不吐余言。[153]

在當時漢人分明不以番人爲「人」的文化氛圍中，陳肇興以及黃清泰、吳性誠、柯培元、丘逢甲等人的這些詩作顯得更加珍貴，散發出人性的光輝，如果以馬克思主義與後殖民主義來看，這些詩作中的原住民面臨著雙重壓迫／殖民的處境，而這些詩歌的作者則是處於上層階級／殖民者的位置。縱然如此，其身份卻無法完全侷限其詩歌特色，例如：同屬殖民政權官員的劉良璧與吳性誠，前者對於中部平埔族的挫折困頓無法感同身受，後者卻完全流露對於一個苦難族群的同情以及對於壓迫者／加害者的痛恨；陳肇興與丘逢甲都是漢人社群中的領導階層，卻能將人飢己飢之情投射到當時台灣社會的最底層，這種現象無法單純的用社會分層／區隔的理論予以解釋，而詩人本身的主觀能動性以及前文所說的漢文化中的人道主義傳統恐怕更值得關注。

---

153 郁永河，《稗海紀遊》，頁37-38。

第八章　結論

第一節　傳記資料的總結與再探討

　　透過本書各章節的探討，關於陳肇興其人其事以及《陶村詩稿》中所關注的主題都獲得了更清晰的輪廓，各章節的小結亦已簡潔扼要的總述探究所得的成果。筆者雖然花費許多心力，尋找出許多散落各處的不同史料，一些新史料的挖掘以及與舊史料彙整之後的推論，使人瞭解更多關於陳肇興及其《陶村詩稿》的諸多面向，但是，我們至今仍然期待更多相關史料的出土，筆者認為以下數項資料應該存在於某處，只是目前仍未得見：

　　一、**陳肇興的後代子孫**。筆者透過《彰化節孝冊》、《彰化縣志稿》以及日治時期除戶簿的資料，好不容易找尋到陳肇興在詩作中屢次提及的好友兼「內兄」邱位南（號石莊）的長曾孫邱炯耀先生（居住在彰化市內）。邱老先生雖然年逾古稀，仍然精神矍鑠，身體十分硬朗，也還記得他的曾祖父曾考取舉人功名，但是對於「陳肇興」則已經一無所知了（此部分詳見本書第三章）。不過，他恰可作為對照組：陳肇興〈齒痛，戲用袁簡齋拔齒原韻柬石莊〉一詩有云：「君年未四十，齒牙驚搖動。我少君十年，情亦同洶洶」，可知邱位南還要比陳肇興大十歲，而他的長曾孫仍然健在，也都還居住在彰化市內，想必陳肇興曾孫之情況諒必相似，有待進一步找尋。

二、詩人當年在彰化城內興建的「古香樓」故居。吳德功曾說陳肇興是他的鄰居，查閱其日治時期除戶簿得知吳德功住址位是北門二百四、二百五番地，則陳肇興的故居應該也是在那一帶，而筆者以古今地號對照之後發現那就是今彰化市光復里、光華里一帶。筆者論文中查考出的「民生路一九五巷十號」的確有其可能性（詳見本書第四章），不過仍然有待進一步確認。

三、**陳肇興鄉試的硃卷**。所謂「硃卷」（或稱「朱卷」）是科舉制度中試卷名目之一。明清兩代，爲防止考官認識筆跡而徇私舞弊，因此鄉會試的考生原卷（即墨卷）必須交給試場人員用朱筆謄寫一遍，再交予閱卷官批閱，稱爲「硃卷」，考中後，將自己場中所作之文刊刻贈人，也稱「硃卷」[1]。關於硃卷的參考價值，中國學者董蓮枝說得很詳細：

> 其中有關各人履歷部分較官刻的登科錄、鄉試錄、會試錄及同年齒錄等記載詳細，頗似譜牒。而應試者的檔案反應的世系資料在一定程度上較家譜更爲詳細。因此對於研究清代人口學、社會學、民俗學、譜牒學等實爲不可缺少的文獻。大量的舉人、貢生及部分進士史傳不登，若有所載者亦無母系、妻系與師承傳授的紀錄，而硃卷集成彌補了這一缺憾。所以《清代硃卷集成》是一部不可忽視的傳記資料。[2]

的確如此，例如中國學者張杰由於發現了高鶚會試的「履歷」（亦即「齒錄」，硃卷的前半部份），因而糾正了現存關於高鶚家世的許多錯誤記載，對於《紅樓夢》後四十回作品思

1　《明史・選舉志》：「考試者用墨，謂之墨卷。謄錄者用硃，謂之硃卷」，《清史稿・選舉志》：「士子用墨，曰墨卷。謄錄用硃，曰硃卷。主考墨筆，同考藍筆」，《儒林外史・第二回》：「老先生的硃卷是晚生熟讀過的。後面兩大股文章，尤其精妙」。

2　董蓮枝，〈《清代硃卷集成》的文獻價值〉，《遼寧大學學報・哲學社會科學版》，第28卷4期，2000年7月，頁57。

想的研究也有極重要的價值[3]；謝承仁也因爲得到了《鄰鄉老人鄉試硃卷》而考訂出《水經注疏》的作者楊守敬（號「鄰鄉老人」）的正確生卒年，糾正了過去一向認爲無誤的看法[4]，硃卷效果之宏大由此可見一斑。若我們能發現陳肇興的硃卷，則他的所有親族後代名單都可一覽無遺，甚至可以循線而找到他的後代今在何處。

目前關於清代硃卷的資料，以顧廷龍所編集的《清代硃卷集成》爲最大宗。不過該書主要是在中國收集，而硃卷是中式者自行刊印分贈親友的，所以，除非陳肇興有贈予他福建祖籍地的族人，才有可能在中國發現他的這份資料，如果他有刊刻硃卷的話，目前仍以在台灣發現的可能性比較高。羽青〈高選鋒的《鄉試硃卷》及其他〉[5]裡面記載他這份高氏的硃卷乃「楊氏習靜樓」所藏，也就是楊雲萍教授的收藏，楊氏藏有台灣許多珍貴的文史資料，曾在《台灣風物》上刊載一二，不知道他會不會也藏有陳肇興的《福建鄉試硃卷》呢？而在彰化地區陳氏的後代是否也有收藏呢？待考。

四、孝婦旌表的公文。吳德功編撰的《彰化節孝冊》，書前〈節孝名稱及報請理由〉一文寫道：

> 昔時報者，每名節婦，必將節婦履歷造冊十三通。每通連左右鄰及族長甘結三通，送入教官用印，留一通在署；再送入知縣用印，亦留一通；然後送到知府及台灣道各用印，留冊一通；再送上省城學台、布司、按司、督、撫各衙門用印；再送上北京禮部，請皇上批准，將冊一通批

3　張杰，〈高鶚會試履歷的發現及其史料價值〉，《滿族研究》，1999年第4期，頁80。

4　謝承仁，〈楊守敬生年辨正〉，楊守敬，《楊守敬集》（武漢：湖北人民出版社，1988），頁441。

5　羽青，〈高選鋒的《鄉試硃卷》及其他〉，《台北文物》，第4卷1期，1955年5月。

回，准其建石坊，春秋地方官致祭。[6]

可見當時節婦之旌表，總共要用十三份公文，目前故宮博物館出版的《清宮月摺檔台灣史料》、《清宮廷寄檔台灣史料》、《清宮廷寄檔台灣史料》都未能發現有相關的記載，《宮中檔》、《實錄》、《起居注冊》裡面也未能找到相關的紀錄，若能找到該份公文，則不止陳賴氏的出身背景、親族資料皆能得知，而目前找不到的她與陳肇興所生子女的姓名，也會得到解答，值得持續挖掘。

五、陳肇興墳塋。陳肇興去世之後，葬於何處呢？他在一八五二年的清明節去掃墓，曾作有數首詩以記之：

> 記得趨庭鯉對時，一鐙豆火課孤兒。九原今日言猶在，五鼎他年報豈知。宿草春經霉雨潤，杜鵑聲帶血痕悲。墓門滿目增惆悵，淚灑東風檜柏枝。（〈掃墓感作〉）
>
> 曉從南塚去，山色尚模糊。草露行來濕，蠻煙到處無。泉聲隨澗轉，鳥語隔林呼。遙望前峰上，朝陽紅一隅。（〈曉行山中即目〉）
>
> 山圍亂塚樹交加，竹舍茅簷共數家。廿四番風都過了，居人猶賣一園花。（〈待人坑〉）

第三首〈待人坑〉在《陶村詩稿》之中並未與前兩首緊鄰排列，不過有兩點原因令人認爲這首詩應該也是清明時所作：第一、依照福佬人習俗，一年之中往往只有清明節會前往墓地，陳肇興家住北門附近，並不在待人坑（今彰化市南方的八卦山上）附近，平常路過的機會也很少；第二、待人坑就在南塚的附近，所以，這首詩極有可能是清明節那次，前往南塚掃墓時所作。

由詩作中使用了「趨庭鯉對」這個的典故（孔子與其子

孔鯉），可知這是去祭掃他父親的墳墓；由「墓門滿目」則可知其父之墓地並非在山林田野中孤自一座，而是在當時的一片墓地當中，附近的墓座數目相當多，而該墓地可能就是在「南塚」、「待人坑」一帶。既然陳父的墳塋在此處，由於一般習俗上往往整個家族的墳墓都聚集在同一區，所以陳肇興本人想必也安葬於在待人坑、南塚一帶。關於南塚，在一九六五年的時候，該墓地被選定爲建國工專（2004年改制爲科技大學）校地[7]，因此很多古墓都被遷葬[8]，只在岸頭山一帶尚餘一區「彰化市廢棄公墓」，筆者跟康原老師請教的時候，老師也跟筆者說：南塚那邊本來的確是有很多古墓，不過有一大部分都已經被清走了；至於待人坑一帶，今爲「彰化市第一公墓」，目前仍在使用，彰化市殯儀館也位於該處。

　　因爲彰化市的墓地都屬彰化市公所管理，筆者於是在二〇〇三年四月份寫信向市公所請求協助，想要尋找有關於這片墓地的相關檔案。市公所人員非常熱心，在幾天之內就回覆筆者說：市長很重視這件事情，不過目前公所相關單位裡面，並沒有這方面的資料。筆者跟公所的秘書先生聯繫時，也惠蒙告知：該墓地太過廣大，墳塋成百上千，實在沒有所有墓碑名錄之類的檔案。所以，可能還需要田野調查的工作。

和

邑　皇清誥封奉直大夫顯考陳公諱肇興佳城

同治〇〇年〇月吉旦

第〇〇〇〇等同立石

陳肇興墓碑想像圖。顧敏耀擬繪。

7　吳卿銅，〈彰縣各界祭蔣鄧二公〉，《中央日報》，1997年9月1日，地方鄉情版。

8　待人坑一帶是彰化城內居民重要的墓地，賴和的父祖的墳塋也在這一帶，他曾作有一首〈上山敬墓〉：「南北山頭草亂生，廢園人說待人坑（自註：陶村詩：「居人猶賣一園花」，園在坑之口，俗稱大九宅，今已廢矣）。不辭斬荊披棘苦，少盡尋源報本情」（見賴和，《賴和全集·漢詩卷》，台北：前衛出版社，2000，頁404）。

　　前幾年曾有文史工作者在八卦山上找尋出數座清代名人古墓，例如被稱爲「番仔駙馬」的豐原神岡一帶之鉅富張達京家族古墓、參與鎮壓林爽文事變獲得四品官銜的楊振文及其家族古墓、嘉慶十五年（1810）歲貢生劉元炳古墓、因鎮壓戴潮春事變而獲得四品官銜的張金赤之墓、在戴案期間與陳肇興並肩作戰的陳捷三、陳捷元兄弟古墓等[9]，陳肇興有「鄉進士」（即舉人）之功名，又因參與鎮壓戴案後續騷亂而受封五品官位，我們可以參考澎湖媽宮舉人鄭步蟾（同知加四品銜）、南投鹿谷舉人林鳳池（分府加布政銜）的墓地形式[10]，推知陳肇興之墳塋可能在墓前同樣有石刻旗竿座、石獅子等，而且佔地面積恐怕不小，至於墓碑形式，依照前文關於他功名的考證，應該如本章附圖所繪一般（「和邑」是指他的祖籍爲漳州府平和縣）。

　　台中縣太平市有一位王清雄先生，他蒐集了許多古老的墓碑，他認爲：「一塊塊往生者的『門牌』，不僅可以作爲填補台灣史空白的佐證，還可探索隱藏其間的先民風俗變遷」[11]，確實如此，若能進行地毯式的搜索，或許可以找出陳肇興之墓。藉由墓碑上的碑文，對於其生卒年與身份地位的考證以及後代子孫的追尋等各方面，都能得到確切的解答。

　　除了上述五項之外，關於竹山的陳五八祭祀公業，目前是否有相關的管理單位可供探詢？霧峰林家所藏的《戴案具稟》是否可以找到管道向林家後人借閱？可否找到彰化市民生路陳渭竹的後人進行訪問？彰化八卦山上的墓塚在清明掃墓之後，

9　吳成偉，《八卦山台地傳統聚落與人文產業》（彰化：彰化縣文化局，2003），頁358-369。

10　鄭紹裘，〈清代媽宮舉人——曾祖父鄭步蟾〉，《硓𥑮石》，第4期，1996年9月，頁14；林文龍，〈鹿谷鄉舉人林鳳池傳略〉，《台灣文獻》，第26卷1期，1975年3月，頁70。

11　曾鴻儒，〈收集墓碑，探索台灣史〉，《自由時報》，2003年4月7日，台灣蒐奇專題報導。

較爲整潔時，或可實際進行地毯式的踏查（雖然這似乎是大海撈針）？總之，期待有更多學者的投入、更多史料的出土，以及論述的日漸深化，讓我們對於這位彰化「礦溪精神」的代表人物之一有更全面的了解。

第二節　詩作内容的多面向觀察

上文是關於詩人本身的傳記資料方面，至於《陶村詩稿》的内容，本書有兩章分別以「原住民」與「分類械鬥」作爲探討主題，其有如「史詩」一般的寫實風格得到肯定，不過，若以爲陳肇興的詩作都是這種風格，則恐怕失之偏頗。

古體詩在陳肇興的作品中佔有很大的份量，其中的現實主義詩作師法杜甫，亦有多首詩作帶有類似李白詩作的特色：寫景則形象雄偉壯闊、氣勢磅礴，色彩繽紛；抒情則感情奔放激盪，跳脫起伏且變化多端，例如作於咸豐十年（1860）的〈秋風曲〉便是他浪漫主義詩作的代表作之一，其中詩句如「醉墨曾驚吐白凰，狂歌直欲碎黃鶴」化用李白「我且爲君槌碎黃鶴樓，君亦爲吾倒卻鸚鵡洲」（〈江夏贈韋南陵冰〉）之句；還有類似如李賀之風格者：想像豐富、奇麗絕幻甚至迷離陰森的詩作特色，例如作於一八五三年的〈赤崁懷古歌〉，國姓爺戲劇化的一生，就在這卅二句當中精彩的表露無遺，句末則讚揚當下的太平時光，頗有撫今追昔之感，詩中「鯨魚上岸鮫魚泣」這類將動物擬人化的手法，讓人聯想到李賀的「老魚跳波瘦蛟舞」（〈李憑箜篌引〉）、「青狸哭血寒狐死」、（〈神弦曲〉）或是「老兔寒蟾泣天色」（〈夢天〉）；另外，〈秋風曲〉的「砑光舞罷群花死」，其死亡意象描寫亦與李賀「九節菖蒲石上死」（〈帝子歌〉）、「竹黃池冷芙蓉死」（〈河南府試十二月樂詞·九月〉）等詩作頗有相似之處。

以上所列舉的這幾首古體詩，陳肇興皆以天馬行空的想

像來隨意差遣神仙鬼怪、靈活化用歷史典故，表現飛揚而濃厚的情致。後人形容李白之「**超趠飛揚**」（宋·劉攽《中山詩話》）、「**天馬行空**」（清·趙翼《甌北詩話》）、「**金翅擘海**」（宋·嚴羽《滄浪詩話》），以及形容李賀之「**鬼怪**」（明·高啓《唐詩品匯·總序》）、「**奇崛**」（清·葉燮《原詩內篇》）若用於陳肇興的這些詩作，亦十分貼切。

除了令人聯想到李白與李賀之詩作之外，另有受到李商隱影響者：陳肇興在一八五九年前往府城，要搭船去省城鄉試時，曾寫下〈無題〉組詩共八首，或有認爲這是受到黃任《香草箋》的影響[12]，不過《香草箋》乃以七絕爲主，此處題爲〈無題〉的七律，其中的詩句如「迴文稠疊千餘字，錦瑟凄涼廿五絃」以及「巫山雲雨記曾迷，繡被鴛鴦兩兩棲。帶上身銜雙彩鳳，枕邊魂斷五更雞」等，與其說是受到《香草箋》的影響，毋寧說具有李商隱詩歌的特色。一般講到李商隱抒情詩作的特色是：喜好以「無題」作爲詩名、較少採用直抒胸臆的方式而特別致力於婉曲見義、藝術構思錘鍊得千迴百轉而一波三折、藉由繡織麗字與鑲嵌典故營造出華豔穠麗的風格、具有濃厚的哀傷情調等[13]，清人劉熙載給他的評語「深情綿邈」[14] 堪稱得其大概。陳肇興〈無題〉八首組詩中的詩句，都大略具有上述的這些特色，而且不流於表面的模仿，寫得十分出色。

目前學者們講到陳肇興都把他跟沈鬱頓挫的杜甫緊密的扣合在一起，讓讀者對他的印象連結幾乎就是：**《陶村詩稿》＝戴案詩史＝戰況慘烈、憐憫生民、哀傷個人遭遇**，其實由上述他受到李白、李賀、李商隱影響的詩作來看，他不僅「善陳時事，律切精深，至千言不少衰」（《新唐書·杜甫列傳》），

12 林文龍，〈黃任《香草箋》對台灣詩壇的影響〉，《台灣文獻》，第47卷1期，1996年3月，頁212-213。
13 《中國大百科全書·中國文學》（台北：錦繡出版公司，1992），頁384。
14 劉熙載，《藝概》（台北：金楓出版社，1986），頁95。

彰化學

也具有旖旎的情思、豪放的情懷與豐富的想像力，可說是一位創作手法十分多樣化的詩人。

第三節　當朝詩人的影響

陳肇興本身即是一位藏書家：「爲藏萬卷築高樓，鄴架曹倉次第收。四壁詩箋書五色，一窗燈火照千秋」（〈古香樓落成移居即事〉），而且由其詩作中可以看出他廣泛閱讀、多方學習的特色，善於汲取許多前代詩人的寫作特長，唐代方面，從杜甫的擅於敘事、隱含美刺；到李白與李賀的馳騁想像、意氣奔放；以及李商隱〈無題〉詩的婉曲華美皆然。至於影響他的「本朝詩人」呢？

《陶村詩稿》的寫作年代（1852～1863），若對應於當時清末的文學史座標，原本是應該屬於「近代詩歌史」的階段。在這個時期，龔自珍（1792～1841）等人的啓蒙思想、祁寯藻（1793～1866）等人的宋詩派都各擅勝場，風起雲湧[15]；但是在陳肇興的詩作中，都未能發現他受到這些重要詩人或詩派的影響。《陶村詩稿》出現的當朝詩人則是以下三位：

一、袁枚

袁枚（1716～1797），字子才，號簡齋，晚又號隨園老人，與蔣士銓、趙翼並稱爲「乾隆三大家」；在乾隆年間的文士當中，袁枚詩名之高，無出其右者。他提倡性靈說，與王士禎的神韻說、沈德潛的格律說相抗衡，標榜要有眞性情、眞感受的主張，對當時及後世影響頗大[16]。他說：「僕詩兼眾體，而下筆標新，似可代雄」（〈答程魚門〉）、「提筆先須問性情，風裁修劃宋元明」（〈答曾南畼論詩〉）、「品畫先神

15　馬亞中，《中國近代詩歌史》（台北：台灣學生書局，1992），頁249。
16　周本淳，《小倉山房詩文集·前言》（上海：上海古籍出版社，1988），頁6。

韻，論詩重性情。蛟龍生氣盡，不如鼠橫行」（〈品畫〉），這些詩句都可看出他所提倡的主張。在陳肇興《陶村詩稿》中未能很明確的指出哪些詩作是受到袁枚影響者，不過在一八五四年陳肇興倒是作有〈齒痛，戲用袁簡齋拔齒原韻柬石莊〉一詩：

> 君年未四十，齒牙驚搖動。我少君十年，情亦同洶洶。初覺齗齶齟[17]，繼焉頭顱重。一齒居中央，蠱然欲先眾。朝夕齩菜根，每飯輒心恫。持梁刺齒肥，又如鄒魯鬨。似欺我舌耕，束脩當君俸。故使病聲牙，佶屈被嘲諷。清晨攬鏡看，前齲露鑿空。端陽節底歸，何以食菰粽。有時徹唇酸，如帶刺芒痛。豈其素貪饕，飲食必有訟。造化之小兒，以我為簸弄。抑憐我與君，悲感夙所共。齯伯與齲妻，故自相伯仲。我想覓良劑，扶彼將傾棟。未免愁庸醫，耳目多蔽壅。不如向君求，取之如家術。問塗於已經，較可見實用。寄語拾牙慧，知君素豪縱。盍遺長鬚來，藥囊一時送。

《袁枚全集》中的〈齒痛〉全文如下：

> 人生一小天，齒動如地動。初焉頭岑岑，繼之神洶洶。斜侵兩顴顛，旁攬雙耳重。爭長佯出頭，攔道強阻眾。一人既向隅，滿座為之恫；一個既負矢，群鹿紛然鬨。欺我老顴頷，在家不食俸；憎我傾侈談，酸鹹多譏諷，故使病聲牙，舉箸如鑿空。烝食哀家梨，驚看鬼目粽。五漿五饋愁，三嚌三孔痛。我乃取著筮，遇《夬》變之《訟》，曰確乎可拔，勿為造物弄。骨肉既已乖，甘苦何必共！周公誅管蔡，季友除共仲。早鋤當門蘭，莫倚將傾棟。果然楚

---

17 齗，牙齦、牙根肉。同「齦」。《玉篇‧齒部》：「齗，齒根肉也」，三國魏劉楨〈魯都賦〉：「頒首莘尾，豐顱重齗」。齶，同「顎」。齟，《說文》云「腫大也」，與「齲」音義皆近。

> 鉗加，去之如決癰。啜汁兔舌撟，反唇得家弄，形殘神始
> 王，奸黜賢乃用。口戕口既除，嚼復嚼益縱。群齒大欣
> 然，含笑一齊送。

由於陳肇興是步韻之作，因此有些句意便顯得較爲拗折；不過
袁、陳兩人面對身體的病痛時，輕鬆幽默、豁達自嘲態度則是
一樣的。

二、黃任

黃任是盛清時期福建地區的著名詩人，《清史稿・文苑列
傳》云：

> 黃任，字莘田，永福人。工書。口辯若懸河。有硯癖，以
> 舉人令四會，罷官歸，惟硯石壓裝。詩清新刻露，有《香
> 草齋集》。乾隆二十七年，重宴鹿鳴。卒，年八十餘。

李漁叔於《魚千里齊隨筆》中，也有記載其《香草箋》在台灣
的影響：

> 永福黃莘田，清雍乾間舉人，盛負詩名，著《香草齋詩
> 集》。都八百餘首，絕句至六百餘，亦鉅製也。莘田詩以
> 清倩流麗，爲時人所稱，初學吟事者，尤讀之琅琅上口。
> 當時以卷帙過繁，從集中選編二百餘首爲《香草箋》，流
> 布台灣，遂成家絃户誦之書，迄今三台詞苑，幾無不知有
> 《香草箋》者。[18]
>
> 稻江王香禪女士，學詩於老儒趙一山，教以《香草箋》，
> 盡通其意。[19]

黃任的詩作取徑晚唐，尤其接近李商隱、溫庭筠一路，大
抵思致鑱刻，辭采佚麗，尤以七言絕句爲工。其早年的成名作
〈楊花〉寫道：「到底不知離別苦，後身還去作浮萍」，構想

18　李漁叔，《魚千里齋隨筆》（台北：台灣中華書局，1970），頁330-331。
19　同前註，頁192。

十分奇妙，出人意表，當時人因此呼之爲「黃楊花」。許廷鑠序其詩，稱其七絕「有妙思，有新色；有跌宕之姿，有虛響之音」[20]。

雖然黃任在清詩史上常被忽略，例如《中國大百科全書·中國文學》中便無「黃任」之詞條，嚴迪昌《清詩史》（杭州：浙江古籍出版社，2002）也未述及；但是他的《香草箋》在台灣的日治時期卻風行一時，新竹黃潛淵、嘉義蕭嘯濤、台北林述三都擅於傳授《香草箋》而飲譽遐邇[21]。其實在清領時期末葉，《香草箋》在台灣就逐漸流行了，林占梅、許南英、許劍漁等人在作品中都有提及[22]。陳肇興一八五九年在福州考舉人時，作有〈九日同諸友烏石山登高，用十研老人韻二首〉：

> 他鄉九日共探幽，塔影風[23]光一望收。樹色遙連煙市暝，雁聲高叫海門秋。芙蓉四面摽仙掌，霹靂千年護石頭。弔古不須懷薛老，殘碑斷碣滿山邱。（其一）
>
> 爲耽幽勝步徐徐，步步回頭勝有餘。別遍懸崖摹石刻，搜殘古刹下籃輿。丹萸白菊添幽契，碧蘚蒼苔見斷書。擬向山僧乞半榻，他年長伴遠公居。（其二）

詩題中所說的「用十研老人韻」是指步黃任哪首詩的韻呢？有學者說此詩「已深得《香草箋》神韻」[24]，但是《香草箋》是香奩體、豔體詩的專輯，難以窺知這首寫景詠懷之作何處是受其影響，而且筆者翻遍《香草箋》，也未發現有哪首詩的韻腳與這首詩相同。後來，終於在黃任的另一部著作《秋江集》（收錄於《四庫全書存目叢書》，影印自中國吉林大學圖書館

20　《中國文學大辭典》（台北：百川書局，1994），頁4997。
21　參考陳香〈雜談《香草箋》〉，這是筆者於東海大學翻閱《香草箋偶註》一書時，發現的一則夾於書中的簡報，其年月、出處待查。
22　林文龍，〈黃任《香草箋》對台灣詩壇的影響〉，頁212-213。
23　原文誤作「嵐光」，應爲「風光」之誤。
24　林文龍，〈黃任《香草箋》對台灣詩壇的影響〉，頁212。

藏清乾隆刻本）中找到原韻之作——〈辛未九日登烏石山〉：

> 高台宜曠塹宜幽，盡把遙天爽氣收；萬井遠煙松外暝，千
> 岡平照雁邊秋。衰容綠酒還酡面，短髮黃花不插頭；齊把
> 茱萸香滿手，海風吹嘯上林邱。（其一）
>
> 山南山北轉紆徐，筋力雖衰興有餘；濟勝豈須尋蠟屐，探
> 幽祇合坐籃輿。踏殘黃葉前朝寺，別遍青苔過客書；懷古
> 登高兩夐絕，不應虛度閉門居。（其二）

　　黃、陳兩者的詩作同樣是登福州的烏石山，只是陳肇興
的作品特別帶有對新來乍到的遊覽景點的新鮮感，以及對於難
得渡海來此遊覽，心中升起的依依不捨之感：「爲耽幽勝步徐
徐，步步回頭勝有餘」，千里乘桴來到福州遊覽，使他捨不得
走太快，要慢慢欣賞，而且還「別遍懸崖摹石刻」，對這邊的
石刻覺得愛不釋手；甚至「擬向山僧乞半榻，他年長伴遠公
居」，心中已經決定日後要來這邊定居了。由這首次韻之作亦
可得知，黃任詩作在台灣的流傳與影響不限於《香草箋》，其
《秋江集》應該也有不少讀者。

三、張問陶

　　張問陶（1774～1814）是清代乾嘉年間的著名詩人，名列
《清史稿·文苑列傳》之中：

> 張問陶，字仲冶，遂寧人，大學士鵬翮玄孫。以詩名，書
> 畫亦俱勝。乾隆五十五年進士，由檢討改御史，復改吏部
> 郎中。出知萊州府，忤上官意，遂乞病。游吳、越，未
> 幾，卒於蘇州。始見袁枚，枚曰：「所以老而不死者，以
> 未讀君詩耳！」其欽挹之如此。著有《船山集》。

張問陶之創作主張深得袁枚性靈說的精髓，被稱爲「性靈後

勁」[25]，青壯年期的詩作頗具有現實性與批判性，四十歲之後，追慕佛道思想，「全收逸氣歸禪悅，懶著雄文擬《罪言》」（〈即事〉），風格爲之一變。陳肇興於一八五八年作有〈觀物〉與〈觀我〉兩組詩作，全部八首皆爲七律，其小序云：「秋夜讀《船山集》，有〈觀物〉、〈觀我〉八首。因龍、蝶[26]二字與仙、鬼改作仙、佛、鬼、神，成律八首」，說明他是因爲讀了船山之作而引發創作動機，其〈觀物〉四首如下：

> 瑤池何日降瓊筵，青鳥西飛竟不旋。一粒金丹終誤世，幾人服食果升天。蓬萊飄渺疑無地，雞犬尋常亦有緣。悟到飛昇無用處，華山處士勝彭籛。（〈觀物·仙〉）
> 誰向空門禮法王，蕭梁誤盡又南唐。別開世界宗三寶，坐享金錢累十方。衣缽傳燈原浩渺，香花流弊更猖狂。生天成佛終何事，說與如來也自忘。（〈觀物·佛〉）
> 秋墳誰唱鮑家詩，一線靈光倏合離。未到輪迴應似夢，再來塵世定何時。不因殺賊休爲厲，莫道稱雄或避馗。千載恆沙歸浩劫，憑依無定我終疑。（〈觀物·鬼〉）
> 下爲河嶽上辰星，正氣歸然俎豆馨。萬古聖王資教化，一時木偶竊威靈。村巫作態非非想，婦女何知事事聽。不信聰明兼正直，任人游戲似優伶。（〈觀物·神〉）

陳肇興把張問陶的「仙、龍、鬼、蝶」改爲「仙、佛、鬼、神」，顯得同質性較高。在這四首詩作中，批判道教煉丹成仙之說以及佛教禪宗空談的流弊；也表現對於無知人民的扶乩、淫祀等行爲的不以爲然。另外的〈觀我〉則與張問陶同樣是詠「生、老、病、死」：

> 呱呱墜地數聲哀，頭角岐嶷面獨開。靈氣自從天地出，此

25　嚴迪昌，《清詩史·下》（杭州：浙江古籍出版社，2002），頁945。
26　原本誤作「堞」。

身原帶聖賢來。三生慧業休圖佛，一世精修合到梅。茵溷花飛原定數[27]，任風吹去莫驚猜。（〈觀我·生〉）

不信人生果是浮，茫茫今古一川流。繁華過眼都春夢，兒女催人到白頭。藥鼎丹爐供事業，桐鞋竹杖傲王侯。香山圖畫洛中宴，一樣婆娑醉未休。（〈觀我·老〉）

靈苗毒草強支持，藥性多從此日知。幾度驚疑防飲食，一家奔走爲巫醫。茂陵秋雨相如賦，禪榻茶煙小杜詩。別有煙霞誇痼疾，餐英茹菊到期頤。（〈觀我·病〉）

軀殼空存膠革消，騎鯨騎鶴總無聊。文章許我留眞相，仙佛憑人賦大招。萬古英雄爭片刻，一生名論定今朝。鴻毛泰嶽同歸盡，爲較彭殤鬢欲凋。（〈觀我·死〉）

在這四首詩中，陳肇興表達他對人生的看法：帶有「生死有命，富貴在天」的豁達觀念，亦認爲不管長壽短命，終須一死，生命重要的是其品質，而非長短。他也對自己有所期許：「此身原帶聖賢來」、「文章許我留眞相」，勖勉自己向聖賢看齊，並且希望能夠藉著文章而留名萬古。

我們從陳肇興的詩作中也可以發現有很多表達這方面思想的作品，例如他有一次在觀賞了米芾的書法之後，稱讚不已，更有感而發的說：「片紙文字足千古，此是吾儒無量壽」（〈米元章墨跡歌，爲張明經作〉），透過書法作品的千古流傳，作者的生命也不斷延伸。當他的好友張煥文去世，在悼詩中有云：「九原回首應惆悵，婚娶粗完未著書」（〈哭張郁堂明經〉之二），別的不惋惜，就惋惜他沒有作品流傳下來。陳肇興如此重視文字紀錄與作品流傳，這或許便是讓他在動盪不

---

27 此暗用南朝齊范縝的典故，《梁書·儒林列傳》：「初，縝在齊世，嘗侍竟陵王子良。子良精信釋教，而縝盛稱無佛。子良問曰：『君不信因果，世間何得有富貴，何得有賤貧？』縝答曰：『人之生譬如一樹花，同發一枝，俱開一蒂，隨風而墮，自有拂簾幌墜於茵席之上，自有關籬牆落於糞溷之側。墜茵蓆者，殿下是也；落糞溷者，下官是也。貴賤雖復殊途，因果竟在何處？』子良不能屈，深怪之。縝退論其理，著《神滅論》」。

安、流離輾轉、貧病交加時，仍然創作不輟而留下「戴案詩史」的原動力之一吧。至於張問陶的原作又是如何呢？其〈觀物〉四首為：

> 英雄回首悟塵緣，不鍊金仙也是仙。黃老有情真出世，松喬無用枉延年。風雷撒手心原妙，爐鼎埋頭事可憐。檢點芝苓向空笑，叛王雞犬亂升天。（〈觀物‧仙〉）

> 不礙浮雲處處隨，幾時頭角許全窺。早知變化真難測，縱有憑依亦自為。萬井雨聲天浩蕩，一盂香影佛慈悲。神淵春暖清無睡，可惜靈珠頷下垂。（〈觀物‧龍〉）

> 身外無端更有身，形骸拋去尚精神。三更小駐空中影，萬事回憐世上人。未斷根塵終在劫，幸逃兵火莫為燐。煙霞纓晃誰千古，一例消磨到轉輪。（〈觀物‧鬼〉）

> 漠漠風花太有情，為周為蝶不分明。畫屏幾處繁華想，團扇誰家笑語聲。芳草乍晴雙影活，仙衣初化一身輕。傷心金粉飄如夢，何苦滕王為寫生。（〈觀物‧蝶〉）

張問陶與陳肇興一樣，都批判那些妄冀煉丹服藥而成仙者；所不同者，張問陶的詩作當中帶有較濃厚的佛教色彩，如「一盂香影佛慈悲」、「未斷根塵終在劫」、「一例消磨到轉輪」等，通篇帶有「傷心金粉飄如夢」的輕微哀傷基調，陳肇興的詩作相比之下顯得較有積極奮發之氣。〈觀我〉四首則更集中、明顯的表達張問陶對人生的看法：

> 芒芒生面忽重開，墮地先號事可哀。瞥眼韶華因夢遠，累心緣影為誰來。名沉青史終無色，禍起紅塵定有胎。白業丹元修補急，萬牛身重首空迴[28]。〈觀我‧生〉）

> 中年歲月溯前生，變盡孩提古性情。猶剩頹光戀兒女，也循常格到公卿。飛花墜澗春難挽，瞎馬臨池夜可驚。幾個

---

28 杜甫〈古柏行〉：「大廈如傾要梁棟，萬牛回首丘山重」

飄然雲水外，一枝竹杖萬緣輕。（〈觀我‧老〉）

毒草靈苗大小符，門庭風景半醫巫。形神久隔生原倖，人鬼交爭勢轉孤。枕上心魂疑岸獄，眼中眠食羨妻孥。<u>瓣香有禮維摩詰，認取天花著體無</u>。（〈觀我‧病〉）

膠革全崩傀儡場，岐雷醫命竟無方。千秋許我留真氣，百事催人到夕陽。誰把黃金求駿骨，且餘一壠傲生王。<u>涅槃羽化憑仙佛，為想歸途盡渺茫</u>。（〈觀我‧死〉）

張問陶在這四首詩中表露出的出離世間的思想、皈依佛門的意願比〈觀物〉更加濃厚，對於杜甫在〈古柏行〉中歌頌諸葛亮的「大廈如傾要梁棟，萬牛回首丘山重」也深感不以為然，認為「萬牛身重首空迴」，與其那般在塵世拚命奮鬥，倒不如「白業丹元修補急」，好好的在佛道上修行。

陳肇興並不是像韓愈那般激烈的排佛，他平日亦曾「一龕長日伴維摩」（〈書齋偶興〉），但是沒有落入像張問陶那樣「從夢中覓清寧，醉中謀神全的蕭瑟頹唐的心境」[29]，他面對生老病死這種原本很沈重的問題，卻有「桐鞋竹杖傲王侯」（〈觀我‧老〉）的輕快與樂觀。

總之，在陳肇興詩作中提及的清代詩人，都是距離他一百年前左右的乾嘉時期詩人（此一現象也值得注意）：從袁枚《小倉山房詩集》、黃任《秋江集》到張問陶《船山詩草》；袁與張屬於性靈派的重要詩人，黃任則是與台灣有地緣關係的福建著名詩人。除了藉此可看出陳肇興對清朝詩作的閱讀情形之外，亦可現為當時清代詩人作品在台灣流行情況之抽樣代表。此現象的成因可能有多個層面，值得日後深入探討。

第四節　陳肇興的文學座標

---

29 嚴迪昌，《清詩史‧下》，頁946。

陳肇興若將他置於文學發展史當中，其座標與定位該是如何呢？中國文學史的敘述都說：從一八四○年鴉片戰爭之後便進入「近代文學」的階段（一直到一九一九年五四運動興起為止）。在中國近代詩歌史上，龔自珍以其特有的敏銳眼光和創新的寫作手法，揭示清王朝封建專制主義統治的危機，期望能對腐朽現實進行改革，自此揭開近代進步詩歌潮流的序幕，也為近代詩歌與現實政治密切結合奠定了基礎。接著，魏源、林則徐、張維屏、張際亮、朱琦、貝青喬、金和等一批經歷了鴉片戰爭的詩人，懷抱著愛國深憂和民族義憤，突出的反映了鴉片戰爭這一重大歷史事件[30]。中國學者寫作《台灣文學史》時，「為取得與中國文學史的一致」，硬是把台灣文學史的分期也定為「古代」、「近代」、「現代」、「當代」[31]，頗有削足適履、枘圓鑿方之感（乙未割台作為一個對台灣各方面都具有重大影響的分界點，若以台灣為主體，是不可能把日治前期跟清領末期合併為一個「近代」時期的）。

陳肇興在中國學者的研究中，便被放在「近代文學」的脈絡當中，他創作《陶村詩稿》那幾年（1852～1863）的確是在這個時期之內，但是就主題與詩風而言，如此處理便顯得有所不妥──中國近代詩歌史上，有多位描寫鴉片戰爭者，如林則徐、貝青喬、姚燮、張維屏皆是；太平天國事變也是此時期詩人的重要創作主題，如陸嵩、李映棻等。不過這些主題在《陶村詩稿》當中卻沒有正面的描寫（頂多只有前後〈從軍行〉鼓勵台灣人西渡參與鎮壓太平軍），縱使當時中國已經被內憂外患夾擊得紛紛攘攘，但是陳肇興關注的主題仍然是台灣在地的人民械鬥、平埔族生活困境以及末兩卷的戴案等等，這些才是與他切身相關的。就其詩風方面而言，也未看出有受到龔自

30 《中國大百科全書·中國文學》，頁311。
31 劉登翰，《台灣文學史·總論》（福州：海峽文藝出版社，1991），頁58。

珍、魏源等人的影響。

與其將陳肇興置放在「中國近代詩歌」脈絡之中，毋寧將他置於台灣自己的文學史分期——「清領時期」之內。陳肇興足以與章甫、鄭用錫、林占梅、蔡廷蘭、陳維英等人並稱，都是台灣清領時期在地詩人佼佼者。若以戴案詩史的角度來看，正如施懿琳所說：

> 陳肇興比較類似安祿山事變中的杜子美，深處難民潮中，親歷流離喪亂，故能以「特寫鏡頭」深刻而逼近地呈現動盪時局下，百姓的辛酸悲苦。而身為義軍領袖的林占梅，則是採取居高凌下的姿態，遠遠地俯瞰生民的痛苦哀吟。以壯盛的兵威，奮臂揮軍，掃蕩反叛勢力。就這個角度而言，林氏或許可以類比當年協助永王東征的李太白。[32]

兩人的詩作以不同角度記錄了這起台灣清領時期歷時最久的民變，同樣具有珍貴的文學與歷史價值，陳、林二氏之詩作可謂「戴案詩史」之雙璧。

如果再融入地域性的因素，則彰化地區有兩位古典詩人都同樣具有「詩史」的美譽，一位就是本書所探究的陳肇興，其「詩史」地位自陳懋烈為其題詞以降，屢被稱譽；另一位就是鹿港的洪棄生，正如彭國棟在《廣台灣詩乘》中評價洪棄生說：

> 篇章之富，蓋為台灣第一。其所為詩，多繫三台典故，自清末政治設施，以逮台亡前後戰守之迹，日人橫暴之狀、民生疾苦之深，皆著於篇，信乎不愧詩史。[33]

陳、洪兩人分別住在彰化縣的兩大城市：彰化市以及鹿港鎮，又以現實主義詩作前後輝映，亦可將之並稱為「陳洪」。

---

32 施懿琳，《從沈光文到賴和——台灣古典文學的發展與特色》（高雄：春暉出版社，2000），頁166。
33 彭國棟，《廣台灣詩乘》（台中：台灣文獻委員會，1956），頁181。

　　再進一步的聯繫地域性以及歷史連貫性，則陳肇興可說是「磺溪文學」（彰化古稱「磺溪」）的開山始祖。由陳肇興啓其端緒之後，磺溪文學便開枝散葉，蓬勃非凡：從日治時期的洪棄生、賴和、陳虛谷、周定山、葉榮鐘、謝春木、王白淵、洪炎秋、楊守愚、翁鬧，到戰後的蕭蕭、洪醒夫、李昂、宋澤萊、林雙不、渡也以及康原等，可謂人才輩出，在台灣文學的領域佔有頗寬闊的版圖。從這些作家當中可以發現，有絕大多數的作品都帶有濃厚的對社會現實的關注，此正是李篤恭、王登岸、施懿琳、康原等人提出來的「磺溪精神」：

> 名諺「筆強於劍」乃是萬古長新的真理。所謂狹義的文化與教養（culture）乃是以學問或藝術的手段追尋自己在世界的位置，以確定人生的意義和價值，以喚起民眾去憬悟人格尊嚴、人權平等、人性自然的道理，因而一旦這些遭受侵犯的時候，那尚文精神會變成頑強而執拗的抗暴的動力，而磺溪人曾經成了抗暴的主力。[34]

從陳肇興的身上正可以充分看出此「磺溪精神」的表現。

　　《陶村詩稿》之繫年結束於同治二年（1863），距今也有一百四十多年了，這麼一位連「一家四散，幾遭闔門之禍」的生死交關之際都要「瀝血成詠」的熱愛創作的詩人，留下了四百多首精彩的詩作，讓後人足以透過這本詩集清楚刻畫出他個人以及那個時代的樣貌。

　　但是，現在我們台灣在學校讀著國文課本的孩子們，有幾個知道他呢？正如德希達（Derrida）敘述他自己在學校裡的經歷：

> 阿爾及利亞隻字不提，它的歷史地理隻字不提，然而我們卻能閉著眼睛畫布列塔尼和吉倫特的海岸線。我們對書中

34　李篤恭編，《磺溪一完人》（台北：前衛出版社，1994），頁19。

的大大小小地名都得清楚；老實說，我們對法國各地區的各大城市都是倒背如流，諸如塞納河，羅納河，盧爾河，或加倫河的支流，他們的源流和出海口。這四條從未謀面的卻有巴黎中雕像模型的轉喻力量。[35]

陳肇興對於台灣人來說也成為一位陌生的人物，對照的另一邊則是朗朗上口的寫於千百里外、千百年前的詩文，戰後政權的殖民本質在此顯露無遺。

走比至此，不禁想到一則關於陳肇興死對頭戴潮春的傳說：官兵殺害了戴潮春並將其田宅也全部充公之後，北屯六張犁的戴氏故居附近便不得安寧——某鄉民深夜外出，赫然看到戴潮春騎著一匹高大的白馬在巡視自家田園，一時驚懼不已[36]，筆者心想，戴潮春今日如果再出來巡田園，恐怕附近的大人小孩們都不認識他了吧，就如同在教育內容中被消音、在人民歷史記憶中被抹去的陳肇興一般。戴、陳兩位處於相互敵對的陣營，頗具諷刺意味的，在現今卻同樣被大多數台灣人所遺忘，今年將近一百八十歲的詩人地下有知，或許亦將失笑。

希望透過這篇論文寫作的嘗試，能夠讓這位傑出的彰化古典詩人受到更多人的注意以及更深入的研究。

35 德希達（Derrida Jacques）著，張正平譯，《他者的單語主義：起源的異肢》（台北：桂冠圖書公司，2000），頁47-48。
36 台中北屯區耆老陳得文老師告知；亦見於：連慧珠，《「萬生反」——十九世紀後期台灣民間文化之歷史觀察》（台中：東海大學歷史所碩士論文，1995），頁91-92。

參考文獻

分為「詩文與史料」、「專書論述」、「碩博士學位論文」、「單篇文獻」（報紙、期刊、研討會論文與專書篇章等）以及「西人著述」，各類按照作者／編者姓氏筆劃排序。

一、詩文與史料

1. 一吼，〈憨光義〉，李獻璋編《台灣民間文學集》（台中：台灣新文學社，1936），頁134。

2. 丁曰健，《治台必告錄》，台北：大通書局，1987。

3. 丁紹儀，《東瀛識略》，台北：大通書局，1987。

4. 上海師範大學歷史系中國近代史研究室、中國第一歷史檔案館編輯部編，《福建、上海小刀會檔案史料彙編》，福州：福建人民出版社，1993。

5. 不著撰者，《南投縣祭祀公業・竹山祭祀公業陳上達公》，出版時地皆不詳，中研院台史所藏。

6. 不著撰者，《清代軍機處檔摺件・090808》，未出版，台北：國立故宮博物院藏。

7. 不著撰者，《清代軍機處檔摺件・090810》，未出版，台北：國立故宮博物院藏。

8. 不著撰者，《清代軍機處檔摺件・114675》，未出版，台北：國立故宮博物院藏。

9. 不著撰者，《新竹縣采訪冊》，台北：大通書局，1987。

10. 不著撰者，《彰化市寺廟台帳》，出版時地不詳，中央研究院民族所藏。

11. 不著撰者，《福建省鄉試題名錄・咸豐玖年己未恩科並行戊午正科》，《清代譜牒檔案・內閣》，北京：中國第一歷史檔案館拍攝微捲，國家圖書館藏。

12. 不著撰者，《寶島新台灣歌》，新竹：竹林書局，1989。

13. 中央研究院歷史語言研究所編，《明清史料‧戊編‧第六本》，桃園：中央研究院歷史語言研究所，1953～1962。

14. 內政部地政司、聯勤總部測量署繪，《中華民國台灣區分縣市圖‧彰化縣》，台北：行政院內政部，1982。

15. 六十七，《番社采風圖考》，台北：大通書局，1987。

16. 王夫之，《薑齋詩話》，北京：人民文學出版社，1998。

17. 王松，《台陽詩話》，台北：大通書局，1987。

18. 王建竹，《台中詩乘》，台中：台中市政府，1976。

19. 王建竹等，《台中市志稿‧藝文志》，台北：成文出版社，1983（原刊本由台中市文獻委員會於1965年出版）。

20. 王詩琅，《台灣省通志稿‧卷七‧人物志‧第二冊》，台北：台灣省文獻委員會，1962。

21. 丘逢甲，《柏莊詩草》，台北：台北市文獻委員會，1980。

22. 台灣新民報社編，《民報家庭寶典》，台北：台灣新民報社，1937。

23. 台灣慣習研究會原著，鄭喜夫、謝浩譯編，《台灣慣習記事》，台中：台灣省文獻委員會，1984。

24. 台灣銀行經濟研究室編，《台案彙錄甲集》，台北：大通書局，1987。

25. 台灣銀行經濟研究室編，《台案彙錄己集》，台北：大通書局，1987

26. 台灣銀行經濟研究室編，《台案彙錄庚集》，台北：大通書局，1987。

27. 台灣銀行經濟研究室編，《台灣中部碑文集成》，台北：大通書局，1987。

28. 台灣銀行經濟研究室編，《台灣府輿圖纂要》，台北：大通書局，1987。

29. 台灣銀行經濟研究室編，《台灣采訪冊》，台北：大通書局，1987。

30. 台灣銀行經濟研究室編，《台灣南部碑文集成》，台北：大通書局，

1987。

31. 台灣銀行經濟研究室編，《台灣通志》，台北：大通書局，1987。

32. 台灣銀行經濟研究室編，《台灣詩鈔》，台北：大通書局，1987。

33. 台灣銀行經濟研究室編，《淡新檔案選錄行政編初集》，台北：大通書局，1987

34. 台灣銀行經濟研究室編，《清季申報台灣紀事輯錄》，台北：大通書局，1987。

35. 台灣銀行經濟研究室編，《清宣宗實錄選輯》，台北：大通書局，1987。

36. 台灣銀行經濟研究室編，《清高宗實錄選輯》，台北：大通書局，1987。

37. 台灣銀行經濟研究室編，《清穆宗實錄選輯》，台北：大通書局，1987。

38. 台灣銀行經濟研究室編，《欽定平定台灣紀略》，台北：大通書局，1987。

39. 台灣銀行經濟研究室編，《雍正硃批奏摺選輯》，台北：大通書局，1987。

40. 台灣銀行經濟研究室編，《漳州府志選錄》，台北：大通書局，1987。

41. 台灣銀行經濟研究室編，《福建省例》，台北：大通書局，1987。

42. 台灣銀行經濟研究室編，《台灣私法人事編》，台北：大通書局，1987。

43. 台灣總督府官房調查課編，《台灣在籍漢民族鄉貫別調查》，台北：台灣時報發行所，1928。

44. 左宗棠，《左文襄公奏牘》，台北：大通書局，1987。

45. 朱彭壽，《安樂康平室隨筆》，北京：中華書局，1997。

46. 朱景英，《海東札記》，台北：大通書局，1987。

47. 佐倉孫三，《台風雜記》，東京：國光社，1903。

48. 余文儀編纂，《續修台灣府志》，台北：大通書局，1987。

49. 吳子光，《一肚皮集》，台北：龍文出版社，2001。

50. 吳子光，《台灣紀事》，台北：大通書局，1987。

51. 吳德功，《瑞桃齋文稿》，南投：台灣省文獻委員會，1992。。

52. 吳德功，《瑞桃齋詩話》，南投：台灣省文獻委員會，1992。

53. 吳德功，《瑞桃齋詩稿》，南投：台灣省文獻委員會，1992。

54. 吳德功，《彰化節孝冊》，台北：大通書局，1987。

55. 吳德功，《戴施兩案紀略》，台北：大通書局，1987。

56. 吳德功，《讓台記》，台北：大通書局，1987。

57. 呂汝修、呂汝玉、呂汝成，《海東三鳳集》，高雄：台灣史蹟研究中心，1981。

58. 李逢時，《泰階詩稿》，台北：龍文出版社，2001。

59. 怪我氏，《百年見聞肚皮集》，新竹：新竹市立文化中心，1995。

60. 林豪，《東瀛紀事》，台北：大通書局，1987。

61. 林豪、潘文鳳，《澎湖廳志》，台北：大通出版社，1987

62. 姚瑩，《東溟奏稿》，台北：大通書局，1987。

63. 姚瑩，《東槎紀略》，台北：大通書局，1987。

64. 洪安全編，《清宮月摺檔台灣史料》，台北：國立故宮博物院，1994。

65. 洪安全編，《清宮廷寄檔台灣史料》，台北：國立故宮博物院，1998。

66. 洪安全編，《清宮諭旨檔台灣史料》，台北：國立故宮博物院，1996。

67. 郁永河，《稗海記遊》，台北：大通書局，1987。

68. 倪贊元編，《雲林縣采訪冊》，台北：大通書局，1987。

69. 孫元衡，《赤崁集》，台北：大通書局，1987。

70. 徐世昌編，《清詩匯》，台北：世界書局，1963。

71. 徐宗幹，《斯未信齋文集》，丁曰健編撰，《治台必告錄》，台北：

大通書局，1987。

72. 徐宗幹，《斯未信齋文編》，台北：大通書局，1987。

73. 崑岡等修、劉啓端等纂，《欽定大清會典事例》，台北：新文豐出版
    社，1976。

74. 張志相等，《集集鎮志》，南投：集集鎮公所，1998。

75. 張勝彥總編纂，《台中縣志》，台中：台中縣政府，1989。

76. 連橫，《台灣通史》，台北：大通書局，1987

77. 連橫，《台灣詩乘》，台北：大通書局，1987。

78. 陳春城主編，《台灣古典詩析賞》，高雄：河畔出版社，2004。

79. 陳衍，《台灣通紀》，台北：台灣銀行，1961。

80. 陳香，《台灣十二家詩鈔》，台北：台灣商務印書館，1980。

81. 陳香編著，《台灣竹枝詞選集》，台北：台灣商務印書館，1983。

82. 陳培桂纂輯，《淡水廳志》，台北：大通書局，1987。

83. 陳淑均編纂，《噶瑪蘭廳志》，台北：大通書局，1987。

84. 陳肇興撰，鄭喜夫校訂，《陶村詩稿全集》，台中：台灣省文獻委員
    會，1978。

85. 曾進豐、歐純純、陳美朱，《台灣古典詩詞讀本》（台北：五南圖書
    出版公司， 2006。

86. 黃叔璥，《台海使槎錄》，台北：大通書局，1987。

87. 楊青矗，《台詩三百首》，台北：敦理出版社，2003。

88. 劉良璧纂輯，《重修福建台灣府志》，台北：大通書局，1987。

89. 劉枝萬，《南投縣志稿》，台北：成文出版社，1983（原刊本由南投
    縣政府出版，1954～1978）。

90. 劉銘傳，《劉壯肅公奏議》，台北：大通書局，1987。

91. 劉璈，《巡台退思錄》，台北：大通書局，1987。

92. 蔣師轍、薛紹元纂，《台灣通志》，台北：大通書局，1987。

93. 蔡青筠，《戴案紀略》，台北：大通書局，1987。

94. 鄭用錫，《北郭園詩鈔》，台北：大通書局，1987。

95. 鄭喜夫、莊世宗輯錄，《光復以前台灣匾額輯錄》，台中：台灣省文獻委員會，1988。

96. 鄭喜夫編，《雍正硃批奏摺選輯》，台北：大通書局，1987。

97. 鄭鵬雲、曾逢辰編，《新竹縣志初稿》，台北：大通書局，1987。

98. 鄧傳安，《蠡測彙鈔》，台北：大通書局，1987。

99. 賴子清編，《台海詩珠》，台北：自版，1982。

100. 賴子清編，《台灣詩海》，台北：自版，1954。

101. 賴子清編，《台灣詩醇》，台北：自版，1935。

102. 賴和，《賴和全集·漢詩卷》，台北：前衛出版社，2000。

103. 賴熾昌等，《彰化縣志稿》，台北：成文出版社，1983（原刊本為彰化縣文獻委員會出版，1958～1976）。

104. 錢仲聯，《萬首論詩絕句》，北京：人民文學出版社，1991。

105. 錢仲聯編，《清詩記事》，上海：江蘇古籍出版社，1987～1989。

二、專書論述

1. 丁鋼、劉琪，《書院與中國文化》，上海：上海教育出版社，1992。

2. 中國大百科全書編輯委員會編，《中國大百科全書·中國文學》，台北：錦繡出版公司，1992。

3. 伊能嘉矩，《台灣文化誌》，台北：南天書局，1994（原刊為東京：刀江書院，1928）。

4. 安倍明義，《台灣地名研究》，台北：武陵出版社，1987。

5. 尹雪曼總編纂，《中華民國文藝史》，台北：正中書局，1975。

6. 天津人民出版社、百川書局出版部編，《中國文學大辭典》，台北：百川書局，1994。

7. 王先霈、王又平編，《文學批評術語辭典》上海：上海文藝出版社，1999。

8. 王定翔，《民間稱謂》，河南：海燕出版社，1997。

9. 王起、季鎮淮，《中國文學史》，香港：三聯書局，1992。

10. 王國璠，《台灣金石木書畫略》，台中：台灣省立台中圖書館，1976。

11. 王國璠、邱勝安，《三百年來台灣作家與作品》，高雄：台灣時報社，1977。

12. 王國璠編撰，《台灣先賢著作提要》，新竹：台灣省立新竹社會教育館，1974。

13. 王學泰，《遊民文化與中國社會》，北京：學苑出版社，1999。

14. 包恆新，《台灣知識辭典》，福州：福建人民出版社，1987。

15. 古繼堂，《簡明台灣文學史》，北京：時事出版社，2003。

16. 台灣歷史學會編，《史學與國民意識論文集》，台北：稻鄉出版社，1998。

17. 田啓文、曾進豐、歐純純、蘇敏逸，《台灣文學讀本》，台北：五南圖書出版公司，2005。

18. 田惠剛，《中西人際稱謂系統》，北京：外語教學與研究，1998。

19. 朱立元、李鈞主編，《二十世紀西方文論選》，北京：高等教育出版社，2002。

20. 朱雙一，《閩台文學的文化親緣》，福州：福建人民出版社，2003。。

21. 江寶釵，《台灣古典詩面面觀》，台北：巨流圖書公司，1999。

22. 佛光大辭典編修委員會編，《佛光大辭典》，高雄：佛光出版社，1988。

23. 吳成偉，《八卦山台地傳統聚落與人文產業》，彰化：彰化縣文化局，2003。

24. 吳俊雄，《竹塹城沿革考》，新竹：新竹市立文化中心，1995。

25. 吳幅員編，《台灣文獻叢刊提要》，台北：台灣銀行經濟研究室，1977。

26. 吳福助主編，《台灣漢語傳統文學書目》，台北：文津出版社，1999

27. 吳錦順，《彰化百家詩品賞析》，彰化：彰化市社會教育工作站，

1998。

28. 吳贊誠，《吳光祿使閩奏稿選錄》，台北：大通書局，1987。

29. 吳晗、費孝通等編著，《皇權與紳權》，香港：學風出版社，1948。

30. 宋澤萊，《快讀彰化史》，彰化：彰化縣文化局，2003。

31. 李欽賢，《台灣美術閱覽》，台北：玉山社，1996。

32. 李瑞騰，《《老殘遊記》的意象研究》，台北：九歌出版社，1997。

33. 李道顯編，《台灣文獻目錄》，台北：中國文化學院，1965。

34. 李筱峰，〈忽然出現一堆台灣史專家？〉，《自由時報》，2001年3月5日，「自由廣場」版。

35. 李筱峰，《台灣史100件大事》，台北：玉山社，1999。

36. 李筱峰，《快讀台灣史》，台北：玉山社，2002。

37. 李筱峰、劉峰松，《台灣歷史閱覽》，台北：自立晚報，1999。

38. 李漁叔，《魚千里齋隨筆》，台北：台灣中華書局，1970。

39. 李篤恭編，《磺溪一完人》，台北：前衛出版社，1994。

40. 李懷、桂華，《文學台灣人》，台北：遠流出版公司，2001。

41. 李獻璋編，《台灣民間文學集》，台中：台灣新文學社，1936。

42. 杜正勝，《台灣心，台灣魂》，高雄：河畔出版社，1998。

43. 杉山靖憲，《台灣名勝舊蹟誌》，台北：成文出版社，1985。

44. 汪毅夫，《台灣近代文學叢稿》，福州：海峽文藝出版社，1990。

45. 卓意雯，《清代台灣婦女的生活》，台北：自立晚報，1993（原名《清代台灣婦女的生活研究》，台北：台灣大學歷史所碩士論文，1990）。

46. 周婉窈，《台灣歷史圖說》，台北：聯經出版社，1998。

47. 周璽等編纂，《彰化縣志》，台北：大通書局，1987。

48. 宜蘭縣文獻委員會編，《宜蘭縣志》，宜蘭：宜蘭縣文獻委員會，1969～1970。

49. 林文龍，《台灣史蹟叢論》，台中：國彰出版社，1987。

50. 林文龍，《台灣的書院與科舉》，台北：常民文化公司，1999。

51. 林文龍，《社寮三百年開發史》，南投：社寮文教基金會，1998。

52. 林文龍，《南投縣學藝志稿》（南投：南投縣政府，1979；此為《南投文獻叢輯》第25集），頁47-53。

53. 林文龍，《細說彰化古圖》，彰化：彰化縣立文化中心，1999。

54. 林文龍編，《台灣詩錄拾遺》，台中：台灣省文獻委員會，1979。

55. 林文寶等，《台灣文學》，台北：萬卷樓圖書公司，2001。

56. 林占梅，《潛園琴餘草簡編》，台北：大通書局，1987。

57. 林政華，《台灣文學汲探》，台北：文史哲出版社，2002。

58. 林偉洲、張子文、郭啟傳，《台灣歷史人物小傳·明清時期》，台北：國家圖書館，2001。

59. 張炎憲、李筱峰、戴寶村主編，《台灣史論文精選》，台北：玉山社，1996。

60. 林偉盛，《羅漢腳：清代台灣社會與分類械鬥》，台北：自立晚報，1993。

61. 林翠鳳，《陳肇興及其《陶村詩稿》之研究》，台中：弘祥出版社，1999。

62. 林衡道，《台灣勝蹟採訪冊（三）》，南投：台灣省文獻會，1978。

63. 林衡道口述，洪錦福整理，《台灣一百位名人傳》，台北：正中書局，1984，。本書2003年正中書局重新排印再版。

64. 金觀濤、劉青峰，《興盛與危機：論中國社會超穩定結構》，台北：風雲時代出版公司，1994。

65. 姜濤，《人口與歷史——中國傳統人口結構分析》，北京：人民出版社，1998。

66. 施添福，《清代台灣的地域社會——竹塹地區的歷史地理研究》，新竹：新竹縣文化局，2001。

67. 施懿琳，《八卦山文學步道導覽手冊》，彰化：彰化縣文化局，2002。

68. 施懿琳，《從沈光文到賴和——台灣古典文學的發展與特色》，高

雄，春暉出版社，2000。

69. 施懿琳，《彰化文學圖像》，彰化：彰化縣立文化中心，1996。

70. 施懿琳、許俊雅，〈台灣古典詩歌系譜的想像——評陳昭瑛《台灣詩選注》〉，《中外文學》，288期，1996年5月，頁156-164。

71. 施懿琳、楊翠，《彰化縣文學發展史》，彰化：彰化縣文化中心，1997。

72. 施懿琳等，《台中縣文學史》，台中：台中縣文化中心，1995。

73. 柯志明，《番頭家：清代台灣族群政治與熟番地權》，台北：中央研究院社會學研究所，2001。

74. 柯培元纂輯，《噶瑪蘭志略》，台北：大通書局，1987。

75. 洪文雄等，《台閩地區三級古蹟——台中文昌廟調查研究與修復計畫》，台中：東海大學建築研究中心，1993。

76. 洪惟仁，《台灣禮俗語典》，台北：自立晚報，1993。

77. 洪敏麟，《台灣舊地名之沿革·第二冊（下）》，南投：台灣省文獻委員會，1999。

78. 凌晨光，《當代文學批評學》，濟南：山東大學出版社，2001。

79. 唐健風主編，《歡喜新台灣》，台北：中華文化復興運動總會，1999。

80. 徐福全，《福全台諺語典》，台北：徐福全，1998。

81. 翁佳音，《異論台灣史》，台北：稻鄉出版社，2001。

82. 翁佳音、薛化元、劉燕儷、沈宗憲，《台灣通史類著作題解與分析》，台北：業強出版公司，1992。

83. 翁聖峰，《清代台灣竹枝詞之研究》，台北：文津出版社，1996。

84. 馬亞中，《中國近代詩歌史》，台北：學生書局，1992。

85. 康原，《八卦山文史之旅：磺溪舊情》，彰化：彰化縣文化中心，1998。

86. 康原，《尋找彰化平原》，台北：常民文化，1998。

87. 康原，《彰化半線天》，台北：紅樹林文化公司，2003。

88. 張之傑總纂，《台灣全記錄》，台北：錦繡出版社，1990。

89. 張本政主編，《《清實錄》台灣史資料專輯》，福州：福建人民出版社，1993。

90. 張菼，《清代台灣民變史研究》，台北：台灣銀行，1970。

91. 梁章鉅，《稱謂錄》，北京：中華書局，1996。

92. 盛朗西，《中國書院制度》（台北：華世出版社，1977），頁182-183。

93. 盛寧，《新歷史主義》，台北：揚智文化公司，1998。

94. 莊英章，《林圯埔——一個台灣市鎮的社會經濟發展史》，台北：中央研究院民族學研究所，1993。

95. 莊萬壽、陳萬益、施懿琳、陳建忠，《台灣的文學》，台北：群策會李登輝學校，2004。

96. 許雪姬，《北京的辮子：清代台灣的官僚體系》，台北：自立晚報，1993。

97. 許雪姬，《龍井林家的歷史》，台北：中央研究院近代史研究所，1990。

98. 許雪姬總策劃，《台灣歷史辭典》，台北：行政院文化建設委員會，2004。

99. 陳正祥，《台灣地名辭典》，台北：南天書局，1993。

100. 陳正祥，《台灣地誌》，台北：南天書局，1997。

101. 陳劭倫編定，《陳氏譜系暨陳氏歷代賢傑傳目錄》，屏東：東益出版社，1998。

102. 陳炎正編，《龍井鄉志》，台中：龍井鄉公所，1996。

103. 陳芳明，〈台灣研究與後殖民史觀〉，《歷史月刊》，第105期，1996年10月，頁41-46。

104. 陳俊傑，《埔里開發的故事——平埔族現況調查報導》，南投：南投縣文化基金會，1999。

105. 陳昭瑛，《台灣詩選注》，台北：正中書局，1996。

106. 陳貽庭、張寧、陳慶元，《台灣才子》，北京：九州出版社，2003。

107. 彭國棟，《廣台灣詩乘》，台中：台灣文獻委員會，1956。

108. 黃才郎編，《明清時代台灣書畫》，台北：行政院文化建設委員會，1984。

109. 黃秀政，《台灣史研究》，台北：台灣學生書局，1995。

110. 黃佾纂輯，《續修台灣府志》，台北：大通書局，1987。

111. 黃奕鎮、蔡麗卿、王康壽、詹坤華、莊研育、陳仕賢、楊永智編纂，《彰化縣古蹟圖說》，彰化：彰化縣政府，1995。

112. 黃富三，《霧峰林家的興起》，台北：自立晚報，1987。

113. 黃耀東，《台灣文獻圖書簡介》，台中：台灣省文獻委員會，1981。

114. 楊松年，《姚瑩〈論詩絕句六十首〉論析》，台北：文史哲出版社，1999。

115. 楊若萍，《台灣與大陸文學關係簡史（1652～1949）》，上海：上海文藝出版社，2004（原為《台灣與大陸文學關係之歷史研究（1652～1949）》，台北：文化大學博士論文，2003）。

116. 楊紹旦，《清代考選制度》，台北：考選部，1991。

117. 楊欽年、周家安，《詩說噶瑪蘭》，宜蘭：宜蘭縣文化局，20000。

118. 楊雲萍，《台灣史上的人物》，台北：成文出版社，1981。

119. 楊碧川，《台灣歷史辭典》，台北：前衛出版社，1997。

120. 楊樹藩，《中國文官制度史》，台北：黎明文化事業，1982。

121. 葉石濤，《台灣文學史綱》，高雄：春暉出版社，1987。

122. 葛建時編，《台灣詩選》，台北：台灣商務印書館，1973。

123. 廖一瑾，《台灣詩史》，台北：文史哲出版社，1999。

124. 廖風德，《台灣史探索》，台北：台灣學生書局，1996。

125. 遠流台灣館編，《台灣史小事典》，台北：遠流出版公司，2000。

126. 劉兆璸，《清代科舉》，台北：東大出版公司，1979。

127. 劉妮玲，《清代台灣民變研究》，台北：台灣師範大學歷史研究所，1983。

128. 劉登翰等編，《台灣文學史》，福州：海峽文藝出版社，1991。

129. 劉熙載，《藝概》，台北：金楓出版社，1986。

130. 潘英，《台灣平埔族史》，台北：南天書局，1996。

131. 潘英，《台灣拓殖史及其族姓分布研究》，台北：自立晚報，1992。

132. 蔡志展編，《清代台灣三十三種地方志、采訪冊、記略人名索引》，台北：國立中央圖書館台灣分館，2000。

133. 鄭喜夫，《連雅堂先生年譜》，南投：台灣省文獻委員會，1991。

134. 鄧孔昭，《台灣通史辨誤》，台北：自立晚報，1991。

135. 錢仲聯，《夢苕庵清代文學論集》，濟南：齊魯書社，1983。

136. 戴炎輝，《清代台灣之鄉治》，台北：聯經出版公司，1979。

137. 臨時台灣土地調查局編，《清代台灣大租調查書》，台北：大通書局，1987，

138. 謝金鑾，《泉漳治法論》，丁曰健編撰，《治台必告錄》，台北：大通書局，1987。

139. 謝金鑾，〈蛤仔難記略〉，丁曰健編撰，《治台必告錄》，台北：大通書局，1987。

140. 謝國興，《官逼民反：清代台灣三大民變》，台北：自立晚報，1993。

141. 謝崇耀，《台灣文學略論》，台南：台南縣文化局，2002。

142. 謝章鋌，《賭棋山莊全集》，台北：文海出版社，1975

143. 謝章鋌，〈觀海集序〉，收錄於：劉家謀，《觀海集》，南投：台灣省文獻委員會，1997。

144. 藍鼎元，《平台記略》，台北：大通書局，1987。

145. 藍鼎元，《東征集》，台北：大通出版社，1987

146. 羅美娥撰述，《台灣地名辭書·卷十·南投縣》，南投：台灣省文獻會，2001。

147. 嚴迪昌，《清詩史》，杭州：浙江古籍出版社，2002。

148. 顧廷龍編，《清代硃卷集成》，台北：成文出版社，1992。

149. 龔顯宗，《台灣文學家列傳》，台北：五南圖書出版公司，1997。

三、碩博士學位論文

1. 丁鳳珍，《「歌仔冊」中的台灣歷史詮釋——以張丙、戴潮春起義事件敘事歌為研究對象》，台中：東海大學中文所博士論文，2005。

2. 王慧芬，《清代台灣的番界政策》，台北：台灣大學歷史所碩士論文，2000。

3. 吳青霞，《台灣三大民變書寫研究——以古典詩文為主》，台南：成功大學台文所碩士論文，2005。

4. 林丁國，《清代台灣遊民研究：以羅漢腳為中心的探討》，台中：東海大學歷史研究所碩士論文，1999。

5. 林偉盛，《清代台灣分類械鬥之研究》，台北：政治大學歷史所碩士論文，1988。

6. 邱正略，《清代台灣中部平埔族遷移埔里拓墾之研究》，台中：東海大學歷史所碩士論文，1992。

7. 施懿琳，《清代台灣詩所反應的漢人社會》，台北：台灣師範大學國文所博士論文，1991。

8. 張淑玲，《台灣南投地區傳統詩研究》，台北：中國文化大學中文所碩士論文，2003。

9. 連慧珠，《「萬生反」——十九世紀後期台灣民間文化之歷史觀察》，台中：東海大學歷史所碩士論文，1995。

10. 曾國棟，1996，《清代台灣示禁碑之研究》，台南：成功大學歷史所碩士論文。

11. 黃立惠，《清季台灣吏役之研究》，台北：台灣師範大學歷史所碩士論文，1999。

12. 黃美娥，《清代台灣竹塹地區傳統文學研究》，台北：輔仁大學中文所博士論文，1999。

13. 黃淑華，《劉家謀宦台詩歌研究》，台北：東吳大學中文所碩士論

文，2000。

14. 楊永智，《明清台南刻書專論》，台中：東海大學中文所碩士論文，2002。

15. 戴雅芬，《台灣天然災害類古典詩歌研究——清代至日據時代》，台北：政治大學中文所碩士論文，2002。

16. 薛建蓉，《清代台灣士紳角色扮演及在地意識研究——以竹塹文人鄭用錫與林占梅為探討對象》，台南：成功大學台文所碩士論文，2004。

17. 羅士傑，《清代台灣的地方菁英與地方社會——以同治年間的戴潮春事件為討論中心（1862～1868）》，新竹：清華大學歷史學所碩士論文，2000。

18. 顧敏耀，《陳肇興及其《陶村詩稿》研究》，桃園：國立中央大學中文所碩士論文，2004。

四、單篇論著（報紙、期刊、研討會論文與專書篇章等）

1. 介逸，〈維英中舉略錄〉，《台北文物》，第2卷2期，1953年8月，頁359-363。

2. 毛一波，〈台灣的文學簡介〉，《台灣文獻》，第26卷4期，1976年3月，頁24-30。

3. 毛一波，〈清代台灣詩話〉，《台北文物》，第4卷4期，1956年2月，頁140-150。

4. 王世慶，〈清代台灣的米價〉，《台灣文獻》，第9卷4期，1958年12月，頁11-20。

5. 王幼華，〈清代台灣「自然災變」詩文初探〉，《台灣史料研究》，第20期，2003年3月，頁2-14。

6. 王國璠，〈《陶村詩稿》提要〉，《台灣先賢集·第二冊·陶　詩稿》（台北：台灣中華書局，1971）。

7. 史久龍，〈憶台雜記〉，《台灣文獻》，第26卷4期與27卷1期合刊，

1976年3月，頁1-23。

8. 台灣文獻類編輯室，〈陶村詩稿編印說明〉，收錄於《陶村詩稿》
（台北：龍文出版社，1992），扉頁。

9. 台灣新本土社，〈台灣新本土主義宣言〉，《台灣 e 文藝》，第1
期，2001年2月，頁30-89。

10. 市村榮，〈台灣關係誌料小解〉，《愛書》，第10輯，1938年4月，
頁205-230。

11. 朱雙一，〈試論閩台文學的歷史文化親緣〉，徐學主編，《台灣研究
25年精粹·文學篇》，北京：九州出版社，2005（原載於：劉登翰等
編，《文化親緣與兩岸關係》，北京，九州出版社，2003）。

12. 羽青，〈高選鋒的《鄉試硃卷》及其他〉，《台北文物》，第4卷1
期，1955年5月，頁63-65。

13. 吳守禮，〈校注海音詩全卷·跋〉，台北：台灣省文獻委員會，
1953。

14. 吳卿銅，〈彰縣各界祭蔣鄧二公〉，《中央日報》，1997年9月1日，
地方鄉情版。

15. 吳密察，〈《台灣通史辨誤》序〉，鄧孔昭，《台灣通史辨誤》，台
北：自立晚報，1991，頁Ⅱ。

16. 吳萱草、吳新榮，《台南縣志·卷九、雜志》，台北：成文出版社，
1983（原刊本由台南縣政府出版在1980年出版）。

17. 吳福助，《竹山鎮志·文化志》，南投：竹山鎮公所，2001。

18. 吳德功，〈陶村詩稿序〉，《台灣詩薈》（台北：成文出版社，
1977；原為第3號，1924年4月），頁159-160。

19. 吳蕤，〈戴潮春之亂與陳肇興的咄咄吟〉，《暢流》，第35卷4期，
1967年4月，頁2-4。

20. 吳藹秋，〈讀陶村詩稿〉，楊笑儂編，《應社詩薈》（彰化：應社，
1970），頁156。

21. 尾崎秀真，〈清朝治下に於ける台灣の文藝〉，《愛書》，第10輯，

1938年4月，頁95-97。

22. 尾崎秀真，〈清朝時代の台灣文化〉，收錄於《續台灣文化史說》
（台北：台灣文化三百年紀念會，1931），頁102；亦收錄於改版發
行之《台灣文化史說》（台南：台南州共榮會台南支會，1935），頁
263-264。

23. 汪毅夫，〈《台灣詩史》辨誤舉隅〉，《福建論壇》，1994年4月，
頁76-80。

24. 汪毅夫，〈從劉家謀詩看道咸年間台灣社會之狀況——記劉家謀及
其《觀海集》和《海音詩》〉，《台灣研究集刊》，2002年4月，頁
76-83。

25. 汪毅夫，〈第二編 近代文學〉，劉登翰、莊明萱、黃重添、林承璜
主編，《台灣文學史》（福州：海峽文藝出版社，1991），頁197-
341。

26. 林文昌，《彰化縣美術發展調查研究·繪畫篇》，彰化：彰化縣立文
化中心，1998。

27. 林文龍，〈台灣早期詩文作品編印述略（1684-1945）〉，東海大學
中文系編，《台灣古典文學與文獻》，台北：文津出版社，1999。

28. 林文龍，〈鹿谷鄉舉人林鳳池傳略〉，《台灣文獻》，第26卷1期，
1975年3月，69-70。

29. 林文龍，〈黃任《香草箋》對台灣詩壇的影響〉，《台灣文獻》，第
47卷1期，1996年3月，頁207-222。

30. 林文龍，《竹山鎮志·人物志》，南投：竹山鎮公所，2001。

31. 林振榮，〈北郭園全集序〉，鄭用錫，《北郭園全集》，台北：龍文
出版社，1992。

32. 林翠鳳，〈竹與檳榔的文獻觀察—以《陶村詩稿》為例〉〉，《台中
商專學報》，第31期，1999年6月，頁111-130；後收錄於：林翠鳳，
《陳肇興及其《陶村詩稿》之研究》（台中：弘祥出版社，1999），
頁165-183。

33. 林翠鳳，〈從《陶村詩稿·咄咄吟》看陳肇興之儒士性格表現〉，《台中技術學院學報》，第1期，2000年6月，頁17-37，內容大致同於：林翠鳳，1999，《陳肇興及其《陶村詩稿》之研究》，前引書，頁112-131。

34. 林翠鳳，〈清代台灣民變期間的詩人——以《陶村詩稿》作者彰化陳肇興為例〉，東海大學編，《明清時期的台灣傳統文學論文集》（台北：文津出版社，2002），頁216-265；內容大致同於：林翠鳳，《陳肇興及其《陶村詩稿》之研究》，前引書，頁53-112。

35. 林翠鳳，〈陳肇興《陶村詩稿》的文學表現與詩史價值〉，《東海大學學報》，第41期，2000年7月，頁115-136，內容大致同於：林翠鳳，《陳肇興及其《陶村詩稿》之研究》，前引書，頁229-242。

36. 林翠鳳，〈論陳肇興《陶村詩稿》淵源於杜甫說〉，《台灣文學學報》，第1期，2000年6月，頁67-106；內容大致同於：林翠鳳，《陳肇興及其《陶村詩稿》之研究》，前引書，243-259。

37. 林耀亭，〈重刊陶村詩稿序〉，陳肇興，《陶村詩稿》，台北：龍文出版社，1992，扉頁。

38. 邱正略，《重修台灣省通志·人物志》，南投：台灣省文獻委員會，1998

39. 施懿琳，〈台灣文社初探：以1919～1923的《台灣文藝叢誌》為對象〉，《櫟社成立一百週年紀念學術研討會論文集》，台南：國立台灣文學館，2001。

40. 施懿琳，〈咸同時期台灣社會面相的顯影—以陳肇興《陶村詩稿》為分析對象〉，《第二屆台灣本土文化學術研討會論文集》（台北：台灣師範大學，1996），頁55-72。後修訂更名為〈清領中葉在地詩人的本土關懷與現實書寫—以陳肇興《陶村詩稿》為分析對象〉，收錄於：施懿琳，《從沈光文到賴和：台灣古典文學的發展與特色》（高雄：春暉出版社，2000），頁135-167。

41. 施懿琳，〈論清代詩人的彰化書寫〉，彰化師範大學台灣文學所編，

《彰化文學國際學術研討會論文集》，彰化：彰化師範大學台灣文學研究所，2007。

42. 施懿琳主編，《全台詩·壹～伍》，台南：國家台灣文學館，2004。

43. 施懿琳主編，《全台詩·陸～拾貳》，台南：國立台灣文學館，2008。

44. 徐坤泉、廖漢臣、王金連，《台灣省通志稿·學藝志·文學篇》，台北：台灣省文獻委員會，1958。

45. 徐坤泉、廖漢臣，《台灣省通志·卷六·學藝志·文徵篇》，台北：台灣省文獻委員會，1971。

46. 徐坤泉、廖漢臣，《台灣省通志·卷六·學藝志·藝文篇》，台北：台灣省文獻委員會，1971。

47. 徐坤泉、廖漢臣，《台灣省通志·卷七·人物志·學行篇》，台北：台灣省文獻委員會，1971。

48. 徐禮安，〈明清兩朝官制與古蹟碑誌解說應用之研究〉，《苗栗文獻》，第14期，1999年6月，頁237-250。

49. 神田喜一郎、島田謹二，〈台灣に於ける文學について〉，《愛書》，第14輯，1941年5月，頁3-24。

50. 問樵，〈一首「漳泉拼」的民謠〉，《台北文物》，第2卷1期，1953年4月，頁17。

51. 康俐雯，〈總統府地方文化展飄藝香彰化古樸文風轉化為花田新城〉，《自由時報》，2003年8月9日，「藝術文化」版。

52. 康原、陳修平，《烏日鄉志·文化志》，台中：烏日鄉公所，2003。

53. 張杰，〈高鶚會試履歷的發現及其史料價值〉，《滿族研究》，1999年4期，頁79-82。

54. 張瑞成，《竹山鎮志·住民志》，南投：竹山鎮公所，2001。

55. 許雪姬，〈台灣竹城的研究〉，《近代台灣的社會發展與民族意識》，香港：香港大學校外課程部，1987。

56. 許達然，〈械鬥和清朝台灣社會〉，《台灣社會研究季刊》，第23

期，1996年7月，頁1-81。

57. 連慧珠、周士堯、鄭華，《彰化市志·第十篇、文化》，彰化：彰化市公所，1997。

58. 陳英方，〈讀陳伯康陶村詩稿〉，楊笑儂編，《應社詩薈》（彰化：應社出版，1970）頁106。

59. 陳漢光，〈台灣千家詩——《台灣詩錄》〉，《台灣風物》，第22卷3期，1972年9月，頁10。

60. 陳熙揚，《彰化市志·第十一篇、人物》，彰化：彰化市公所，1997。

61. 陳懋烈，〈陶村詩稿題詞〉，陳肇興，《陶村詩稿》（台北：龍文出版社，1992），扉頁。

62. 曾守湯，《重修台灣省通志·卷十·藝文志·文學篇》（南投：台灣省文獻委員會，1997），頁294-301。

63. 曾鴻儒，〈收集墓碑，探索台灣史〉，《自由時報》，2003年4月7日，台灣蒐奇專題報導。

64. 黃文鍠，〈新松金樓流金歲月傷流逝〉，《自由時報》，2003年7月15日，「台灣搜奇」版。

65. 黃美娥，〈台灣古典文學史概說（1651-1945）〉，《台北文獻直字》，第151期，2005年3月，頁215-269。

66. 黃得時，〈台灣文學史序說〉，《台灣文學》，第3卷3期，1943年7月，頁2-11。

67. 黃得時，池田敏雄，〈台灣に於ける文學に書目〉，《愛書》，第14輯，1941年5月，頁25-79。

68. 黃淵泉，《重修台灣省通志·卷十·藝文志·文學篇》，南投：台灣省文獻委員會，1997。

69. 黃榮洛，〈舉人羅萬史鄉試硃卷〉，《台北文獻直字》，第90期，1989年12月，頁149-151。

70. 楊正寬、黃有興、劉錦章編纂，《重修台灣省通志卷七：政治志、考

詮篇》，南投：台灣省文獻委員會，1997。

71. 楊永智，〈清代台灣彰化地區出版史初探〉，《彰化文獻》，第3期，2001年12月，頁125-152。

72. 楊青矗，〈百里哀呼叫水變〉，《自由時報》，2001年9月29日，第15版。

73. 楊珠浦，〈記〉，陳肇興，《陶村詩稿》台北：龍文出版社，1992，扉頁。

74. 楊珠浦，〈陳肇興先生略傳〉，陳肇興，《陶村詩稿》，台北：龍文出版社，1992，扉頁。

75. 楊翠，〈從定點鄉土到全稱鄉土——李昂從「鹿城」到「迷園」的辯證性鄉土語境〉，《2003年彰化研究學術研討會論文集》，彰化：彰化縣政府文化局，2003。

76. 董蓮枝，〈《清代硃卷集成》的文獻價值〉，《遼寧大學學報·哲學社會科學版》，第28卷4期，2000年7月，頁56-57。

77. 詹評仁，〈清代台灣木主之研究〉，《南瀛文獻》，第39期，1994年12月，頁1-15。

78. 廖振富，〈台灣中部地區的古典詩人及其作品·上〉，《國文天地》，第16卷8期，2001年1月，頁62-67。

79. 廖藤葉，〈由屈原到鄭成功：台灣端午古典詩的主題演變〉，《歷史月刊》，第233期，2007年6月，頁44-49。

80. 劉碧蓉，《芬園鄉志·第九篇、文化篇》（彰化：芬園鄉公所，1998），頁452-453。

81. 劉寧顏主纂，《重修台灣省通志·大事志》，台中：台灣省文獻委員會，1989-1998。

82. 樊信源，〈清代台灣民間械鬥歷史之研究〉，《台灣文獻》，第25卷4期，1974年12月，頁109。

83. 鄭紹裘，〈清代媽宮舉人——曾祖父鄭步蟾〉，《硓𥑮石》，第4期，1996年9月，頁2-14。

84. 鄭喜夫，〈弁言〉，陳肇興原著，鄭喜夫校訂，《陶村詩稿全集》（台中：台灣省文獻委員會，1978），頁1-3。

85. 賴子清，〈台灣科甲藝文集：中台及西瀛篇〉，《台北文物》，第7卷2期，1958年7月，頁96-111。

86. 賴子清，〈台灣詠物詩〉，《台灣文獻》，第10卷2期，1959年6月，頁155-200。

87. 謝承仁，〈楊守敬生年辨正〉，楊守敬，《楊守敬集》，武漢：湖北人民出版社，1988。。

88. 顧敏耀，〈「字號」與《題名錄》·陳節婦和林提督——陳肇興相關史料的發掘與解讀〉，《2003年彰化研究學術研討會論文集》（彰化：彰化縣政府，2003），頁257-280。

89. 顧敏耀，〈一部龍井興衰史：陳肇興〈遊龍目井感賦百韻〉社會—歷史分析〉，南華大學文學所編，《第二屆全國研究生文學社會學學術研討會論文集》（嘉義：南華大學文學所，2002），頁261-273。

90. 顧敏耀，〈人畏生番猛如虎，人欺熟番賤如土——台灣清領時期反映原住民社會處境之詩作探討〉，南華大學文學所編，《第三屆全國研究生文學社會學學術研討會論文集》（嘉義：南華大學文學所，2004），頁256-302。

91. 顧敏耀，〈仙拼仙，拚死猴齊天——以分類械鬥為主題的台灣古典詩文作品比較〉，文訊雜誌社編，《第七屆全國青年文學會議論文集》（台北：文訊雜誌社，2003），頁259-592。

92. 顧敏耀，〈咄咄劍花室·東征瑞桃齋——陳懋烈〈陶村詩稿題詞〉之闡究精微〉，《國立中央大學中國文學研究所論文集刊》，第8期，2004，頁179-200。

93. 顧敏耀，〈清代台灣青年詩人筆下的社會動亂：戴潮春事變初期的陳肇興詩作探討〉，《第十屆全國中文所研究生論文研討會論文集》，桃園：中央大學中文系，2005。

94. 顧敏耀，〈陳肇興及其《陶村詩稿》研究資料述評：磺溪文學的先

行者‧彰化傳奇詩人〉，《彰化文獻》，第6期，2005年3月，頁
31-60。

五、西人著述

1. Derrida Jacques（德希達）著，張正平譯，《他者的單語主義：起源
   的異肢》，台北：桂冠圖書公司，2000。

2. Elleke Boehmer著，盛寧、韓敏中譯，《殖民與後殖民文學》
   （Colonial And Postcolonial Literature，Oxford University），瀋陽：遼
   寧教育出版社，1998。

3. Philip Beard等撰，楊頌良譯，《澳大利亞》，紐約：時代公司，
   1988。

4. Pickering，William Alexander，Pioneering in Formosa: Recollections
   of Adventures among Manderins, Wrecker, & Head-hunting Savages，台
   北：南天書局，1993（有陳逸君譯本，1999，《歷險福爾摩沙》，台
   北：常民文化公司）。

5. Robert Phllips，陳瑞麟譯，〈正義戰爭理論〉，Louis P.Pojman編著，
   《生死一瞬間：戰爭與飢荒》（桂冠圖書公司，1997），頁75-87。

6. Said（薩依德），《東方主義》（Orientalism，New York：Random
   House）王志弘等譯，台北：立緒出版社，1999。

7. Wilfred L. Guerin、Earle Labor、Lee Morgan、John R. Willingham（威
   爾弗雷德‧L‧古爾靈、厄爾‧雷伯爾、李‧莫根、約翰‧R‧威靈
   厄姆）著，姚錦清、黃虹煒、葉憲、鄒溱譯，《文學批評方法手冊》
   （A Handbook of Critical Approaches to Literature，New York：Harper
   & Row ,Pulishers），瀋陽：春風文藝出版社，1988。

國家圖書館出版品預行編目資料

陳肇興及其《陶村詩稿》／顧敏耀著.－－初版.－－
　　臺中市：晨星，2010.4
　　面；　　公分.－－（彰化學叢書；024）
　　參考書目：面

　　ISBN 978-986-177-363-6（平裝）

　　1.（清）陳肇興 2.臺灣詩 3.詩評 4.臺灣傳記

　　863.51　　　　　　　　　　　　　　　99003341

彰化學叢書
024

陳肇興及其《陶村詩稿》

作者	顧　敏　耀
主編	徐　惠　雅
排版	王　廷　芬
總策畫	林　明　德　‧　康　　原
總策畫單位	彰　化　學　叢　書　編　輯　委　員　會

發行人	陳銘民
發行所	晨星出版有限公司
	台中市407工業區30路1號
	TEL：04-23595820　FAX：04-23597123
	E-mail：morning@morningstar.com.tw
	http：//www.morningstar.com.tw
	行政院新聞局局版台業字第2500號
法律顧問	甘龍強律師
承製	知己圖書股份有限公司　　TEL：（04）23581803
初版	西元2010年4月6日

總經銷	知己圖書股份有限公司
	郵政劃撥：15060393
	（台北公司）台北市106羅斯福路二段95號4F之3
	TEL：（02）23672044　FAX：（02）23635741
	（台中公司）台中市407工業區30路1號
	TEL：（04）23595819　FAX：（04）23597123

定價 350 元
ISBN 978-986-177-363-6
Published by Morning Star Publishing Inc.
Printed in Taiwan

◆讀者回函卡◆

以下資料或許太過繁瑣，但卻是我們了解您的唯一途徑
誠摯期待能與您在下一本書中相逢，讓我們一起從閱讀中尋找樂趣吧！

姓名：＿＿＿＿＿＿＿＿＿＿　別：□男 □女　生日：　　／　　／

教育程度：＿＿＿＿＿＿＿＿

職業：□學生　　　　□教師　　　　□內勤職員　　□家庭主婦
　　　□SOHO族　　□企業主管　　□服務業　　　□製造業
　　　□醫藥護理　　□軍警　　　　□資訊業　　　□銷售業務
　　　□其他＿＿＿＿＿＿＿＿＿

E-mail：＿＿＿＿＿＿＿＿＿＿＿＿　聯絡電話：＿＿＿＿＿＿＿＿

聯絡地址：□□□＿＿＿＿＿＿＿＿＿＿＿＿＿＿＿＿＿＿＿＿

購買書名：陳肇興及其《陶村詩稿》

‧本書中最吸引您的是哪一篇文章或哪一段話呢？＿＿＿＿＿＿＿＿＿

‧誘使您購買此書的原因？

□於 ＿＿＿＿＿ 書店尋找新知時 □看 ＿＿＿＿＿ 報時瞄到 □受海報或文案吸引
□翻閱 ＿＿＿＿＿ 雜誌時 □親朋好友拍胸脯保證 □ ＿＿＿＿＿ 電台DJ熱情推薦
□其他編輯萬萬想不到的過程：＿＿＿＿＿＿＿＿＿＿＿＿＿＿＿

‧**對於本書的評分？**（請填代號：1. 很滿意 2. OK啦！ 3. 尚可 4. 需改進）

面設計 ＿＿＿＿＿ 版面編排 ＿＿＿＿＿ 內容 ＿＿＿＿＿ 文／譯筆 ＿＿＿

‧**美好的事物、聲音或影像都很吸引人，但究竟是怎樣的書最能吸引您呢？**

□價格殺紅眼的書 □內容符合需求 □贈品大碗又滿意 □我誓死效忠此作者
□晨星出版，必屬佳作！ □千里相逢，即是有緣 □其他原因，請務必告訴我們！

＿＿＿＿＿＿＿＿＿＿＿＿＿＿＿＿＿＿＿＿＿＿＿＿＿＿＿＿＿

‧**您與眾不同的閱讀品味，也請務必與我們分享：**

□哲學　　　□心理學　　□宗教　　　□自然生態　□流行趨勢　□醫療保健
□財經企管　□史地　　　□傳記　　　□文學　　　□散文　　　□原住民
□小說　　　□親子叢書　□休閒旅遊　□其他＿＿＿＿＿＿＿＿＿＿＿

以上問題想必耗去您不少心力，為免這份心血白費

請務必將此回函郵寄回本社，或傳眞至（04）2359-7123，感謝！
若行有餘力，也請不吝賜教，好讓我們可以出版更多更好的書！

‧**其他意見：**

請填妥後對折裝訂，直接投郵即可，免貼郵票。

廣告回函
台灣中區郵政管理局
登記證第267號
免貼郵票

407
台中市工業區30路1號
晨星出版有限公司

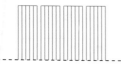

------------ 請沿虛線摺下裝訂，謝謝！ ------------

更方便的購書方式：

1　網站：http://www.morningstar.com.tw
2　郵政劃撥　帳號：15060393
　　　　　　戶名：知己圖書股份有限公司
　　請於通信欄中註明欲購買之書名及數量
3　電話訂購：如爲大量團購可直接撥客服專線洽詢

◎　如需詳細書目可上網查詢或來電索取。
◎　客服專線：04-23595819#230　傳眞：04-23597123
◎　客戶信箱：service@morningstar.com.tw

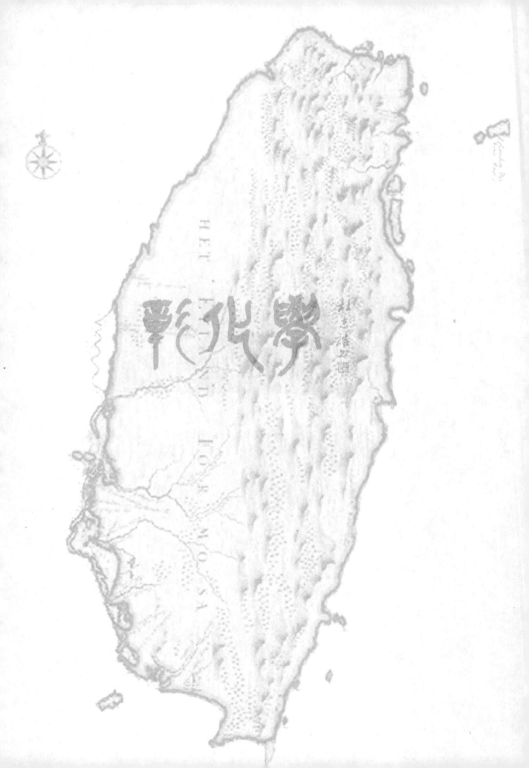